LE PRINCE FÉLON

ŒUVRES DE KATHERINE KURTZ

CHEZ POCKET

LES DERYNIS

LA TRILOGIE DES ROIS (903-918)

1. Roi de folie
2. Roi de douleur
3. Roi de mort

LA TRILOGIE DES HÉRITIERS (918-928)

1. Le calvaire de Gwynedd
2. L'année du roi Javan
3. Le prince félon

LA TRILOGIE DES MAGICIENS (1120-1121)

1. Le réveil des magiciens
2. La chasse aux magiciens
3. Le triomphe des magiciens

LA TRILOGIE DU ROI KELSON (1123-1125)

1. Le bâtard de l'évêque
2. La justice du roi
3. La quête de Saint Camber

SCIENCE-FICTION
Collection dirigée par Jacques Goimard

KATHERINE KURTZ

LES DERYNIS

LE PRINCE FÉLON

POCKET

Titre original :
The Bastard Prince

Traduit de l'américain par
Michèle Zachayus

Ouvrage proposé par Marc Duveau

ISBN : 2-266-08534-4

Pour mon très cher ami,
DENIS O'CONOR DON,
prince de Connacht.
Si l'Irlande était encore une monarchie,
il serait Haut Roi.

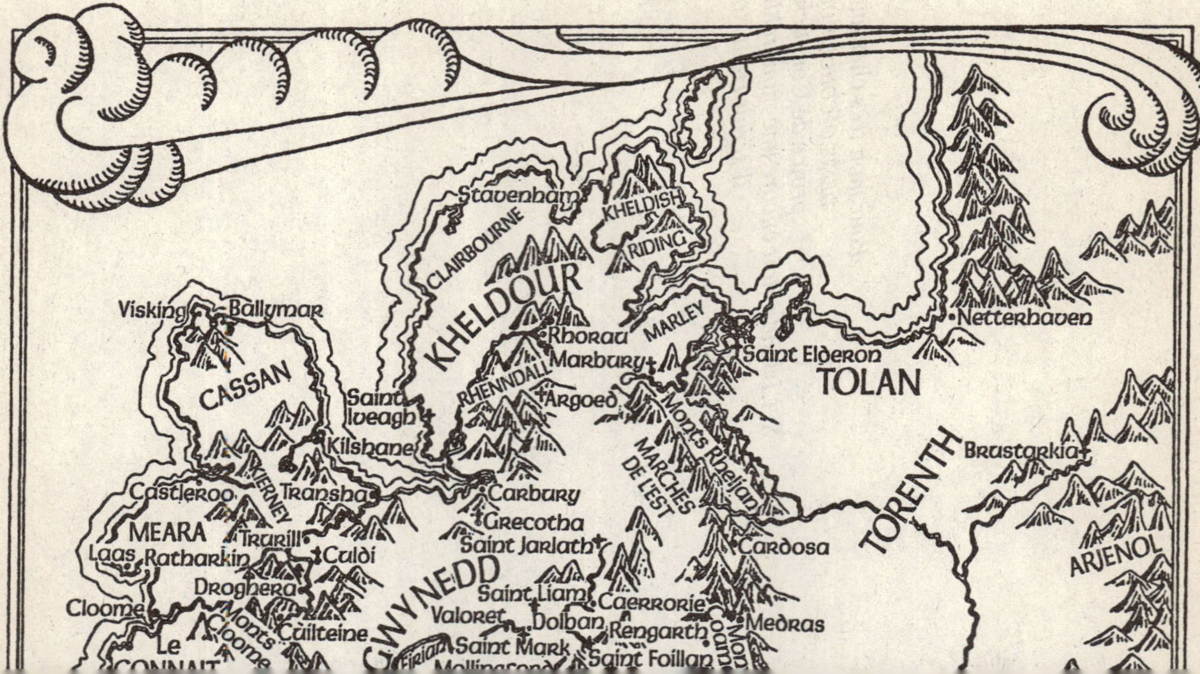

Stavenham
KHELDISH
RIDING
CLAIRBOURNE
KHELDOUR
Netterhaven
Visking
Ballymar
Rhorau
MARLEY
Marbury
Saint Elderon
TOLAN
CASSAN
RHENNDALL
Argoed
Saint Iveagh
Kilshane
Monts Rheljan
MARCHES DE L'EST
TORENTH
Brustarkia
Castleroo
KIERNEY
Transha
Carbury
Grecotha
MEARA
Trurill
Saint Jarlath
Cardosa
Laas
Ratharkin
Culdi
ARJENOL
GWYNEDD
Droghera
Saint Liam
Caerrorie
Cloome
Monts Cloome
Valoret
Dolban
Medras
Cuilteine
Rengarth
Le
Saint Mark
Saint Foillan

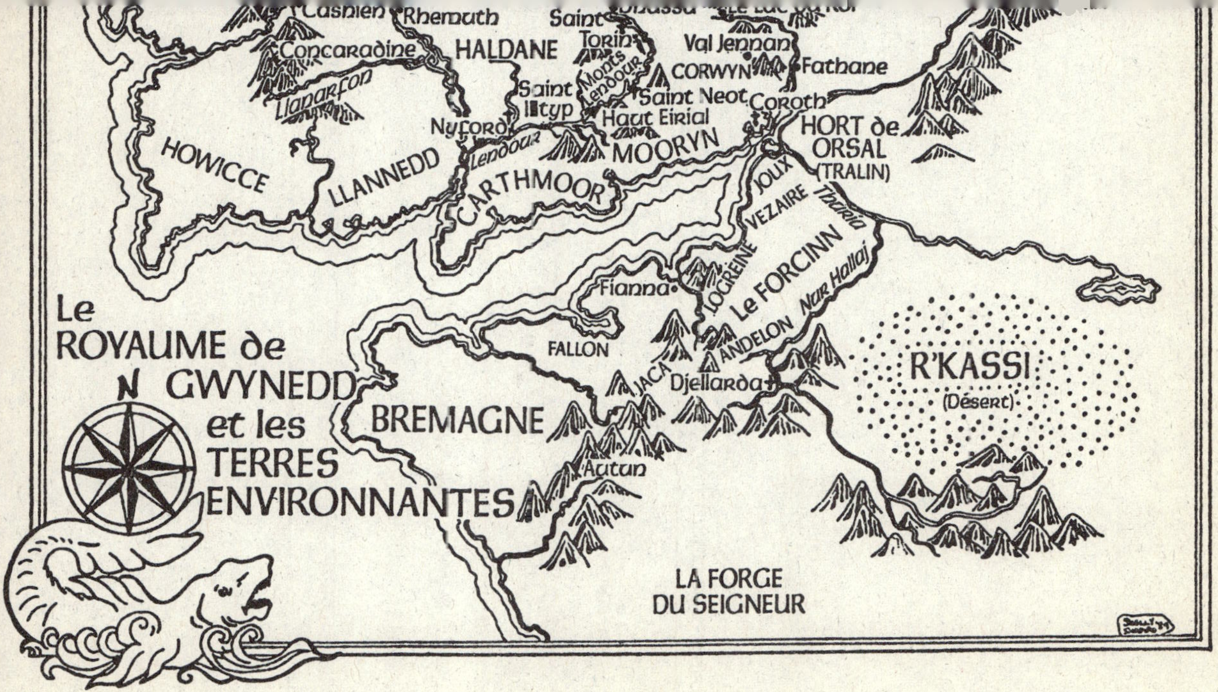
Le
ROYAUME de
GWYNEDD
et les
TERRES
ENVIRONNANTES
N
Rhemuth
Saint
Val Jennan
Concaradine
HALDANE
Torin
Monts Lendour
CORWYN
Fathane
Llanarfon
Saint
Illtyp
Saint Neot
Coroth
Nyford
Haut Eirial
HORT de
ORSAL
(TRALIN)
HOWICCE
LLANNEDD
Lendour
MOORYN
CARTHMOOR
JOUX
VEZAIRE
Tharia
LOCREINE
Le FORCINN
Nur Hallaj
Fianna
ANDELON
FALLON
JACA
Djellarda
R'KASSI
(Désert)
BREMAGNE
Autun
LA FORGE
DU SEIGNEUR

PROLOGUE

Il rachète dans la paix mon âme de la guerre qu'on me fait : Ils sont en procès avec moi.

Psaumes, 55, 19

A l'aube, le crachin persistant de la veille avait laissé place à un ciel presque dégagé. En cette journée de juin de l'an de grâce 928, le temps restait maussade.

C'était la septième année de règne de Rhys Michael Alister Haldane, roi de Gwynedd.

Deux femmes avaient bravé le froid pour se rendre sur le chemin de ronde du château. Dans un abri confortable, elles ôtèrent leurs manteaux bordés de fourrure. De cet angle d'observation privilégié, elles reprirent leur « garde ».

Pour guetter le retour des hommes, c'était un poste idéal. Au sud s'étendait à perte de vue la plaine de Iomaire. A l'est, les brumes des contreforts des monts Rhelljan festonnaient les abords du défilé Coldoire, d'une importance stratégique cruciale.

Une semaine plus tôt, les hommes étaient partis par là. Ils auraient dû être revenus depuis deux ou trois jours.

L'aînée des deux femmes se protégea les yeux d'une main. Au cours de sa vie, combien de fois avait-elle ainsi scruté l'horizon ?

Sudrey des Marches de l'Est était châtelaine depuis vingt ans.

A son arrivée à Lochalyn, elle n'était guère plus qu'une enfant. En moins d'un an, elle avait mis au monde sa fille : la jeune femme aux cheveux roux, debout près d'elle, qui maîtrisait mal sa nervosité.

Hormis la mort de son frère, dix ans plus tôt, les années avaient été plutôt clémentes pour Sudrey. Même si Hrorik et elle n'avaient eu qu'un seul enfant.

Stacia restait leur unique héritière. Elle-même relevait à peine de couches après avoir mis au monde un petit mâle.

Alertés par des rumeurs d'invasions torenthies, son père et son époux avaient galopé à bride abattue vers le défilé Coldoire.

— Crois-tu que l'orage d'hier les aura retardés, mère ? demanda Stacia.

Serrant le nouveau-né sur son sein, elle se pencha au-dessus des remparts, un chien-loup pressé contre les jambes.

— Bonté divine, et s'il était arrivé un malheur à Corban ?

— Chut, mon enfant. Nous n'en savons encore rien.

Sudrey des Marches de l'Est scrutait l'horizon embrumé, les lèvres pincées.

Et craignait d'en savoir au contraire plus qu'elle n'aurait voulu...

Pas au sujet de Corban, mais de son cher Hrorik...

Sudrey aurait bientôt confirmation de ses pires craintes. Elle le pressentait.

Il coulait dans ses veines bien peu du sang de la race magique qui avait jadis régné sur ces terres, et elle avait renié ce maigre héritage. Pourtant, il lui restait encore une « prescience » dont elle se serait volontiers passée.

Pour contrôler des pouvoirs qui auraient dû être pleinement siens, Sudrey avait reçu des rudiments d'entraînement. Son frère Kenneth et elle, orphelins de bonne heure, avaient été recueillis et élevés par leur oncle, un hobereau deryni dont les abus avaient précipité sa perte, quand ses serfs s'étaient révoltés.

C'était à la veille du renversement d'Imre de Festil et de la Restauration haldane.

Ensuite étaient venus les troubles et les guerres...

Kenneth et sa sœur, apparentés à la Maison royale de Torenth, étaient devenus les otages du père de Hrorik : le duc Sighere de Claibourne.

A l'époque, Sudrey avait jugé plus prudent de cacher ses pouvoirs derynis. Avec le temps, elle les avait oubliés.

Et comment imaginer qu'elle s'éprendrait d'un des fils de son geôlier ?

Sudrey étant perdue dans ses souvenirs, Stacia aperçut la première un détachement de cavalerie. Des dizaines de chevaliers pataugeaient dans la boue, remontant la piste qui menait des monts Rhelljan aux abords du château.

— Ils arrivent ! s'exclama la jeune femme. Regarde, l'étendard de papa !

Sudrey retint son souffle. Le cavalier de tête portait l'étendard : une épée d'argent en sautoir et deux soleils d'or sur champ d'azur.

— Mère, je ne vois pas celui de Corban ! Où est-il ? Corban...

L'enfant serré sur son sein, le chien-loup sur les talons, la jeune femme se détourna et dévala l'escalier en colimaçon.

Sudrey regarda les cavaliers approcher. Sa fille n'avait pas remarqué une forme sombre, sur la croupe d'un cheval, près du porte-étendard. La silhouette était emmitouflée dans le manteau vert en tweed que

Sudrey en personne avait raccommodé avant le départ de son époux.

Qui lui paraissait remonter à un siècle...

Sudrey regagna le hall du château dans un état second.

Les hommes et les montures tourbillonnaient autour de la châtelaine, porteurs de l'odeur du sang et de la mort.

Dans la cour, Corban sauta de son cheval pour rejoindre sa belle-mère. Il s'avança vers elle, un bras au pansement humide de sang posé sur les épaules de sa femme. Il avait perdu son heaume et sa brigantine de cuir portait les marques d'un rude combat.

Il tomba à genoux devant Sudrey. Lui étreignant les jambes, il enfouit son visage barbu dans sa robe.

— Je n'ai pas pu le sauver, pardonnez-moi ! Ils ont pris Culliecairn, Dieu seul sait pourquoi ! Des dizaines de braves ont perdu la vie. L'ennemi nous a abusés en brandissant un drapeau blanc... Il faut avertir Sighere et Graham, puis demander des renforts au roi !

— Est-ce une invasion ? demanda Sudrey.

— Je ne saurais le dire...

Corban s'écarta, levant vers le ciel un regard aussi morne et vide que le cœur de sa belle-mère.

— Ces chiens portaient les armoiries du prince Miklos de Torenth. Ce pourrait être le début d'une invasion. Nous verrons si les avant-postes de Sighere ont repéré des activités suspectes vers Arranal ou le long de la côte.

Sudrey repensa à un entretien privé, qui avait eu lieu plusieurs mois plus tôt à Lochalyn entre Hrorik, le prince Miklos et elle-même. Miklos lui était apparenté... Il y avait aussi un jeune homme, aussi brun que Miklos était blond. Son aide de camp, avait-on pensé...

Hrorik avait accepté l'entrevue à contrecœur, mais avec l'espoir de faire avancer les choses. Depuis sept ans, la cour de Beldour ne cessait de lui envoyer des missives au sujet du statut d'otage qu'aurait gardé Sudrey.

Celle-ci avait pourtant répondu avec fermeté qu'elle n'était plus otage... ni même torenthie. Sa loyauté allait désormais au seigneur de son époux, à Rhemuth.

Le prince torenthi avait été furieux.

Le conflit qui éclatait n'était sans doute pas dû à des différends frontaliers. Il fallait plutôt y voir la réponse de Miklos au refus de sa cousine Sudrey d'épouser la cause de son « aide de camp », en réalité le prince Marek Festil, prétendant au trône de Gwynedd.

Un refus qui coûtait maintenant à Sudrey son bien-aimé Hrorik, ainsi que de nombreux guerriers loyaux des Marches de l'Est.

— Il n'y aura pas d'agitation au nord, je pense, souffla la veuve.

Les écuyers et les fantassins ôtèrent au cadavre son linceul de fortune.

— Ce n'est pas une véritable invasion. Pas encore... Il y a quelques mois, le prince Miklos a tenté de me gagner à sa cause en invoquant mon sang torenthi. Je l'ai repoussé. Et voilà sa réponse. Le prétendant festillien est la raison de ces malheurs.

— Ce serait une feinte, histoire de tâter le terrain ? avança Corban.

Soutenu par sa femme, il se releva.

— Oui. Une provocation délibérée visant à attirer le jeune roi hors de Rhemuth. L'ennemi sait déjà, ou soupçonne, que notre souverain n'est pas libre de ses mouvements. Je prie pour qu'il puisse néanmoins faire face à ce problème.

— Dieu vous entende ! cria Corban. Entre-temps, je veillerai à ce que les Marches de l'Est ne tombent pas sous la coupe du prétendant.

Il embrassa son nouveau-né sur le front puis écarta doucement sa femme avant de héler ses capitaines.

— Braves des Marches de l'Est, à moi ! Il faut nous rendre à Marley pour y retrouver l'aide de camp de Sighere, Elgin. J'ai besoin de chevaux frais sur-le-champ ! Nicholas, vous êtes-vous occupé des provisions ? Murray, à vous le commandement de la garnison. Je prends une dizaine d'hommes. Vous en restera-t-il assez pour défendre le château ?

Stacia était pétrifiée mais sa mère savait que Corban agissait comme il fallait. C'était un bon commandant, le fils qu'elle n'avait jamais eu...

Les rescapés les moins mal en point remontèrent en selle.

— Mais... Vous ne pouvez pas repartir déjà ! gémit Stacia. Et mon père ? Et notre enfant ? Et *moi* ?

— *Mo rùn*, mon cœur, votre père n'est plus. Je partage votre douleur, mais ainsi en a décidé le destin.

Un écuyer présenta une monture fringante à Corban qui l'enfourcha tandis qu'un autre lui tendait l'étendard des Marches de l'Est.

— Mais... C'est la bannière de mon père ! s'écria Stacia.

Corban dompta la bête qui se cabrait et cala la hampe de l'étendard sur son étrier gauche.

— Stacia, ma chérie, n'avez-vous rien écouté ? C'est votre bannière, maintenant que votre père est mort. Vous voilà comtesse, et moi, comte des Marches de l'Est. C'est donc aussi ma bannière. Comme ce sera la sienne un jour, si nous survivons.

Il désigna du menton son fils avant de jeter un regard implorant à sa belle-mère.

— Ma dame, je vous supplie de lui faire comprendre. Je ne puis m'attarder. Occupez-vous des blessés et enterrez votre époux. Tenez le château de votre mieux. Au plus tôt, je vous enverrai des renforts. Murray, que des messagers aillent à Rhemuth pour prévenir le roi ! Dieu vous garde.

Sur ces mots, il s'élança et franchit les portes, le bleu, l'or et l'argent de l'étendard flottant fièrement dans les airs.

Sudrey, née de Rhorau, acheva de glisser dans un état second fait de calme et d'efficacité qui seul la maintiendrait debout.

Si elle laissait libre cours à son chagrin, elle ne servirait plus de rien.

— Jervis, regroupez les blessés dans le hall principal, dit-elle au sénéchal, tournant le dos aux hommes qui portaient le cadavre vers la chapelle. Ce sera convenable comme infirmerie. Qu'on fasse bouillir de l'eau et qu'on prépare des pansements. Puis qu'on aille quérir au village les pères Columcille et Derfel, ainsi que la sage-femme, qui pourra aussi nous être utile. Et, Murray...

— Oui, ma dame ?

— Le chirurgien de campagne de mon époux est-il revenu de Culliecairn ?

— Oui, ma dame. (Murray aussi avait bien besoin de soins.) Il s'occupe des blessés, près de l'écurie.

— Dès qu'il pourra, qu'il aide à rassembler tout le monde dans le hall d'honneur. Je veux que l'ordre règne.

— Il en sera fait selon vos désirs, ma dame.

Sudrey constata que sa fille cédait aux impératifs du moment. Confiant le bébé à la fille aînée de Murray, le menton pointé, elle chassa ses larmes d'un revers de manche.

— Je dois être forte, maman, en mémoire de père... Je suis son héritière. Si j'étais incapable de faire face, il aurait honte de moi.

Dans le tourbillon des chevaux, des cliquetis d'armures, des cris et des gémissements, les deux femmes formaient comme un îlot de calme. Enlacées, elles rentrèrent au château.

Les messagers enfourchèrent leur monture et franchirent les portes, galopant vers Rhemuth.

CHAPITRE PREMIER

> C'est pourquoi l'orgueil est leur collier, la violence, le vêtement qui les couvre.
>
> *Psaumes, 73, 6*

Les jours qui suivirent, les messagers des Marches de l'Est épuisèrent force coursiers pour atteindre la capitale de Gwynedd moins d'une semainc après la prise de Culliecairn. Les deux jeunes gens firent leur rapport à une poignée de ministres royaux réunis à la hâte. Puis ils furent entraînés à l'écart pour être interrogés en privé. Le seigneur Albertus et le chef du protocole les questionnèrent. Le roi fut informé de ce qui se passait — sans être invité à participer au conseil de guerre.

— Voilà qui soulève bien des complications, dit Rhun de Sheele, soupçonneux. Pour commencer, le roi voudra partir...

Le seigneur Tammaron Fitz-Arthur acquiesça. Etant le chancelier de Gwynedd, son devoir était de présider les conseils en l'absence du souverain.

En fait, il les présidait même en sa présence.

Ce jour-là, quatre hommes seulement siégeant à la longue table du conseil royal, le protocole ne s'imposait pas.

— Naturellement, répondit Tammaron. Si la décision lui appartenait, il lancerait déjà les préparatifs.

Un risque existe, bien entendu. Il pourrait périr au combat. Ou chercher à gagner son indépendance. C'est bien ce que nous espérions éviter...

A la dextre de Tammaron, l'imposant archevêque Hubert MacInnis acquiesça. D'une main boudinée, il caressait la croix sertie de joyaux qui ornait son ample poitrail.

Ceux qui ne le connaissaient pas voyaient en lui l'image qu'il présentait au monde : un chérubin affable d'une piété ostentatoire, le visage poupin encadré par de fins cheveux blonds tonsurés. Ses lèvres adoptaient volontiers une moue boudeuse.

Mais l'innocence de ses grands yeux bleus était trompeuse. L'esprit retors qu'ils cachaient avait manigancé la perte de tous ceux qui avaient commis l'erreur de se mettre en travers de son chemin...

Durant la dernière décennie, le primat de Gwynedd était devenu l'homme le plus puissant du royaume.

— Voilà qui est diablement contrariant, bougonna Hubert. Bon sang, que n'ont-ils attendu une autre année ? Un deuxième fils ferait toute la différence !

— A supposer que la reine porte en son sein un fils et non une fille, rappela le frère aîné de l'archevêque, Manfred MacInnis.

Le quinquagénaire était un guerrier charnu et musclé de complexion sanguine. Après des années à manier l'épée, ses mains brûlées de soleil étaient calleuses.

— A votre place, je m'inquiéterais moins des futurs héritiers du trône que de l'homme qui l'occupe actuellement. Si c'est le défi que nous redoutions, c'est avec lui que nous le relèverons. Que le roi en soit incapable, et ce n'est pas un autre prince qui suffira à assurer la continuité de la lignée haldane — et de notre pouvoir.

Ce n'était qu'un simple énoncé des faits !

Les membres du conseil extraordinaire étaient le cœur du pouvoir véritable. Depuis six ans, ils gouvernaient Gwynedd.

Depuis l'embuscade qu'ils avaient tendue pour que périsse Javan, le frère aîné du roi actuel. Un régicide imputé aux Derynis.

Ces hommes avaient porté le prince Rhys Michael au pouvoir afin d'en faire leur marionnette.

Pour cette couronne vide de sens que le cadet des princes haldanes n'avait jamais convoitée, le prix avait été singulièrement élevé.

Le drame lui avait coûté son frère, Javan, qu'il aimait sincèrement. A cause du bain de sang qui avait accompagné le coup d'Etat, la jeune épouse de Rhys Michael avait fait une fausse couche.

Suprême ironie, puisque la naissance d'un héritier robuste était un élément vital de la machination.

Au début, le nouveau roi n'avait pas mesuré l'étendue des ambitions de ses geôliers. Qu'il tombe sous leur coupe était déjà assez horrible. Affaibli par les drogues qu'on l'avait forcé à prendre avant le coup d'Etat, il avait été maintenu plusieurs mois dans un état d'abrutissement permanent.

Après les funérailles royales de Javan, il y avait eu son couronnement.

Une parodie.

Rhys Michael investi, ses geôliers avaient précisé leurs intentions. Qu'il s'avise de résister et sa chère reine en subirait les conséquences. On laissait la vie sauve au jeune homme afin qu'il joue les rois fantoches et assure la continuité de sa lignée. Ainsi, ses fils tomberaient à leur tour sous la coupe des grands seigneurs de Gwynedd.

Si Rhys Michael posait trop de problèmes, il serait éliminé. Et les grands seigneurs deviendraient régents en attendant que leur nouvelle proie atteigne sa majorité et soit couronnée.

Par bonheur, au fil des mois, l'éventualité d'un nouveau régicide s'éloigna.

D'abord accablé, le nouveau roi parut se résigner à son sort et se montra docile, faisant tout ce qu'on attendait de lui.

Une soumission qui lui valut de petites indulgences. Dès qu'il abandonna ses velléités d'indépendance, il reçut la permission d'assister régulièrement au conseil. Sa bonne conduite lui valut le privilège de présider la cour — toujours bien entouré et sous la contrainte de respecter une mise en scène soigneusement élaborée.

A de rares occasions la reine et le tout jeune prince Owain furent même autorisés à apparaître au côté de Rhys Michael.

Après une année, le roi acceptant de bonne grâce les restrictions qu'on lui imposait, il lui fut permis de reprendre son entraînement martial. Et la nouvelle grossesse de la reine semblait entériner la capitulation sincère de Rhys Michael. Même si certains, autour de la table du conseil, avaient encore quelques réserves...

— Voyons, cela n'a rien d'une surprise, dit Tammaron. Depuis l'automne dernier, des mouvements importants de troupes torenthies ont lieu à la frontière des Marches de l'Est. (Rhun maugréa qu'il les avait assez avertis tandis que les autres hochaient la tête.) C'est le genre de prémices auquel il fallait s'attendre. Une incursion à...

La porte s'ouvrit ; Paulin de Ramos fit irruption dans la salle. Tout de noir vêtu, il incarnait le parfait prédateur. L'arrivée du vicaire général de l'*Ordo Custodes Fidei* ne souleva aucun émoi parmi ses complices. C'était un des artisans cruciaux de leur prise de pouvoir...

— Un héraut torenthi vient de se présenter, porteur du drapeau blanc, annonça Paulin, s'installant comme de coutume à la senestre d'Hubert. L'homme exige d'être entendu par le roi et refuse de délivrer son message hors de sa présence.

— Croyez-vous que le roi Arion l'envoie ? s'enquit Manfred.

— Non. Je l'ai pensé un instant, mais les armoiries de son tabard diffèrent. Le cerf noir se rengorge sous une couronne d'or. Il s'agit du frère d'Arion.

— *Miklos* ! maugréa Rhun.

— Les messagers des Marches de l'Est affirment que Miklos est derrière la prise de Culliecairn, rappela Tammaron.

— Précisément, dit Paulin. L'arrivée du héraut tendrait à le prouver. La question est : Miklos agit-il seul, pour le roi Arion, ou pour Marek de Festil, comme par le passé ?

Cette perspective souleva un malaise. Depuis l'an 904, les prétentions de la lignée festillienne au trône de Gwynedd ne cessaient de se préciser. A cette date, Cinhil Haldane, le père de Rhys Michael, avait mis fin au règne intermédiaire de la lignée adverse en tuant le roi Imre.

L'histoire aurait pu s'arrêter là, n'était la grossesse incestueuse de la princesse Ariella, sœur du défunt Imre.

Par la suite, des juristes avaient tenté de faire croire à une incartade de la princesse avec un courtisan du roi, car la bâtardise n'était pas nécessairement un obstacle à Torenth.

Peine perdue. Tout le monde savait qu'Imre était bien le père.

L'enfant né de cette union incestueuse avait été baptisé Mark Imre de Festil.

On le connaissait davantage sous le nom de « Marek ».

La Maison Festil descendait d'une branche cadette de la lignée royale de Torenth — entièrement derynie. Ariella avait tenté en vain de reprendre le trône perdu par son frère. A sa mort, son fils avait été éduqué au sein de la noblesse princière derynie de Torenth.

A vingt-trois ans, Marek avait douze mois de plus que son rival haldane. Il avait récemment épousé une sœur du roi de Torenth et engendré un fils.

— Il est très probable que Marek soit l'instigateur de cet assaut, fit Tammaron, songeur. Cela dit, est-il sérieusement décidé à nous déclarer la guerre ? Pour l'instant, il a un fils dans les langes et il n'a jamais combattu sur un champ de bataille. Or, beaucoup d'enfants meurent en bas âge.

— En attendant, Culliecairn est tombé, rappela Manfred.

— Certes, mais je soupçonne Miklos d'avoir agi seulement au nom de Marek, répondit Tammaron. Et je doute sérieusement que le roi Arion le soutienne. A coup sûr, le souverain ne désire pas qu'un conflit éclate. Il n'a pas d'héritiers adultes non plus.

« A mon avis, il s'agit d'une provocation. On veut voir quelle sera notre réaction. Marek n'a pas les moyens de lancer une invasion à grande échelle. Tant que son fils n'aura pas grandi, il ne tentera rien d'important. Il désire deux choses : prendre la mesure de l'ennemi et avoir la preuve que le roi de Gwynedd n'est pas libre de ses actes.

— Alors, dit Hubert, il faudra démontrer le contraire. Rhys Michael devra paraître aussi indépendant que compétent en chevauchant à la tête d'une force chargée de libérer Culliecairn. Si le roi se met dans la tête de commander véritablement, il y aura des problèmes. Mais s'il devait périr en campagne, dans quelque circonstance que ce soit, il sait pertinemment que son fils Owain prendra sa succession. Et que nous redeviendrons ouvertement les régents de Gwynedd.

— Une régence de dix ans ne serait pas pour me déplaire, dit Manfred avec un sourire.

— La reine ne le verrait pas d'un bon œil, rappela Tammaron. Et elle siégerait d'autorité au conseil d'Etat. Ainsi que son frère. Hubert, n'est-ce pas la coutume pour les oncles du souverain ?

— Notre roi a été... persuadé... de ne pas nommer son beau-frère au conseil de régence, dit Hubert, faisant mine d'étudier son pouce droit impeccablement manucuré. Sa santé fragile, le poids qu'aurait été cette charge, et ainsi de suite...

— Et le garder à la cour n'engendre pas de tension ? demanda Rhun. Si on m'avait écouté, il serait mort avec les autres il y a six ans.

Hubert le gratifia d'un sourire matois.

— Heureusement pour lui, mon cher Rhun, vous étiez occupé à orchestrer d'autres trépas. Mais soyez-en sûr : messire Cathan comprend la précarité de sa position et ne fera rien de nature à compromettre ses relations avec sa sœur. Elle aussi se gardera de mettre la vie de son frère en danger — ou pis, de nous forcer à la séparer de son fils. Tant qu'ils observeront la plus grande discrétion et resteront à leur place, Cathan Drummond demeurera à la cour sans qu'on ait le moindre souci à se faire. De plus, sa présence rassérène la reine, qui mettra au monde de plus vigoureux bébés si elle est en paix. C'est donc un inconvénient mineur. Et on peut y remédier aisément, au besoin...

Rhun secoua la tête.

— Je préférerais tout de même le voir mort.

— Au moins, qu'il ne lui arrive rien de fâcheux durant la grossesse de la reine. Suis-je assez clair ?

— Oui.

— Bien. N'oublions pas que la souveraine porte le deuxième héritier en son sein. Que le roi survive ou non à la crise qui s'annonce, Michaela pourrait mourir en couches — ou le bébé succomber. Que Rhys Michael expire dans les Marches de l'Est, au combat ou des suites de sa propre folie, et le choc risquera de valoir une fausse couche à son épouse. C'est déjà arrivé.

— Certes, fit Tammaron. Ainsi, les espoirs haldanes reposent finalement sur un enfant de quatre ans.

— Précisément. Pour cette raison, le roi, la reine et son frère continueront à se plier à toutes nos exigences.

Les paroles d'Hubert furent saluées par des hochements de tête. La dévotion paternelle de Rhys Michael n'avait rien d'un secret. Des cinq hommes, l'archevêque connaissait le mieux le jeune roi. Pendant la minorité d'Alroy, le frère aîné souffreteux de Rhys Michael, Tammaron et Rhun avaient figuré parmi les premiers régents. Dans une position unique vis-à-vis des trois fils de Cinhil, Hubert avait exigé de leurs précepteurs et confesseurs des rapports détaillés sur eux...

La fin de la régence n'avait pas signifié celle de son influence. Car avec Paulin de Ramos, Hubert avait intrigué pour placer Rhys Michael sur le trône.

Ainsi, parmi les véritables maîtres de Gwynedd, l'opinion de l'archevêque avait autant de poids que sa carcasse...

— Eh bien, conclut Manfred, que le roi reçoive donc le héraut du prince Miklos.

— J'ai informé Rhys Michael de ce qui se passe, ajouta Hubert. Avant que la cour ne se réunisse, il comprendra les implications politiques et privées de tout acte irréfléchi de sa part. Et il saura ce qu'on exige de lui.

CHAPITRE 2

Ne vous y trompez pas : « Les mauvaises compagnies corrompent les bonnes mœurs. »

Première Epître aux Corinthiens, 15, 34

Après la visite d'Hubert, le roi ne se berça plus d'illusions. Tandis qu'il revêtait ses habits d'apparat, il songea qu'il comprenait mieux la situation que les grands seigneurs ne le supposaient.

Boutonnant sa chemise, Rhys Michael en glissa les pans sous la taille ajustée de ses hauts-de-chausses noirs.

Au moins, le temps était plus clément que lors du morne après-midi de juin où, Alroy agonisant, Javan était revenu à la cour, bouleversant la destinée du prince Rhys Michael Alister Haldane, alors âgé de quatorze ans.

Rhys Michael en était à sa sixième année de règne — officiellement du moins.

Javan avait eu beau l'avertir, il avait refusé de le croire. Mal lui en avait pris. Les grands seigneurs avaient bel et bien éliminé un roi trop incontrôlable.

Cela avait coûté son innocence au fils cadet de Cinhil.

Ainsi que la vie de son frère et du fils qui aurait dû être son premier héritier.

Cela lui avait aussi coûté sa liberté et condamné sa future progéniture à vivre derrière des barreaux invisibles.

Le roi Michael était à la botte des grands seigneurs. Usé par des années d'assujettissement physique et mental, s'il voulait survivre, il devait se résigner à son sort et abandonner toute ambition.

Mais comment s'empêcher d'espérer encore, envers et contre tout ? Surtout avec ces nouveaux rebondissements...

Rhys Michael avait sa petite idée sur le message du héraut torenthi. La prise de Culliecairn, avec son château, sa garnison et sa ville, ne saurait être tolérée. Culliecairn protégeait l'accès au défilé de Coldoire, du côté de Torenth. A travers les monts Rhelljan, c'était la voie la plus directe reliant les Marches de l'Est au duché torenthi de Tolan. Hubert avait mentionné la probabilité d'une contre-attaque, concédant que la présence royale serait nécessaire.

Le roi s'était vu interdire de prendre tout engagement sans en parler d'abord à ses « conseillers ».

Cependant, Rhys Michael restait l'Oint de Dieu.

Au moins ne l'avait-on jamais empêché de *ressembler* à un monarque. Au contraire, on l'exigeait.

C'était impératif pour qu'il joue son rôle dans les règles de l'art. Les grands seigneurs tenaient aux convenances.

L'écuyer de corps acheva de brosser les bottes de son suzerain avant d'attacher les éperons d'or à ses chevilles.

Le premier écuyer noua une ceinture blanche à la taille de Rhys Michael. Les cheveux et les yeux noirs, messire Fulk Fitz-Arthur avait quelques années de plus que le roi. S'il était plein de prévenance, sa loyauté allait d'abord à son père, le seigneur Tammaron.

Rhys Michael aimait bien Fulk. Pour autant, il se gardait de croire qu'il pût s'abstenir par affection de rapporter aux grands seigneurs tout écart dans son comportement.

La loyauté de son autre écuyer, occupé à défroisser une robe écarlate devant la fenêtre ouverte, était bien moins douteuse. Plus jeune que Fulk d'un an, c'était le frère de Michaela : Cathan Drummond, fait écuyer à douze ans le jour même du coup d'Etat.

Cathan avait été témoin de trop d'horreurs. Lui-même avait failli périr. Par bonheur, après avoir embroché tant de fidèles serviteurs des Haldanes, les grands seigneurs avaient eu scrupule à passer aussi le frère de la reine au fil de l'épée...

Après plusieurs mois d'isolation et à condition de jurer de ne jamais révéler de quoi il avait été témoin, Cathan avait pu réintégrer la Maison royale. C'était l'unique personne en qui Rhys Michael et Michaela pouvaient vraiment se fier.

Afin de survivre, Cathan avait vite découvert ce qu'il avait à faire, tout frère de la reine qu'il fût. Autorisé de mauvaise grâce à reprendre son entraînement aux armes et sa formation de chevalier, il avait appris à ne point trop exceller. Les véritables maîtres de Rhemuth étaient prompts à voir des menaces partout.

L'adoubement de Cathan, lors de la Nuit des Rois, comptait parmi les rares actes dont Rhys Michael s'était acquitté de gaieté de cœur. Si Hubert avait ensuite permis que Cathan fût rattaché à la Maison royale, c'était moins par charité que par commodité. Le chevalier pourrait ainsi être mieux surveillé. Malgré tout, Rhys Michael appréciait d'avoir en son beau-frère un allié et un confident.

Le seul.

Sentant sur lui le regard affectueux de Rhys Michael, Cathan se tourna, sourit et aida son suzerain à revêtir la robe écarlate. Le devant et les manches étaient alourdis par les broderies d'or. Sur l'épaule gauche brillait une broche représentant le lion de Gwynedd. C'était le présent de Michaela à son mari, à la naissance du petit prince Owain.

Pour les souverains et pour Cathan Drummond, le bijou symbolisait leurs espoirs de voir un jour la Maison Haldane affranchie de son joug.

Bénissant Cathan, Rhys Michael effleura la broche en ajustant sa manche. Son beau-frère comprendrait le sens de ce geste. Fulk, qui s'était tourné un instant, ne vit rien.

Il inclina un miroir pour qu'il reflète au mieux l'image du roi.

— Un bon choix, Sire.

— C'est aussi mon avis.

Le roi s'étudia d'un œil critique, passant une main nerveuse dans ses cheveux noirs coupés court. Il s'observa sous plusieurs angles. Il aurait aimé avoir une chevelure plus longue, mais les grands seigneurs insistaient pour qu'il garde une coiffure stricte — sans aller jusqu'à la tonsure. Rhys Michael s'en demandait souvent la raison. Croyaient-ils, à l'instar de Samson, que la force des Haldanes résidait dans leur chevelure ?

En tout cas, cette coiffure sévère dégageait l'Œil de Rom accroché à son oreille droite. Le rubis avait appartenu à Cinhil et à ses deux premiers fils avant de revenir à Rhys Michael. Il faisait partie des trésors de la Couronne. Le roi Cinhil avait été le premier à le porter. Les grands seigneurs ignoraient que le bijou lui venait du Deryni dont l'Histoire retiendrait le nom dans les siècles à venir : saint Camber. Les traditions antiques, également ignorées des grands seigneurs, identifiaient le rubis comme un présent des Rois Mages à l'Enfant Christ. Il avait été vendu pour financer la fuite en Egypte...

Que ce fût vrai ou pas, Rhys Michael voyait en l'Œil de Rom un des rares liens authentiques avec une royauté qui semblait destinée à lui échapper.

— Très bien, Cathan. La couronne maintenant.

Dans un élégant coffret clouté, le frère de Michaela prit cérémonieusement la Couronne de Gwynedd. Ses feuilles et ses croix or et argent s'entremêlaient. Des rubis en cabochons avaient été rajoutés six ans plus tôt, ainsi que d'autres pierres moins précieuses. Par contraste avec les cheveux noirs de Rhys Michael, l'effet était saisissant.

Cathan et Fulk sourirent puis emboîtèrent le pas à leur suzerain.

Derrière l'estrade du hall d'honneur se trouvait une petite salle. Rhys Michael s'y rendit d'abord pour subir une ultime mise au point de la part des grands seigneurs. Ensuite, il dut patienter. Par un interstice entre les lourdes tentures, il regarda les courtisans prendre place. Puis il pria le ciel et rassembla tout son courage.

Surpris, il vit quelques dames, les épouses et les filles des grands seigneurs de la suite de la reine, installées devant les fenêtres qui donnaient sur le jardin. Certaines avaient apporté leur nécessaire à broderie.

Michaela avait aussi voulu assister à l'audience. Hubert le lui avait interdit.

A droite de l'estrade, Paulin informait l'archevêque Oriss des derniers développements. Très malade, le prélat avait été amené sur une litière. Tammaron s'entretenait avec un capitaine des archers, désignant la longue galerie qui courait à droite du hall.

A gauche, Rhun et Manfred firent leur apparition, flanqués de Richard Murdoch, l'air courroucé.

Des dizaines de chevaliers et de courtisans de moindre stature approchaient. Bientôt, le roi paraîtrait.

A l'autre bout du hall, sous l'étroite surveillance de la garde, la délégation de Torenth patientait : six soldats en armure orientale, revêtus de la cape fauve caractéristique de la Maison de Furstan.

L'un portait une bannière blanche, symbole des pourparlers. Ce devait être le héraut : son tabard arborait le cerf noir emblématique de Furstan, une couronne d'or posée sur ses cors d'argent.

— Tout est prêt, Sire, murmura Fulk à l'oreille de Rhys Michael.

Qui tendit la main droite vers Cathan pour recevoir l'épée haldane. Il la cala dans la saignée de son coude gauche, la garde prenant des allures de croix.

Fulk écarta les tentures et suivit le roi dans le hall d'honneur.

Rhys Michael prit place sur l'estrade ; le silence se fit. Les dignitaires saluèrent leur suzerain — sans trop de zèle afin de ne pas conférer à la séance trop d'importance aux yeux de la délégation.

Préoccupé, Rhys Michael rendit l'épée à Cathan.

Comme il aurait voulu que Javan fût encore de ce monde pour s'occuper des affaires d'Etat à sa place !

Le jeune souverain réprima ses soupirs. Il devait rester vigilant.

Tandis que le connétable Udaut avançait vers la délégation, en vertu du protocole, Rhys Michael prit conscience d'un fait. Le seigneur Albertus entrait à son tour, accompagné par deux messagers des Marches de l'Est à l'air hagard et par une poignée de chevaliers des *Custodes*. Ils entouraient un petit homme nommé Dimitri. On le disait deryni, même si peu de gens, à la cour, étaient au courant. Au service de Paulin et des *Custodes Fidei*, sa véritable allégeance restait néanmoins pleine de mystère. Peu avant de périr, Javan avait averti son frère au sujet de Dimitri.

Celui-ci avait-il joué un rôle dans le régicide ? Et lequel ?

Rhys Michael se posait souvent la question.

Une chose était sûre : les alliés derynis du roi Javan s'étaient défiés de Dimitri. Ce dernier travaillait-il *uniquement* pour Paulin et ses *Custodes* ?

Rhys Michael regrettait amèrement qu'aucun allié de son défunt frère n'eût cherché à le contacter. Bien sûr, leur nombre s'était tragiquement réduit. Les rares dont Rhys Michael connût l'identité avaient péri aux côtés de leur suzerain.

Il restait un espoir. Ainsi que l'avait prédit Javan, son frère cadet apprenait à « lire » la vérité. Quand on lui mentait, il en avait conscience. Un pouvoir contre lequel les humains étaient démunis serait pour lui un avantagc ccrtain.

Cela dit, les délégués torenthis étaient certainement derynis.

Si les Derynis n'avaient pas de parade contre la Lecture de Vérité, ils pouvaient la détecter sans peine. Même s'il était peu probable que le héraut torenthi trahisse le secret du roi de Gwynedd à Dimitri, Rhys Michael aurait intérêt à s'abstenir.

En revanche, le héraut et Dimitri ne s'en priveraient pas et tenteraient sans doute sur le jeune souverain une Lecture de Vérité.

Raison de plus pour Rhys Michael de se tenir sur ses gardes.

Albertus et les siens rejoignirent Manfred, Rhun et Richard.

Udaut fit signe à la délégation d'approcher puis regagna sa place.

En réponse à ce traitement cavalier, les soldats torenthis avancèrent avec force piétinements et raclements d'armes.

Devant l'estrade, les six soldats au garde-à-vous martelèrent le sol de leurs bottes en se frappant le poitrail de leurs poings gantés.

Le héraut s'inclina et prit la parole d'une voix claire à l'accent léger.

— Rhys Haldane de Gwynedd.

L'homme au long visage avait une coupe courte dont la sévérité soulignait ses pommettes hautes. Une fine moustache et un bouc achevaient de durcir ses traits.

— Oyez les paroles de mon maître, le prince Miklos de Torenth, qui agit au nom de son cousin, Marek de Festil, légitime souverain de ce royaume.

— Messire, vous vous tenez devant le roi légitime de ce royaume ! grogna Richard Murdoch, une main serrant le pommeau de son épée. Vous garderez envers lui une courtoisie appropriée !

Le héraut inclina la tête.

— Mon maître ne m'envoie pas débattre de rangs et de titres, mon seigneur. Son message s'adresse à l'usurpateur Haldane.

— Alors, parle ! lança Rhys Michael, devançant l'impétueux Richard.

— Mon seigneur, mon gracieux prince me prie d'instruire cette cour sur l'antique Maison de Festil, issue de la lignée royale de Torenth. Elle gouverna Gwynedd plus d'un siècle. Le prince Marek de Festil est le représentant actuel de cette noble souche. Par son mariage l'an dernier avec la princesse Charis, duchesse de Tolan, sœur du prince Miklos et du roi Arion de Torenth, il a affermi son héritage royal. La lignée monarchique et ducale est assurée par son premier fils, le futur duc de Tolan, qui sera appelé à régner sur Gwynedd sous le nom d'Imre le deuxième.

Un grognement échappa à Rhun. D'une main levée, Hubert le fit taire.

Une angoisse mêlée de colère tordit les entrailles de Rhys Michael.

Le héraut n'avait pas terminé.

— A cette fin, et pour célébrer la naissance du jeune prince, mon seigneur le prince Miklos aimerait inviter la cour haldane au baptême de son neveu, au château de Culliecairn. A cette occasion, mon seigneur entend faire don de Culliecairn à l'enfant royal.

Un murmure outragé courut dans le hall d'honneur. Le héraut haussa la voix.

— Si le Haldane entend disputer cette donation à l'héritier du prince Marek, qu'il se présente sous huitaine aux portes de la cité, avant la veille de la Saint-Jean. Et qu'il veuille produire des preuves s'il conteste les droits territoriaux du prince Imre de Festil.

— Par Dieu, il va trop loin ! gronda Manfred.

— Il a un sacré culot, convint Tammaron.

— On ne saurait tolérer pareil outrage ! rugit Rhun.

Même s'il était pour une fois entièrement d'accord, Rhys Michael maîtrisa sa colère. D'une main levée, il fit taire ses « conseillers ».

— Paix, mes seigneurs. Quel est votre nom, sire héraut ?

— Eugen von Roslov, mon seigneur.

— Eugen von Roslov, répéta le roi. Voyons, est-ce bien le prince Miklos qui fait affront à ma souveraineté en prétendant s'emparer de mes terres ?

Avec un fin sourire, le héraut s'inclina.

— Mon seigneur, faire affront à la souveraineté de Gwynedd n'est nullement dans ses intentions. Il s'agit de réparer une injustice qui n'est sans doute pas intentionnelle. Gwynedd a négligé d'inviter un représentant de Torenth au couronnement de Votre Majesté. Le caractère précipité de votre avènement explique sans doute cet oubli regrettable, un an à peine après le couronnement du roi précédent. Néanmoins, les conseillers de mon seigneur ont la certitude que Votre Altesse aimerait s'amender en honorant de sa présence un autre événement royal, à Torenth.

— Le baptême de l'héritier de mon rival à Culliecairn ? C'est une plaisanterie ? Sans compter que votre géographie est défaillante. Culliecairn n'est pas à Torenth mais à Gwynedd.

Le héraut écarta les mains.

— Ce n'est plus le cas, Sire. De plus, que le domaine soit offert à l'héritier satisfait à l'obligation de présenter des dons somptueux lors du baptême d'un enfant royal. Ayant choisi le château et la ville de Culliecairn comme un fleuron pour son noble neveu, le prince Miklos en a pris possession la semaine dernière, vous épargnant ainsi l'effort de lui faire un cadeau aussi splendide.

— Pour ce qui est de l'octroi de présents, je prends mes propres décisions. Et si je peux comprendre la fierté d'un père, vous me pardonnerez de ne pas partager votre enthousiasme à la perspective d'avoir un nouveau prétendant au trône de Gwynedd. Le *mien* !

Rhys Michael fit une pause puis désigna les messagers des Marches de l'Est.

— Par ailleurs, ces braves m'informent que l'assaut de votre maître a coûté la vie à de nombreux guerriers de valeur, parmi lesquels le comte des Marches de l'Est en personne. La sauvegarde de Culliecairn lui incombait.

— Faire couler le sang n'était pas dans les intentions de mon prince.

— Vraiment ? Seul le trépas du comte des Marches pouvait lui permettre de pénétrer dans Culliecairn ! En conséquence, je n'ai d'autre choix que de considérer les actes de votre maître comme une déclaration de guerre. Si Miklos agit à titre privé, j'en appellerai à son frère, le monarque de Torenth. Gageons que le roi Arion empêchera son vassal de menacer les frontières d'un royaume avec lequel il est en paix. Si Miklos agit en tant que prince de Torenth, avec l'aval du roi Arion, il risque de provoquer un conflit entre nos deux royaumes. Enfin, s'il agit au nom de Marek de Festil, il soutient un rebelle aux prétentions illégitimes. Une fois de plus, cela peut entraîner une guerre. Alors, sire héraut, que répondez-vous ? Quelles sont les raisons d'agir de votre prince ?

Von Roslov inclina la tête.

— Mon maître ne m'a pas fait part de ses motivations. J'avais pour seules instructions de déclarer ses intentions concernant Culliecairn.

Il passa une main sous son tabard et en tira un gantelet en cuir marron qu'il jeta aux pieds de Rhys Michael.

— Si vous souhaitez une déclaration plus formelle, voilà le gage des prétentions de mon maître. Relevez-le ou non, à votre guise. Mais si vous voulez reprendre Culliecairn, il vous faudra en découdre avec le prince Miklos.

Le défi n'avait rien d'une surprise. Avant d'agir, Rhys Michael devait confirmer les termes de sa réponse avec ses conseillers. Il devait aussi se calmer.

— Que mes ministres me rejoignent, dit-il en se levant. (Hubert hocha la tête.) Messire le connétable veillera sur nos invités, le temps que je confère avec mes conseillers. Mes seigneurs...

Dans la salle dissimulée derrière l'estrade, Rhys Michael affronta les maîtres de Gwynedd et défendit son point de vue.

— Cette nouvelle change tout ! C'est un défi indubitable à ma souveraineté ! Vous devez me laisser le relever ! Sinon, je perdrai toute crédibilité. Et Gwynedd aussi à travers ma personne !

— Sire, dit Tammaron, nous ne sommes pas prêts à guerroyer contre Torenth.

— Tant mieux, puisqu'il ne s'agit pas de ça. Arion ne soutient pas cet affront à ma couronne. Et Miklos agit au nom de Marek de Festil. Croyez-vous qu'il tenterait de s'emparer du trône ? Pas maintenant. Pas tant qu'un bébé est tout ce qui sépare sa lignée de l'extinction.

— Vous est-il venu l'idée que ce pouvait être une ruse ? dit Paulin. Vous n'êtes guère mieux loti que Marek, puisque votre propre héritier a quatre ans à peine. L'homme est un Deryni, Sire. Miklos et Arion aussi. Et s'ils entendaient recourir à leur magie contre vous ?

Rhys Michael se détourna, affligé. Que pouvait-il répondre ?

— J'ai d'autres soucis pour l'instant. Etant l'Oint du Seigneur, je crois et j'espère que la Grâce divine me permettra de vaincre. Il est possible que la magie soit inefficace contre toute une armée. Ne dit-on pas qu'une flèche est toujours plus rapide qu'un sort ?

« Une chose est sûre : si vous laissez un prince étranger s'approprier Culliecairn, un des fleurons de notre royaume, la souveraineté de Gwynedd deviendra un leurre. Peu importe qui s'assiéra sur le trône. J'ai appris à me résigner à mon impuissance, mais je vous implore de ne pas affaiblir davantage la couronne dont vous espérez ceindre le front de mon fils. Quelle sorte de royaume légueriez-vous à vos rejetons ?

La question, amère et directe, surprit assez Richard pour le laisser sans voix.

Rhun et Tammaron aussi. Tous trois avaient des fils qui attendaient en effet leur héritage... Manfred échangea un regard avec Hubert. Ses héritiers — les neveux d'Hubert — jouissaient aussi de l'extraordinaire influence de leurs parents à la cour. Même Albertus eut l'air songeur. Afin de devenir le Grand Maître des chevaliers des *Custodes*, n'avait-il pas prématurément légué ses titres à son fils ? Bonner Sinclair, le jeune comte de Tarleton, était aussi le neveu de Paulin...

De tous les hommes présents, seul Robert Oriss avait atteint son rang sans la complicité des anciens régents. Il n'avait pas pris part au coup d'Etat. Et au contraire d'Hubert, l'archevêque de Rhemuth n'avait pas de parentèle susceptible de bénéficier de sa position.

Voir la Maison Haldane purifiée de ses souillures derynies était la seule chose qui les réunissait.

— Nul ne souhaite contester la souveraineté du trône, Sire, dit le vieil archevêque. Mais l'affaire de Culliecairn ne représente peut-être pas tant une érosion de l'autorité royale que celle de la loyauté envers la Couronne. Qu'en est-il du comte des Marches de l'Est qui aurait dû sauver Culliecairn pour vous ? Il a une femme torenthie qu'on dit derynie. Qui sait si le comte ne vous a pas trahi ?

— En ce cas, il l'a payé de sa vie, répondit Rhys Michael. Mais Hrorik n'était pas un traître. J'ai foi en mes vassaux des terres du nord, et surtout en lui. Si je ne vole pas à la rescousse de sa veuve, c'est *moi* qui trahirais mon défunt féal.

— Peut-être devrions-nous envoyer un vice-roi. (D'évidence, Manfred comptait jouer ce rôle.) Je n'aimerais pas que Votre Altesse s'expose.

— Si Culdi avait été pris et qu'on défie Gwynedd, enverriez-vous un simple représentant ? Non, vous iriez en personne reconquérir le duché. Nous parlons de l'annexion par mon rival d'une forteresse qui garde la frontière nord de mon royaume. Mes seigneurs, puisque je n'ai pas le choix, je me conformerai à votre décision. Mais ne voyez-vous pas que mon départ est impératif ?

Le débat continua. Tammaron puis Hubert dictèrent au roi les termes de sa réponse.

Rhys Michael reprit l'épée haldane et revint se camper devant son trône.

Dans la galerie, les archers reculèrent, arcs baissés. Mais les flèches restaient encochées.

— Vous pardonnerez cette brève interruption, messire héraut, dit Rhys Michael. Je constate avec chagrin que le symbole du défi que me lance votre maître gît encore devant mon trône. Je trouve ce geste belliqueux regrettable, car je ne lui ai jamais souhaité de mal. Mais puisqu'il le faut, je suis prêt à relever le gant s'il persiste dans cette folie. Est-il vraiment résolu à remettre à l'héritier du prétendant mon domaine de Culliecairn ?

— Un domaine dont il est désormais détenteur, mon seigneur. Quelle réponse devrai-je lui apporter ?

— Je réfute ses prétentions, et je relève le gant. Culliecairn appartient à la couronne de Gwynedd. Nul autre n'en aura la jouissance.

Rhys Michael ramassa le gant et le jeta à von Roslov.

— Dites à votre maître que je le rencontrerai à Culliecairn avant la veille de la Saint-Jean pour qu'il me restitue ma propriété. Je regrette qu'il me force à prendre les armes, car j'aurais préféré voir en lui un ami.

— Quand l'amitié affaiblit la couronne d'un roi, il doit y renoncer, Sire.

— C'est vrai. Je ne puis compter comme des amis ceux qui font alliance avec mes ennemis. Si votre maître est résolu à soutenir le prétendant festillien, qui cherche à reprendre une couronne usurpée par les siens pendant soixante-dix ans, il se déclare mon ennemi. Avertissez Marek de Festil que je ne ferai pas de quartier. Vous pouvez vous retirer...

Sur ces mots, Rhys Michael tourna les talons et disparut de nouveau derrière l'estrade, suivi par ses écuyers.

— Bien dit, Sire ! chuchota Fulk.

Entre les tentures, le jeune roi vit la délégation torenthie quitter le hall d'honneur.

— Vous avez très bien parlé, Altesse, approuva Hubert, qui arrivait avec son frère. Si vous vous reposiez une heure ou deux ? Le seigneur Albertus veillera à ce que la délégation reparte en paix. Entre-temps, Tammaron réunira le conseil. Puisque notre décision est prise, l'armée royale devrait partir dès demain à l'aube. Veuillez prévenir la reine, Sire. Fulk, Cathan, si vous raccompagniez votre maître dans ses appartements ?

Si le roi s'offusqua de ce traitement cavalier, il n'en montra rien. Une main sur la garde de son épée, il emprunta l'escalier qui menait à l'aile royale du château.

Hubert et son frère le regardèrent s'éloigner.

— Il s'en est beaucoup mieux tiré que je n'aurais cru, commenta Manfred.

— Eh oui ! Il y a beaucoup à dire sur le potentiel haldane... Même quand on l'étouffe... Imagine ce que seront ses fils, eux qui n'auront été corrompus par aucune influence extérieure !

Manfred hocha la tête, pensif.

— Nous l'avons peut-être pris en main à temps... Après des débuts houleux, je n'en aurais pas juré. (Il eut un sourire ironique.) Non qu'on lui ait laissé le choix, n'est-ce pas ? Bah, c'est dans son intérêt.

— Et dans le nôtre, rappela Hubert.

— Certes. Ainsi que dans celui du royaume, ne l'oublions pas, si nous voulons préserver la cour de la souillure derynie. N'est-ce pas dans ce but que nous combattons les Festils ? Et tentons de préserver la lignée haldane.

— Il n'est plus question que les Festils montent sur le trône de Gwynedd ! Nous ne reculerons devant rien pour les en empêcher. Mais rejoins plutôt Tammaron et aide-le à préparer le conseil. Amène l'archevêque Oriss avec toi. Je veux dire un mot à Paulin.

Celui-ci attendait non loin, avec des frères des *Custodes*. Dimitri avait beau être vêtu de noir, de pied en cap, il différait trop des chevaliers pour qu'on pût le prendre pour l'un d'eux. Une aura particulière se dégageait du petit homme.

Pour cette raison, les autres se tenaient à l'écart, guère rassurés. Les mains glissées sous les manches de sa robe, Dimitri restait devant l'âtre. Il releva la tête, comme arraché d'un rêve éveillé. Paulin tira deux sièges pour que Hubert et lui s'installent.

— Les Torenthis étaient-ils tous derynis ? demanda Paulin sans s'embarrasser de préambule.

— Oui, mon seigneur, répondit Dimitri en s'inclinant très bas avant de s'asseoir par terre, sur les genoux. Mais ils étaient sur leurs gardes, comme s'ils avaient senti la présence d'un des leurs. Je ne parle pas de moi, seigneur. D'ailleurs, je ne pouvais risquer qu'une légère Lecture de Vérité pour ne pas me trahir. Seul le héraut l'a tenté. Je m'attendais à plus d'audace.

— Est-il envisageable que cet homme ait bluffé ? demanda un des moines chevaliers.

Dimitri secoua la tête.

— J'en doute. Le héraut *croit* que le prince Miklos s'est emparé de Culliecairn au bénéfice de l'héritier du prétendant. Il pense que le défi de son maître concerne uniquement ce fief.

— Alors, ce serait une tentative d'attirer nos forces à Coldoire afin que les Torenthis aient le champ libre ? lança Cloyce, un des aides de camp d'Albertus.

Dimitri inclina la tête.

— De telles possibilités ne sont pas à exclure, messire. Des informations à l'origine plus classique devraient être à même de confirmer ou d'infirmer cette éventualité. Tout ce que je puis dire, c'est que le héraut n'a pas proféré de mensonge, et qu'il n'a pas cherché à sonder les pensées du roi.

— Parlons-en, du roi ! fit Hubert. Quelque chose en lui a-t-il convaincu le héraut de ne rien tenter ? Quelle est l'autre présence derynie que les Torenthis ont sentie ? Nous avons toujours cru que Rhys Michael n'était pas souillé par son héritage. Pourtant Javan ou un de ses proches ont jadis réussi à me manipuler à mon insu.

Perplexe, Dimitri secoua la tête.

— Pourquoi persistez-vous à poser ces questions, mon seigneur ? Vous ne m'avez jamais permis d'examiner Son Altesse, de peur que je ne lui impose ma volonté. Une précaution que je peux comprendre — même si, après tant d'années à votre service, j'aurais cru que ma loyauté ne pouvait plus faire de doute... Quoi qu'il en soit, certains humains ont aussi la possibilité d'abriter leurs pensées derrière un bouclier. Surtout ceux qui ont côtoyé des Derynis. Puisque les trois héritiers haldanes, dans leurs jeunes années, furent confiés à des tuteurs et à des guérisseurs derynis, Rhys Michael a pu garder le bénéfice de certains vestiges de pouvoir.

— Je n'appellerais pas ça un bénéfice, maugréa Paulin.

Dimitri haussa les épaules.

— Si le héraut a été dissuadé d'employer le sien contre notre roi, on peut parler de bénéfice, seigneur.

Mais rappelez-vous que ce genre de protection se dissipe dès qu'un contact physique est établi. Si le héraut avait pu toucher le roi, ç'aurait été très différent. Encore que toute violation mentale prenne du temps. Surtout si on ne veut pas que ça se sache.

Les propos du Deryni n'avaient rien de rassurant. Seul Hubert ne paraissait pas s'en émouvoir outre mesure.

— Le roi n'aura jamais l'imprudence de laisser un Deryni le toucher, déclara-t-il. Il craint les Torenthis davantage qu'il ne nous redoute.

— Tant qu'il aura peur de nous..., souffla Paulin, avec un regard sombre pour Hubert. Rejoignons le conseil et arrêtons un plan d'action avant l'arrivée du roi.

Tandis que Paulin et lui sortaient, talonnés par les *Custodes*, Dimitri se prosterna, le front pressé sur le sol.

CHAPITRE 3

Et s'il vaut la peine que j'y aille aussi, ils feront le voyage avec moi.

Première Epître aux Corinthiens, 16, 4

Au même moment, le roi savourait quelques instants de quiétude avec sa femme. Dans le solarium qui reliait leurs domaines respectifs, il trouva Michaela assise près de la fenêtre. La plus jeune et la plus jolie des dames d'atours, Liesel, peignait les cheveux fraîchement lavés de la reine.

— Mon seigneur ! cria Michaela, rayonnant de joie à la vue de son époux.

Le bleu roi du surplis de la jeune femme était d'un ton plus soutenu que celui de ses yeux. Sa chevelure blonde comme les blés retombait sur ses reins.

Les trois autres dames d'atours interrompirent leurs travaux de broderie pour se lever.

C'étaient les espionnes des maîtres de Gwynedd, pas des amies.

— Mes dames, murmura le roi.

Il emmena Michaela dans leur chambre. Il avait confié la couronne à Cathan, gardant le manteau écarlate et sa broche.

Les deux jeunes gens s'assirent sur le lit.

— Je dois partir, annonça Rhys Michael.

A l'instar de la cour, Michaela savait que des messagers des Marches de l'Est étaient arrivés le matin. Elle écouta son époux lui raconter ce qui venait de se passer.

— Voilà tout ce que je sais pour l'instant, conclut-il. Je ne crois pas que Marek de Festil soit résolu à aller jusqu'au bout. Le moment serait fort mal choisi, de son point de vue. Mais afin de parer à toute éventualité, mieux vaut que je me rende là-bas en personne. Même les grands seigneurs ne pouvaient en disconvenir. Seras-tu très courageuse en mon absence, ma mie ? Si... quelque chose m'arrivait, tu devrais être une régente forte pour Owain et...

Sa voix mourut. D'une main tremblante, il caressa le ventre arrondi de Michaela, qui étouffa un sanglot et l'attira contre elle. Il enfouit sa tête et ses mains dans la blondeur de sa chevelure. Comme il aurait voulu oublier ses appréhensions dans la chaleur de son amour ! Mais l'imminence d'une « convocation » l'obligea à se faire violence.

Il s'écarta de Michaela et prit une de ses mains pour y poser un baiser.

— Dieu, comme je t'adore, Mika ! chuchota-t-il. Je te désire tant que j'en ai du mal à trouver mon souffle. Mais d'un instant à l'autre, Cathan et Fulk vont frapper à la porte... Je rêvais du moment où ce que j'aurais à dire au conseil serait enfin écouté... Hélas, cela signifie aussi que je dois te quitter... Peut-être pour toujours.

Elle trouva la force de sourire et effleura son menton de ses doigts tremblants.

— N'avons-nous pas prié pour qu'un jour pareil vienne, mon seigneur ? chuchota-t-elle. Pour que tu aies enfin l'occasion d'asseoir ta souveraineté ? C'est si soudain... Dois-tu vraiment partir demain ?

Il ferma les yeux un instant puis soupira.

— Si je leur laisse plus de délai, ils trouveront un moyen de me retenir. De plus, si Culliecairn est aux mains de l'ennemi, mieux vaut résoudre le problème avant que les forces torenthies ne s'y soient trop fortement retranchées.

— Ton départ est inévitable... Comme je voudrais pouvoir chevaucher à tes côtés !

— Je sais, mon amour. (Il la serra entre ses bras.) Oh Dieu, Mika, et si je ne revenais pas ? Que deviendront nos fils ?

— J'essaierai... d'être forte pour eux et pour toi, promit la reine, les yeux mouillés de larmes. Au besoin, je me sacrifierai pour qu'ils survivent. Et n'oublient pas leur héritage haldane. Un jour, mon amour, j'en fais le serment, la couronne sera libérée !

— Ah, ma reine fière et passionnée ! Je ne veux plus du tout partir ! Surtout pas demain, même si depuis six longues années, je guettais une telle occasion... La chance de devenir un véritable roi... J'aurais voulu que tu me voies tantôt, ma mie.

— Je l'aurais voulu aussi. Comme j'aurais voulu t'accompagner... Nous devrons faire en sorte que cette nuit suffise à remplir tous nos lendemains.

Un bâillement prit la jeune femme par surprise. Elle s'étira puis attira son époux pour un rapide baiser avant de lui décocher un sourire penaud.

— Je me reposerai cet après-midi. Ma deuxième grossesse me prend plus d'énergie que la première...

On frappa à la porte.

— Entrez, dit Rhys Michael à contrecœur.

Cathan passa la tête par l'entrebâillement, s'excusant dès qu'il vit le couple enlacé. Il tenait d'une main l'épée haldane et de l'autre un serre-tête doré aux entrelacs celtiques.

— Désolé, Mika. Rhysem, ils t'attendent.

Le roi poussa un lourd soupir et se releva.

— Je ne veux pas te quitter, chuchota-t-il.

— Tu le dois, mon chéri. Mon amour et mes prières t'accompagnent.

Avec Cathan pour témoin, ils échangèrent un long baiser. Rhys Michael était conscient d'étreindre sa femme pour ce qui était peut-être une des dernières fois.

Quand il s'écarta d'elle, il la désirait de toute son âme. Il sentit son cœur battre à l'unisson avec le sien et posa un baiser sur son front.

— Je dois partir, dit-il d'une voix rauque. Nous dînerons en privé, ce soir. Cathan aussi te fera ses adieux. Repose-toi, ma mie. Je serai de retour d'ici quelques heures.

Refoulant ses larmes, Michaela suivit son époux dans le solarium puis le regarda partir avec Cathan. Rhys Michael se passa une main dans les cheveux, un geste si typique que la jeune femme en eut le cœur serré. Elle se détourna, résolue à cacher sa détresse aux dames d'atours qui avaient repris leurs travaux.

L'une d'elles examinait un écheveau de soie.

La plus jeune reprit la brosse à dos d'ivoire pour continuer à coiffer la reine.

Michaela ferma les yeux avec un soupir.

— Ça fait du bien, murmura-t-elle. Je pourrais te laisser continuer tout l'après-midi...

Liesel sourit. Plus jeune que Michaela, fraîche et accorte, elle portait ses cheveux blonds noués sous une coiffe blanche. Sa robe couleur jaune pâle ne flattait guère la plupart des femmes — un choix intentionnel des grands seigneurs pour toute la domesticité féminine du château. Pourtant, sur Liesel, l'effet n'était pas si mal. Bientôt, la beauté de l'adolescente s'épanouirait. Ses yeux dorés luisaient d'une affection sincère pour la reine.

— Ma dame a de beaux cheveux, dit-elle à voix basse. Les soigner est un plaisir pour moi.

— Vraiment ? soupira Michaela. Ce doit être comme de caresser un chat : un plaisir mutuel, pour l'animal et pour l'homme.

— On dirait de la soie miroitant sous les rayons du soleil. Pas étonnant que le roi préfère vos cheveux dénoués.

— C'est vrai. (Le sourire de la reine s'évanouit.) Liesel, tu devras m'aider ce soir. Le roi soupera avec moi et demain, il partira pour les Marches de l'Est. Dieu seul sait si je le reverrai.

— Oh, ma dame...

Michaela trouva la force d'esquisser un pauvre sourire.

— Ne pleure pas, Liesel, ou je fondrai aussi en larmes ! Il doit tout ignorer de mes angoisses. (Elle soupira.) Mes cheveux sont secs maintenant. J'ai besoin de m'allonger.

— Oui, ma dame, souffla Liesel, les yeux baissés.

Etouffant un nouveau bâillement, Michaela se leva et s'adressa aux autres.

— Chère dame Estellan, pourquoi Lirin, Adelicia et vous ne goûteriez-vous pas la fraîcheur des jardins pendant une heure ou deux ? Je vais me reposer. Liesel m'aidera à me déshabiller.

Sur ces mots, la reine tourna les talons.

Ces femmes l'indifféraient, mais elle devait leur faire bonne figure.

Dans la chambre, Liesel tira les tentures du grand lit à baldaquin.

— J'ignore pourquoi cette nouvelle grossesse me donne tant envie de dormir, souffla Michaela tandis que Liesel la débarrassait de son surplis bleu. Quand j'attendais Owain, je n'étais pas si fatiguée.

— Ma dame est peut-être plus préoccupée. Reposez-vous bien, Votre Grâce. Le sommeil est le remède à bien des maux.

Liesel posa le surplis sur le dossier d'un siège puis s'approcha de sa maîtresse, qui s'endormait déjà. Elle posa une main sur son front, la plongeant dans un profond sommeil.

— Dieu vous accorde le repos, douce reine, chuchota-t-elle. Et vous vous réveillerez en pleine forme ! Vous m'avez permis d'aller chercher un livre de poésie à la bibliothèque. Si vous deviez vous réveiller avant mon retour, vous m'avez aussi priée de vous rapporter des fleurs pour vos cheveux.

Quand Liesel sortit de la chambre, les dames de compagnie avaient quitté le solarium. Une servante nommée Elspeth sommeillait à leur place, près de la fenêtre.

Dans le couloir, les gardes habituels étaient à leur poste.

— Salut, Liesel, dit le capitaine.

La jeune fille devait lever haut la tête pour croiser le regard de l'officier, car elle lui arrivait à peine à l'épaule. Il lui était difficile de manipuler cet homme.

— La Grâce divine soit avec vous, capitaine. La reine s'est endormie. Veillez, je vous prie, à ce qu'on ne la dérange pas.

L'officier s'inclina avec courtoisie.

Quand Liesel était entrée au service de la reine, le capitaine était un des soldats les plus mal dégrossis de sa connaissance. A présent, face à ce petit bout de femme au regard clair, il était aussi soumis et respectueux qu'un chat tigré au coin de l'âtre.

La dame d'atours favorite de la reine ne s'appelait pas Liesel.

Ce n'était pas une servante non plus.

La fille du guérisseur Rhys Thuryn et d'Evaine MacRorie était l'unique agent reliant encore le couple royal aux Derynis.

Mais Rhys Michael et sa reine ignoraient pour l'instant la véritable identité de Liesel.

Et ils ne savaient rien de ce que leurs alliés tramaient.

Une situation qui devrait bientôt changer, songea la jeune fille en se dirigeant vers un escalier en colimaçon.

Le plan initial était d'accéder à l'entourage immédiat du roi et d'éveiller ses pouvoirs latents. A cette fin, Rhysel Thuryn avait un rôle essentiel à jouer. Puis il faudrait monter un coup d'Etat comparable à celui qui avait installé le père de Rhys Michael sur le trône. Dans les coins reculés du royaume, les partisans survivants des Haldanes, Derynis ou non, se regroupaient. Une fois la grossesse de la reine Michaela menée à terme, d'ici cinq à six mois, on devrait passer aux actes. La lignée assurée, le roi risquait fort d'être éliminé par ses geôliers...

Devant tant de dangers, il fallait prendre des risques... D'autant que Rhys Michael partait dès le lendemain pour les Marches de l'Est ! Un rebondissement qui précipitait les choses. Comment le roi affronterait-il la magie torenthie, lui qu'on avait privé de ses ressources ?

Chassant ses appréhensions, Rhysel descendit l'escalier.

Après le trépas du roi Javan, établir immédiatement un contact secret avec son successeur eût été suicidaire. Rhys Michael était sous étroite surveillance. Et quel accueil aurait reçu un agent deryni ? Nul ne savait à quel point Javan s'était confié à son frère cadet avant de périr.

La nouvelle donne du pouvoir politique avait coûté cher aux partisans de Javan. Des Derynis avaient réussi à prendre pied à la cour, gardant leur nature secrète et minant l'influence des grands seigneurs. Mais la chute du roi avait entraîné la leur. Peut-être les maîtres de Gwynedd avaient-ils ignoré qu'en tuant les fidèles de Javan, ils se débarrassaient du même coup de Derynis.

En tout cas, le mal était fait.

Cela étant, il fallait que les grands seigneurs continuent d'ignorer la vérité. Ou Rhys Michael serait plus étroitement surveillé encore — si cela était possible.

Les premiers mois passés, une autre chose avait été claire : le nouveau souverain était en sécurité au château.

Pour un temps...

Jusqu'à ce qu'il ait engendré un ou deux fils en tout cas. Les grands seigneurs ne désiraient pas l'extinction de la dynastie haldane. Ils voulaient une longue régence, et des monarques malléables à travers lesquels gouverner et s'arroger toujours plus de pouvoirs...

Sur ce point, théorie et pratique risquaient de diverger. Préserver la succession légitime était des plus désirables. Mais si Rhys Michael avait refusé de coopérer, les grands seigneurs auraient simplement fait en sorte que la reine subisse les assauts d'un autre et mette au monde un héritier prétendument haldane... Les véritables maîtres de Gwynedd désiraient un roi qui fût leur jouet. Un bâtard portant le nom des Haldanes eût aussi bien convenu à leurs desseins.

Rhysel se doutait que Rhys Michael était conscient de ces réalités. Grâce à des sondes mentales clandestines effectuées sur Michaela, la jeune Derynie savait que le couple royal avait différé la conception d'un enfant aussi longtemps qu'il l'avait osé. La naissance d'un fils, la deuxième année de règne, avait mis en danger la survie de Rhys Michael. Il n'était plus le seul Haldane.

Une seconde naissance pousserait les grands seigneurs à renouer avec le régicide. Après tout, une régence officielle était moins contraignante que le maintien d'une illusion politique à travers un roi fantoche...

A tout moment, Rhys Michael pouvait disparaître, victime d'un « fâcheux accident ».

Il devenait d'autant plus urgent que le jeune homme possède ses pouvoirs dans leur plénitude avant que sa femme accouche.

Et avant son départ pour les Marches de l'Est, pour qu'il ne périsse pas sous les coups d'un ennemi deryni.

La coopération de Rhys Michael, dans ces circonstances, était vitale. Pour que la tentative soit couronnée de succès, il fallait que le jeune roi s'en remette entièrement à ses alliés derynis, sur la seule foi de leurs protestations de loyauté. Il n'y avait plus de temps pour les explications ni pour la défiance.

D'après ses observations, Rhysel savait que la tâche serait ardue. Rhys Michael avait peu de raisons de se fier à qui que ce fût, hormis Michaela et son frère. Pourquoi écouterait-il les Derynis qui semblaient l'avoir abandonné depuis des années ? Seul facteur susceptible de jouer en leur faveur, la reine Michaela et son frère avaient eux-mêmes du sang deryni. On avait bloqué leurs pouvoirs dans leur petite enfance. Mais le potentiel subsistait, susceptible d'être restauré — à condition de lever le blocage.

Autant que Rhysel le sût, un seul être en était encore capable : son frère Tieg, qui allait sur ses quatorze ans.

Tieg à Rhemuth... Cette seule idée faisait frémir Rhysel d'angoisse. Lui amener le roi et la reine étant hors de question, quelle autre solution envisager ?

Tieg et sa sœur en avaient déjà parlé. Ses pouvoirs pourraient-ils éveiller ceux des Haldanes ?

Le roi avait des boucliers mentaux et pouvait faire une Lecture de Vérité.

Des atouts bien maigres face à un adversaire festillien entraîné...

Ses jupes jaune pâle relevées d'une main, Rhysel déboucha près de la bibliothèque. Le corridor était désert. Elle traversa le sol aux dalles blanches et noires disposées en diagonale. Sa véritable destination était une salle de lecture, derrière la bibliothèque. Mais qu'on la surprenne à y entrer pourrait éveiller les soupçons. Elle commença donc par prendre le livre de poésie qui serait son alibi.

Une précaution qui s'avéra judicieuse, car elle sentit une présence avant même de pousser la porte. Au fond de la salle de lecture, éclairé par le soleil qui filtrait d'une lucarne, un dos noir était voûté sur un pupitre.

L'individu se tourna en entendant la porte et se leva gauchement. Il portait une robe noire rapiécée d'érudit.

Grâce à Dieu... Rhysel avait redouté la présence d'un scribe des *Custodes*. Ce jeune homme ne lui poserait pas de problème.

— Maître Donal. Dieu soit avec vous. Vous travaillez d'arrache-pied, à ce que je vois.

L'homme rougit jusqu'à la racine de ses cheveux noirs coupés court. L'érudit adorait Rhysel. Devant elle, il perdait tous ses moyens... Une réaction que la jeune fille rechignait à décourager, un amoureux transi étant plus malléable qu'un prétendant éconduit. Une courtoisie de bon aloi ne coûtait rien. De plus, Rhysel ne détestait pas son soupirant, même s'il travaillait pour ses ennemis.

— Maîtresse Liesel... Votre présence inattendue... remplit toutes les promesses de... cette belle journée ! bafouilla le jeune homme.

Rhysel lui sourit ; il s'empourpra. Elle laissa son regard s'attarder avec amour sur les manuscrits et les volumes reliés qui occupaient une table. D'autres s'alignaient sur les étagères qui couvraient les murs. L'odeur familière du cuir et de l'encre avait l'attrait d'un parfum capiteux.

La jeune fille approcha et passa un doigt sur la tranche dorée d'un volume. Donal savait qu'elle pouvait lire et écrire. Mais il était loin de se douter à quel point sa passion d'apprendre dépassait la sienne. C'était un des nombreux legs de ses parents disparus.

Donal ne le saurait sans doute jamais.

Elle lui fit un joli sourire.

— Des paroles bien tournées, maître Donal. Mais nc comptez pas m'écarter de mon devoir. Je suis ici sur requête de la reine. Je dois rapporter le recueil de poésie de dame Kyla, dont la reliure était en cours de restauration. Est-ce prêt ?

Hochant la tête avec fierté, Donal s'empressa d'aller chercher l'ouvrage en question.

— Le voilà. Frère Lorenzo l'a rapporté hier.

Rhysel effleura les mains de Donal en lui prenant le livre. Le contact éphémère suffit à raffermir des contrôles psychiques utilisés une multitude de fois sur le jeune homme. A son insu, bien entendu.

— Merci, Donal, chuchota-t-elle. La reine sera enchantée. Retournez à votre copie et faites de beaux rêves. Souvenez-vous seulement que j'étais venue chercher ce livre. Allez.

Sans un mot, il retourna s'asseoir, un regard rêveur tourné vers la fenêtre ensoleillée. Alors que la jeune fille s'éclipsait, il plongea dans une douce rêverie — d'ordre assez privé pour qu'il ne la mentionne jamais à un confesseur des *Custodes*.

C'était plaisant pour Donal et moins importun que les autres mesures auxquelles Rhysel aurait pu recourir.

Dans le couloir, elle étendit ses perceptions, s'assurant que personne ne rôdait dans les parages. Serrant le recueil contre son sein, elle poussa une petite porte, sur la gauche.

Comment ferait-elle le jour où ces pièces, inoccupées jusque-là, abriteraient de nouveau quelqu'un ? C'était le refuge idéal pour un rat de bibliothèque.

Soupirant de soulagement, Rhysel inspecta les lieux aux murs blanchis à la chaux. Près d'un âtre froid, la poussière couvrait la table et les chaises. Un matelas était roulé à la tête du sommier d'un lit.

Malgré l'austérité de la pièce, Rhysel pouvait imaginer l'homme qui y avait brièvement vécu.

Etienne de Courcy.

Une poignée de gens savait qu'il avait soutenu de son mieux la cause haldane. Après le coup d'Etat qui avait fait périr Javan et mis Rhys Michael sur le trône, sa loyauté avait valu à de Courcy une exécution sommaire.

Ses bourreaux n'avaient jamais soupçonné sa nature de Deryni. Ou le rôle essentiel qu'il avait joué en cachant la femme et la fille derynies d'un guérisseur exécuté par les conjurés.

Au lieu de rester en sécurité avec les rescapées, Etienne avait choisi de revenir, ses pouvoirs et ses souvenirs bloqués. Il s'était laissé capturer, torturer et exécuter plutôt que de risquer qu'on ne découvre la vérité à propos de l'infiltration des Derynis à la cour.

Grâce à son sacrifice, ses semblables pouvaient continuer à travailler dans l'ombre jusque dans l'entourage du roi.

Guiscard, le fils aîné d'Etienne, avait aussi péri, tombé au champ d'honneur pour défendre le roi Javan.

Avec une prière silencieuse pour l'âme de ces nobles guerriers — des martyrs supplémentaires de la cause derynie —, Rhysel avança au centre de la pièce.

S'arrêtant devant une dalle particulière, elle baissa ses boucliers mentaux.

Elle sentit le picotement caractéristique d'un Portail de Transfert.

CHAPITRE 4

Ne fais pas fi du discours des vieillards, car eux-mêmes ont été à l'école de leurs pères ; c'est d'eux que tu apprendras la prudence et l'art de répondre à point nommé.

L'Ecclésiastique, 8, 9

Très loin de là, au nord, une jeune sentinelle blonde postée devant un autre Portail mordilla sa plume d'un air songeur. Son regard noisette se fit lointain.

Baptisé Camber Allin MacLean, on le surnommait Camlin depuis l'enfance, afin de le distinguer de son illustre parent MacRorie, sanctifié depuis.

A vingt-deux ans — l'âge de Rhys Michael —, il ressemblait au fils de Camber, Joram, chez qui il résidait.

Le jeune homme avait des cicatrices blanches aux poignets.

Le souvenir des circonstances où il avait récolté ses blessures s'était miséricordieusement brouillé. Camlin savait que ses bourreaux l'avaient cloué à la herse du château en flammes de son père.

Parmi les atrocités perpétrées ce jour-là à Trurill, la crucifixion n'avait pas été la pire.

Loin s'en fallait.

En tout cas, Camlin avait miraculeusement survécu.

Son père et bien d'autres braves avaient succombé. Supplicié et mutilé par les envahisseurs, le seigneur Adrien MacLean, agonisant, avait été contraint d'assister à l'empalement du garçon que les bourreaux avaient pris pour son fils : Aidan Thuryn, son cousin et le frère aîné de Rhysel...

Choqué par tant de barbarie et tremblant de terreur, Camlin, alors âgé de onze ans, s'était réfugié sous l'escalier des cuisines.

Une piètre cachette...

Le débusquant, les pillards avaient cru voir en lui un simple écuyer. Ils l'avaient dénudé, souillé et flagellé avant de le traîner jusqu'aux portes du château pour l'y crucifier.

Puis ils avaient mis le feu et étaient repartis au galop.

Une tempête de neige avait sauvé Camlin des flammes.

La mère d'Aidan et le frère cadet de celui-ci étaient arrivés à temps pour soigner au mieux ses blessures physiques et psychiques.

Il n'avait pas tout à fait perdu l'usage de ses mains.

Il reposa sa plume avec une grimace, se massant le poignet droit, couvert de cicatrices. Il regardait sans le voir le Portail vide, accaparé par ses souvenirs de « tante » Evaine et du petit Tieg. Comment ce prodige avait-il pu se réaliser ? En principe, les pouvoirs d'un guérisseur ne se manifestaient pas avant l'âge de dix ans. A l'époque, Tieg avait trois ans et il manquait totalement d'entraînement. Toute Derynie qu'elle fût, sa mère n'avait jamais rien eu d'une guérisseuse. Comment avait-elle pu canaliser l'incroyable potentiel de son enfant et réussir à sauver Camlin ?

Evaine était la fille de saint Camber. Avoir travaillé des années aux côtés de son cher époux, Rhys Thuryn, un guérisseur hors pair, avait dû lui donner des lumières précieuses sur cet art. Mais par la suite, aucun Deryni n'avait pu renouveler son exploit ou celui de Tieg.

S'il n'était pas entièrement guéri, Camlin n'avait pas le cœur à se plaindre. Le résultat de l'intervention d'Evaine n'aurait pas pu être parfait... Malgré ses nobles ascendances guerrières, Camlin ne pourrait plus manier l'épée. De toute façon, les meurtriers de son père le croyaient mort. Et l'un des grands seigneurs s'était approprié les terres de ses ancêtres.

Tout ce que le jeune miraculé pouvait encore manier avec panache, c'était la plume — à condition qu'il ne trace pas trop de lettres. Même à l'abri du sanctuaire deryni, les variations de température se faisaient sentir dans ses os. Ecrire trop longtemps lui coûtait. Certains jours, porter une coupe à ses lèvres lui faisait si mal qu'il devait chercher l'aide d'un guérisseur.

De telles limites physiques l'invitaient à une économie de paroles. Par nécessité, Camlin allait droit au but. Sa lucidité et son efficacité impressionnaient ses tuteurs les plus exigeants. Dom Rickart et Dom Queron, d'obédience gabriélite, le reconnaissaient : Camlin avait acquis des facultés de raisonnement presque michaelites. Joram et l'évêque Niallan, tous deux des Michaelites, professaient que ce n'était pas une mauvaise chose. Dans une communauté aux liens très serrés, Camlin réussissait à donner une part de lui-même à ceux qui lui avaient déjà tant apporté.

Il reprit sa plume. Tout en assurant son tour de garde du Portail, il annotait *l'Histoire des Haldanes depuis la Restauration*. L'évêque Niallan avait entrepris la rédaction de cet ouvrage peu après le trépas du roi Alroy.

Le chapitre en cours concernait les conséquences de la fin de Javan : la transcription par Tieg Thuryn des récits des témoins oculaires lus dans l'esprit d'Etienne de Courcy avant le blocage de ses pouvoirs. C'était un des rares comptes rendus des événements entourant le coup d'Etat des grands seigneurs. Relire ces lignes faisait toujours froid dans le dos à Camlin. La trahison orchestrée par des ministres « de confiance » et de prétendus hommes de Dieu...

Le prince Rhys Michael avait vu son fidèle aide de camp être sauvagement assassiné sous ses yeux. Un autre seigneur loyal avait été tué en tentant de fuir et un troisième fut si grièvement blessé qu'il agonisa des semaines durant...

Quelle sorte de loyauté avait pu pousser un homme comme Etienne à retourner sciemment dans la gueule du loup ?

Camlin avait prêté allégeance à la cause haldane, et à un prince qu'il ne connaissait pas. Mais il doutait fort de se découvrir le même courage qu'Etienne de Courcy face à pareille adversité.

Il résolut de se documenter sur un certain chevalier des *Custodes* mentionné dans le passage. Un mot indéchiffrable attira son attention. L'écriture de Tieg était claire, mais son orthographe restait fantaisiste. Camlin l'attribuait à la paresse : Tieg maintenait qu'un guérisseur avait mieux à faire que de se soucier d'orthographe, pourvu qu'il se fasse comprendre. Camlin répliquait qu'une bonne orthographe aidait à affiner la pensée. Depuis des années, le débat continuait entre les deux jeunes gens.

La porte s'ouvrit.

— Bonjour, Camlin, dit Tieg à voix basse. Oncle Joram m'a prié de te relayer, si tu veux faire une pause.

Camlin sourit et posa sa plume. Tieg muait depuis quelques mois. De semaine en semaine, il changeait beaucoup. Proche de son quatorzième anniversaire, il faisait plusieurs centimètres de plus que Camlin, qui n'était pas petit. Des taches de rousseur couvraient son nez. Ses yeux noisette affichaient une sagesse bien supérieure à son âge.

Sa tenue proclamait également sa maturité naissante. Les guérisseurs n'avaient pas de statut social avant dix-huit ans. Tieg avait déjà mérité de porter la bure verte de sa caste — au moins dans l'enceinte du sanctuaire.

Désormais, à l'instar de Dom Queron et de Dom Rickart, Tieg nouait ses cheveux roux bouclés en quatre nattes gabriélites — une offense majeure hors de ces murs quand le sujet était deryni. Les humains adoptant ce style de coiffure couraient le risque d'être condamnés à avoir la tête rasée, puis à subir le fouet.

Par bonheur, Tieg s'aventurait rarement hors du sanctuaire, et jamais vêtu ni coiffé ainsi.

— Joram t'envoie-t-il vraiment, ou t'ennuies-tu ? demanda Camlin, réprimant un sourire.

Tieg gloussa, l'air penaud.

— Il ne m'a pas *vraiment* envoyé, c'est vrai. Tout le monde parle de troupes, de renforts et de faiblesses stratégiques du château de Rhemuth.

— Merci de ton offre de tout à l'heure, Tieg, mais je préférerais finir ce que j'ai commencé. Je ne suis pas si fatigué.

— Tes mains le sont. (Il les prit entre les siennes.) A quoi bon me cacher tes douleurs alors que je ne demande qu'à les soulager ?

Camlin retint son souffle. Le jeune surdoué *plongea* dans les cicatrices du poignet droit de son patient. Les yeux fermés, il leur appliqua son pouvoir de guérison.

Camlin n'avait jamais connu un toucher thérapeutique de cette puissance. Etait-ce lié à l'autre talent de Tieg, celui de pouvoir bloquer les dons des Derynis ?

— Je ne crois pas, répondit Tieg à voix haute. Un jour, Dom Rickart m'a dit que lors de son entraînement, un de ses frères aînés, à Saint-Neot, avait les mêmes talents que les miens. Mais Dom Queron voit en mes dons un peu de l'identité psychique de mon père.

Haussant les épaules, Tieg s'intéressa à l'autre poignet de Camlin.

— Ayant peu de contacts avec des confrères, je ne saurais me prononcer. Hélas, je n'ai pas beaucoup de souvenirs de mon père.

Camlin l'écoutait à moitié, infiniment soulagé par son intervention. Comment Tieg faisait-il ? Quand Camlin méditait et réussissait à entrer en phase avec le rythme des Sphères, il éprouvait un bien-être comparable. D'après l'évêque Niallan, il puisait peut-être alors directement dans les énergies célestes qui en incitaient quelques-uns à embrasser une vie de méditation et de prières.

Certains aspects d'une telle existence ne manquaient pas d'attraits, même si Camlin ne se sentait pas la vocation. Avec ses limites physiques, c'eût pourtant été une solution.

— Je me souviens très bien de ton père, dit-il. J'avais onze ans quand le seigneur Rhys est passé de vie à trépas. Je l'aimais beaucoup, comme tout le monde. J'aurais tant voulu qu'il vive encore...

— Et moi donc, souffla Tieg.

Une légère perturbation des énergies magiques alerta les jeunes gens.

Camlin se leva. Les Gardes du Portail étaient censées interdire tout accès non autorisé. Mais aucune protection n'était infaillible. Néanmoins, si des intrus tentaient une ruse psychique pour investir le sanctuaire, ils auraient affaire à forte partie. D'autant qu'au sortir d'un Transfert, on subissait toujours quelques instants de désorientation.

Une vulnérabilité passagère qui permettait bien des parades en cas de problème.

Rhysel apparut, fort peu désorientée. L'impact psychique de sa seule présence fit reculer Camlin d'un pas. En dépit de sa petite taille, Rhysel était l'assurance faite femme. Même dans la tenue jaune paille des servantes du château, ses cheveux blonds noués disparaissant presque sous sa coiffe blanche, elle restait une des plus charmantes créatures que Camlin eût jamais vues.

Rhysel était belle comme un cœur. Même si, dans la solitude cloîtrée du sanctuaire, les comparaisons étaient fort limitées. Camlin le reconnaissait bien volontiers.

— Que se passe-t-il ? demanda Tieg. Tu ne devais pas revenir avant des heures.

Rhysel posa le recueil de poésie sur la table où travaillait Camlin.

— Les prémices d'un désastre m'amènent ici, j'en ai peur. J'ignore si nous pourrons réagir à temps. Des messagers des Marches de l'Est sont arrivés ce matin à la cour. Des troupes torenthies ont pris Culliecairn. Puis un héraut torenthi est venu. Le prince Miklos aurait l'intention d'offrir Culliecairn au nouveau-né de Marek de Festil comme cadeau de baptême. Demain matin, le roi part pour les Marches de l'Est. Marek va peut-être tenter de s'emparer du trône.

Camlin en resta bouche bée. Sous ses taches de rousseur, Tieg avait pâli.

— C'est trop tôt ! cria-t-il. Bonté divine, il faut avertir oncle Joram sur-le-champ ! Avec Ansel et

Jesse, il a commencé à étudier la composition des troupes pour notre attaque, dans six mois !

— Nous n'avons plus six mois devant nous ! dit Rhysel. Et je dois m'attarder le moins possible.

— Je t'emmène, fit Tieg. Camlin, pardonne-moi mais je retire mon offre d'assistance.

En chemin, Rhysel confia à son frère les grandes lignes de sa stratégie, sans en dissimuler les dangers. A l'insu de leurs aînés, les jeunes gens avaient souvent débattu d'un scénario semblable.

Quelques instants plus tard, la jeune fille avait informé son oncle et les quatre autres hommes présents de ce qui se passait.

Elle se doutait des objections que Niallan et Queron avanceraient quand elle présenterait sa proposition.

Il lui faudrait les convaincre.

La décision finale reviendrait à oncle Joram, même si l'évêque Niallan était son supérieur hiérarchique. Joram était le seul à être là depuis le début, quand son père, saint Camber, avait orchestré la Restauration haldane.

Lui seul savait de première main comment les choses s'étaient passées.

Lui seul pourrait prendre la responsabilité du plan.

Son autorité lui avait beaucoup coûté. Chaque année, l'argent gagnait du terrain sur ses tempes, contrastant avec le noir de sa bure. Depuis longtemps, Joram ne portait plus sa tenue michaelite bleue. Son beau visage était devenu ascétique.

Mais le chevalier michaelite n'était pas tout à fait mort en lui. Et la ceinture blanche emblématique ne le quittait plus. Il assumait ainsi l'héritage de la foi de son ordre, martyrisé et frappé d'interdiction. L'ordre michaelite eût-il encore eu droit de cité à Gwynedd qu'il aurait pu en être le vicaire général. A quarante-trois ans, s'il n'était plus en assez bonne forme physique pour reprendre les armes, Joram approchait seulement de sa maturité intellectuelle.

Ses compagnons n'étaient pas moins formidables. Niallan Trey, ancien évêque de Dhassa en exil, avait d'abord été un Michaelite. Quelque chose du chevalier combattant subsistait chez ce sexagénaire : son maintien, son port de tête et sa barbe coupée avec une précision toute militaire... Lui aussi arborait avec fierté la ceinture blanche de la chevalerie michaelite.

Tieg et Dom Queron étaient les guérisseurs du sanctuaire. D'une minceur de liane, Queron avait maintenant des cheveux blancs qui avaient assez repoussé pour qu'il reprenne la coiffure de son Ordre. Ancien serviteur de saint Camber et disciple de Revan, Queron restait prêtre, guérisseur, et gabriélite de cœur. Même s'il portait désormais la bure grise des Cambériens sous son manteau vert de guérisseur plutôt que la bure blanche des Gabriélites.

Hors des murs du sanctuaire, l'un ou l'autre lui aurait valu la mort.

Ansel et Jesse étaient aussi présents.

Ansel tenait beaucoup de son oncle. Les yeux clairs comme Joram, il avait des cheveux d'une blondeur confinant à la blancheur. Ses vêtements de cuir étaient rapiécés par endroits. Après des années, ils faisaient comme une seconde peau au mince jeune homme rompu à la vie au grand air par tout temps.

Plus petit et plus trapu qu'Ansel, Jesse portait une tenue quasi identique. Ses cheveux bruns étaient noués en queue-de-cheval.

Les deux jeunes gens avaient posé leur épée à un bout de la table jonchée de cartes et de livres. Les fourreaux et les lames usés étaient d'aspect ordinaire. Il s'agissait en réalité du meilleur acier r'kassan.

Depuis six ans, Ansel et Jesse s'efforçaient de paraître ce qu'ils n'étaient pas, afin de mieux réunir les informations et les contacts qui permettraient ultérieurement de réussir un coup d'Etat à Rhemuth.

Quand Rhysel eut terminé son rapport, Ansel, le front soucieux, consulta une des listes qu'il avait apportées. Jesse étudiait une carte, songeur, et analysait ses données stratégiques. L'émotion faisait danser des reflets d'or dans ses yeux bruns.

— Pourquoi laisse-t-on le roi se rendre dans les Marches de l'Est ? Alors qu'il avait à peine le droit de sortir du château, le voilà lancé dans une campagne militaire ! C'est trop dangereux. Et s'il prenait le mors aux dents et cherchait à échapper à son joug ?

— Peut-être ne veut-on pas qu'il en revienne vivant, répondit Ansel. Un second héritier étant sur le point de naître, il ne serait pas tragique que le roi périsse sur le champ de bataille, les armes au poing comme son frère. Nos ennemis pourraient même nous accuser de ce nouveau régicide...

— Peu importent leurs raisons ! cria Rhysel. Rhys Michael part demain et il sera exposé au danger ! Qu'allons-nous faire ?

— Un avertissement plus précoce nous aurait arrangés, soupira Niallan, déplaçant une carte pour avoir une meilleure vue des Marches de l'Est. Quels que soient les objectifs à long terme des grands seigneurs, il faudrait assurer notre présence là-bas, et, avec un peu de chance, nous charger de parer les mauvais coups.

Ansel se laissa tomber sur une chaise.

— Et à quoi ça nous avancera ? Oncle Joram, tu ne dis rien ?

Soupirant, Joram jeta les restes d'une plume qu'il avait décortiquée avec application. Il fuyait le regard de Queron.

— Notre scénario d'origine n'est plus envisageable. Il faudrait précipiter les choses en faisant table rase de six mois de préparatifs... Impossible.

— Mais tout n'est pas perdu, assura Rhysel.

Des regards incrédules se tournèrent vers elle.

— J'espère que tu ne suggères pas ce que je crois, souffla Queron.

— Si nous voulons avoir encore un roi dans six mois, il reste une seule option. Il faut éveiller ses pouvoirs ! Cette nuit.

Joram ferma les yeux.

Queron secoua la tête.

Ansel et Jesse échangèrent un regard noir.

Niallan fit tourner l'anneau de son évêché sur son doigt, seule indication de sa nervosité.

— C'est hors de question, répondit Joram.

— Au contraire, insista Rhysel. Ecoutez-moi : Rhys Michael maîtrise la Lecture de Vérité ainsi que les boucliers. Autant que Javan quand vous avez éveillé son potentiel ! Il faut que notre souverain dispose de tous ses pouvoirs avant de partir affronter des ennemis susceptibles de recourir à la magie. Marek et Miklos ne reculeront devant rien pour le tuer. De plus, Ansel et Jesse ne pourront pas à eux seuls lui assurer une protection efficace.

— Personne ne nie la nécessité d'agir ! répondit Joram. Les moyens sont une tout autre histoire. Qui as-tu à l'esprit ?

— Toi. Tieg. Michaela. Moi.

— Michaela ? fit Joram.

— Quoi ? demanda Ansel, presque simultanément.

— C'est ta demi-sœur, Ansel, lui rappela Rhysel. N'aie pas l'air si étonné. En raison de son blocage psychique, nous avons tendance à oublier que c'est *aussi* une Derynie. Son manque d'entraînement peut être pallié...

— Par Tieg..., comprit Ansel. Son blocage levé, elle atteindrait soudain le statut d'une Derynie expérimentée ?

— Bien sûr que non. Mais le roi se fie à elle et à personne d'autre. Elle pourrait nous aider à éveiller ses pouvoirs.

— Je ne peux même pas l'envisager, dit Joram. Pas question de mettre Tieg en danger.

— Il vous faudra un guérisseur ! protesta Rhysel.

— Queron ou Rickart...

— Ils ne pourront pas débloquer Michaela !

— Ce sont des Derynis entraînés et de fins spécialistes des rituels. De plus, d'où te vient la certitude que Michaela pourrait être utile si elle retrouvait ses pouvoirs ?

— Je sais qu'elle ferait tout pour aider son époux. Au fait, elle est enceinte d'un deuxième mâle. Tieg m'a montré comment vérifier le sexe du fœtus.

Joram secoua la tête.

— Voilà qui comblera d'aise les grands seigneurs..., murmura Ansel, accablé.

— Ils l'ignorent encore, souligna Jesse. Et ils le sauront à la naissance, pas avant. En attendant, beaucoup de choses pourraient se passer...

Niallan lui décocha un regard curieux.

— Cette fois, une fausse couche ne nous sauvera pas.

— Si Marek tue le roi par magie, ça n'aura plus grande importance.

— Voilà pourquoi il faut lui donner ses pouvoirs ! insista Rhysel. Nous devons tenter le tout pour le tout cette nuit. C'est notre seul espoir.

Joram enfouit sa tête entre ses longues mains blanches.

— Dire que nous avions soigneusement échafaudé notre contre-offensive... Dans six mois, nous aurions éveillé les pouvoirs du roi avant d'investir le château par le Portail, comme nous l'avions fait avec Cinhil... Impossible de rallier nos troupes en si peu de temps. Ce serait sacrifier des vies pour rien.

— Nous en reparlerons après les Marches de l'Est, dit Rhysel. Agissons cette nuit. Sinon, tout sera peut-être perdu. Et nos sacrifices auront été vains. Si Rhys Michael est tué, Gwynedd est condamné à dix autres années de régence avant que le prince héritier n'atteigne sa majorité !

— La régence, je peux en parler en connaissance de cause ! répliqua sèchement Joram.

— Alors donnons au roi toutes les chances de survivre. Ne le laissons pas partir vers une mort quasi certaine sans au moins essayer d'éveiller ses pouvoirs ! Nous avons assez débattu de théorie, et tu as personnellement aidé d'autres rois haldanes à réaliser leur potentiel.

— Non sans de longs préparatifs, souligna Joram. Et en étant secondé par une équipe qui savait précisément ce qu'il y avait à faire. Je te rappelle que pour Alroy, notre tentative s'est soldée par un échec.

— Uniquement parce que tu n'as jamais eu l'occasion d'achever ce que Cinhil avait commencé, répliqua Rhysel. Ça a marché pour lui et pour Javan. Quant à une équipe expérimentée, aucun de vous ne l'était quand Cinhil a pris le pouvoir. Vous avez appris sur le tas... Cette fois, vous aurez l'expérience de votre côté.

Joram soupira. Secouant la tête, il allait lancer un nouvel argument quand sa nièce le prit par un poignet.

— Joram, sans toi, nous ne pouvons pas espérer réussir. En la circonstance, Tieg et moi sommes fins prêts. Mais nous avons besoin que tu nous guides. Michaela nous aidera sitôt qu'on lui en donnera les moyens. Cathan aussi.

Ansel ricana.

— Rhysel, c'étaient des gamins quand ils ont perdu le peu de pouvoir qu'ils possédaient. C'est moi qui ai ordonné le blocage, espérant ainsi leur sauver la vie. Auparavant, ils n'avaient bénéficié d'aucun entraînement. Ma chère mère l'interdisait.

— Je sais, répondit Rhysel. Mais j'ai pris la liberté de préparer le terrain avec la reine. J'ai bloqué en elle tout souvenir de ce que j'avais fait, mais elle garde la connaissance occultée de ce qu'elle est, de ce qu'elle fut et de ce qu'elle devra consentir pour que son époux survive. Une connaissance que je peux raviver en un instant ! Je n'ai jamais eu l'occasion de travailler sur Cathan. Mais une chose est sûre : il est entièrement dévoué à sa sœur et à son beau-frère. Ça ne fait pas l'ombre d'un doute. Je suis certaine qu'il coopérerait de son mieux.

— Et le roi ? s'enquit Joram.

Rhysel baissa les yeux.

— Je n'ai pas osé le toucher, pour des raisons évidentes. Les boucliers seront le pire obstacle. Il se méfiera de nous, bien entendu. Voilà pourquoi Michaela doit nous assurer sa coopération, surtout avec si peu de temps pour se préparer et tout expliquer. Je sais, les risques sont immenses, mais il nous reste une chance. Saisissons-la. Il le faut !

— Et si nous échouons ? fit Joram.

Prenant une grande inspiration, sa nièce soutint son regard.

— Là où nos ennemis nous expédieront, nous n'aurons plus à nous inquiéter de rien... Ma génération a grandi en l'attente de ce jour. Il reviendra peut-être à la suivante de renouveler la tentative.

— Si nous réussissons, dit Tieg, prenant la parole pour la première fois, la génération suivante n'aura plus ce combat à livrer. Je sais que nous pouvons y arriver, oncle Joram.

— Ah, l'optimisme de la jeunesse... (Joram ferma les yeux puis hocha la tête.) Très bien. Avons-nous le choix, de toute façon ? Queron, Niallan, êtes-vous avec nous ? Dans les heures qui suivront, nous n'allons pas chômer !

— Oui, souffla Niallan.

Queron acquiesça.

— Très bien, répéta Joram. Rhysel, retourne au plus vite près de la reine et commence les préparatifs. Entre-temps, je tracerai les grandes lignes du plan avec Tieg et Queron. Guette un signe de notre part, plus tard dans la soirée. Et redouble de prudence.

CHAPITRE 5

Il n'y a pas de crainte dans l'amour ; au contraire, le parfait amour bannit la crainte.

Première Epître de saint Jean, 4, 18

Rhysel réintégra les appartements royaux et retrouva la reine dans le solarium, occupée à faire la lecture au jeune prince Owain tandis que la nourrice bavardait avec les dames d'atours. La mère et l'enfant étaient confortablement installés dans un fauteuil d'osier bourré de coussins moelleux.

A la vue de Rhysel, tous deux levèrent la tête. Avec ses yeux gris et sa coupe sévère, Owain était le portrait craché de son père.

— Ah, te voilà, Liesel, dit la reine, refermant son livre. Qu'apportes-tu ?

Rhysel approcha, un panier au bras.

— Voilà des fleurs fraîchement cueillies pour Votre Grâce, dit-elle, levant une jonquille près des cheveux dorés de Michaela. Votre Altesse voulait une coiffure spéciale pour ce soir. J'ai pensé natter une mèche de ses cheveux et l'entrelacer de fleurs.

— Cela plairait au roi, je pense... (Michaela prit une rose jaune et en inhala le parfum.) Owain, tu aimerais aussi ?

L'enfant renifla la fleur, l'air critique, et l'écarta en faveur d'une autre.

— Papa préfère les roses rouges. Mets-en une dans les cheveux de maman, Liesel.

La reine et sa demoiselle d'atours sourirent.

— Voilà qui règle la question, dit Michaela. Les hommes de ma vie préfèrent les roses rouges. C'est peut-être une caractéristique des Haldanes. Pour ma part, j'aime les pastels, mais qu'Agatha choisisse tout ce qui ira avec des roses rouges. Liesel, reviens quand Owain aura soupé et se sera couché.

Plus tard, tandis que Rhysel coiffait la reine, elle eut tout le loisir d'introduire des suggestions dans son esprit vulnérable. Ce ne serait pas les adieux romantiques dont Michaela rêvait, loin s'en fallait. Mais nécessité faisait loi. Fulk et Cathan s'étaient enfermés avec le roi tout l'après-midi, dans la salle du conseil. Aussi Rhysel n'avait rien pu tenter sur Cathan. Mais Fulk dînerait avec ses parents, puisqu'il partirait aussi le matin.

Elle peaufina la coiffure de la reine puis saisit le miroir pour que Michaela inspecte le résultat.

La jeune femme avait choisi pour la soirée une robe de soie ivoire avec un surplis damassé rose tenu au col par la broche haldane, empruntée pour l'occasion à Rhys Michael. La couleur se mariait bien à la teinte des roses mêlées à ses cheveux blonds.

— C'est parfait, dit Michaela. Merci, Liesel. Donne-moi mes boucles d'oreilles en perles et je serai fin prête.

Plus tard, les derniers détails réglés — un souper dans le solarium —, Michaela accueillit son époux et son frère. Les circonstances étaient exceptionnelles : ce serait un véritable dîner intime. Au cours du repas simple que Cathan servit et partagea, les trois convives purent évoquer les événements du jour avec une candeur qui eût été normalement proscrite.

— Oh, mes chéris, dit Michaela, posant une main sur l'épaule de Rhys Michael et l'autre sur celle de son frère. C'est presque comme de former une véritable famille... Savez-vous à quel point je chéris une nuit comme celle-là ? Je me souviens à peine de la dernière fois où ce fut possible, sans que Fulk ou un autre espion nous ait à l'œil, à guetter nos moindres propos...

Cathan eut un pauvre sourire.

— Fulk n'est pas si mauvais. On aurait pu tomber sur moins bien.

Michaela soupira, lui serrant la main.

— C'est vrai. Je ne lui souhaite aucun mal. S'il périssait, ses remplaçants seraient pires....

— En tout cas, je suis heureux de son absence ce soir, dit Rhys Michael, constatant avec chagrin que le flacon de vin était vide.

Cathan s'enfonça dans son siège, roulant des yeux au plafond.

— Ce gaillard est parfois assommant ! C'est surtout la faute de son père, bien sûr. Avec Fulk dans nos jambes, évoquer une possible insurrection est hors de question.

— Nous n'en fomenterons aucune ce soir, c'est certain, dit Rhys Michael avec un sourire complice pour sa femme. En fait, mon cher, mes intentions pour cette nuit sont d'un ordre... plus privé.

Il prit la main de son épouse pour lui mordiller les doigts.

Michaela éclata de rire, ravie.

— Eh bien, mon seigneur, en présence de mon frère !

— N'est-ce pas une réunion de famille ? répondit Cathan, espiègle, portant l'autre main de sa sœur à ses lèvres.

Les jeunes gens ne surent jamais où cela aurait pu les mener. On frappa à la porte, interrompant l'interlude. Michaela éclata de rire de plus belle.

— Allez-vous-en ! cria son époux.

— Sire, c'est Liesel. Sa Grâce m'a priée de lui apporter un recueil de poésie. Dois-je le laisser devant la porte ?

Etouffant ses rires, Michaela se leva.

— Vous êtes incorrigibles ! s'exclama-t-elle. Je voulais vous montrer ce livre, dont la reliure est une véritable œuvre d'art. Ne vous inquiétez pas, je renverrai Liesel très vite.

Devant la porte, Michaela souffla un baiser à son époux et à son frère avant d'ouvrir.

Liesel patientait, un ouvrage sous le bras.

— Pardonnez l'intrusion, ma dame, dit-elle avec une révérence.

— Absurde ! Je t'ai priée de venir.

Cathan et le roi ne virent pas Rhysel effleurer la main de Michaela, dont les pensées se figèrent soudain.

— *Vous ne pouvez pas me résister, mais vous n'avez rien à craindre.*

C'était la voix de Liesel, alors que ses lèvres n'avaient pas remué !

Michaela cilla, consciente que la jeune fille était effectivement une amie. D'autres souvenirs, plus enfouis, remontèrent à la surface de sa conscience.

— J'attendais cela depuis longtemps, chuchota la reine. Mais entre. Cathan, ajouta-t-elle à voix haute, admire l'œuvre magnifique de frère Lorenzo.

Rhysel avança. Intrigué, le jeune homme ne vit pas sa sœur verrouiller la porte. Tandis que Michaela revenait s'asseoir, sous prétexte de montrer le livre, Rhysel put toucher Cathan et lui imposer sa volonté.

— Rhysem, Liesel est une amie, chuchota Michaela alors que son frère laissait échapper un soupir et fermait les yeux. Elle vient à notre secours. De grâce, ne donne pas l'alarme avant de l'entendre !

Une main posée sur le poignet de Cathan, Rhysel plongea son regard dans celui du roi.

— Ecoutez-moi, Sire. Avec la Lecture de Vérité, vous saurez que je dis vrai. Je vous jure que je ne viens pas en ennemie.

Stupéfait, Rhys Michael s'était levé, aussitôt sur ses gardes. Sur un signe apaisant de sa femme, il se rassit. Rhysel relâcha son emprise sur Cathan, qui cilla et leva la tête vers elle.

— Je vous prie tous les trois de me pardonner. Imposer sa volonté à des amis n'est pas décent. Mais je devais vous empêcher de donner l'alerte avant que vous ne compreniez que je ne vous menace pas. Seuls les grands seigneurs sont mes ennemis jurés.

— Tu es une Derynie, dit Rhys Michael, les yeux ronds. Quelqu'un nous contacte enfin ! Javan me l'avait promis, mais cela fait si longtemps...

— Quand ils ont tué votre frère, Sire, ils ne s'en sont pas tenus là. Nous avons essuyé de lourdes pertes. Les rares Derynis qui avaient pu s'infiltrer à la cour furent passés au fil de l'épée. Par chance, personne ne soupçonnait leur véritable nature. Ensuite... Nous n'avons jamais été nombreux, Majesté. Et les Derynis d'un niveau assez élevé pour vous venir réellement en aide se comptent sur les doigts d'une main. Voilà pourquoi il fut nécessaire de laisser ma génération grandir. Ma mère était Evaine MacRorie et mon père, le guérisseur Rhys Thuryn, à qui vous devez en partie votre nom.

— La fille de Rhys et d'Evaine, souffla le roi. Je me souviens d'eux. Alors vous seriez... une cousine lointaine de Mika et de Cathan ! Etes-vous une guérisseuse ?

Rhysel secoua la tête avec un petit sourire.

— Hélas, non. Mon frère et ma sœur ont ce don, pas moi.

— Et quels sont tes talents, Liesel ? demanda Michaela.

— Mon vrai nom est Rhysel. Je me suis assurée que votre frère et vous ne m'appelleriez pas ainsi par mégarde. Voilà qui fait partie de mes dons... Sire, je vous prierais aussi de tenir cela secret.

— Alors... Vous n'avez pas essayé de m'influencer.

— Vous auriez détecté mon intervention. Mais si vous espérez survivre à la campagne des Marches de l'Est, vous devrez la souffrir ce soir. Savez-vous quel pouvoir avait votre frère ?

— A quoi cela lui a-t-il servi ? répliqua Rhys Michael. Les grands seigneurs ont fini par le tuer !

— Le roi Javan a joué de malchance. Il a également fait des choix catastrophiques, sans rapport avec sa nature ou ses dons. Mais si vous n'êtes pas prêt à affronter le prince Miklos et Marek de Festil sur leur propre terrain, il est fort probable que votre fils ne deviendra même pas un roi fantoche !

Rhys Michael se crispa. Sa femme lui posa une main apaisante sur le bras.

— Pouvez-vous vraiment nous aider ?

— Je ferai de mon mieux, Sire. Mais tout reposera sur votre coopération. A supposer que cela suffise...

Rhys Michael soupira.

— Si vous me demandez de vous ouvrir mes pensées, je doute d'en être capable. J'ai des boucliers. Javan n'a pas pu les vaincre.

— Parce que vous lui résistiez. Vous apprendrez à les baisser, si vous le désirez. Nous vous montrerons comment.

— *Nous ?*

— Joram et mon frère Tieg, Sire. Il sera possible de les introduire ici sous un déguisement. Si on les surprenait, ce serait la mort assurée pour eux. Et la nôtre sans doute, si nos ennemis parvenaient aux conclusions qui s'imposent. Mais nous sommes prêts à prendre le risque, pourvu que vous soyez d'accord.

— Qu'aurai-je à faire ? chuchota le roi.

— *Tout* ce qu'on vous priera d'accomplir, sans hésiter, si étrange ou effrayant que cela puisse paraître. Cela vaut pour vous trois.

Michaela déglutit avec peine.

— Tu as ma parole.

— Et la mienne, renchérit Cathan.

— Et vous, Sire ?

Rhys Michael sonda la messagère, sur qui il recourait à une Lecture de Vérité depuis quelque temps.

— Mika, donne-moi la broche haldane.

La reine défit le bijou de sa robe. Rhys Michael se leva, imité par Rhysel.

— Pour un accord si important, je veux me prononcer sur quelque chose de précieux. Ma dame, avez-vous conscience de ce que cette broche représente à nos yeux ?

— Elle symbolise vos aspirations à un trône haldane affranchi de tous les jougs.

— Alors croyez-moi quand je vous dis que c'est mon serment le plus solennel, fit le roi, la main droite posée sur la broche. Sur la vie de mon fils qui est, et de celui qui sera, je vous jure de faire tout ce qui sera en mon pouvoir pour vous seconder.

Michaela posa la main droite sur celle de son époux.

— Je le jure aussi.

Cathan imita sa sœur.

— Il n'est aucun serment plus sacré par lequel je puisse m'engager, ajouta-t-il.

Les larmes aux yeux, Rhysel soutint le regard gris du monarque haldane et posa à son tour les mains sur la broche.

— Sur ma foi, Sire, je suis votre véritable servante. Les miens et moi-même ne vous tromperons jamais. Nous agirons toujours pour votre bien et pour celui du royaume. A la grâce de Dieu.

Rhys Michael hocha la tête.

Rhysel retira ses mains.

— Je dois partir maintenant, puis ramener les autres. Cathan, si Fulk reparaissait avant moi, veuillez laisser la porte entrouverte afin de nous avertir.

— Comptez sur moi, ma dame. Y a-t-il des préparatifs à accomplir en votre absence ?

— Des prières seraient les bienvenues...

Hors des appartements royaux, les gardes n'inquiétèrent pas la « petite Liesel ». Une torche dans une main, le livre dans l'autre, la jeune fille retourna dans la bibliothèque. Si on l'arrêtait en chemin, la reine l'aurait priée d'apporter un autre ouvrage...

Dans la pièce du Portail, le soldat et l'écuyer qui apparurent avaient les traits de Joram et de Tieg. Nul dans le château ne serait à même de les reconnaître. Joram n'avait jamais passé beaucoup de temps à la cour et il dissimulait ses cheveux argentés sous un capuchon damassé couvert de mailles. L'écarlate haldane de son surplis était bien différente du bleu michaelite avec lequel on l'associait jadis.

Quant à Tieg, lors de sa dernière visite au château de Rhemuth, c'était un enfant de deux ans. Qui le reconnaîtrait dans un jouvenceau en tenue d'écuyer ?

Dans l'après-midi, on avait coupé ses boucles rousses pour le coiffer selon les normes sévères des gentilshommes au service de la noblesse. Ainsi paré, Tieg pourrait aller et venir sans que nul ne le remarquât. Pour parfaire son déguisement, il tenait deux flacons de vin poussiéreux, prétendument remontés des celliers royaux.

L'air assommé d'ennui, Joram en tenait un troisième.

Pendant ses années d'incarcération, Rhys Michael s'était donné de la peine pour maintenir sa réputation d'alcoolique invétéré. Quand ses geôliers le croyaient éméché, ils avaient tendance à moins surveiller leurs propos. A la veille de sa séparation d'avec sa femme, que le roi envoie chercher d'autres bouteilles ne surprendrait personne.

Rhysel fit à son oncle et à Tieg un rapide compte rendu de sa prise de contact, puis revint rapidement sur ses pas afin de les précéder dans les appartements royaux. Elle dit un mot aux gardes pour les prévenir de l'arrivée de deux hommes. Comme elle le craignait, elle trouva la porte entrouverte. Mais micux valait que Fulk se présente maintenant plutôt qu'en plein rituel...

Quand elle avisa l'écuyer près de Cathan, elle songea qu'elle rêvait de ce qu'elle allait faire depuis qu'elle résidait au château.

— Bonsoir, messire Fulk. La reine m'avait demandé de lui rapporter un ouvrage.

Fulk se leva et la salua. Sur la table débarrassée, il restait seulement deux gobelets de vin. Cathan, l'air détendu, avait une jambe posée sur l'accoudoir du siège vide de la reine.

— Trop tard ! dit-il d'une voix pâteuse en levant son gobelet. Sa Grâce a changé ses plans pour la soirée. Aimeriez-vous aussi changer les vôtres, Liesel ?

Rhysel sourit, un sourcil haussé, secrètement ravie de la ruse du jeune homme. En dépit des apparences, Cathan était parfaitement sobre.

— Voilà qui est tentant... D'autant que j'ai ici un charmant livre de poésie. Mais entre deux séduisants gentilshommes...

Gloussant, Fulk vint lui prendre l'ouvrage des mains.

— Voyons ce que...

Rhysel effleura un de ses poignets.

Et c'en fut fait de messire Fulk.

Alors qu'il vacillait sur ses jambes, elle le guida vers un siège puis, d'un signe du menton, indiqua la porte à Cathan.

En quelques instants, tandis que le jeune homme guettait l'arrivée des autres, Rhysel eut implanté les suggestions nécessaires dans l'esprit de sa victime. Fulk Fitz-Arthur serait au service de son roi avant d'être à celui de son père. Il n'était pas pire que les autres jeunes gens de son rang et de sa classe, voire meilleur que beaucoup...

Désormais, il serait incapable de rapporter ce qu'il pourrait surprendre...

La porte se rouvrit. Cathan laissa entrer Joram et Tieg. Soulagée, Rhysel incita Fulk, toujours dans un état second, à se relever et à la raccompagner dehors.

— Venez vous asseoir, Cathan, dit Joram à voix basse.

Il ôta sa coiffe et la posa sur la table.

Le souffle court, le jeune homme croisa le regard gris du fils de Camber. Puis il obéit. Derrière lui, la porte de la chambre s'ouvrit pour révéler le roi et la reine. Rhys Michael avait revêtu une tunique écarlate au col fermé par la broche haldane. Il portait l'Œil de Rom.

Sous l'emprise mentale de Joram, Cathan ne réagit pas.

Michaela pâlit.

— Je vois que Tavis fut très efficace, dit Joram en s'asseyant sur le bord de la table. Libérer des souvenirs enfouis n'est pas facile. Nous commencerons par Cathan. Il était plus jeune quand c'est arrivé. J'expliquerai mes actes en officiant, afin qu'ils vous paraissent moins mystérieux. Cathan, regardez-moi. Vous n'avez rien à craindre.

Le jeune homme obéit sans hésiter.

— Nous n'avons pas le temps d'entrer dans les détails, continua Joram, mais croyez-moi : votre sœur et vous aviez jadis des pouvoirs derynis, ou au moins un potentiel à développer. Pour votre sécurité, il fut nécessaire de les bloquer avant qu'ils prennent leur essor et d'en enfouir le souvenir au fond de vous. Je m'en excuse, car c'était vous priver de votre héritage, mais cette démarche vous a protégés du *merasha* et vous a sans doute sauvé la vie. Nous aurions réparé cela plus tôt si nous l'avions pu. Hélas, tout le monde n'en est pas capable. Tavis et un autre homme avaient cette aptitude. Tous deux ont péri. Seul Tieg, à notre connaissance, peut encore lever ce genre de blocage.

« N'ayez crainte. Dès que Tieg sera intervenu, je vous transmettrai un compte rendu détaillé afin que vous sachiez tout ce qu'il y a à savoir.

Le guérisseur se plaça derrière Cathan, les mains posées sur ses cheveux blonds. Les yeux du jeune homme se fermèrent de leur propre chef. Ceux de Tieg devinrent rêveurs.

— De bons boucliers naturels, souffla-t-il après un moment. Pas de formation. A toi de jouer, oncle Joram.

Le fils de Camber s'assouplit les doigts avant de les poser sur le crâne du sujet. Puis il s'écarta.

Avec un long soupir, Cathan rouvrit les yeux.

— Mon frère ? souffla Michaela.

— Je... vais bien. C'est comme si... on avait allumé une lampe dans ma tête...

Il se leva. Sa sœur vint se blottir contre lui et lâcha un sanglot étouffé. Il lui caressa gauchement les cheveux, délogeant quelques roses. Rhys Michael n'osait rien dire. Joram attira la reine vers lui, les mains sur ses épaules. Il la fit asseoir à son tour.

— Je vous le promets, il n'y a rien à craindre, chuchota-t-il. Votre époux aura besoin de vous ! Fermez les yeux et détendez-vous.

Elle sentit toute résistance l'abandonner. Un silence profond l'envahit, accompagné par une bouffée de chaleur. De la lumière dansa derrière ses paupières baissées.

— De bons boucliers, là aussi, commenta Tieg.

Michaela l'entendit de très loin. D'autres mains remplacèrent celles du jeune homme.

L'instant suivant, la reine *sut* d'un coup beaucoup de choses sur les Derynis et sur leurs objectifs. Rouvrant les yeux, elle se surprit à considérer le meilleur moyen d'aider Rhysem. Souriante, les mains tendues, elle l'invita à la rejoindre. Des larmes dans ses yeux gris, il s'agenouilla près d'elle et lui prit une main pour y déposer un baiser.

— Mika ?

— Je vais bien, chuchota-t-elle. Rhysem, que vois-tu maintenant, quand tu me regardes ?

— Une sorte de... rayonnement. Des boucliers ? Mais si je les vois, qu'en est-il des autres Derynis ? Et Dimitri ?

Michaela baissa ses boucliers.

Emerveillé, son époux ne vit plus rien du tout.

— Je sais au moins faire ça ! Pendant ton absence, j'en apprendrai certainement davantage. Quant à Dimitri, il t'accompagnera, sans l'ombre d'un doute. Alors, il faut assurer ta protection. Père Joram ?

Le fils de Camber avait attiré Cathan vers la porte où les attendait Rhysel. Il fit signe au couple royal de passer dans la chambre.

— Nous y serons plus tranquilles, dit-il. Lors de ce qui va suivre, une interruption pourrait être fatale. Cathan veillera sur Fulk et s'assurera qu'on ne nous dérange pas.

Dans un panier de couture, Rhysel prit une pelote de laine blanche avant de suivre Tieg dans la chambre, où elle la déroula sur le tapis, au pied du lit royal, pour former un grand cercle.

— Sire, pourriez-vous venir là ? demanda Tieg, occupé à verser de l'eau dans une coupe.

Le jeune homme tenait une ampoule en verre bleu qui ne manqua pas d'inquiéter Rhys Michael. Elle paraissait luire sous l'éclat de la bougie.

— Qu'est-ce donc ?

— Quelque chose qui vous détendra, Sire. C'est parfaitement inoffensif. Vous ne perdrez pas connaissance, ni rien de tel.

Rhys Michael déglutit, guère rassuré.

Le fils de Camber s'approcha de lui.

— Joram, j'ignore si j'y arriverai, chuchota-t-il, regardant Tieg verser quelques gouttes dans la coupe d'eau.

— Vous le devez, Altesse. Vous avez des boucliers rigides et très peu de contrôle. Pour agir en douceur, le temps nous manque... Cela nous facilitera la tâche.

— Joram, je ne peux pas ! Vous ne comprenez pas. Après la mort de mon frère, ils n'ont pas cessé de me droguer !

— Il ne s'agit de rien de comparable, assura Joram. (Il prit la coupe et la tendit au roi.) Nous voulons étendre vos perceptions, non les étouffer. C'est similaire à ce que vos frères et vous avez bu la nuit où mourut votre père. Je le répète, vous n'avez aucune raison d'avoir peur.

Le roi se détourna, tremblant.

Michaela lui posa une main sur l'épaule.

— Rhysem, tu dois leur faire confiance. Joram a raison ; le temps nous manque. Bois, mon seigneur. Fais-le pour moi et pour Owain...

Il ferma les yeux.

— De grâce, ne me demande pas ça !

— Rhysem ! Ne m'as-tu pas implorée de faire à peu près la même chose il y a des années ? Ainsi que Cathan ? T'en souvient-il ?

Le roi rouvrit les yeux, interloqué.

— Moi, j'avais tout oublié, jusqu'à ce que Joram me rende la mémoire. J'avais dix ans. Ma cousine Giesele venait de mourir dans son sommeil. Les régents voulaient s'assurer que Cathan et moi ne savions rien. C'était le cas, naturellement. L'archevêque Hubert a décidé que nous ne reverrions pas nos parents tant que nous n'aurions pas bu un somnifère. Nous étions apeurés. Tu as pris les coupes à Hubert et tu m'as dit : « *Mika, ne sois pas stupide, c'est pour ton bien. Ça te fera juste dormir un peu.* »

Rhys Michael se souvint...

— A ton tour, Rhysem. Ne sois pas stupide, c'est pour ton bien. Et ça ne te fera même pas dormir. Tu te détendras. N'est-ce pas, Tieg ?

Le jeune guérisseur acquiesça.

Rhys Michael prit la coupe et la vida d'un trait. Il s'essuya les lèvres d'un revers de manche.

Tieg lui effleura la main, souriant de gratitude.

Puis il rejoignit Rhysel dans le cercle.

— Maintenant, détendez-vous le plus possible, Sire. Allongez-vous si vous le souhaitez.

Joram guida Michaela dans le cercle, où Rhys Michael s'efforçait de suivre les instructions de Joram. Conscient d'avoir fait une montagne d'un rien, il n'en concevait aucune culpabilité. Même s'il se fiait aux Derynis, qui risquaient tant pour être à ses côtés, l'incident évoquait trop à ses yeux le traitement que lui avaient réservé les grands seigneurs...

Le regard rivé sur la flamme de la bougie, il prit de profondes inspirations et se sentit moins crispé. La drogue agissait-elle déjà ?

Il ferma les yeux, soucieux de chasser ses appréhensions. La main droite posée sur la broche, tête basse, il pria pour que tout se déroule comme prévu.

S'étirant bientôt langoureusement sur le lit, les bras en croix, il réalisa — non sans cynisme — le symbolisme de tout cela.

A l'instar de ses frères, il deviendrait l'agneau sacrifié sur l'autel des ambitions des maîtres de Gwynedd...

Tout comme le Christ avait expiré sur la Croix, les bras écartés.

L'instant suivant, Rhys Michael oublia ces pensées défaitistes et serra plus fort la broche.

Le lion haldane, superbe et féroce !

Sous ses doigts, le roi sentit la fraîcheur du métal et de l'émail tandis que sa détermination grandissait.

Quelqu'un lui toucha la main.

— Sire, dit Joram, nous sommes prêts.

CHAPITRE 6

> Un souffle glissa sur ma face, hérissa le poil de ma chair. Quelqu'un se dressa... Je ne reconnus pas son visage, mais l'image restait devant mes yeux. Un silence... puis une voix se fit entendre.
>
> *Job, 4, 15-16*

Rhys Michael se rassit, se sentant comme étranger à ce qui arrivait. La drogue de Tieg en était sûrement la cause.

Le jeune roi n'avait jamais connu un silence aussi profond. Au pied de son lit, il distingua les autres, placés à l'intérieur du cercle. Mika se tenait à la dextre de Rhysel. Tieg était adossé à la fenêtre aux rideaux tirés. Cette disposition éveilla de lointains souvenirs en Rhys Michael. Que la fenêtre fût à l'est avait son importance...

La lumière paraissait étrange. Ce n'était pas une question d'éclat, mais de... *différence.* A part la bougie de la table de chevet, deux autres brûlaient dans la chambre : une près de la porte et une au centre du cercle, une coupe posée tout à côté. Rhys Michael crut voir une aura argentée scintiller au-dessus du cercle, à l'instar d'une bulle presque invisible.

C'était comme de voir à travers de la gaze...

Joram guida le roi devant le cercle, au pied du lit. L'instinct dissuada Rhys Michael d'avancer. Il remarqua que le cercle n'était pas fermé : le fil de laine, plié à un endroit, laissait le passage à une personne. Devant était posée l'épée haldane, la pointe effleurant l'extrémité est du cercle. Rhys Michael eut l'impression que l'air, à cet endroit, était d'une qualité plus pure — comme si une porte ouvrait réellement sur autre chose...

— Allez au centre, Sire, dit Joram. J'avertis Cathan que nous commençons et je vous rejoins.

Rhys Michael obéit, tous les poils de la nuque hérissés. Mika le prit dans ses bras. Il l'embrassa doucement. Elle pressa les doigts sur la broche haldane, des larmes aux yeux. Emerveillé par l'amour et par la loyauté de sa femme, Rhys Michael retrouva du courage.

Joram revint et ramassa l'épée haldane. Le roi remarqua que le Michaelite portait maintenant une croix d'argent sur son surplis écarlate, rappel évident de sa qualité de prêtre.

Quelque peu rassuré, Rhys Michael laissa sa femme reprendre sa position initiale. Tieg ferma le cercle, nouant les extrémités du fil de laine. Ainsi, la figure géométrique serait symboliquement complétée.

De la pointe de l'épée, Joram frappa trois fois le seuil métaphysique. La brume qui se levait mystérieusement à cet endroit sembla s'épaissir.

— Vous voilà dans un cercle protégé, Sire, annonça Joram. Quand vous l'avez franchi, vous avez dû sentir en partie sa puissance. Il est gardé par les archanges, auxquels nous ferons bientôt appel. Mais quelques préparatifs s'imposent. Tendez-moi votre pouce droit, je vous prie.

Malgré la détermination de garder son sang-froid, Rhys Michael sentit ses battements de cœur s'accélérer. Il obéit pourtant. Le jeune Tieg tira une feuille de parchemin de sa ceinture et sortit l'Anneau de Feu de sa poche. Joram dégaina une dague d'argent.

Rhys Michael eut le sentiment de l'avoir déjà vue. Mais les circonstances exactes lui échappaient.

Joram pressa la pointe de sa dague sur le pouce du roi.

— Vous avez déjà vécu ce rituel, Sire. Le sacrifice de sang et une épreuve symbolique de courage en sont des éléments clés. La forme que nous utilisions jadis différait, mais le baptême par le sang de l'Anneau de Feu semble être une constante comparable au baptême traditionnel du souverain. Les paroles que vous allez entendre furent choisies par votre père. Tieg ?

Le guérisseur invoqua une flamme de poing, qu'il plaça au-dessus de leurs têtes. La soudaineté de l'apparition fit tressaillir Rhys Michael. Il avait vu Javan faire la même chose.

A la lumière de la flamme magique, Tieg déroula le carré de parchemin et en donna lecture.

— *Le Seigneur m'a dit « Tu es mon fils. Demande, et je Te donnerai le ciel en héritage ; la Terre entière t'appartiendra »*.

Rhys Michael cilla. Il était sûr d'avoir déjà entendu cela. Joram pressa de nouveau la pointe de la lame sur le pouce du roi, faisant sourdre le sang.

— Rhys Michael Alister Haldane, souverain de Gwynedd, déclara Joram, sois consacré au service de ton peuple.

Le fils de Cinhil s'immobilisa, le temps semblant suspendre son vol.

Dans le silence qui suivit, Joram pressa les lèvres de la coupure afin que quelques gouttes de sang coulent. Tieg les recueillit sur l'Anneau de Feu. Le pouce blessé fut ensuite posé au bas du parchemin que Tieg avait remis à Joram. Le jeune guérisseur sortit de sa sacoche un carré de lin et nettoya la petite blessure de Rhys Michael avant de serrer sa main dans la sienne quelques secondes. La douleur disparut. La plaie se résorba.

Joram ramassa la coupe à moitié remplie. Rhys Michael supposa qu'il s'agissait d'eau. Mais à la lueur de la flamme de poing, il ne pouvait avoir de certitude. Concentré, Joram tenait la coupe d'une main et de l'autre le parchemin, qui s'enflamma sans qu'il sourcille. Les cendres tombèrent dans la coupe.

— *Accorde au roi Tes jugement, ô mon Dieu, et Ta droiture au fils de roi...*

— Amen, dit Rhys Michael.

Joram rapprocha la coupe de Tieg, qui y posa l'Anneau de Feu couvert de sang. Le guérisseur rappela à lui la flamme de poing et la fit disparaître.

Seules trois bougies éclairaient encore le cercle.

— Vous avez déjà vidé une coupe semblable, Sire, assura Joram. La mémoire va vous revenir. Nous allons répéter les bénédictions d'usage en faisant appel aux Gardiens, les archanges, pour qu'ils soient nos témoins. Restez où vous êtes. Il est de coutume de tourner la tête à mesure que nous invoquons les différents Quartiers, à commencer par l'Est.

Joram tendit la coupe à Tieg avant de reculer au pied du lit. Le guérisseur battit en retraite, à l'est du cercle, et leva la tête, les yeux clos. D'une voix grave et mélodieuse, il prononça des paroles que Rhys Michael avait déjà entendues.

— O Seigneur, Tu es la source de toute sainteté. Tremblants et humbles, nous T'adressons nos suppliques et demandons Ta bénédiction et Ta protection pour ce que nous allons accomplir cette nuit.

La coupe levée, Tieg posa dessus sa paume droite, les yeux rivés sur une présence que lui seul semblait en mesure de percevoir.

— Seigneur, envoie Ton archange Raphaël afin qu'il souffle sur cette eau et la sanctifie. Et que celui qui la boive puisse commander l'Air. Amen.

Ecartant sa main, Tieg leva la coupe au niveau de ses yeux et inclina la tête en arrière. Une brise soudaine joua avec ses mèches rousses puis disparut aussi vite qu'elle était venue.

Au centre du cercle, Rhys Michael sentit ce souffle spectral sur ses bras et dans son dos. Tandis que Tieg baissait le bras, le souverain de Gwynedd joignit les mains, les doigts pressés sur ses lèvres.

Il commençait à mesurer la gravité de l'invocation.

Avec un petit sourire, le guérisseur s'inclina devant le roi puis tendit la coupe à Michaela. Son époux se tourna dans sa direction, mais la reine ne semblait plus le voir. Levant la coupe des mains de Tieg avec autant de solennité que s'il s'agissait du Saint Sacrement, elle inclina la tête et imita Tieg, une paume tendue au-dessus du petit récipient.

— O Seigneur, Tu es la source de toute sainteté. Nous T'implorons maintenant d'envoyer l'Archange du Feu, Michel, pour insuffler à cette eau le souffle de Ton amour et la sanctifier. Et que celui qui la boira commande le Feu. Amen.

Rhys Michael crut voir des flammèches bleues danser sur le bord de la coupe. Michaela la passa à Rhysel avant de reculer.

— O Seigneur, Tu es la source de toute sainteté. Que Ton Archange Gabriel, maître des eaux tumultueuses, insuffle à cette eau la pluie de Ta sagesse. Et que celui qui la boira commande l'Eau. Amen.

Rhys Michael sursauta en croyant entendre un coup de tonnerre. Des lambeaux de brume semblèrent se masser au-dessus de la coupe.

Une légère odeur d'ozone caractéristique des orages d'été chatouilla les narines du roi.

Quand Rhysel baissa la coupe, des gouttelettes s'étaient formées sur ses ailes en métal. Malgré l'apparente nonchalance du prêtre et de Rhysel, le roi sentit la peur monter en lui. Il croisa les doigts pour cacher ses tremblements.

— O Seigneur, dit Joram, Tu es la source de toute sainteté. Que Ton Archange Uriel, Ton messager des ténèbres et de la mort, insuffle à cette eau la force et les secrets de la terre. Et que celui qui la boira commande la Terre. Amen.

Rhys Michael eut l'impression que le sol se soulevait sous ses pieds. Il vacilla, les bras tendus, le temps que la pièce se stabilise. Au fond de la coupe, il entendit tinter l'Anneau de Feu alors que Joram baissait le bras.

Le cœur battant, le roi se tourna de nouveau vers Tieg.

Le jeune guérisseur prit la bougie pendant que Joram s'approchait de lui. Rhys Michael tomba à genoux. La bougie qui éclairait les visages des Derynis leur conférait un aspect étrange et jetait un éclat cru sur le contenu de la coupe.

Le jeune homme fut pris de convulsions.

— Je ne puis vous préciser à quoi vous devez vous attendre, Sire, dit Joram. Vous aurez compris que cette coupe contient beaucoup plus qu'un peu de sang haldane et d'eau mêlés... La vider devrait suffire à neutraliser ce qui vous a coupé de votre héritage paternel. Sinon, j'interviendrai. Et Tieg aussi. N'essayez pas de résister. Vous le pouvez, à coup sûr, mais ce ne serait pas dans votre intérêt.

Rhys Michael hocha la tête. Conscient d'être à un tournant décisif de sa vie, il était certain d'avoir déjà goûté cette promesse de puissance — guidé par son père. Mais quand il tint la coupe près de son cœur, un brusque sentiment de futilité faillit la lui faire lâcher.

— Rhys Michael Alister Haldane, vous êtes le véritable souverain de Gwynedd, l'Oint du Seigneur. (Le fils de Cinhil eut l'impression de flotter. Il entendait Joram parler de très loin.) Buvez. Par la grâce de ce mystère, le pouvoir de Droit Divin sera vôtre. L'heure venue, vous instruirez pareillement vos fils.

Les mains tremblantes, Rhys Michael leva la coupe et but jusqu'à la lie. Au fond de lui, il priait pour que ce discours fût vrai.

Le breuvage était amer comme la cendre et le désespoir, avec l'arrière-goût métallique du sang et de la mort. Il eut la sensation fugace que *quelque chose* s'ébrouait en lui. De vagues images qui ne lui étaient pas familières dansèrent devant ses paupières baissées.

Ravalant un sanglot de frustration, et avide de détenir la « vue », il prit l'Anneau de Feu au fond de la coupe et le mit à sa main gauche. Un éclair psychique le frappa puis disparut, lui laissant à peine le temps d'en avoir conscience.

Non ! Reviens ! supplia le jeune homme.

Les mains serrées sur la poitrine, il sentit soudain une autre présence au sein du cercle. A la fois familière et étrangère.

Ce n'était pas Joram, ni Tieg ni aucune des deux femmes. Cet être avait le pouvoir de conférer à l'héritier haldane le don de la « vue ».

Mais comment ?

— Aidez-moi, de grâce ! chuchota Rhys Michael. Qui que vous soyez, venez à mon secours... Aidez-moi à voir, au nom de ma couronne et de mon royaume !

Accablé, il sentit la fraîcheur de la broche haldane sur son cou. Ce qu'avait dit Joram plus tôt lui revint à l'esprit avec une clarté aveuglante.

Le sacrifice de sang... le test de courage...

A cet instant, il sut ce qui lui restait à faire. La raison avait beau s'y opposer, ses doigts retirèrent le bijou de son col. Du pouce gauche, Rhys Michael éprouva la pointe de la tige.

— Sire ? demanda Joram, incertain.

Le jeune roi l'entendit de très loin. Il secoua la tête, recula et pointa l'extrémité de la tige métallique vers sa paume gauche.

— Ne me touchez pas, chuchota Rhys Michael. *Je dois le faire !*

Le sang cognait à ses tempes et l'espoir grandissait en lui.

Sa chair mortelle se hérissait à l'idée de la douleur à venir, mais il était résolu à surmonter ses peurs pour mieux implorer Ceux qui l'écoutaient.

De Leur présence, il ne doutait plus un instant.

Au contraire de son père Cinhil ou de son frère Javan, Rhys Michael n'avait jamais eu la fibre religieuse. Mais il sentait qu'on apposerait le sceau de la solennité à ce qu'il entreprenait.

— Au nom du Père, du Fils et du Saint-Esprit, chuchota-t-il, faisant appel à toute sa volonté. Que Ta volonté et non la mienne soit faite !

Rhys Michael s'enfonça la tige métallique dans la paume. Surpris, il mesura à quel point il était difficile de transpercer la chair entre les os et les tendons avec une tige de métal.

La douleur courut le long de son bras pour exploser dans son cerveau. Des souvenirs lui revinrent. Il se revit devant son père, buvant une autre coupe. Cinhil avait posé les mains sur ses cheveux tandis qu'une puissance surnaturelle l'investissait dans une explosion de lumière et de chaleur. Puis le roi avait imposé à son enfant la Cécité et des blocages psychiques qui auraient dû sauter six ans plus tôt, à la mort de Javan et lors de son couronnement...

A la place des mains fantomatiques de Cinhil, Rhys Michael crut en sentir d'autres sur ses cheveux.

Ce n'étaient pas celles de Joram. Ni de Tieg.

Une présence cherchait à s'introduire en lui. D'instinct, Rhys Michael la repoussa.

Il sentit ensuite les intentions bienveillantes de la mystérieuse entité. Il ne devait pas résister. Pourtant, il n'avait plus la force de s'ouvrir à l'inconnu.

Désespéré, il fit tourner la tige de métal dans sa plaie.

La douleur l'aida à se concentrer sur une floraison de lumière mystique. Repoussant ses boucliers, elle dévoila son âme à Celui qui la guettait.

Rhys Michael sentit de nouveau les mains fantomatiques sur ses cheveux.

Un éclair aveuglant explosa derrière ses paupières baissées.

Le jeune homme s'évanouit.

CHAPITRE 7

Grâces soient à Dieu pour son ineffable don !

Deuxième Epître aux Corinthiens, 9, 15

Joram avait senti la présence mystérieuse dans le cercle. Tieg aussi.

Le roi s'effondra en gémissant.

Tieg avait-il reconnu son grand-père, Camber ? Quoi qu'il en soit, songea Joram, son neveu ne manquerait pas de poser des questions.

Au grand dam de son fils, Camber avait tendance à faire des apparitions inattendues au cours de rituels magiques — en tout cas dès qu'il s'agissait des Haldanes. Que cela relevât d'un intérêt aigu pour la Maison royale ou de plans à long terme, Joram n'aurait su dire. Mais avec la vie du roi dans la balance, l'heure n'était pas aux débats métaphysiques.

— Tieg, ne le touche pas ! dit-il à son neveu qui faisait mine de s'élancer vers Rhys Michael.

Le jouvenceau dut faire abstraction de ses instincts de guérisseur. Rhysel empêcha aussi la reine de rejoindre son époux.

Quand celui-ci s'immobilisa, Joram s'accroupit près de lui et le tourna sur le dos.

— Voilà... Tieg, examine-le, mais je crois que tout va bien. Les autres rituels de pouvoirs haldanes ont suivi la même procédure. Rhysel, dissipe le cercle tandis que nous nous occupons de Sa Grâce. Ma reine, vous nous aiderez en n'intervenant pas.

Michaela tomba à genoux. Armée de l'épée haldane, Rhysel entreprit de couper le cercle magique. Tieg posa la bougie et tâta le front de Rhys Michael. Puis il prit la main blessée de son patient, ouvrit en douceur les doigts serrés sur la broche avant de la dégager de sa gaine de chair.

Enfin, il tendit le bijou à Joram.

— Les mains sont dures à transpercer et très sensibles à la douleur, soupira Tieg. Ça n'a pas dû être facile. En tout cas, son geste était inspiré. T'y attendais-tu, mon oncle ?

— Pas précisément. Mais il s'est vite révélé nécessaire de soutenir sa concentration. D'évidence, il s'en était rendu compte tout seul...

Tieg serra la main blessée entre les siennes. Après quelques secondes, les plaies se résorbèrent.

— Combien de temps restera-t-il inconscient ? demanda Joram.

— Difficile à dire. Mieux vaudrait le coucher. Mais je préférerais qu'il reprenne connaissance avant notre départ.

— A-t-il tous ses pouvoirs ?

— Je ne saurais le dire, répondit Tieg, surtout pour un Haldane. En tout cas, il est beaucoup mieux armé qu'avant. Notre intervention n'aura pas été vaine.

— Pourrais-tu bloquer ses pouvoirs, au besoin ? insista Joram.

Tieg lui lança un regard incrédule.

— Son aura psychique est similaire à la nôtre, si c'est là le sens de ta question, mon oncle. Tu ne désires pas vraiment que j'explore la zone critique ?

— Bonté divine, non ! J'essaie seulement de comprendre comment cela fonctionne. Laisse-moi t'aider à le coucher.

Très inquiète, Michaela regarda les deux hommes agir sans chercher à intervenir.

Rhysel reforma la pelote de laine blanche, faisant disparaître le cercle.

Rhys Michael revint à lui, terriblement désorienté.

— Tout va bien, Sire, lui assura Tieg. Il vous faut du repos maintenant.

Michaela aida à dévêtir son époux puis à tirer les fourrures sur lui. Elle s'assit près de lui en tailleur.

— Vous devez être très fatigué, Sire, dit Joram, croisant le regard las de Rhys Michael. C'est tout à fait compréhensible. Le mieux est de dormir. Demain et les jours suivants, vous aurez beaucoup d'exigences à satisfaire. De plus, vous devrez expérimenter vos nouveaux pouvoirs avec beaucoup de prudence.

Avec un faible signe de tête, Rhys Michael serra la main de sa femme, qui souriait à travers ses larmes.

— Mika, ça a marché, souffla-t-il.

— Oui, mon chéri.

— Pourquoi étais-je plein d'appréhension ? Qui ne voudrait pas de *cela* ?

— Ce que vous ne voulez pas, Sire, dit Joram, c'est qu'on vous observe de près. Par malheur, je ne puis rester pour vous aider à user de vos dons avec la parcimonie qui s'impose. Je dois vous supplier de redoubler de prudence ! Les grands seigneurs ne sont pas arrivés là où ils sont en une nuit. Vous ne vous débarrasserez pas d'eux en claquant des doigts. S'ils devaient tous disparaître du jour au lendemain, vous n'auriez pas le soutien nécessaire pour assurer votre règne. Surtout si l'affaire des Marches de l'Est devait déclencher une guerre.

« Pour l'heure, votre premier souci est de répondre au défi de Miklos de Torenth sans y laisser la vie. Souvenez-vous que vous restez un mortel de chair et de sang. Si la magie est désormais vôtre, l'épée, la flèche ou le poison peuvent encore très bien vous abattre.

— Je m'en souviendrai, murmura Rhys Michael, le regard brillant de détermination. Merci, père Joram, et merci à vous, Tieg. Transmettez aussi ma gratitude à l'homme dont j'ai perçu la présence, à la fin de la cérémonie. Sans lui, je ne sais pas si j'aurais eu la force de continuer.

Joram ferma les yeux. Il n'avait pas fini d'en entendre parler... Puis il hocha la tête.

— Partons, Tieg. Inutile de tenter le Diable plus longtemps. Je voudrais établir un contact permanent avec vous, Majesté, mais l'heure est mal choisie. Reposez-vous. Rhysel continuera d'assurer la liaison. Dieu vous ait en Sa Sainte Garde, Sire, et vous, Majesté. Dormez maintenant.

Tieg, Rhysel et Joram s'éclipsèrent. Michaela posa la tête sur l'épaule de son mari, qui sourit, l'entourant d'un bras. Doucement, il effleura son esprit et perçut une délicate réaction féminine à ce contact psychique.

Ravi, il s'abandonna au sommeil.

Il avait enfin une arme contre ses ennemis.

Au même instant, l'un d'eux rôdait non loin de là, en mission.

Le Deryni Dimitri passait sous les voûtes du cellier, silencieux comme un lambeau de brume. Les torches murales repoussaient à peine les ténèbres. Leurs faisceaux alternaient avec de grandes zones noires.

L'alcôve que cherchait Dimitri était dans les ténèbres. Il s'y posta.

Il n'eut pas longtemps à attendre. Sa proie arrivait : un jeune garde crédule nommé Iosif. Une fois encore, il servirait à son insu les desseins du Deryni.

Plus grand que Dimitri, plus musclé et plus jeune, Iosif arborait une crinière noire en bataille et portait un surplis écarlate sur son gambison en cuir bouilli. Armé d'une épée courte et d'une dague, il tenait une torche d'une main et un trousseau de clés de l'autre. Sa taille eût suffi à en faire un adversaire redoutable. Dimitri n'avait nullement l'intention de laisser les choses s'envenimer avec pareil gaillard.

Il prit Iosif par un poignet au moment où il passait devant lui, lui imposant d'emblée sa volonté. Puis il l'attira à lui, rattrapant le trousseau de clés avant qu'il ne tombe.

Iosif fermait déjà les yeux, apathique.

— Bonsoir, chuchota Dimitri avec un sourire. Tu ne te souviens pas de moi, mais tu apprécieras ta récompense si tu survis à cette nuit. Assieds-toi et prends tes aises. Je dois te sonder.

Inconscient du danger mortel qui le guettait, le jeune homme obéit, s'installant dos au mur. Ses mains inertes reposaient près de ses cuisses gainées de cuir.

Dimitri lui prit le visage, pouces sur ses tempes.

— Tu ne peux me résister, souffla-t-il. Je devrai peut-être te blesser... Mais je ferai vite. Regarde-moi, Iosif... et ouvre ton âme.

Avec un sursaut, le sujet s'exécuta.

En un éclair, le Deryni écrasa les pitoyables défenses humaines, indifférent au gémissement qui échappa à Iosif. Dimitri s'engouffra dans des réseaux psychiques vulnérables, jusqu'à la source même de la vie. Il avait conscience de la souffrance qu'il provoquait, régulant sa vitesse de façon à ne pas faire courir plus de risques que nécessaire au jeune homme. S'il plongeait trop loin ou trop longtemps dans les profondeurs mentales de son sujet, les séquelles seraient graves.

Pour le Deryni, le jeu en valait la chandelle.

Déterminé, il lança son appel vers l'extérieur, vers l'esprit qui devait attendre son message. Trouver la connexion désirée lui prit plus de temps qu'il n'aurait souhaité. Ensuite, une fois le lien établi, la communication fut brève, mais quelque peu oppressante, tandis que l'autre le sondait profondément, puis se retirait suffisamment pour lui laisser de nouvelles instructions avant de rompre le contact.

En un clin d'œil, il fut de nouveau seul dans le cerveau de l'humain, qui reprenait péniblement conscience. Son cœur battant la chamade prouvait que l'opération lui avait davantage coûté que d'habitude.

Inspirant à fond, il puisa une dernière fois dans l'énergie vitale de sa proie pour retrouver des forces. La mine cendreuse, Iosif avait l'air fébrile. Sous les doigts inquisiteurs de Dimitri, son pouls était faible.

— Ce n'est pas passé loin, hein, mon pauvre oiselet ? chuchota le Deryni. Tu auras maintenant ce que tu veux. Mais à l'avenir, méfie-toi de tes désirs. Les succubes sont des créatures capricieuses, non dénuées de cruauté. Si elles donnent du plaisir, elles surestiment volontiers l'endurance humaine...

Un sourire aux lèvres, Dimitri activa le scénario habituel, en fin connaisseur des fantasmes secrets d'hommes comme Iosif, abonnés aux longues veilles nocturnes. La rêverie érotique qui envahit le jeune garde puisait dans ses appétits charnels les plus enracinés.

Une rêverie qui serait aussi brève qu'intense, le laissant épuisé et comblé. S'il n'attribuerait pas son état à l'authentique visite d'un succube, il se convaincrait en tout cas d'avoir fait le plus délicieux des rêves.

Une félicité volée lors d'un moment de somnolence à l'abri d'une alcôve, loin du sergent.

Une félicité secrète qu'Iosif n'avouerait jamais, ni à ses supérieurs ni à un confesseur.

Ainsi, Dimitri était assuré de ne courir aucun risque et cet étrange partenariat continuerait aussi longtemps que le Deryni en aurait besoin. Ou jusqu'à ce qu'il ait vidé l'humain de ses forces vitales. Un mage moins exercé aurait cherché une autre victime chaque nuit. Mais Dimitri se doutait qu'une série de morts subites n'aurait pas manqué d'éveiller les soupçons.

Mieux valait garder le même sujet, en réparant au mieux les dégâts.

Dimitri se releva.

Le souffle rauque, Iosif avait déjà les joues rosies par l'anticipation de l'extase.

Le Deryni sonda le couloir, s'assurant qu'ils étaient bien seuls. Il avait ses ordres.

Il les exécuterait dès le lendemain, à la première occasion.

Plusieurs possibilités se présentaient déjà à lui...

Son maître aussi récupérait des efforts de la nuit. Loin de là, baigné par la fraîche pénombre d'une chambre au décor spartiate, dans la tour du château de Culliecairn, le prince Miklos de Torenth reposait. D'une pâleur de gisant, il dut faire appel à un sort pour dissiper sa lassitude. Ces contacts destinés à recueillir les informations de son agent et à lui fournir de nouvelles instructions étaient épuisants.

Même quand le prince faisait appel aux énergies vitales de ses sujets : un capitaine musclé ronflait sur un siège, près du lit. Il était accoutumé aux demandes de son maître. Pourtant, avec les soins d'un guérisseur, il lui faudrait un jour pour recouvrer ses forces.

Quelque peu courbatu, Miklos rouvrit les yeux et s'étira doucement avant de s'asseoir. De longs cheveux blonds cascadèrent sur ses épaules tandis qu'il pressait les poings sur son front.

Un jeune homme brun versa du vin dans deux gobelets d'argent. Il en tendit un au prince puis se rassit.

— Eh bien ?

— Tout se déroule comme prévu, répondit Miklos, levant sa coupe d'un geste triomphant. Le Haldane mord à l'hameçon : il sera là avant une quinzaine.

L'homme brun éclata de rire.

— Bien joué, Dimitri ! Je ne pensais pas que nos ennemis le laisseraient sortir... Normalement, ils se seraient contentés d'envoyer une armée.

— Elle accompagnera leur roi, rappela Miklos. Nous verrons si ce dernier se laissera attirer dans le type de confrontation voulu.

Marek de Festil posa son gobelet.

— Pourquoi pas ? S'il espère regagner Culliecairn par la négociation, pourquoi risquerait-il des vies sur le champ de bataille ?

— Exact. Cependant, il semble avoir déduit, à raison, que mon frère ne nous soutient pas, et que vous n'êtes pas en position de le menacer militairement. Cela dénote une compréhension des réalités politiques bien plus subtile que prévu. Nous avons pu nous tromper en le jugeant soumis aux grands seigneurs.

— Dimitri jure que c'est le cas, dit Marek.

— Je préfère m'en assurer par moi-même. Nous pouvons nous permettre de mener les choses sans hâte.

— Miklos, cela fait vingt-trois ans que je « mène ma barque sans hâte » ! grogna Marek, exaspéré. J'ai l'âge de mon père quand celui-ci fut tué par Cinhil. Il est temps que je découvre si ce chien a transmis sa magie à son fils ! A mon avis, ce n'est pas le cas. Sinon, il l'aurait utilisée pour s'affranchir de la tutelle des grands seigneurs.

— J'aurais tendance à en convenir. Si c'est vrai, je le tuerai pour vous.

— Je m'en chargerai moi-même.

— A votre guise. Cependant, si nous sommes tous deux dans l'erreur, mieux vaut que je le découvre. A ce stade, la Maison Festil ne doit pas perdre son chef. Votre héritier a moins d'un an, Marek.

— Et *vous* n'en avez pas, rappela le prétendant.

Miklos haussa les épaules.

— C'est le pari d'un fils cadet, mon cousin. J'ai à fonder ma propre dynastie. Autant que ce soit avec des terres conquises plutôt que remises, si grande que soit la générosité du donateur.

Marek prit son cousin par le bras.

— Quand je serai roi et que j'aurai reconquis mon royaume, je vous ferai duc de Mooryn, maître de tout le sud de Gwynedd. Et cet honneur, vous l'aurez amplement mérité.

— C'est pourquoi je suis prêt à courir des risques pour vous... Voilà les instructions que j'ai transmises à Dimitri...

A cet instant, ses ordres importaient moins à l'agent double, infiniment las, que d'aller se coucher dans ses appartements. Au fil des ans, il était devenu aussi arrogant qu'insouciant, persuadé d'être le seul Deryni du château de Rhemuth. Il gravit l'escalier, se fichant que ses boucliers mentaux « battent de l'aile ». Quel humain remarquerait sa vulnérabilité, si d'aventure il en croisait un dans les couloirs ?

Dimitri se trompait.

Certains le remarquèrent.

Qui n'étaient pas de simples humains.

En retournant vers le Portail secret, Joram et Tieg captèrent l'aura de boucliers mentaux. Un bruit feutré de pas acheva de les alerter. L'individu gravissait les marches à leur rencontre...

Pourtant, il ne devait pas y avoir là d'autres Derynis !

Retenant leur souffle, Joram et Tieg entrèrent en communication mentale. Leurs propres boucliers baissés, ils devaient se faire prendre pour ce qu'ils n'étaient pas — de simples humains. Car passer inaperçus était exclu : Tieg tenait une torche. Ils n'osaient pas non plus risquer d'être remarqués en entrant dans la pièce du Portail.

Sous leur déguisement de soldat et d'écuyer, ils ne devaient pas éveiller de soupçons. En tant que tels, ils étaient parfaitement habilités à se trouver là de nuit.

L'inconnu pourrait-il en dire autant ? Qui était-ce ?

La seule façon de le savoir, c'était de jouer franc jeu. Tieg et Joram restèrent sur le palier, guettant l'individu.

Joram distingua d'abord un homme en tenue noire monacale. Sans être sur ses gardes, il semblait intrigué par la rencontre.

Audacieux, Tieg l'attrapa par une main et plongea dans son esprit, le rendant aussitôt inconscient.

L'homme n'eut pas le temps de crier. Tieg tendit les deux torches à son compagnon avant de prendre entre ses mains la tête de l'individu.

— Bonté divine, Joram, c'est Dimitri ! souffla-t-il.

Le fils de Camber vérifia aussitôt. Et découvrit à son tour l'étendue et la gravité des machinations de Dimitri. Il en aurait volontiers douté s'il n'en avait vu les résultats... A la solde des grands seigneurs, ce Deryni avait envoyé des dizaines d'innocents à la mort. Les services rendus au prince Miklos de Torenth et au prétendant festillien relevaient d'une trahison plus perfide encore.

— *Amenons-le au sanctuaire*, dit Joram dans l'esprit de son neveu. *Je percerai ses plus noirs secrets avant de le tuer.*

— *C'est risqué. S'il disparaît, on posera des questions embarrassantes, y compris au roi.*

— *Si on ne retrouve jamais le corps, sa disparition restera un mystère. Nos ennemis n'ont pas d'autre Deryni à leur solde. Fulk attestera que Dimitri n'est pas venu près des appartements royaux et que le roi n'en est jamais sorti. Ce qui est la vérité ! Aide-moi à l'emmener.*

CHAPITRE 8

Qui fourvoie les gens droits dans le mauvais chemin, en sa propre fosse tombera.

Proverbes, 28, 10

Quelques heures avant le lever du jour, Joram décida finalement de ne pas exécuter Dimitri.

— La tentation est presque irrésistible, avoua-t-il à ses conseillers. Dieu sait s'il mérite la mort. Mais considérant ce que nous venons d'apprendre, il servira bien mieux nos desseins si nous le ramenons précisément où Paulin et Hubert estiment qu'est sa place, avec des instructions « modifiées », cela va de soi.

L'évêque Niallan s'adossa à son siège. Pris de lassitude, il lissait son bouc gris d'une main distraite.

— Je ne sais pas, Joram... Entendu, ce serait le moyen qu'il nous rende à son corps défendant de grands services. Mais c'est compliquer dangereusement une situation des plus précaires.

L'objet du débat restait inconscient, là où on l'avait déposé : sur la longue table précédemment encombrée de cartes. Privé de ses pouvoirs, d'une vulnérabilité soudain humaine, Dimitri avait été soumis au plus rigoureux examen psychique. Les Derynis assemblés en session extraordinaire en étaient tout à fait capables. Tout ce que Dimitri avait fait au nom des grands seigneurs était exposé au grand jour.

Ainsi que sa véritable allégeance à Miklos de Torenth, bien avant que Paulin de Ramos ne le recrute...

— Quelle incroyable perfidie, soupira Dom Rickart.

Encore en transe, Jesse MacGregor était occupé à modifier les ordres du félon sous l'œil attentif de Queron et de Tieg.

— Et quelle chance d'avoir mis la main sur ce traître ! ajouta ce même Dom Rickart.

— Quelle chance incroyable que l'un de *nous* ne lui soit pas tombé entre les griffes ces dernières années ! souligna Joram. S'il l'avait examiné, c'en aurait été fini de Rhys Michael... Nous avons constaté que Dimitri avait des soupçons à son égard.

— Raison de plus pour le tuer ! dit Ansel. Le laisser retourner là-bas, même sous notre contrôle...

— Ansel, la perspective ne m'enchante pas non plus, coupa Joram. J'ai tout à fait conscience des risques. Mais cette disparition, à la veille d'une campagne militaire, soulèverait trop d'interrogations. Idem pour une « mort naturelle ».

— N'avons-nous pas éliminé un prêtre des *Custodes* à la veille du couronnement de Javan en faisant passer son trépas pour « naturel » ? lança Dom Rickart, songeur.

— Oui, et Paulin avait des soupçons, même s'il n'a jamais rien détecté d'anormal, répondit Joram. Mieux vaut ne pas recourir à cette ruse, pas dans ces circonstances, en tout cas. Un « accident » mortel est plus difficile à organiser qu'il n'y paraît si on le veut convaincant. Surtout quand on manque de temps. Et inutile de rappeler que le meurtre pur et simple est exclu.

Niallan soupira, se frottant les yeux.

— Si nous le libérons en le gardant sous notre emprise, quelle sera son efficacité, à votre avis ?

— Limitée, mais il aura peut-être l'occasion d'éliminer quelques-uns de nos adversaires, avança Joram. Miklos sera le facteur le plus redoutable à cet égard. La nature de son lien mental avec son agent implique qu'il repérera notre interférence assez vite. Mais si Dimitri n'entre plus en liaison avec son prince, Miklos sera alerté et tentera de lui imposer un contact. Il en est parfaitement capable. D'une façon ou d'une autre, Dimitri est d'ores et déjà un Deryni mort.

— Et si les grands seigneurs avaient des soupçons les premiers ? demanda Ansel.

Joram haussa les épaules.

— Tout ça dépendra des circonstances. Mais en fin de compte, le résultat ne variera pas. Puisque les grands seigneurs savent à qui ils ont affaire, ils le bourreront de *merasha*. A supposer que Dimitri résiste, le zèle des inquisiteurs des *Custodes* aura finalement raison de lui. Leurs méthodes de tortures sont bien connues... Dimitri peut supporter un niveau de douleur très élevé. Tant qu'il mourra avant de révéler qu'il est devenu à son insu un agent *triple*, peu importe qu'il dévoile son appartenance à Torenth.

— Il doit avoir le moyen de se donner psychiquement la mort, dit Dom Rickart.

Le fils de Camber hocha la tête.

— Un moyen très puissant. Qu'il ait permis qu'on l'ancre dans son esprit dénote la profondeur de sa dévotion à Miklos. Ainsi, il ne risque pas de trahir son prince. Par bonheur, ses pouvoirs étant temporairement bloqués, Jesse est en mesure... d'adapter... ce moyen.

— Juste comme ça ? s'indigna Ansel. Une mort rapide, après tout le mal que ce monstre a fait ? Il pourra tout simplement se suicider pour échapper à la souffrance ?

— Il sera quand même *mort*, rappela Dom Rickart, un rien désapprobateur. Et selon les enseignements de l'Eglise, le suicide n'est pas une bonne option, en quelque circonstance que ce soit.

L'évêque Niallan agita une main.

— En fait, puisque l'homme n'a pas consenti librement à ces « adaptations », on pourrait arguer que son geste ne sera pas un suicide. Appelons cela une exécution indirecte, si vous voulez. Personnellement, j'enverrais volontiers son âme impénitente aux enfers. Hélas, mon statut d'ecclésiastique m'interdit la vengeance. J'apaise ma conscience en pensant qu'avant sa mort, Dimitri réparera certains de ses crimes, fût-ce à son corps défendant.

Surpris par la réaction véhémente de Niallan, Ansel s'adossa à son siège.

Un sourcil levé, Rickart s'adressa à Joram :

— Combien de temps lui reste-t-il à vivre, à votre avis ?

Résigné, le fils de Camber croisa les bras.

— Il doit recontacter Miklos quand l'armée haldane sera à deux jours de Culliecairn, dans une semaine environ. A supposer que notre traître n'estime pas de son devoir d'établir un contact plus tôt, pour une raison ou une autre. Une liaison inattendue exige plus d'énergie, ne l'oublions pas. Surtout sur des distances aussi grandes. Mais plus elles diminueront, mieux Dimitri sera en mesure de le faire.

— Cela dit, intervint Queron, prenant la parole pour la première fois, il y a toutes les chances pour que Miklos ne tente rien les quatre ou cinq premiers jours. Pourquoi se donnerait-il cette peine tant que les forces royales seront impuissantes contre lui ? Et si Dimitri échoue, quel recours aura Miklos ? En revanche, ce traître pourra faire beaucoup de choses pour *nous*.

A contrecœur, Niallan acquiesça.

— Logique. Vous avez sans doute raison. Mais je reste dubitatif... Relâcher Dimitri ainsi, à l'insu du roi, ne me remplit pas d'aise. Tant de choses pourraient mal tourner !

— Avons-nous le choix ? demanda Joram. Nous ferons en sorte que Rhysel avertisse Rhys Michael.

— Je m'en occupe, dit Tieg.

Son oncle hocha la tête.

— Fais vite, mon garçon. Plus nous garderons Dimitri ici, plus on risquera de s'apercevoir de son absence.

Il plut sur Rhemuth cette nuit-là. Au petit matin, le martèlement monotone de l'averse contre les vitres réveilla Rhys Michael au moment où Cathan tirait les rideaux. Le roi se blottit quelques instants près de sa mie, sous les fourrures, avant de se rappeler les événements de la veille.

Il s'assit en sursaut, arrachant un soupir de protestation à la reine. Cathan se tourna vers lui, l'air interrogateur. D'instinct, Rhys Michael effleura l'esprit de Michaela. Surprise, elle caressa à son tour celui de son mari avec la délicatesse d'ailes de papillon. Le contact était si intime qu'il paraissait presque physique.

Rhys Michael jeta un regard embarrassé à son écuyer.

— Oh, c'est toi..., souffla-t-il, affectant la nonchalance. N'est-ce pas un peu tôt ?

— Le temps est mauvais, Majesté. Il est plus tard que vous ne croyez. (Cathan étala une robe au pied du lit royal.) Les autres écuyers préparent votre bain. Mon doux Sire, rappelez-vous qu'on vous attend pour la messe dans une heure ; l'archevêque Hubert verrait d'un très mauvais œil tout retard de votre part.

Cathan tendit une coupe à son roi, lui effleurant discrètement la main. Il l'assura ainsi qu'il n'avait pas rêvé la nuit passée.

Avec un rire ravi, Rhys Michael fit signe à son écuyer de sortir avant de prendre sa femme dans ses bras. Depuis le début, leurs étreintes étaient d'une telle intensité qu'elles transcendaient souvent le simple plan physique. Chacune pouvait être la dernière...

Et maintenant Rhys Michael allait se lancer dans sa première campagne militaire, affrontant un danger plus immédiat que celui qui le guettait depuis six ans.

Après qu'ils eurent fait l'amour avec une tendresse poignante, Michaela pleura en silence dans les bras de son mari. Quand il se sépara d'elle, la jeune femme trouva la force de sourire à travers ses larmes.

Fulk frappa à la porte et entra. Rhys Michael se leva, mit la robe que lui avait préparée Cathan et s'en fut prendre un bain.

Concentrée sur ses propres ablutions, Michaela refoula son chagrin. Puis ses dames d'atours l'habillèrent. Leur babillage continuel l'irritait plus que de coutume. La cadette, Lirin, était étrangement silencieuse. L'absence prochaine de son mari, Richard, devait aussi lui peser. L'époux de dame Estellan était aussi sur le départ, mais ces deux-là, après trente ans de mariage, faisaient chambre à part depuis des années.

— Votre Majesté, dit Estellan, vous êtes bien pâle ce matin. Je croyais que vous n'étiez plus malade.

— Je vais bien. Un peu de fatigue, c'est tout.

— Et le roi vous manque déjà, bien sûr. Ne pensez plus qu'à l'enfant que vous portez, Altesse. Notre souverain fera ce qu'il doit. Si Dieu le veut, tous reviendront.

Pour compenser la grisaille du jour et la pâleur de la reine, Estellan choisit une robe de soie rose avec des entrelacs de lions dorés à l'ourlet et aux manches. Michaela la mit avec joie. C'était une de ses tenues favorites. Rhysem l'aimait aussi.

Rhysel approcha avec son panier de peignes, de brosses et d'épingles.

— Ah, vous voilà. La coiffure de la reine doit être stricte, dit Estellan. Le voile lui redonnera des couleurs, je pense. Sa Majesté portera la couronne de Gwynedd.

— Oui, ma dame.

Rhysel posa ses instruments sur la coiffeuse et peigna la longue chevelure blonde de la reine.

Après avoir raccompagné Joram et Tieg la veille, elle était revenue voir le roi. Rhys Michael dormait à poings fermés. Michaela avait accueilli la petite-fille de Camber à bras ouverts, comme une sœur. Elle l'avait longuement étreinte, encore sous le choc de ce qu'elle venait de vivre.

Puis Rhysel avait aidé la reine à se coucher avant de gagner la chambre qu'elle partageait avec une autre servante.

Le message de Tieg l'avait réveillée un peu plus tard. Elle avait passé le reste de la nuit les yeux rivés au plafond.

— Feignez d'être préoccupée pendant que je vous peigne, chuchota-t-elle, formant trois nattes avec un peigne en ivoire. Ne trahissez aucune réaction.

Dame Estellan avait disparu un instant, sans doute pour aller chercher la couronne et un voile approprié. Lirin et Nieve étaient hors de portée d'oreille, brossant une cape à la chiche lumière du jour, près d'une fenêtre.

Néanmoins, Rhysel recourut à une communication mentale.

— *Il y a du nouveau. C'est peut-être à notre avantage. Vous devrez le transmettre au roi, si vous le pouvez.*

Tandis que Rhysel nattait une première tresse sur la nuque de la reine, elle transmit en silence le message dont Tieg l'avait chargée.

Rhysel savait tout. Mais trop de détails risquaient d'accabler Michaela, rendant son rôle d'autant plus difficile à jouer. Stupéfaite, cette dernière apprit la capture de Dimitri. L'espoir fit briller ses yeux.

— *Faites maintenant une critique sur ma façon de vous coiffer*, demanda Rhysel à l'instant où Estellan revenait avec la couronne et un voile rose. *Nous ne voudrions pas que le dragon se demande pourquoi vous semblez soudain rayonner...*

Soupirant, Michaela prit un miroir et inspecta le travail de Rhysel.

— J'aimerais qu'on laisse quelques mèches libres au moins, dit-elle. Le roi me préfère ainsi.

— Les reines ne laissent pas leur chevelure libre, dit Estellan, désapprobatrice. Tenez, que Sa Grâce mette ce voile. Il lui redonnera des couleurs.

— Oui, ma dame.

Michaela s'exécuta. Rose avec des fils d'or, le voile lui allait effectivement à ravir. Tandis qu'Estellan se tournait vers les autres dames, Michaela lui tira la langue dans le dos.

Quelle vieille chouette !

Par bonheur, seule Rhysel pouvait l'« entendre ».

Réprimant un sourire, elle arrangea le voile avant de poser la couronne sur le front de Michaela : c'était une réplique de celle du roi : des croix et des feuilles entrelacées serties de rubis.

Estellan revint avec dame Nieve, portant une cape de laine grise bordée de fourrure.

— J'ai peur qu'il ne pleuve encore, Altesse, dit Nieve. Il est dommage de cacher cette ravissante robe, mais en un jour pareil... Vous resplendissez, Majesté. Allons, il ne faut pas faire attendre l'archevêque.

Rhysel aida Michaela à passer la cape.

— Merci, Liesel, murmura la reine.

Elle aurait voulu lui transmettre sa gratitude d'une pensée, mais un contact physique semblait obligatoire pour cela. Peut-être, avec du temps, s'améliorerait-elle...

En attendant, elle comptait communiquer la nouvelle à son époux au plus vite. Personne ne se douterait de rien. Les épreuves qui attendaient Rhysem se révéleraient peut-être moins redoutables que prévu. La veille, la présence de Dimitri dans l'expédition royale avait soulevé bien des inquiétudes. Michaela espérait que Rhysem serait soulagé d'apprendre la neutralisation du Deryni ennemi.

Tierce sonnait quand la reine passa dans le solarium, à l'instant où Rhys Michael y paraissait aussi. Il portait des hauts-de-chausses de cuir souple écarlate sous une armure assortie hérissée de pointes. Des gantelets étaient passés à sa ceinture blanche et l'épée haldane battait son flanc. La couronne de Gwynedd ceignait son front. Il avait confié l'Anneau de Feu à Michaela, mais l'Œil de Rom brillait à son oreille droite et la chevalière haldane à sa main droite.

Les souverains de Gwynedd quittèrent le solarium, suivis par Cathan et Fulk, tout de gris vêtus et bien armés. Les dames d'atours venaient ensuite. Le cortège aborda le hall d'honneur. Owain échappa à sa nourrice et s'élança vers ses parents, un joyeux petit roi miniature avec son costume écarlate aux lions haldanes brodés sur la poitrine et dans le dos...

Il glapit de joie quand son père le hissa dans les airs et le jucha sur ses épaules.

Rhys Michael Alister Haldane traversa ainsi le hall et gagna la chapelle royale, sa reine à un bras et son fils perché au-dessus de tout le monde.

Tous ceux qui étaient réunis dans le hall s'inclinèrent au passage : des courtisans, des officiers et quelques dames émues aux larmes...

Ceux qui étaient résolus à partir en guerre se joignirent au cortège royal pour aller entendre la messe qui leur accorderait la bénédiction divine.

La cérémonie commencée, Michaela eut l'occasion d'informer en secret son mari de ce qui se tramait. Owain s'agitant de plus en plus, Lirin l'avait ramené près de sa nourrice.

Hubert entonna une homélie interminable...

— ... La moisson est grande, et les laboureurs peu nombreux. Prions donc le Seigneur qu'il en amène d'autres. Allez votre chemin, mes frères. Je vous envoie tels les agneaux parmi les loups...

— *Ferme les yeux et ne trahis aucune réaction*, « dit » soudain Michaela, tandis que son mari et elle se tenaient par la main sous les plis de la cape.

Elle aurait voulu baisser la tête pour dissimuler davantage son visage, mais avec une couronne sur le front, c'était exclu.

— *Rhysel avait d'autres nouvelles ce matin. En rentrant au sanctuaire, Joram et Tieg sont tombés sur Dimitri. Ils l'ont capturé et lui ont fait... je ne sais trop quoi. Il ne travaillait pas seulement pour les grands seigneurs, mais... A présent, il œuvrera pour nous. D'après Rhysel, il ne nous sera pas utile très longtemps. Ses loyautés contradictoires ne vont pas tarder à entraîner sa perte. Peut-être bien avant que tu atteignes les Marches de l'Est. Entre-temps, ne t'étonne pas que des choses étranges arrivent...*

Rhys Michael avait réussi à garder une mine impassible. Avant de feindre d'être absorbé par l'homélie, il risqua un regard furtif vers sa femme.

— *Que veux-tu dire, « que des choses étranges arrivent » ?*

Elle lui serra la main, déglutissant.

— *Dimitri a des hommes à abattre. Il le fera. Sauf que Joram a changé l'identité de certaines cibles.*

— *Qui avait désigné les victimes ?*

— *Miklos de Torenth, pour le compte de Marek. C'est tout ce que je sais.*

Sans lâcher la main de sa femme, Rhys Michael prit mentalement ses distances, battant en retraite dans une zone privée, tout au fond de lui.

Peu après, pendant l'oblation, il chuchota à Michaela de rester là, avança devant l'archevêque Hubert et posa sa couronne sur l'autel.

— Votre Grâce, comme je m'apprête à partir guerroyer, je dédie à la gloire de Dieu cette noble entreprise, au nom de la liberté du royaume... (Il espéra que le prélat ne saisirait pas l'ambiguïté de ses propos.) Puisse Culliecairn être libéré et que le Tout-Puissant nous accorde la victoire.

Il resta agenouillé devant l'autel, la tête baissée sur ses mains jointes.

Les nouvelles de Michaela lui donnaient à réfléchir.

A la communion, Hubert présenta au jeune roi la coupe et l'hostie.

De la part de l'archevêque, c'était un honneur et un signe d'approbation. Un geste qui n'avait au fond rien de religieux... et qui mit le jeune homme plus mal à l'aise encore. Boire le Sang divin éveilla en lui des souvenirs tragiques...

Son propre sang, versé la veille par Joram puis de sa main, celui de ses amis, le jour du coup d'Etat, le corps exsangue de Javan, ramené à la cour, son sang royal détrempant un champ lointain, au nord de Valoret... et des rivières de sang encore sur ses mains... Le sien ? Celui des autres ?

La sensation fut si vive que Rhys Michael s'essuya les doigts sur ses hauts-de-chausses. Puis il croisa les mains pour maîtriser ses tremblements.

Hubert dut les prendre pour des symptômes de ferveur.

Après la messe, Michaela ayant rejoint son époux pour s'agenouiller avec lui, l'archevêque bénit le jeune souverain et lui posa la couronne sur le front.

Puis il accorda au couple quelques derniers instants d'intimité avant sa séparation publique.

Hubert s'entretint avec Paulin sur le parvis de la cathédrale. Il voyait d'un bon œil que Rhys Michael ait offert sa couronne à Dieu.

— Ce geste témoigne d'une dévotion inattendue, conclut l'archevêque. Recevoir la coupe a-t-il déclenché en lui une sorte de conversion religieuse ? Jusque-là, son attitude envers la foi relevait plutôt de l'indifférence. Oh, il respecte ses devoirs liturgiques à la lettre mais... Vous voyez ce que je veux dire.

Refusant de se prononcer, Paulin assura Hubert qu'il veillerait au bien-être spirituel du roi tant que cela ne compromettrait pas les desseins des grands seigneurs pour Gwynedd.

— Un roi dompté est très utile, ajouta-t-il. Celui-là manifeste des velléités d'indépendance regrettables. Une fois le nouvel héritier venu au monde, nous serons bien avisés de nous débarrasser du père.

— Quelque chose vous aurait-il rendu méfiant, Paulin ?

— Rien de précis ne m'a mis la puce à l'oreille. Mais surveillez bien le jeune prince, Hubert. Et priez pour que la reine accouche d'un autre fils parfaitement sain et vigoureux. Je me méfie de Rhys Michael. Je chargerai Dimitri de le tenir à l'œil.

CHAPITRE 9

> Ne te réjouis pas à mon sujet, ô mon ennemie : si je suis tombée, je me relèverai ; si je demeure dans les ténèbres, Yahvé est ma lumière.
>
> *Michée, 7, 8*

Sitôt que Rhys Michael et la reine parurent sur le parvis de la cathédrale, le peuple éclata en vivats. La cour était noire de monde : des cavaliers aux riches parures, la fine fleur de la chevalerie, les lanciers, les archers à cheval et les éclaireurs. Il n'y avait pas de fantassins. Les grands seigneurs avaient décrété qu'ils ralentiraient trop l'armée royale. Pour la même raison, seul un modeste corps d'intendance serait du voyage. Les renforts et le réapprovisionnement seraient fournis en route, par les provinces que l'armée traverserait.

Le roi et la reine descendirent les marches sous les acclamations. Cathan posa un manteau de laine écarlate sur les épaules de son maître. La broche haldane vint en retenir les pans.

Les brumes persistaient. Le ciel plombé promettait d'autres averses. Rhys Michael regarda ses troupes, cherchant à jauger leur moral.

Ses commandants l'attendaient au pied de l'escalier. Il n'en avait choisi aucun...

Albertus, chef du protocole et maréchal de Gwynedd, était entouré par ses officiers des *Custodes* ; Rhun patientait sur son cheval près de Fulk FitzArthur, porteur de l'étendard haldane. Le frère cadet de Fulk, Quiric, tenait les rênes du destrier gris réservé au roi. D'autres écuyers s'occupaient du cheval bai de Cathan et du rouan irascible du connétable du château, Udaut, qui conversait avec le comte Tammaron.

Derrière Albertus et Rhun se tenait aussi le frère d'Hubert, Manfred, occupé à donner des instructions au capitaine des lanciers de Culdi. Richard Murdoch, l'époux de dame Lirin, caracolait en tête d'une compagnie d'archers aux couleurs de Carthane.

Plus loin, Paulin avait rejoint une poignée d'hommes aux ceintures rouge et or : des prêtres des *Custodes Fidei*. Rhys Michael en reconnut certains. Derrière Paulin s'alignaient une trentaine de chevaliers des *Custodes*, avec des ceintures blanches aux franges rouges. D'autres seigneurs de rang mineur s'étaient placés sous leurs étendards respectifs, à la tête de contingents plus modestes. Il y avait là Ainslie, Cashel, le frère de Richard et d'autres nobles que Rhys Michael ne connaissait pas.

Une centaine de chevaliers devaient être réunis dans la cour, sans compter leurs gens. Pour défier un prince torenthi et un prétendant festillien, ça n'allait pas bien loin... Mais en passant par Valoret, Caerrorie et Sheele, beaucoup d'hommes viendraient gonfler les rangs de l'armée royale.

Sans parler de ceux qui se massaient déjà près des Marches de l'Est et au nord.

Vêtu de sa chape et muni de sa mitre, le vieil archevêque Oriss soutenu par Hubert descendit les marches du parvis. Il s'appuyait sur sa crosse.

L'honneur de bénir les bataillons royaux revenait à l'archevêque de Rhemuth.

Tammaron approcha de Rhys Michael, qui ôta sa couronne pour la confier à sa femme. La nourrice avait ramené Owain près de ses parents. Une petite cape écarlate le protégeait du froid. Rhys Michael embrassa son fils.

Puis, l'enfant dans les bras, il s'agenouilla devant les archevêques.

Les soldats firent silence.

Quand les étendards furent baissés, les archers à cheval saluèrent de leurs arcs. Tous les heaumes s'inclinèrent tandis qu'Oriss levait la main droite.

— *Benedicat vos omnipotens Deus : Pater, et Filius, et Spiritus Sanctus.*

— *Amen*, répondit Rhys Michael, imité par une centaine de voix.

Il fit le signe de croix au-dessus de son fils puis se releva.

La cour éclata en cris de joie. Les étendards se redressèrent et les archers brandirent leurs arcs. Rhys Michael embrassa son fils, le confia à sa mère puis fit un baisemain à la jeune femme. Leurs regards se croisèrent pour des adieux muets.

Le roi mit ses gantelets et enfourcha l'étalon gris que lui présentait Cathan. Quiric tendit le heaume royal cerclé d'une couronne d'or, dont Rhys Michael se ceignit le front. Il eut soudain conscience de la bannière haldane que tenait Fulk. A son couronnement — un jour qu'il eût donné cher pour oublier —, Rhys Michael avait chevauché ainsi, abruti par les drogues qu'on lui administrait sous la contrainte.

Comme il avait eu le cœur lourd de succéder à son frère en des circonstances si tragiques ! Javan aurait dû régner sur Gwynedd, pas lui.

Rhys Michael aurait voulu prendre l'étendard royal comme Javan l'avait fait jadis. Mais un tel acte d'indépendance lui vaudrait de vertes remontrances le soir venu, au campement.

A supposer qu'Albertus se contienne assez pour ne pas le réprimander publiquement...

Quoi qu'il en soit, il revenait à son souverain légitime de défendre la bannière de Gwynedd. Peut-être Rhys Michael aurait-il une chance de gagner la liberté pour laquelle son frère avait versé son sang.

Bientôt...

Sur le champ de bataille, un roi pouvait obtenir par son courage et sa vaillance ce que la ruse et la patience n'avaient pu atteindre en six ans de surveillance étroite...

Il y avait beaucoup à perdre. A commencer par la jeune femme qui tenait la main d'un garçonnet emmitouflé dans une cape écarlate... Tous deux le regardaient s'éloigner.

Mais il y avait aussi beaucoup à gagner.

La liberté, par exemple...

Cathan et Udaut enfourchèrent leur destrier.

Udaut prit la tête des huit gardes qui devaient escorter le roi hors de la capitale et le laisseraient ensuite.

Oscillant entre excitation et mélancolie, Rhys Michael leva une main en signe d'adieu, et grava la scène dans sa mémoire. Puis il suivit Albertus et Rhun, sans un regard en arrière.

La colonne allait à vive allure sous un crachin réfrigérant. Malgré un avenir qui s'annonçait encore sombre, Rhys Michael se sentait plus libre. Depuis des années, il faisait régulièrement du cheval afin d'entretenir sa forme. Jusque-là, il n'avait jamais pu aller bien loin sans qu'on le rappelle à l'ordre.

Malgré le crachin, le bon peuple s'agglutinait le long des rues pour saluer son suzerain.

Comme au temps de Javan et d'Alroy.

Rhys Michael se détendit quand la colonne atteignit les portes de la ville. Il refusait de penser à ce qui l'attendait, d'ici une semaine, aux Marches de l'Est. Profitant de l'affluence, il prit le risque d'étendre ses perceptions afin de mieux en cerner le fonctionnement et l'étendue. Si d'aventure un Deryni captait sa sonde mentale, il ne saurait avec précision d'où elle venait.

Plus tard, il songea que l'étrange chatoiement, autour de l'étalon irascible d'Udaut, aurait dû l'alerter. Sur le moment, il avait cru à une bizarrerie d'optique due à un rayon de soleil et à la pluie. Le grand rouan avait une sacrée réputation ! D'aucuns chuchotaient que le comte avait tort de le garder comme destrier.

L'animal éclata soudain en hennissements et en ruades incontrôlables.

Udaut vida les étriers et s'écrasa contre le mur d'enceinte avec une force propre à lui briser les os. La bête piétina son infortuné cavalier avec une rage démesurée. Faisant montre de plus de courage que de bon sens, un garde força sa monture à approcher de l'étalon furieux et parvint à l'égorger.

La bête s'effondra dans une mare de sang dont l'odeur métallique affola les autres destriers, qui renâclèrent et piaffèrent. Les cavaliers eurent du mal à les maîtriser, ajoutant à la confusion ambiante.

Quant à Udaut, plus personne ne pouvait rien pour lui.

Rhun et Cathan coururent près du connétable tandis que Rhys Michael calmait sa monture. Autour du cadavre, les soldats faisaient reculer l'attroupement avec leur efficacité coutumière. Albertus, Paulin et un chirurgien aux cheveux gris nommé Stevanus se frayèrent un passage.

— Qu'on laisse passer le chirurgien ! ordonna Paulin.

Après un rapide examen, Stevanus put seulement confirmer le trépas du connétable de Rhemuth. Udaut avait le dos brisé, un bras tordu et une jambe repliée sous lui. Un filet de sang coulait de ses lèvres. Le visage de la victime avait été épargné. Son regard figé exprimait davantage la surprise que la douleur.

Stevanus lui baissa les paupières et se signa, l'air peiné. Il redressa la jambe tordue d'Udaut avant de se relever.

— Je n'ai jamais vu un cheval s'emballer à ce point, maugréa Paulin, secoué par le drame.

— Moi, oui, dit Albertus, tapotant le cadavre de l'étalon du bout d'une botte. Mais pas aussi soudainement.

Alors que Paulin s'apprêtait à défaire la selle, faisant signe à un soldat de l'aider, il se reprit à temps et traça d'abord le signe de croix sur le front du trépassé.

Cathan caressait l'encolure du cheval de Rhys Michael. Feignant d'écouter les prières de Paulin, tous deux regardèrent Albertus enlever la selle de l'étalon.

— *In nomine Patris, et Filii, et Spiritus Sancti*, souffla Paulin. *Requiem aeternam dona ei, Domine, et lux perpetua luceat ei.*

— *Offerentes eam in conspectu Altissimi*, répondirent des témoins.

La plupart des gens regardaient Albertus avec curiosité. Le maréchal passa les doigts le long de la bordure en fourrure de la selle puis les renifla.

Son assistant inspecta la selle, l'air mystifié.

— *Kyrie, eleison*, entonna Paulin.

— *Kyrie, eleison. Christe, eleison*, répondirent les témoins.

Albertus palpa le dos de l'étalon maculé de sueur. Les lèvres pincées, il secoua la tête à son tour. Paulin traça de nouveau le signe de la croix sur le front d'Udaut.

— *Tibi, Domine, commendamus animam famuli tuae, Udauti, ut defunctus saeculo tibi vivat.*

A toi, Seigneur, nous recommandons l'âme de Ton serviteur, Udaut, afin qu'il quitte ce monde pour venir à Ta droite. Par la grâce de Ton amour miséricordieux, lave les péchés que, dans sa faiblesse humaine, il a commis au cours de sa vie...

— *Per Christum, Dominum nostrum.*

— *Amen*, murmura la foule.

Paulin chargea un garde de couvrir la dépouille. Un brouhaha, à l'arrière du cortège immobilisé, signala l'approche de Richard Murdoch, le gendre d'Udaut. A la vue du rouan foudroyé, Richard sauta à terre.

Albertus inspectait maintenant les sabots ensanglantés, utilisant un des quillons de sa dague pour enlever la boue.

— C'est trop tard, Richard, dit Rhun, l'attrapant par les épaules. Son cheval l'a désarçonné et piétiné à mort. Le voilà... (Il désigna du menton une forme couverte d'un manteau.) Il n'y a plus rien à faire.

Richard s'affaissa, réprimant un gémissement, puis il s'écarta et se pencha sur le cadavre, soulevant un pan du manteau.

Stevanus approcha.

— Je suis navré, mon seigneur, dit-il à voix basse. Il a dû mourir très vite. S'il avait survécu, ses blessures l'auraient laissé paralysé.

Richard regarda mornement Albertus, qui s'essuyait les mains sur un pan de manteau.

— Savez-vous ce qui a provoqué ce drame ? Que cherchiez-vous ?

Albertus haussa les épaules.

— Une trace d'irritation de la peau... Mais il n'y a rien.

Deux gardes hissèrent le cadavre sur leurs épaules. Un prêtre des *Custodes* avait amené un autre cheval sur lequel on attacha le défunt.

— Voilà qui pose un problème, souffla Albertus à Paulin. Rhemuth n'a plus de connétable.

— Il n'est pas possible de retarder notre départ et nous ne pouvons laisser la capitale sans défense, répondit Rhun.

Albertus et Paulin hochèrent la tête.

L'estomac noué, Rhys Michael comprit ce qu'ils avaient en tête.

— Autant nommer un nouveau connétable, dit Rhun, une main posée sur le bras de Richard. Vous sentez-vous prêt à assumer une telle charge, mon cher ? Depuis quelque temps, soyez-en certain, nous vous observons. Cela remonte au trépas de votre père. Il nous faut un homme loyal et fiable comme vous pour tenir Rhemuth en notre absence, et protéger la reine et l'héritier. De plus, votre femme aura besoin de vous pour les obsèques. Si vous le souhaitez, je prendrai le commandement du corps d'archers.

— Oui, je... Merci. Vous me faites un grand honneur. Je tâcherai d'être digne de la confiance que vous me témoignez. Mais, mon Dieu... que vais-je dire à Lirin ?

Paulin entoura d'un bras les épaules du jeune homme.

— Je suis navré, Richard. Si cela peut atténuer le chagrin de votre épouse, rappelez-lui que son père est déjà au paradis. Il a reçu la sainte communion il y a moins d'une heure.

Refoulant un sanglot, Richard se détourna et enfourcha de nouveau sa monture.

Rhys Michael estima que ce devait être une des remarques les plus hypocrites qu'il eût jamais entendues.

Nul ne l'avait consulté à propos de la succession du connétable de Rhemuth.

Non qu'on l'eût jamais consulté pour quoi que ce fût.

Cathan dut comprendre son ressentiment, sinon le partager, car il regarda son beau-frère par en dessous avant de remonter à cheval. Rhys Michael reconnut soudain le *Custodes* qui tenait la monture de maître Stevanus. En tunique rouge et noir, l'individu fluet aux yeux baissés n'était autre que Dimitri.

Le roi ne s'était pas attendu à le voir si près de lui.

Le Deryni reprit sa place dans le cortège.

A cet instant, Rhys Michael sut que l'« accident » n'en était pas un. Pour sa part, il ne verserait pas une larme sur Udaut, qui l'avait si honteusement trahi... Mais remplacer ce félon par Richard Murdoch, un autre félon...

Soudain, il comprit la logique de l'affaire, à coup sûr orchestrée par Joram. Richard était un connétable moins acceptable encore qu'Udaut. Mais le nommer à cette charge l'empêchait de partir en guerre. Pour Rhys Michael, cela faisait un ennemi de moins dans son entourage...

— Mes condoléances à votre dame, souffla-t-il à Richard qui, les mâchoires serrées, prenait congé d'Albertus et de Rhun.

Tandis que le cortège s'ébranlait de nouveau, le jeune souverain songea que l'aventure s'annonçait plus intéressante qu'il ne l'avait cru.

CHAPITRE 10

Ayez les yeux sur vous, pour ne pas perdre les fruits de nos travaux, mais recevoir au contraire une pleine récompense.

Deuxième Epître de saint Jean, 1, 8

Les jours qui suivirent, Joram et ses collègues prirent les mesures destinées à assurer au souverain d'autres soutiens une fois qu'il serait à destination.

De l'avis des agents de Joram postés à Torenth et au Forcinn, Marek n'était pas apte à lancer une offensive sérieuse contre Gwynedd. Miklos avait moins de trois cents hommes pour faire valoir ses prétentions. Si la prise de Culliecairn n'était pas qu'une feinte visant à attirer le monarque hors de Rhemuth, comme cela semblait être le cas, elle n'était pas non plus destinée à éprouver sa puissance militaire.

Une bataille rangée semblant de plus en plus improbable, l'évêque Niallan rappela que Miklos avait trouvé le plus sûr moyen de provoquer le souverain haldane en faisant baptiser l'héritier du prétendant festillien sur le sol même de Gwynedd. Qu'il ait informé Rhys Michael de ses intentions tendait à renforcer les soupçons : le véritable objet de l'exercice était d'attirer le roi sur le terrain choisi par Miklos...

Ansel et Jesse rassemblèrent quarante anciens Michaelites et d'autres hommes loyaux dont certains d'origine derynie. Beaucoup d'entre eux, évitant de se targuer de leur véritable nature, s'étaient néanmoins taillé une réputation de lions en maintenant la paix aux frontières du royaume. Dans les Marches de l'Est, on les donnait pour des hommes dignes de confiance.

Ansel et Jesse se déguisèrent pour se fondre dans leurs rangs, Tieg adoptant la tenue d'un écuyer.

La petite troupe s'élança vers Lochalyn pour aller offrir ses services à Sudrey des Marches de l'Est, elle-même d'ascendance derynie.

Non que cet héritage commun fût un gage de bon accueil. Si Sudrey était née derynie, lointaine parente de Miklos et de Marek, elle n'avait jamais manifesté le moindre pouvoir. Etait-ce par manque réel de capacité ou par égard envers son époux et ses sujets humains ? Nul n'aurait su le dire. Quoi qu'il en fût, qu'un prince deryni de sa parenté soit responsable du trépas de son époux ne pouvait l'inciter à renouer avec ses origines...

Mais si d'autres Derynis venaient se placer sous l'étendard de Sudrey au nom de la vengeance, elle ne les chasserait pas.

La troupe de Jesse et d'Ansel se présenta à un capitaine de Lochalyn. Trop heureux de ces renforts inattendus, l'homme ne posa aucune question.

Au soir, les « renforts » apprirent que dame Sudrey avait rappelé à elle les officiers de son défunt mari, recevant leur allégeance. Peu importait apparemment que Corban, son gendre, fût devenu — en principe — le comte des Marches de l'Est.

Sudrey ne s'en remettait pas uniquement aux survivants de Culliecairn, où les troupes de Miklos semblaient prendre racine. Le neveu de Hrorik, le duc Graham de Claibourne, âgé de vingt ans, avait volé au secours de la veuve dès qu'il avait appris la nouvelle. Ses deux cents vassaux campaient autour du château Lochalyn. Sighere, le frère de Hrorik, avait amené cent autres guerriers de Marley.

Des quatre coins des Marches de l'Est, les chevaliers affluaient. D'après les rumeurs, le roi arriverait d'ici peu avec deux ou trois cents combattants supplémentaires.

Entre-temps, à Rhemuth, la reine Michaela ignorait pratiquement tout ce qui se tramait hors des murs de ses appartements royaux. Les maigres nouvelles qu'elle obtenait par Rhysel l'assuraient des efforts de Joram pour placer des agents dans les Marches de l'Est. Mais n'ayant aucune connaissance réelle des raisonnements et des préparatifs militaires, de tels rapports ne lui parlaient guère. De temps à autre, elle recevait de brèves missives de son époux — qu'elle savait être lues et relues avant de lui parvenir. En conséquence, le roi répétait simplement que sa famille lui manquait et s'enquérait régulièrement de la santé de sa femme.

Hormis lors des funérailles d'Udaut, la situation domestique de la reine ne changea guère. Comme on l'attendait de sa part, Michaela prit le deuil et assista au requiem, dans la basilique de Saint-Hilary, au pied du château. Elle durcit son cœur, sourde aux prières pour le repos de l'âme du défunt. Dieu seul pourrait pardonner à celui qui avait ourdi la fin ignominieuse du roi Javan.

Michaela compatissait davantage au chagrin de Lirin, se souvenant du sien à la mort de son père.

Mis à part cet interlude dans la routine de la cour, les jours qui suivirent se ressemblèrent. En l'absence du roi, Michaela supportait de moins en moins sa captivité. Le soir, la joie de revoir son fils, baigné et nourri avant le coucher, lui remettait un peu de baume au cœur.

Mais cela n'advenait pas en privé. La nourrice avait ordre de ne jamais laisser seuls la mère et l'enfant. Quelques dames d'atours restaient aussi de garde. Les visites de la reine à la nourricerie étaient mal vues. Il ne fallait pas perturber l'éducation du petit prince... Si Michaela avait le malheur de se plaindre, ces maigres privilèges lui seraient aussitôt retirés.

Privée de son rôle de mère, la jeune femme était censée se livrer avec ses dames de compagnie aux passe-temps « convenant à sa dignité » : la lecture, le chant, la broderie — qu'elle détestait de plus en plus — et les bavardages qui passaient pour de la « stimulation intellectuelle » dans cet environnement étouffant.

Par beau temps, Michaela s'échappait une heure ou deux dans les jardins, car la marche était considérée comme bénéfique pour une femme enceinte. Mais les jacasseries incessantes des dames la poursuivaient jusque dans les allées fleuries.

Une dame au minimum devait accompagner la reine à la messe, où Michaela goûtait un peu de répit pendant les services liturgiques. En se concentrant, la reine utilisait le murmure du latin pour créer une illusion de silence — à condition d'oublier que les officiants appartenaient aux détestables *Custodes Fidei*. Lors de ces instants de recueillement, Michaela rêvait aux pires tourments qui puissent s'abattre sur ses oppresseurs. Elle priait pour la sauvegarde de Rhysem, et réfléchissait au moyen de libérer Gwynedd de ses chaînes.

A cet égard, Rhysel apportait beaucoup d'encouragements. Si son statut de servante de la Maison royale ne lui permettait pas un accès illimité à Michaela, la petite-fille de Camber avait néanmoins la possibilité de la voir le matin et le soir. La propension accrue de la reine aux somnolences, l'après-midi, fournissait en outre une excuse supplémentaire à Rhysel pour vaquer dans les appartements royaux.

A chaque séance de coiffure, les contacts physiques entre les deux femmes leur permettaient de converser au nez et à la barbe d'Estellan et de sa théorie de gardiennes — toutes très attachées à l'honneur de servir la reine.

A des moments plus intimes, quand Rhysel aidait Michaela à s'allonger, les instructions pouvaient être communiquées avec plus de raffinement dans les détails.

Un après-midi, alors que Michaela et Rhysel étaient momentanément seules, cette dernière chuchota :

— Nous devons être très prudentes. Si nous étions découvertes, nous risquerions d'être toutes deux exécutées.

D'un mouvement d'épaule, Michaela rejeta en arrière sa crinière d'or.

— Crois-tu que je ne vive pas chaque jour avec la menace qui plane au-dessus de nos têtes ? Depuis six ans, Rhysem et moi sommes sur le fil du rasoir.

Rhysel hocha la tête.

— Je le sais et j'admire sincèrement votre bravoure. Mais souvenez-vous que même les Derynis sont vulnérables. Si vous mourez, vous ne serez plus utile à personne.

Dame Estellan reparut avec une coupe de vin frappé.

L'avertissement de Rhysel avait douché l'enthousiasme naissant de Michaela.

En route pour les Marches de l'Est, Rhys Michael affrontait aussi de dures réalités. Dans son entourage, la mort de Udaut avait suscité des spéculations. Même si Albertus en personne ne trouvait rien de suspect dans l'accident, on chuchotait qu'une expédition guerrière marquée ainsi ne s'annonçait pas sous les meilleurs auspices.

Cathan le remarqua : les chapelains se démenaient pour enchaîner les confessions des fidèles et la bénédiction des armes, des montures et des saintes médailles. Les premiers soirs, au coin des feux de camp, les hommes revenaient sans cesse sur la fin tragique du connétable.

Les observations de Rhys Michael confirmaient ce flottement du moral des troupes. Dans les rares moments de relâche pour les grands seigneurs, à la fin du jour — les inspections régulières des troupes et des éclaireurs —, le roi savait que Rhun et Manfred revenaient constamment sur les circonstances du trépas d'Udaut. Moins discret que de coutume, Dimitri n'approchait néanmoins jamais le roi. Par bonheur pour lui, ses maîtres ne soupçonnaient pas un instant qu'il pût être impliqué dans « l'accident ».

Rhys Michael continuait de tester ses nouvelles capacités. Rien ne nécessitait qu'il agisse au risque de se trahir prématurément.

Ainsi se déroulèrent les premières journées de l'expédition. L'armée royale évita les rives sud de l'Eirian, dormant à la belle étoile ou dans les établissements des *Custodes Fidei*.

Un nouvel accident ralentit quelque peu l'expédition. Il mettait de nouveau en scène la monture d'un des grands seigneurs.

Albertus caracolait en tête avec quelques-uns de ses chevaliers quand un essaim d'abeilles attaqua les bêtes et les hommes. Le cheval affolé du compagnon d'Albertus glissa sur un talus, entraînant le destrier de ce dernier dans la rivière.

Tandis qu'Albertus, crachant l'eau et les imprécations, parvenait à regagner la berge à dos de cheval, son compagnon, moins fortuné, fut entraîné par le poids de son armure et sombra.

Quand les autres parvinrent à le repêcher, il était trop tard.

Ce deuxième coup du sort acheva de doucher l'enthousiasme des hommes. Le cadavre du guerrier, placé en travers d'un cheval, serait confié au domaine suivant des *Custodes*.

Secoué par l'incident, Albertus s'en tirait assez bien. Il réintégra la colonne, se méfiant des abeilles et des autres insectes.

Dimitri était-il de nouveau en cause ? S'était-il trompé de cible ?

Rhys Michael ne savait qu'en penser. La mort accidentelle, si Albertus s'était noyé à la place de son infortuné compagnon, aurait été plausible.

En tout état de cause, Rhys Michael ne poserait aucune question à Dimitri.

Plus tard ce jour-là, l'armée passa près de Valoret, faisant une courte halte pour envoyer deux hommes à Ramos avec le défunt et ramener les troupes promises par Hubert : quatre-vingts chevaliers et hommes d'armes sous le commandement du seigneur Joshua Delacroix, le général de l'archevêque.

Cette nuit là, les hommes dormirent de nouveau à la belle étoile, près du fief de Sheele.

Quand la troupe de vingt guerriers levée par Rhun rallia l'armée, le chambellan Drogo de Palance offrit des chariots entiers de viandes rôties, de fromages, de pain frais et de vin à l'intention du roi et de son entourage.

Une atmosphère de fête régna ce soir-là, au camp. Au moins parmi les officiers...

Quand Rhys Michael se retira pour rédiger sa lettre quotidienne à sa femme, il était sobre. Il n'osa pas mentionner ses doutes sur l'incident des abeilles, tout comme il avait passé sous silence ses soupçons à propos du drame qui avait frappé Udaut. Il en parla néanmoins dans les grandes lignes, se félicitant presque de la chance du maréchal. Ainsi, tous ceux qui ouvraient le courrier royal n'en concevraient aucun soupçon. Peut-être Rhysel lirait-elle entre les lignes et en tirerait-elle ses conclusions...

A l'aube suivante, l'armée, dont les rangs grossissaient régulièrement, s'orienta vers l'est. Les troupes levées par Manfred — cinquante lanciers — attendaient près d'Ebor. Le soir suivant, les guerriers campèrent dans la plaine d'Iomaire. Le fils de Manfred, Iver, comte de Kierney, commandait les contingents de son domaine. Il avait gagné ses titres de noblesse en contractant un beau mariage. Iver MacInnis secondait son père au nord, se partageant entre l'administration des Etats de sa femme, à Kierney, et celle des terres de son père, à Culdi.

A la mort de ce dernier, Iver hériterait de tout.

Qu'il rejoigne l'armée royale dépita un peu plus Rhys Michael. Serait-il jamais libre un jour ?

La colonne traversa Iomaire au galop. Au soir, plus de deux cents guerriers bivouaquèrent dans les champs entourant l'abbaye de Saint-Cassian, un autre domaine des *Custodes*. Comme de coutume, le roi, les grands seigneurs et l'état-major furent reçus dans l'abbaye. Des messagers attendaient l'arrivée du souverain pour lui transmettre de nouvelles cartes et une lettre de dame Sudrey, promettant quatre cents hommes supplémentaires quand les forces royales atteindraient le défilé de Coldoire.

Les clercs rédigèrent les réponses adéquates. Ensuite, le roi et l'état-major eurent droit à un repas frugal dans le réfectoire abbatial. Puis Rhys Michael se retira dans la cellule qu'on lui avait assignée.

Les logements étaient aussi spartiates que la chère était pauvre. Au lit étroit de la cellule, on avait ajouté deux paillasses, un broc d'eau, un bol en bois et des serviettes rêches. Par déférence envers la personne royale et ses éventuels besoins, on avait aussi apporté une table ronde et trois chaises mal assorties, disposées sous la chiche lumière de l'unique fenêtre. Des lanternes suspendues à des crochets muraux complétaient l'éclairage. Un léger parfum de décoctions herbacées planait sur les lieux.

— On a dormi dans pire que ça, soupira Fulk, posant sa sacoche de selle sur une paillasse.

— Certes, et bien mieux mangé, ironisa Cathan. Je n'envie pas son cuisinier à l'abbé...

— C'était tout de même meilleur que l'ordinaire de l'armée en campagne, remarqua Rhys Michael.

Il était encore tôt pour se coucher. Le roi envoya Cathan chercher une bouteille de vin tandis que Fulk et lui dépliaient les cartes pour réexaminer les environs de Coldoire et de Culliecairn, la forteresse perchée sur un promontoire rocheux.

Quand on frappa à la porte, Fulk ouvrit. Albertus entra, flanqué par un porteur de torche...

... Dimitri.

— Sire, c'est le seigneur Albertus, annonça Fulk.

Rhys Michael se leva.

Les mains dans le dos, Albertus s'inclina légèrement.

— Votre Majesté, je voulais m'enquérir de vos éventuelles questions concernant le plan. D'après certains de vos commentaires, au cours du souper, je ne suis pas tout à fait certain que vous approuviez notre stratégie.

Un mensonge éhonté.

Rhys Michael le sut sans avoir besoin d'une Lecture de Vérité — qu'il n'aurait pas osé lancer en présence de Dimitri.

Les yeux ronds, affectant d'être perplexe, il fit signe à son visiteur de s'asseoir.

— Comment pouvez-vous croire une chose pareille ? Si nous revoyions ensemble les plans ? Je suis le premier à admettre que mes connaissances tactiques sont purement théoriques. Voulez-vous un siège ?

— Je préfère rester debout, merci. Et ne prenez pas ce ton avec moi. Vous énoncez les platitudes qu'on attend de vous tout en fomentant en secret de renverser l'ordre établi. N'imaginez pas que cela m'échappe. Avez-vous joué un rôle dans la mort d'Udaut ?

La question stupéfia Rhys Michael. Les bras sur les accoudoirs, il secoua la tête. Dimitri devait recourir à une Lecture de Vérité sur lui. Sinon, pourquoi aurait-il été là ?

— Bien sûr que je n'ai rien à y voir ! Pourquoi posez-vous pareille question ?

— En raison des rumeurs persistantes sur les Haldanes. Votre père frayait avec les Derynis, ne rechignant pas à utiliser leur magie de temps à autre. Au début de son règne, en tout cas. Votre frère Alroy n'avait pas cette souillure, mais Javan... J'ai toujours eu des doutes à son sujet, même si on ne pouvait rien prouver. J'aimerais croire que nous sommes intervenus à temps pour vous épargner la contamination, même si les événements récents me laissent songeur.

— Quels événements ? L'accident d'Udaut ? Le vôtre ? Je vous l'assure, je n'y suis pour rien. Comment l'aurais-je pu ? Demandez-lui, si vous ne me croyez pas !

Il désigna l'impassible Dimitri, dont les yeux brillaient sous les reflets de la torche.

Et retint son souffle.

Dimitri secoua la tête.

— Il dit la vérité, mon seigneur.

Albertus garda le silence un moment, réfléchissant, puis se tourna vers l'écuyer.

— Fulk, barricadez la porte puis venez assister maître Dimitri. J'aurais dû le faire depuis longtemps déjà...

— Seigneur, Cathan va revenir d'un instant à l'autre. Si vous entendez faire ce que je crois et que vous teniez au secret, vous devriez attendre son retour. Sinon, il donnera l'alarme.

Une logique implacable.

Fulk respectait son obligation de loyauté envers les grands seigneurs tout en différant l'inévitable. D'évidence, Albertus agissait seul, sans l'accord de ses pairs.

Mais si Rhys Michael protestait trop et refusait obstinément la sonde mentale, ce serait *de facto* un aveu de culpabilité...

— Allez quérir Cathan, dit Albertus. Et ne soufflez mot de cela à quiconque.

A l'instant où Fulk ouvrait, l'autre jeune homme apparut, chargé d'un flacon et de gobelets. A la vue d'Albertus, son sifflotement guilleret mourut.

— Cathan, vous resterez près de l'entrée et veillerez à ce qu'on ne nous dérange pas. Barricadez la porte. Fulk, débarrassez-le de tout ça et venez aider maître Dimitri.

— Je refuse qu'on me moleste ! s'indigna Rhys Michael, faisant mine de se lever.

— Asseyez-vous ! ordonna Albertus. Vous ferez ce qu'on vous dira. Il ne tient qu'à vous de ne pas être contraint.

Le roi prit une grande inspiration. Il avait presque laissé sa fierté et la panique le pousser à défier ouvertement Albertus.

De la folie dans ces circonstances !

Cathan s'était raidi, prêt à tout.

D'un regard, Rhys Michael le dissuada de réagir.

Il devait laisser Dimitri le sonder. Restait à espérer que les informations secrètes concernant ce Deryni étaient correctes...

— Je n'ai pas prétendu que je ne coopérerais pas, fit Rhys Michael, les yeux baissés. Vous défier n'était nullement dans mes intentions.

— Je suis heureux de vous l'entendre dire, répondit Albertus, un sourcil levé. Vous n'avez donc aucune objection à ce que maître Dimitri établisse une fois pour toutes votre innocence ?

— Mes objections, vous n'en feriez aucun cas ! Vous agissez fort mal, mais j'obéirai, comme toujours. Je connais ma place, et ma vulnérabilité. Je n'ai pas à *aimer* certains actes auxquels je suis contraint. Pour autant, je ne suis pas prêt à tout casser dans un accès de colère puéril.

Un sourire cruel sur les lèvres, le maréchal fit signe à Fulk, qui s'était posté derrière le roi.

— Bien parlé... Sire, lâcha-t-il avec mépris. Fulk, je ne crois pas qu'on aura besoin de vos services. Maître Dimitri, assurez-vous que le roi ne possède aucun de vos pouvoirs. Vous connaissez les rumeurs qui circulent sur les Haldanes. Je veux en avoir le cœur net.

Rhys Michael ferma les yeux.

— De grâce, Albertus, ne faites pas ça ! Vous savez pourquoi il n'a pas été autorisé à me toucher toutes ces années. Et s'il agissait pour son propre compte ? Rhun sait-il ce que vous vous proposez d'accomplir ?

— Cela ne vous concerne pas.

Albertus fit signe à Dimitri, qui se percha sur l'accoudoir droit du roi, s'assouplissant les doigts.

Puis il les posa sur la tête de Rhys Michael.

— Ce sera plus aisé pour nous deux si vous ne m'opposez aucune résistance, Sire.

Le Deryni félon plaqua les mains sur les yeux de sa victime.

CHAPITRE 11

Tiens-toi éloigné de l'homme qui a le pouvoir de tuer... il pourrait t'ôter la vie.

L'Ecclésiastique 9, 13

Ses doigts couvrant aussi les tempes du roi, Dimitri lui transmit des ordres qui se heurtèrent à des boucliers mentaux.

— *Trahissez une réaction humaine ou je ne pourrai pas vous aider, Haldane ! Feignez de perdre connaissance. Voyez ma sincérité. J'ai ordre de vous protéger, au risque de ma vie.*

Rhys Michael fit de son mieux pour donner le change, s'affaissant sur son siège. Du même coup, il dissimulait son visage au regard inquisiteur d'Albertus.

Dimitri glissa les mains sur la nuque du roi, stabilisant leur lien mental.

— *Comment peux-tu m'aider ?* demanda Rhys Michael.

— *Ça reste à définir. Depuis quelque temps, Albertus a des soupçons sur vous. Un fait l'a persuadé d'exiger cette confrontation. Je saurai de quoi il s'agit avant de quitter cette pièce. Nous n'avons pas le temps d'altérer sa mémoire, mais le cas échéant, je saurai procéder aux ajustements qui s'imposent afin de l'épargner pour l'instant. J'ai ordre de le tuer. Toutefois, sa mort ne doit en aucun cas vous impliquer.*

Sur ces mots, Dimitri repoussa le roi, gardant une main posée sur son cou.

— *Faites mine de reprendre progressivement conscience. Et d'être encore sous mon emprise...*

Rhys Michael gémit tandis qu'Albertus se rapprochait, impatient.

— J'ignore ce que vous désiriez que je découvre, seigneur, dit Dimitri. C'est un... Haldane. Il ne supporte pas son joug sans renâcler, mais vous ne vous attendiez pas à autre chose...

— Je sais tout ça ! Qu'en est-il d'Udaut ?

— Il était aussi surpris que vous, seigneur.

— Et les abeilles ?

— Croyez-vous vraiment qu'il commande aux abeilles ?

— Mais les Haldanes *ont*... Dispose-t-il de la Lecture de Vérité ?

— Un *humain* en dispose-t-il, seigneur ? répliqua Dimitri, un rien dédaigneux.

— Ne me provoquez pas, Deryni ! Son père avait ce don, ainsi que Javan. Par le Christ, vous *avez* confirmé que quelqu'un avait altéré les souvenirs d'Hubert et que Javan avait sond...

Sans crier gare, Dimitri empoigna Albertus et lui fit perdre l'équilibre, plongeant dans son esprit à la seconde où il lâchait Rhys Michael. Le maréchal tomba à genoux. Dimitri le laissa tomber sans rompre le contact.

Indécis, Fulk avança.

Cathan le maîtrisa très vite.

Rhys Michael se leva et vint s'accroupir près d'Albertus. Le Deryni fouillait l'esprit du seigneur sans plus s'embarrasser de précautions.

— C'est ce que je craignais, murmura-t-il après un moment, son regard noir jetant des éclairs. Il a trop de soupçons. Il était déjà condamné. Enfin... Vous ne serez pas mis en cause.

— Une minute ! Qu'allez-vous faire ?

— Arrêter son cœur. Ce sera une mort beaucoup plus douce que celle qu'il a réservée à ses victimes. Dont votre propre frère.

Rhys Michael agrippa Dimitri par une manche.

— C'est bien lui qui a tué Javan ?

— Il a donné l'ordre de l'exécuter, oui, Sire. Et il l'a regardé mourir. Voyez par vous-même, si vous le désirez, mais faites vite.

Rhys Michael ne put s'en empêcher.

Il laissa Dimitri le guider dans l'esprit du maréchal...

... Et découvrit sa joie sanguinaire, sur le champ de bataille, le jour où un roi tomba, victime du piège tendu par les grands seigneurs.

Par les yeux d'Albertus, juché sur un imposant destrier noir, Rhys Michael vit une volée de flèches foudroyer une silhouette solitaire vêtue de rouge. Derrière Javan, la bannière haldane s'abattit tandis que le vaillant Guiscard de Courcy succombait à son tour.

Quand sa monture s'écroula, Javan réussit à retomber sur ses pieds, ferraillant comme un possédé. Mais à terre, handicapé par son pied bot, il était moins agile qu'à cheval.

Charlan, son écuyer, tenta de le rejoindre et de le hisser en selle derrière lui. Mais d'autres chevaliers des *Custodes* d'Albertus eurent tôt fait de faire mordre la poussière au destrier. Dos à dos, Charlan et Javan se défendirent si bien que nul n'arriva à leur porter de coup fatal.

Jusqu'à ce qu'une nouvelle volée de flèches s'abatte sur eux.

— Qu'on s'empare de lui ! écuma Albertus.

D'autres tirs eurent raison du roi, qui s'écroula, frappé à la poitrine. Les flèches étant enduites de *merasha*, il était de toute façon condamné.

Lui-même blessé, Charlan prit son suzerain dans ses bras.

Albertus talonna sa monture, les chevaliers s'écartant devant lui.

Le drame fut bientôt joué. Son épée dégoulinant de sang, Albertus sauta de cheval et avança au milieu des morts et des moribonds.

En larmes, Charlan berçait son roi sur sa poitrine.

Les deux condamnés avaient-ils encore conscience de ce qui se passait autour d'eux ?

A quoi bon prolonger l'agonie ? Un séide d'Albertus se posta derrière l'écuyer. Au signal de son maître, l'homme plongea son épée dans le dos de Charlan, lui transperçant les poumons. Le jeune homme s'effondra, un flot de sang jaillissant de sa bouche figée sur un ultime cri.

Même dans la mort, il cherchait encore à faire de son corps un rempart pour le roi...

Mais quand les vainqueurs écartèrent le cadavre de l'écuyer, le souverain de Gwynedd n'était déjà plus de ce monde...

— *Si vous désirez lui faire payer cette félonie*, dit Dimitri dans l'esprit de Rhys Michael, *prenez sa vie. Vous êtes son suzerain. Il a tué votre frère. Vous en avez le droit.*

— *Montrez-moi comment !*

— *Je m'en charge, Sire. Il n'y a plus le temps. Apprenez par mon exemple.*

Avant que Rhys Michael puisse élever des objections, Dimitri agit, empêchant le jeune monarque d'intervenir. Rhys fut impressionné par les ressources de l'espion. Des énergies invisibles remontèrent le long de son bras jusqu'aux doigts écartés au-dessus de la poitrine d'Albertus. Rhys Michael crut voir un poing de feu plonger jusqu'au cœur palpitant de la victime pour le serrer dans un étau implacable.

Malgré son inconscience, Albertus lutta. Visage tordu par la douleur, il se convulsa. Son agonie parut longue. Mais quand Rhys Michael revint à un état de conscience normal, tremblant sous le choc, il réalisa que sa Lecture de Vérité et le meurtre avaient pris moins d'une minute.

— Je m'occupe de tout, Sire, conclut Dimitri.

Cathan força Fulk à avancer vers le Deryni qui le toucha un instant... Puis il défit le col du défunt, agissant comme un médecin.

— Messire Fulk, veuillez quérir un chirurgien sur-le-champ. On dirait que le seigneur Albertus a une attaque.

Tandis que le jeune homme se hâtait d'obéir, Rhys Michael se tourna vers le Deryni.

— Je sais que vous n'aviez pas le choix, chuchota-t-il, mais je tiens à vous remercier.

Dimitri haussa les épaules.

— J'ai agi pour la défense de mon prince. Vous luttez pour reconquérir votre couronne. Comment vous en voudrais-je ? De même, vous devez comprendre mon attachement à mon prince. Je croyais connaître les risques que je courais. J'ignore de quelle façon on m'a capturé et contraint dorénavant à servir d'abord vos intérêts. Mais soyez certain que je ne vous trahirai pas, car cela m'est impossible. Je mourrai avant qu'on puisse vous nuire par ma faute.

Un bruit de pas précipités, dans le couloir, mit un terme à leurs chuchotements. Dimitri posa en hâte une main sur le bras de son compagnon.

— *Levez-vous. Qu'on ne vous voie surtout pas agenouillé près d'Albertus. Souvenez-vous que vous êtes censé craindre les Derynis. Quand on vous questionnera, tenez-vous-en à des réponses vagues en disant la vérité autant que possible. Albertus m'avait amené pour vous soumettre à une Lecture de Vérité concernant le trépas d'Udaut. Vous avez protesté en vain. Je vous ai sondé mais vous ne vous souvenez de rien. Quant à Albertus, il a eu une attaque et j'ai tenté de le secourir. Si on vous presse de questions, faites part de vos doutes : demandez-vous si je ne suis vraiment pour rien dans l'affaire. A présent, écartez-vous vite !*

En un clin d'œil, Rhys Michael obéit avant qu'on fasse irruption dans la cellule. Il devait se rappeler que Dimitri était un ennemi qui l'aidait parce qu'on ne lui avait pas laissé le choix.

Cela étant, l'agent double allait se sacrifier pour détourner les soupçons...

Rhun arriva le premier, talonné par Paulin et par maître Stevanus. Ce dernier ne pouvait plus rien pour le défunt.

Manfred fit quérir l'infirmier de l'abbé.

La cellule exiguë devenait un lieu de rendez-vous...

Paulin s'avoua trop bouleversé pour donner à Albertus les derniers sacrements. Il pria un autre prêtre *Custodes* de s'en charger.

— Comment cela a-t-il pu arriver ? souffla-t-il quand Rhun le poussa dans le couloir, aux côtés du roi, de Manfred et des écuyers. Que faisait-il avec vous, Sire ?

Feignant d'être choqué et dérouté, Rhys Michael désigna d'un geste vague les cartes dépliées sur la table ronde, certain que les paroles qu'il allait prononcer condamneraient Dimitri.

— Il... voulait s'assurer que je comprenais la stratégie adoptée... Il avait dû remarquer que j'avais emporté les cartes avec moi...

— Et il a eu une attaque ? Comme ça ?

Paulin ne cachait pas son scepticisme.

Rhys Michael fronça les sourcils.

— Je... ma mémoire est brouillée... Nous parlions et soudain... Je l'ai vu par terre... Il avait les mains crispées sur la poitrine et cherchait son souffle... Dimitri a tenté de lui venir en aide mais...

— Pourquoi Dimitri était-il là ? coupa Rhun.

Rhys Michael déglutit péniblement avec une conscience aiguë de sa vulnérabilité.

— Le seigneur Albertus voulait me soumettre à une... Lecture de Vérité.

— A quel propos ?

— Au sujet de la mort d'Udaut.

Manfred grogna.

Un prêtre nommé Ascelin administrait les derniers sacrements à Albertus, traçant sur son front le signe de croix.

— Il refusait de conclure à une mort accidentelle.

— Alors, reprit Paulin, il vous a soumis à une Lecture de Vérité par l'intermédiaire de Dimitri. C'est ça ?

Rhys Michael acquiesça.

— Et qu'a fait Dimitri ? Par le ciel, Albertus voulait que le Deryni vous sonde. Alors ? Est-ce bien ce qui s'est passé ?

Le roi se détourna.

La vérité allait condamner Dimitri à mort.

— Je... crois.

— Comment ça, vous *croyez* ? se récria Rhun. Vous a-t-il touché ?

— Je ne... je ne peux...

— Il l'a touché, mon seigneur, intervint Fulk. Quelques secondes, mais il l'a bel et bien fait.

Rhys Michael ferma les yeux, titubant. Il avait espéré éviter des accusations directes. Mais l'écuyer avait pris les devants — peut-être sur les directives de Dimitri, réalisa le jeune Haldane.

Pour l'agent double, la sécurité du roi passait désormais avant tout.

— Doux Jésus, murmura Paulin. Albertus, comment as-tu pu être aussi stupide... ? A la veille d'une confrontation avec Torenth, tu as invité un Deryni torenthi à sonder le roi sans qu'on puisse avoir de certitudes sur ce qu'il a pu faire en plus...

— Que dites-vous ? chuchota Rhys Michael. Il n'a pas pu faire grand-chose avec moi ! Ça a duré quelques secondes au plus, j'en suis certain. Je m'en serais aperçu, tout de même !

— Vous n'étiez même pas sûr que Dimitri vous ait touché, rappela Rhun à voix basse. Espérons qu'il n'ait rien pu faire de grave en si peu de temps. Mais autant nous en assurer avant qu'il ne devine nos soupçons. Il est même possible qu'il ait provoqué l'attaque qui a coûté la vie à Albertus. Paulin, touchez-en un mot à maître Stevanus, voulez-vous ?

Son index et son majeur droits discrètement levés firent froid dans le dos à Rhys Michael. Rhun faisait allusion à l'« épinglette à Derynis » et au *merasha*.

A la pensée de livrer un homme à pareille torture, le fils de Cinhil se sentit mal.

Dans la cellule, Dimitri parlait à voix basse avec Stevanus et le frère infirmier tandis qu'Ascelin était plongé dans ses prières. Paulin s'agenouilla à son tour pour se recueillir devant la dépouille de son frère. Rhun fit signe à Dimitri de le rejoindre dans le couloir.

Le Deryni obéit et s'inclina.

— Mes seigneurs, Majesté.

— Dites-moi, maître Dimitri, pourquoi le seigneur Albertus vous avait-il demandé de l'accompagner ? demanda Rhun.

— Puis-je parler librement devant le seigneur Manfred, messire ?

— Je ne vous aurais pas questionné en sa présence, sinon. Alors ?

— Il souhaitait que j'assiste à un interrogatoire au sujet du trépas du seigneur Udaut.

— Afin de vérifier la sincérité du roi ?

— Oui, mon seigneur.

— Pourquoi était-ce nécessaire ? demanda Manfred. Albertus avait-il quelque raison de croire que le roi en savait plus sur ce drame qu'il ne voulait l'admettre ?

— Pas à ma connaissance, messire.

— Très bien, dit Rhun. Vous êtes-vous livré à une Lecture de Vérité sur le roi ?

— Oui.

— Avec quels résultats ?

— Le roi disait vrai. Comment aurait-il pu en être autrement ? La mort du seigneur Udaut était un accident.

— Vraiment ? fit Rhun.

— Je viens de vous le confirmer : Rhys Michael n'y était pour rien, mon seigneur. Pourquoi me questionner ainsi ? Ne vous ai-je pas fidèlement servis toutes ces années sans vous donner une raison de douter de ma loyauté ?

— Peut-être certaines choses nous ont-elles échappé, fit Paulin, de retour dans le couloir. A part une Lecture de Vérité, qu'avez-vous fait d'autre, Dimitri ? L'avez-vous sondé, comme vous le désiriez depuis un certain temps ? Et qu'avez-vous fait à mon frère ?

Dimitri avait orienté l'interrogatoire dans cette direction — éminemment néfaste pour lui. C'était la seule piste de nature à satisfaire les grands seigneurs en détournant les soupçons de Rhys Michael.

Ce dernier le savait autant que Dimitri.

— A votre *frère* ? se récria le Deryni. La douleur vous égare, mon seigneur !

— Bonté divine, souffla Paulin, persuadé d'avoir mis le doigt sur la vérité, pourquoi l'avez-vous tué ? Quelques jours avant le couronnement de Javan, frère Sérafin a aussi succombé à une « crise cardiaque », ce qui nous a toujours laissés songeurs... Vous n'étiez pas présent alors, mais d'autres Derynis étaient parfaitement capables de maquiller un meurtre en mort naturelle... C'est un de vos sortilèges les plus perfides, n'est-ce pas ? Vous pouvez tuer un homme sans toucher à un de ses cheveux... Nous ne saurons jamais ce qui s'est vraiment passé avec Udaut, cependant vous avez pu le pousser à sa perte. Avez-vous aussi provoqué l'attaque des abeilles ? Mon frère devait-il périr noyé ?

Secouant la tête avec dédain, Dimitri en appela à Rhun.

— Mon seigneur, on me prête beaucoup plus de pouvoirs que je n'en ai. Si ces conjectures vous paraissent plausibles, pas étonnant que votre peuple craigne tant le mien ! Mis à part toutes les réponses que je pourrais apporter, ma nature suffirait donc à me condamner ? Permettez-moi de vous rappeler que les Derynis ont leurs limites, comme les humains ont les leurs. Un contact physique est presque toujours requis. Nous...

A cet instant, sur un signe de Paulin, maître Stevanus eut un « contact physique » avec Dimitri via une épinglette à Derynis. Les doubles pointes s'enfoncèrent dans le cou de la victime.

Hoquetant de surprise, Dimitri arracha l'épinglette et se débattit.

Son regard était déjà celui d'un condamné.

Pendant les quelques secondes qui lui restaient avant que le *merasha* n'agisse, Dimitri eut le temps de lancer une ultime attaque pour obéir à son conditionnement.

Tandis que Rhun et Manfred cherchaient à le maîtriser, Dimitri canalisa toute la puissance de sa magie sur Paulin, les doigts crispés sur son col noir.

Des mains de feu invisibles s'en prirent non au cœur du prélat mais à son esprit.

Paulin poussa un cri à glacer les sangs.

Comment pareil hurlement pouvait-il sortir d'une gorge humaine ?

Cathan et Fulk entraînèrent leur maître à l'écart pour le protéger de leur mieux.

Ignorant la gravité de l'attaque, les grands seigneurs aboyaient des ordres contradictoires : Manfred rugissait qu'on tue le Deryni et Rhun voulait qu'on le capture vif.

Impuissant, Rhys Michael sentit le *merasha* commencer à faire effet sur Dimitri.

Du pommeau de sa dague, Rhun réussit à assommer le Deryni.

CHAPITRE 12

Ne maltraite pas l'esclave qui travaille fidèlement, ni le salarié qui se dévoue.

L'Ecclésiastique, 7, 20

Sitôt que Dimitri s'effondra, le calme revint.

Pour Paulin, l'enfer n'était pas près de se refermer. Il continua de se convulser sur le sol.

— Stevanus, occupez-vous de lui ! cria Rhun tandis que Manfred et lui ligotaient les poignets du prisonnier avec sa propre ceinture.

Paulin se calma lentement ; son regard restait fixe et fou. Sa poitrine se soulevait, luttant en vain pour aspirer l'air nécessaire.

— Il suffoque ! Il se meurt ! cria Stevanus.

Il roula son patient sur un flanc et tenta de lui écarter les mâchoires.

Rhys Michael se tordit le cou pour mieux suivre la scène. Du sang coula de la bouche de Paulin quand le chirurgien lui enfonça les doigts dans la gorge, cherchant à dégager ce qui obstruait ses voies respiratoires.

— Doux Jésus ! hoqueta Stevanus. Il a avalé sa langue !

L'infirmier de l'abbé sortit timidement de sous la table où il avait cherché refuge et aida le chirurgien. Tous deux réussirent à faire respirer de nouveau Paulin, qui s'était presque tranché la langue. Un bout de chair ensanglantée gisait sur le sol, près de sa tête. Les doigts tremblants, Stevanus prit le pouls de son patient. L'infirmier s'efforçait d'arrêter le sang qui s'échappait du moignon de langue, tout en maintenant la tête de côté pour que l'homme ne s'étouffe pas avec son sang.

— Doux Jésus, murmura Rhys Michael.

Il ne s'était pas attendu à un tel drame.

Le couloir était noir de moines et de soldats alertés par les cris de Paulin. Près de la dépouille d'Albertus, Ascelin sanglotait. Stevanus et son assistant, tremblants, avaient la mine livide.

Manfred achevait de ligoter les chevilles du prisonnier.

— Vit-il encore ? demanda Rhun.

— Oui, répondit Stevanus avec une grimace qui n'augurait rien de bon.

— Miséricorde divine, d'où vient tout ce sang ?

— Il s'est mordu la langue... Même s'il survit, il restera muet.

— Dieu du ciel, souffla Rhun. Il n'est donc pas hors de danger ?

— Je l'ignore, seigneur. N'ayant aucune idée de ce que le Deryni lui a fait, je ne peux même pas vous dire ce qu'il faut espérer.

— Damnés soient les Derynis et leurs pouvoirs ! marmonna Rhun. J'avais prévenu Paulin qu'il prenait de grands risques en utilisant cette sale engeance !

L'infirmier, frère Polidorus, jeta un coup d'œil à Dimitri en frémissant.

— C'est de la magie noire, lâcha-t-il. Si le Deryni a invoqué des esprits maléfiques sous notre toit, nous sommes maudits !

Rhun leva les yeux au plafond, même s'il ne pouvait s'empêcher lui aussi de lancer des coups d'œil nerveux au prisonnier.

Manfred blêmit davantage. Il passa une main sous son col pour agripper un gros crucifix en or.

— Par le ciel, vous ne croyez tout de même pas...

— Je crois, coupa Rhun avec autorité, que frère Polidorus devrait faire transporter le père Paulin à l'infirmerie de toute urgence. Stevanus, vous resterez avec moi. Que les prêtres s'occupent de Paulin et surveillent ce chien... (Il flanqua un coup de botte à Dimitri)... quand il reviendra à lui.

Il avisa les soldats qui s'étaient massés derrière le roi et pointa un index vers les premiers.

— Vous quatre, portez le père Paulin à l'infirmerie. Et vous autres, que faites-vous là ? Retournez dans vos quartiers ! Tout est rentré dans l'ordre.

Tandis que les quatre hommes s'éloignaient sans grand enthousiasme, portant le prélat inconscient, leurs camarades se dispersèrent à contrecœur.

— Fulk, continua Rhun, informez l'abbé de ce qui s'est passé puis allez quérir les pères Lior et Magan, ainsi que Gallard de Breffni. Qu'il apporte ses instruments. Allez !

« Cathan, vous aiderez le père Ascelin à porter la dépouille d'Albertus dans la chapelle mortuaire puis vous irez trouver le seigneur Joshua Delacroix pour l'informer de ce qui vient de se produire. Jusqu'à ce que l'ordre désigne le successeur du défunt, il tiendra le rôle de Grand Maître de la chevalerie des *Custodes*. A moins qu'il y ait quelqu'un de plus âgé, Stevanus ?

— Non, répondit le chirurgien, qui se lavait les mains avec le broc d'eau. Il convient parfaitement.

— Fort bien. Delacroix sera Grand Maître pour un temps. A moins qu'il ne faille être prêtre, il sera aussi le vice-général de l'ordre. Les *Custodes* en délibéreront à loisir. Allez, Cathan ! Etant le second désigné d'Albertus, je deviens moi-même le maréchal des armées et assume dorénavant le commandement de cette expédition. Sauf si vous désiriez reprendre ce titre, Manfred ? Avant Albertus, vous étiez le maréchal de Gwynedd.

— Et j'ai renoncé à cette charge. Mais si vous le souhaitez, je serai votre vice-maréchal.

— Merci. Votre expérience me sera précieuse. A présent, occupons-nous du Deryni avant qu'il ne reprenne connaissance. Une longue nuit nous attend. Par Dieu, je le briserai avant le lever du jour !

Rhun et Manfred n'ayant aucune instruction pour Rhys Michael, le jeune homme n'avait nulle envie d'assister à la séance de torture. Mais où irait-il dormir puisque la cellule qu'on lui avait affectée allait servir de chambre d'interrogatoire ?

Apparemment oublié par tout le monde, tandis que les soldats allaient et venaient pour obéir aux directives de Rhun, le roi fut bientôt relégué dans un coin sombre de la pièce. S'il pouvait éviter de se rappeler au souvenir de ces hommes...

Des moines des *Custodes* vinrent emporter la dépouille d'Albertus. Puis Fulk arriva avec le père Lior, l'inquisiteur général de l'Ordre, accompagné par un moine et par un chevalier blond en ceinture blanche à franges rouges.

Rhys Michael plissa le front. Où avait-il déjà vu cet homme ? Dans quelles malheureuses circonstances ?

Le fils de Cinhil ne portait aucun *Custodes* dans son cœur...

— Que s'est-il passé ? demanda Lior.

Ses compagnons posèrent des sachets de cuir sur la table. Le chevalier balaya les cartes d'un revers de manche.

Manfred avait ôté les draps, les couvertures et le matelas du petit lit.

— Il semble que le bon Dimitri se soit retourné contre ses maîtres, répondit Rhun. Ou peut-être en servait-il plusieurs depuis le début. Il a tué Albertus et manqué Paulin de peu. Je veux qu'on le brise. Qu'il avoue ce qu'il a fait au roi et pour qui il travaillait.

Lior s'accroupit, soulevant la paupière du condamné avant de lui prendre le pouls. Face à l'inquisiteur, Stevanus tenait nerveusement son épinglette, attendant les ordres.

— Quelle dose lui a-t-on administré ? s'enquit Lior.

— Une seule, mon père. Rhun a réussi à assommer le Deryni avant qu'elle ne fasse effet. A son réveil, il en faudra davantage, à mon avis...

— Ce qui ne saurait tarder, fit Lior, s'essuyant les mains sur les cuisses. Gallard, qu'on prépare un autre lit. Celui-là est trop étroit. Fulk ? Venez aider le chirurgien à dévêtir le Deryni.

Tandis que Lior s'écartait pour superviser les opérations, les hommes obéirent avec une efficacité prouvant une longue habitude de ce genre de scène.

Peu après, l'abbé apparut avec un de ses sous-prieurs et un capitaine des *Custodes*. Il prit Rhun à l'écart pour être brièvement mis au courant des événements.

Rhys Michael s'efforçait de faire abstraction de ce qui se préparait, heureux de ne pas voir clairement les instruments et les flacons que le jeune prêtre sortait d'un sachet pour les disposer en rangs serrés sur la table.

Quand Gallard tira un autre lit dans la cellule, l'alignant au premier, Fulk et Stevanus avaient dénudé le prisonnier. Manfred et Gallard lièrent ensemble les pieds des deux lits.

Dimitri avait beau servir un prince ennemi, Rhys Michael eut la gorge nouée.

Le Deryni fut ligoté sur son lit de torture, les jambes et les bras en croix. Regardant Gallard éprouver la solidité des liens, le jeune souverain se rappela brusquement où il avait déjà vu cet homme — dont il ignorait jusque-là le nom.

Six ans plus tôt, Gallard de Breffni, un chevalier des *Custodes* au regard de glace, se tenait près d'Hubert le jour où les grands seigneurs s'étaient emparés du château et du conseil royal, tandis que leurs complices, sur un lointain champ de bataille, passaient au fil de l'épée l'Oint du Seigneur.

Gallard avait assassiné le loyal Tomais d'Edergoll sous les yeux impuissants de Rhys Michael.

Gallard avait osé porter les mains sur le futur roi pour l'entraîner de force dans la pièce où gisaient Sorle et Oriel, également tués par traîtrise.

Des mois avant cette journée sanglante, Gallard comptait aussi parmi les agents chargés de « l'enlèvement » de Rhys Michael.

Tous des *Custodes*... A l'époque, le frère de Javan avait été amené à croire qu'il s'agissait des hommes de main du Deryni Ansel.

Rhys Michael avait eu la faiblesse de s'y laisser prendre : il avait tenu les Derynis pour des traîtres et cru que les grands seigneurs l'avaient sauvé...

Alors qu'ils avaient depuis le début ourdi la perte du roi Javan afin d'installer à sa place son idiot de frère, destiné à être un roi fantoche...

Dans l'arrogance de sa jeunesse, Rhys Michael s'était laissé aveugler.

Ses yeux s'étaient dessillés beaucoup trop tard.

Une colère sourde l'envahit.

Gallard incarnait la perfidie qui l'accablait depuis des années.

Félonie, ton nom est Gallard de Breffni !

A cet instant, le chevalier fut condamné, comme Albertus l'avait été. Dimitri lui avait montré comment faire...

Rhys Michael sentit ses pouvoirs s'ébrouer au fond de lui tandis qu'il serrait les poings.

Le sortilège prit corps.

Il suffisait de...

— Si vous veniez vous asseoir plus près, Sire ? souffla Rhun, soudain à ses côtés.

Stupéfait, Rhys Michael sursauta et saisit sa dague. Puis il refoula ses velléités meurtrières. Obnubilé par la colère, il n'avait pas vu Rhun approcher.

Les genoux flageolants, il se redressa. Qu'est-ce qui lui avait pris ? Si tentant qu'il fût d'occire séance tenante de Breffni, Rhun et tous les autres, Rhys Michael ne pouvait se permettre pareille folie.

Pas quand du *merasha* circulait dans autant de mains.

Pas à la veille de l'affrontement avec le prétendant festillien.

Pas sans un seul allié, Cathan n'étant même pas là.

— Tenez, Sire, prenez place, dit Rhun en poussant une chaise vers lui, ignorant à quel point il venait de frôler la mort. Vous devez être aussi impatient que nous de découvrir la vérité. Ne vous inquiétez pas, nous viendrons à bout de sa résistance. C'en est fini pour lui de manger à tous les râteliers !

Dimitri revint à lui. Un gémissement lui échappa. Il rouvrit les yeux pendant que Manfred vérifiait une dernière fois ses liens. La douleur et la résignation se lurent dans le regard du prisonnier. A la lueur des torches, il avait une mine cadavérique. Son corps nu exposé aux regards implacables des tortionnaires était tout aussi pâle.

L'abbé, un petit homme chauve et replet aux yeux globuleux, se signa puis sortit avec deux assistants.

— Cher, *cher* Dimitri, dit Lior d'un ton doucereux, secouant la tête et faisant claquer sa langue de désapprobation, les bras croisés. J'avais tant espéré ne jamais vous revoir dans ces circonstances...

Il tenait une épinglette gainée d'ébène incrusté de nacre. Ses doigts serrés sur l'instrument de torture trahissaient sa nervosité.

Submergé par une horrible fascination, Rhys Michael ne pouvait détourner le regard de la scène. Tremblant de la tête aux pieds, il s'était assis sur le bord de sa chaise, Fulk restant près de lui.

— Vous avez violé votre foi, Dimitri, ajouta Lior, soudain glacial. Par le passé, vous sembliez servir notre cause, mais je commence à croire que vous mentiez dès le début. Me demandant quelle fourberie vous avez plantée dans mon esprit, j'ai prié le père Magan de me seconder cette nuit. Puisque vous ne l'avez jamais vu, vous ne pouvez pas l'avoir corrompu avec votre magie. Soyez assuré qu'il sait comment neutraliser ceux de votre espèce.

Dimitri écrasa les deux hommes de son mépris puis détourna le regard, testant la solidité de ses liens.

— Vous avez tué un de vos maîtres, Deryni, et probablement un deuxième ! Avant que vous payiez pour vos crimes, vous devez nous en apprendre plus sur vos véritables chefs. (Lior eut un sourire mauvais.) Comme vous vous obstinerez dans votre refus, nous nous permettons d'ores et déjà d'insister...

Déglutissant avec peine, Dimitri grimaça. Malgré sa volonté de tenir bon et de défier ses bourreaux, ses forces déclinaient déjà parce que le *merasha* courait dans ses veines. Le torse couvert de sueur, ses muscles saillaient.

— Un jeu ridicule, n'est-ce pas ? lâcha Lior. Vos maîtres exigent que vous résistiez jusqu'à ce que mort s'ensuive, et le mien exige que je vienne précisément à bout de votre résistance au moyen des drogues et des tortures jusqu'à ce que vous disiez ce que nous voulons savoir.

Constatant que son petit discours n'avait aucun effet sur le prisonnier, Lior se durcit.

— Très bien. Vous l'aurez voulu... Si l'intervention de maître Stevanus vous a privé de vos pouvoirs, il vous reste la faculté de raisonner et vos capacités de résistance. Il est regrettable que le seigneur Rhun vous ait assommé au moment où le *merasha* faisait effet sur vous. Soyez certain que vous ne connaîtrez plus de tels répits. Vous allez vivre pleinement l'érosion de vos facultés.

Lior tendit l'épinglette à son confrère. Le père Magan fit jaillir une première goutte de drogue. Puis il planta les aiguilles dans le nombril de Dimitri.

Rhys Michael faillit bondir sur ses pieds.

Le Deryni grogna et se débattit violemment, faisant trembler les deux sommiers. Manfred, Gallard et Rhun intervinrent.

Rhys Michael se retint à grand-peine. Son cœur devait battre aussi fort que celui du supplicié. La drogue agissait déjà. Cessant de se débattre, Dimitri avait le souffle rauque et les pupilles dilatées.

— Est-ce une nouvelle façon d'administrer le *merasha*, Lior ? s'enquit Rhun.

— L'absorption par l'épiderme est plus lente mais plus régulière. L'ombilic est un réceptacle commode, la peau qui l'entoure étant très fine. La méthode a ses limites, mais aussi son utilité. Le père Magan en a fait l'expérience.

« Deryni, vous êtes encore conscient. N'espérez pas qu'on se soit trompé de dose. Autant le père Magan s'y connaît en la matière, autant messire Gallard est expert en tortures. Abandonnez tout espoir de salut.

Au même instant, les autres maîtres de Dimitri s'interrogeaient. Qu'attendait leur agent pour établir un contact ?

Dans la tour de Culliecairn, le prince Miklos de Torenth était assis sur un lit de camp, la tête entre les mains. Face à lui, Marek de Festil s'impatientait.

— Nous savons que l'ennemi se rapproche, dit-il. Malgré le trépas d'Udaut, rien d'étrange ne semble s'être produit. Et rien ne prouve non plus que Dimitri ait été démasqué. Croyez-moi, si un espion deryni avait été découvert au sein des *Custodes Fidei*, on en aurait eu vent !

— Nous aurions dû avoir de ses nouvelles, insista Miklos. Je n'aime pas ça. En six ans de bons et loyaux services, il n'a jamais raté un « rendez-vous ». Etant donné les vicissitudes d'une marche forcée, je comprendrais un retard d'un ou deux jours. Les moments d'intimité ne sont pas toujours évidents à arranger. Mais d'après les éclaireurs, l'armée sera demain à Lochalyn. Et donc ici après-demain ! Alors que nous n'avons aucune idée de ce qui se passe : quels autres hommes de haut rang ont pu être éliminés ou corrompus, ce qu'il a découvert sur les Haldanes...

— Puisqu'il en est ainsi, forçons le contact, proposa Marek. Si Dimitri n'est plus si éloigné de nous, ce devrait être facile. Il est assez tard pour qu'il soit endormi. Agissons en tandem, avec un humain comme réserve d'énergie. Ainsi, nous en aurons le cœur net. S'il est captif ou démasqué, nous le tuerons. Naturellement, s'il est déjà mort, nous le saurons aussi.

Le prince de Torenth se massa les tempes avant de pousser un lourd soupir et de se lever.

— Très bien. Je vais chercher un humain. Prenons un individu sans importance, cette fois, car le drainage d'énergie risque de lui coûter la vie.

Miklos quitta la pièce.

Marek fit les cent pas puis se campa devant la fenêtre, les yeux baissés sur la vallée qui s'étendait au pied de la forteresse.

Au-delà s'ouvrait le défilé de Coldoire. Entre le col et le château, les feux de camp des troupes de Torenth brillaient dans la fraîcheur nocturne telle une pluie de joyaux sur un morceau de velours.

C'étaient les portes du royaume de Marek — volé à ses parents par le père du roi qui serait bientôt là.

La porte se rouvrit, laissant passer Miklos et un garde courtaud.

— Assieds-toi là, mon brave, dit le prince. Adosse-toi au lit de camp.

L'homme obéit sans hésiter à l'étrange injonction. D'évidence, il était déjà sous l'emprise mentale de son maître.

Ce dernier se rassit sur le lit, puis, en une longue exhalaison, vida ses poumons. Il mit ses jambes sur le matelas, un bras sur les yeux.

Marek s'installa sur un siège, face au garde en transe, et imita son cousin. Alors ce dernier tourna la tête de l'humain vers lui, touchant ses tempes avant de glisser une main sur son cou.

— Bien, le voilà prêt, murmura-t-il. A votre signal, Marek...

Le prétendant festillien se lia aisément au prince de Torenth. Puissant et bien entraîné, Marek était de force égale avec son cousin, pourtant plus âgé. Mais en l'occurrence, il laissa Miklos mener le sortilège à sa convenance. A l'arrière-plan, les forces vitales de l'humain pulsaient en synchronisation avec l'énergie que Miklos déployait.

L'appel mental fut orienté vers son destinataire, la distance à couvrir étant beaucoup moins grande que la semaine précédente.

Ce que les Derynis découvrirent les stupéfia.

— *Du* merasha ! fit Miklos. *Quelqu'un a démasqué Dimitri !*

Il s'immisça dans l'esprit de son agent condamné, dont les boucliers étaient réduits à néant par les drogues. Le prince capta par bribes les événements qui avaient précipité la perte de Dimitri : le meurtre d'Albertus, en des circonstances pour le moins étranges... et le viol mental du méprisable Paulin avant que Dimitri ne succombe sous le nombre de ses ennemis.

L'agent double endurait d'affreuses souffrances. Il n'avait pas atteint encore son point de rupture.

Et quelque chose clochait. A la consternation de Miklos, d'autres esprits s'étaient immiscés dans celui de Dimitri ! Des volontés étrangères avaient laissé des filaments aux couleurs erronées sur le dessein subtil et complexe de Miklos — qui crut comprendre où conduisaient certains de ces filaments.

— *Des altérations du déclenchement du suicide... Voyons qui peut en être responsable. Le Haldane... ?*

Le prince sonda son agent en profondeur et remonta à la source du dysfonctionnement.

Des mécanismes plus récents se déclenchèrent, activant l'impulsion suicidaire conditionnée par Miklos. Aidé par la puissance mentale de Marek et par l'énergie du garde humain, le prince de Torenth lutta pour enrayer le phénomène et en découvrir plus.

— *Qui, Dimitri ? Dis-moi qui ?*

CHAPITRE 13

Ne te réjouis pas de la mort d'un homme, souviens-toi que tous nous devons mourir.

L'Ecclésiastique, 8, 7

Malgré le talent déployé par les hommes de l'art depuis des heures, Dimitri n'avait rien avoué. Aussi efficace qu'indifférent aux souffrances qu'il provoquait, Gallard de Breffni s'évertuait à pousser sa victime dans ses derniers retranchements. Il évaluait ce que le Deryni pouvait supporter, puis passait outre, mais sans jamais le laisser se réfugier dans l'inconscience.

Divers stimulants gardaient le supplicié en éveil, neutralisant les effets sédatifs du *merasha*.

Dimitri n'avait pas le choix : il lui était impossible de dévoiler quelque chose, conditionné comme il l'était par le prince Miklos. Si la décision du suicide était en général laissée à l'appréciation de l'agent, la protection d'informations extrêmement sensibles exigeait parfois la mise en place de « marqueurs » psychiques sur lesquels le sujet n'avait plus d'ascendant. Avec l'aide de Dimitri, Miklos avait placé le point de non-retour à un seuil de douleur extrêmement élevé. Ce n'était pas dénué de logique : plus le Deryni résisterait, plus ses bourreaux douteraient de sa culpabilité, même si certaines petites vérités filtraient.

Une nouvelle vague de douleur déchira l'esprit du malheureux, étrangère à celles qu'infligeait Gallard de Breffni à son corps. En reconnaissant vaguement l'origine, Dimitri chercha à atteindre le mécanisme de destruction implanté en lui.

Et y parvint.

Au soulagement succéda sous son crâne un arc-en-ciel qui oblitéra tout.

Dimitri allait être précipité vers le néant.

Ensanglanté, il s'arc-bouta sur son lit de souffrance, tétanisé de la tête aux pieds.

— Que se passe-t-il ? demanda Rhun.

Stevanus colla l'oreille sur la poitrine lacérée du Deryni tandis que Magan lui soulevait une paupière. Les autres tinrent les bras et les jambes du supplicié entré en convulsions.

Rhys Michael avait battu en retraite dans le couloir, incapable de supporter davantage les hurlements et les relents de sang, d'urine et de chair brûlée.

L'abbé et ses assistants ouvrirent des yeux horrifiés.

— On a dû activer une pulsion suicidaire, souffla Magan, cherchant en vain un pouls. Ces Derynis peuvent déclencher leur propre mort, vous savez.

— Qu'on lui injecte plus de *merasha* ! cria Lior. Cela peut briser sa concentration et donc sa résistance !

— Je ne veux pas qu'il succombe ! rappela Rhun.

— Ça ne le tuera pas. On est loin d'une dose mortelle.

— Si on n'agit pas rapidement, intervint Magan, on va le perdre !

Il plongea l'épinglette dans le cou du Deryni.

Que ce nouvel outrage en fût ou non la cause, le mécanisme mortel se déclencha enfin. S'arc-boutant une dernière fois, l'agent torenthi retomba sans vie sur son lit de souffrances, les yeux révulsés.

— Il est mort, souffla Stevanus, ôtant ses mains pleines de sang du torse déchiqueté.

Dans la tour de Culliecairn, un autre homme passa au même instant de vie à trépas.

Tandis que Marek rompait le lien mental avec un hoquet, les mains sur ses tempes, Miklos de Torenth ne sentit plus de pouls battre sous ses doigts.

Le garde avait succombé.

Miklos affronta la tempête mentale générée par le suicide de Dimitri.

La mort du garde était regrettable mais prévisible. Nul homme n'aurait pu survivre à ce qu'avait fait le prince, attaché à percer l'identité des étrangers qui avaient pénétré dans l'esprit de son agent.

Miklos se servit des ultimes énergies du garde à l'agonie pour calmer la tempête psychique. Il aurait voulu que ses efforts portent mieux leurs fruits... Tout prince deryni qu'il fût, il détestait sacrifier ses hommes pour de si piètres gains.

Ses battements de cœur revenus à la normale, Miklos se couvrit les yeux et se contraignit à effectuer les exercices de relaxation conseillés après des opérations exigeantes.

Rester dans l'esprit d'un Deryni au moment de son suicide n'avait rien de plaisant. Cela pouvait même engendrer de profonds déséquilibres. Mieux valait — et de loin — aider un congénère à rendre son dernier soupir quand la mort avait un visage plus doux...

Miklos rouvrit les yeux. Quelques heures de sommeil devraient le remettre d'aplomb. Il jeta un coup d'œil à Marek, qui s'était pris la tête entre les mains, le souffle saccadé.

— Ça va ?

— Ça ira. Que diable a-t-on fait subir à Dimitri ?

— Physiquement ? Les outrages auxquels il fallait s'attendre. Il connaissait les risques.

— Ce n'était pas le sens de ma question.

— Je sais. Et je n'ai pas de réponse.

Miklos se rassit puis se leva et tituba vers la table installée sous la fenêtre. Il alluma les bougies et se versa à boire. Marek le rejoignit.

— Qui a pu faire ça ? demanda Marek. Etait-ce le Haldane ?

Miklos secoua la tête.

— Je n'en sais rien. Il ne devrait pas en être capable, mais si ce n'est pas lui, qui reste-t-il ? La descendance de Camber, de nouveau ? Ces dernières années, Dimitri n'avait relevé aucun signe d'infiltration derynie à la cour. Cela étant, rappelons-nous qu'on ne lui avait jamais permis de contact direct avec le Haldane.

— Alors qui pourrait être responsable ?

Haussant les épaules, le prince de Torenth repoussa sa coupe.

— Quand Javan monta sur le trône, certains des Derynis qui avaient soutenu Cinhil étaient encore puissants, même s'ils n'osaient plus se montrer à Rhemuth. Paulin et Albertus avaient des doutes sur Javan... Ils me manqueront presque, ces deux-là ! Ils nous ont rendu de fieffés services, au fil des ans. Eux et leurs *Custodes Fidei*...

Marek réprima un frisson et but une longue gorgée de vin.

— Je me méfie des fanatiques religieux, de quelque obédience qu'ils soient. Leur fin me rend toujours heureux.

Miklos détourna le regard au souvenir du hurlement qu'avait poussé Paulin, et qu'il avait glané dans l'esprit de Dimitri. Le prélat n'était pas mort. Il risquait même de végéter dans les limbes plusieurs mois. Il avait subi une des pires souffrances qu'on pût infliger : avoir son esprit violé et déraciné...

Après une telle expérience, quelle chair humaine pourrait encore ressentir de banales douleurs ?

— Vous ne semblez pas ravi, dit Marek. Ils étaient pourtant en travers de notre chemin.

— En effet. Malgré tout, ils ont servi nos desseins à merveille. Ne nous ont-ils pas débarrassé de Javan Haldane, qui aurait fait un formidable adversaire ? A présent, je me pose des questions sur son successeur. Peut-être n'avons-nous pas gagné au change, tout compte fait.

— Comment cela ?

— Gardons-nous de sous-estimer le troisième rejeton de Cinhil. Nous l'avons pris pour une marionnette entre les mains des grands seigneurs, jugeant qu'il n'était pas de la trempe de son défunt frère. Ou de feu son père.

— Vous croyez qu'il aurait le potentiel haldane ?

Miklos haussa les épaules.

— Je l'ignore. Mais quelqu'un a démasqué Dimitri. Quelqu'un a deviné son double jeu. Vous en avez vu comme moi les vestiges dans l'esprit de Dimitri. Curieuse coïncidence, tout de même, que cela se soit produit à la veille de la première véritable apparition publique du successeur de Javan...

Marek ne soufflant mot, le prince de Torenth continua sur sa lancée.

— Peut-être devrions-nous réviser nos plans en conséquence avant d'en savoir plus sur ce Haldane. Il est possible qu'il ait finalement les mêmes pouvoirs que son père. En ce cas, et s'il se trahit, il périra sous les coups de son propre entourage.

— Une possibilité qui peut prendre du temps.

— Exact. Mais du temps, nous en avons. Ce qui nous fait défaut, c'est une succession assurée. Raison de plus pour ne pas prendre de risques inutiles et guetter notre heure.

— Je suis las d'attendre ! Capturons notre ennemi *maintenant* ! Nous le pouvons !

— Peut-être. Peut-être pas... Considérez les risques. Ma sœur Charis vous a donné un fils. Dans son sang coule l'avenir de Festil et de Torenth réunis — quel merveilleux héritage ! Mais cet enfant est encore bien petit.

— Il est fort ! cria Marek. Un jour, ce sera un grand roi.

— C'est un bébé ! insista Miklos. Parfois, les nourrissons s'étiolent et meurent sans raison apparente. Voulez-vous réellement tout risquer maintenant, avec un enfant en bas âge pour perpétuer la lignée de Festil si vous deviez périr ?

Le regard noir de Marek jetait des éclairs. Après un silence tendu, il secoua la tête.

— C'est bien ce que je pensais, dit Miklos.

— Que proposez-vous ?

— Simplement cela : soyons prudents. Voyons de quelle façon le Haldane compte relever le gant. Attirons-le dans un face-à-face. Dame Sudrey nous sera peut-être utile. Le trépas accidentel de son époux me remplit de remords et je désirerais faire amende honorable. Je pourrais même être persuadé de me retirer de Culliecairn sans que le sang coule encore, en signe de contrition.

— Vous retirer de Culliecairn ? s'indigna Marek.

— Nous en parlerons, précisa son cousin. Si l'occasion se présente, et que le Haldane n'a pas les défenses que nous redoutons, nous essaierons de le tuer. Mais mieux vaut, à mon sens, prévoir d'autres plans. Voyons... Votre tout jeune fils a pris froid et il faut retarder le baptême. Une justification que notre ennemi comprendra, puisqu'il est aussi père d'un enfant en bas âge. Si on pouvait le convaincre d'amener dame Sudrey avec lui, d'autres possibilités seraient envisageables...

Marek hocha la tête, convaincu par le raisonnement de son cousin.

— Notre but véritable demeure l'évaluation de la force de l'adversaire, continua Miklos. Il faut donc être prêt à négocier, voire à céder gracieusement du terrain. Culliecairn était une ruse visant à obliger le Haldane à sortir de son antre. Mais cela ne vaut tout de même pas un royaume. Il y aura d'autres occasions, d'autres batailles. Si la nécessité l'exige, nous n'aurons rien perdu en restituant cette forteresse.

— Je suppose que non, maugréa Marek. Miklos, je veux ce Haldane ! Je tiens à le voir mort. Et je veux reconquérir le trône de mon père !

Souriant, Miklos secoua sa tête blonde. Il paraissait soudain bien plus jeune.

— Et vos vœux seront exaucés, cousin. Tous, c'est promis. Mais patience. Tout vient à point à qui sait attendre. Pour l'heure, tenons-nous prêts et guettons le moment propice.

Ailleurs, d'autres Derynis réagissaient au trépas de Dimitri. Chargé de surveiller l'agent, Dom Queron sortit de sa transe et apaisa par un sort de relaxation ses nerfs mis à rude épreuve. Puis il regarda la sphère de cristal suspendue au-dessus de la table du Conseil Cambérien. Il s'en servit pour amplifier son appel mental à Joram.

Il n'y avait pas d'erreur possible, même si les Derynis responsables n'avaient gardé aucun lien direct avec Dimitri. Niallan avait capté les retombées de « l'accident » d'Udaut. Joram en personne en avait intercepté certaines.

Alerté par l'explosion d'énergie qui avait terrassé Albertus puis par celle qui avait réduit Paulin à l'état de légume, Queron avait fait une brève incursion dans l'esprit de Dimitri tourmenté par le *merasha*, avant de prendre du recul afin d'observer la suite des événements.

Après des heures de tortures, l'agent double avait enfin trouvé refuge dans la mort, grâce à la pulsion implantée par son véritable maître, Miklos. Les émanations mentales du suicide avaient mis à mal la sensibilité d'un guérisseur de la classe de Queron.

Bien pis encore, il y avait le lien imposé par Miklos à son agent à l'agonie... Par bonheur, Queron doutait que le prince de Torenth ait trouvé les réponses qu'il cherchait.

Pour ce dernier, l'identité des personnes qui intervenaient dans le jeu demeurait un mystère.

— Que s'est-il passé ? demanda Joram.

S'ébrouant, Queron se tourna vers le fils de Camber, campé devant les portes en bronze. A la lueur de l'unique bougie, au centre de la table, Joram paraissait presque fantomatique. Tiré de son lit, il s'était contenté de jeter un manteau sur sa chemise de nuit. Il avait les pieds nus, les cheveux en bataille et des cernes sous les yeux.

— Vous êtes venu vite, dit le guérisseur.

— Vous avez précisé que c'était urgent.

Queron hocha la tête.

— Dimitri est mort. Ainsi qu'Albertus. Paulin a l'esprit détruit. A la fin, Miklos a imposé un contact mental à son agent, provoquant vraisemblablement sa mort.

— Le roi est-il sain et sauf ?

— Il l'était quand le lien fut rompu. Dimitri a fait tout ce qui était en son pouvoir pour le protéger.

— Donnez-moi les détails, Queron, demanda Joram, tirant un siège à lui.

Le guérisseur posa une main sur celle du prêtre et lui fit un rapport mental avec l'aisance d'une longue pratique. En quelques secondes, Joram apprit tout ce qu'il y avait à savoir.

Le lien rompu, le fils de Camber soupira.

— Je n'aurais jamais cru dire ça un jour, mais je plaindrais presque Paulin.

Queron leva les yeux vers le cristal suspendu.

— Ce n'est pas une façon agréable de quitter ce monde.

— C'est sans doute cela qui me gêne. Il ne l'a pas encore quitté...

— Vraiment ? Quand un esprit a été détruit à ce point, que reste-t-il de l'être humain qui l'abritait ? Le corps subsiste quelque temps, mais... qu'est-il advenu de l'âme ?

— Assimileriez-vous l'esprit à l'âme ? demanda Joram.

Queron haussa les épaules.

— C'est une question qui me turlupine depuis longtemps. Je ne trouve pas de réponse. (Il soupira.) Je me demande ce qui a poussé Dimitri à agir ainsi.

— A attaquer Paulin ? Il faisait partie de ses cibles, au même titre qu'Albertus.

— Oui, mais pourquoi de cette façon ? Il aurait pu arrêter son cœur, comme avec son frère. Détruire un esprit n'a rien de subtil. Il a bien dû réaliser que cet acte aggraverait les sentiments anti-derynis, quel que soit le roi installé sur le trône de Gwynedd.

Joram leva un sourcil.

— Je doute que cela ait traversé son esprit. Quand on est sur le point de tout perdre, il est compréhensible qu'on veuille lancer la pire offensive possible.

— Alors pourquoi Paulin ? Pourquoi pas Rhun, Manfred, ou Stevanus ? Pourquoi pas tous ceux qui étaient présents ?

— Pour commencer, le roi se trouvait là. Dimitri était dans l'impossibilité de nuire à Rhys Michael ou à Cathan. Dans ce cas précis, il est dommage que le souverain ait été là... De toute façon, Dimitri ne devait pas être en mesure de lancer une attaque d'une pareille envergure. Mieux valait détruire un homme que de disperser ses efforts au risque de ne rien accomplir.

— Vous devez avoir raison, Joram. (Soupirant, Queron se frotta les yeux.) Alors, dois-je contacter Ansel pour lui apprendre les nouvelles, ou voulez-vous vous en charger ?

— Je m'en occupe. Vous en avez assez fait pour cette nuit. Envoyez Rickart me remplacer, voulez-vous, et allez vous reposer.

Une heure plus tard, le roi de Gwynedd n'avait toujours pas eu la possibilité de se coucher.

Les restes de Dimitri emportés, les grands seigneurs s'étaient réunis en session extraordinaire avec l'abbé. Par bonheur, l'ambiguïté des réponses de Rhys Michael avait été oubliée dans la confusion de l'attaque qui avait suivi.

— Je n'ai jamais entendu crier comme ça, murmura Stevanus, encore secoué.

Un serviteur versa à boire à tout le monde.

La main serrée sur son crucifix en or, Manfred frémit.

— On aurait dit que des démons dévoraient son âme... Dieu ait pitié de lui.

Avec des soupirs, tous se signèrent ostensiblement. On ordonna d'apporter d'autres torches et des lanternes pour mieux éclairer la salle. Rhun ramena la conversation à des considérations moins sinistres.

— On peut déduire que Dimitri travaillait en réalité pour Miklos. J'ignore pour quelle raison Paulin l'avait recruté. Utiliser des Derynis ne m'a jamais paru une bonne idée, même quand on les contrôlait en prenant leurs familles en otages. Dès que j'en ai entendu parler, cet arrangement m'a déplu. Mais il était trop tard. Les *Custodes* étaient persuadés que Dimitri était fiable. Vous en êtes venus à vous reposer sur lui.

— Le père Paulin nous avait assuré..., commença Lior.

— Je sais. Albertus aussi. (Rhun se massa les tempes puis s'accouda à la table.) Très bien, oublions pour l'instant ce que Dimitri a pu faire par le passé. Considérons ses actes récents et comment ils ont pu nous affecter. Sans compter l'influence subtile qu'il a dû exercer sur son entourage ces dernières années, il aura fait des rapports réguliers à Miklos, sûrement au moyen d'un lien magique. Autrement dit, Miklos sait tout ce qui s'est dit à la cour lors de la venue de son messager.

Sourcils froncés, Gallard de Breffni repoussa sa coupe.

— Des espions conventionnels auraient fait aussi bien en envoyant régulièrement des messagers le long des routes. Même ainsi, Miklos n'a acquis aucun avantage décisif sur nous.

— Peut-être pas. Mais quelles nouvelles instructions Dimitri avait-il reçues ?

— Commencer à éliminer les premiers personnages du royaume ? avança l'abbé. Vous semblez tous persuadés qu'Udaut n'est pas mort accidentellement.

— Mais pourquoi Miklos de Torenth aurait-il voulu éliminer Udaut ? s'étonna Stevanus. Pardonnez mon audace, mais ce n'est pas comme si cette perte avait sérieusement miné nos forces stratégiques. Udaut n'était pas un brillant chef militaire... Il n'était même pas question qu'il participe à cette campagne.

— Non, dit Rhun, mais je l'ai remplacé par Richard Murdoch, nous privant de ce fait de ses brillants services. Et j'ai maintenant la certitude qu'Albertus devait périr noyé.

L'abbé Kimball hocha la tête.

— Le père Paulin était le fondateur de notre ordre et un homme de foi. Le remplacer sera malaisé.

Une digression s'ensuivit, concernant principalement les *Custodes*. Rhys Michael commençait à espérer que personne ne songerait à l'inquiéter. Tandis que Lior et Magan se lançaient dans un débat philosophique houleux sur la nature malfaisante des Derynis, le jeune Haldane étouffa des bâillements discrets.

— Si nous permettions au roi de se retirer ? proposa peu après l'abbé. La suite du conseil concerne surtout notre ordre. Messire Gallard, ayez la bonté de raccompagner Son Altesse et ses aides dans la chambre réservée aux hôtes de marque, près de mes appartements. Sire, je doute que vous désiriez regagner la cellule où de... malheureux événements... se sont produits ce soir. J'ai donc pris la liberté de faire transférer vos affaires.

Rhys Michael répugnait à dormir là où deux hommes venaient de trouver la mort en quelques heures. Il remercia l'abbé de sa courtoisie et se retira. Le choix de son escorte était des plus infortunés, mais le jeune roi étouffa son ressentiment et suivit Gallard de Breffni.

La chambre était certainement plus spacieuse que la cellule.

Quand la porte se fut refermée sur le chevalier, Fulk ne cacha pas son indignation.

— Ils auraient pu nous donner cette pièce dès le début ! L'autre n'était pas digne d'un souverain !

— Qu'on me conduise au lit le plus proche, c'est tout ce que je veux, murmura Rhys Michael. Tant qu'on ne nous fait pas dormir dans une salle de tortures, je m'en fiche...

Cathan le débarrassa de ses bottes et de ses hauts-de-chausses. Dès qu'il posa la tête sur l'oreiller, Rhys Michael s'endormit.

Et rêva.

Des visions de Dimitri au supplice se mêlèrent à celles de drames plus anciens : Gallard de Breffni embrochant messire Tomais... Sorle et maître Oriel abattus par les archers...

D'autres flèches terrassant Javan... qui expirait dans les bras de son fidèle Charlan, poignardé dans le dos par un chevalier des *Custodes*, la bouche pleine de sang...

Comme Paulin, qui vomissait aussi le sang tandis que Stevanus lui enfonçait les doigts dans la gorge, cherchant désespérément à le sauver de l'asphyxie...

...Et qui hurlait à n'en plus finir, sous les assauts impitoyables de Dimitri...

CHAPITRE 14

Moi, j'ai vu un insensé prendre racine.
Job 5, 3

Le tintement d'une cloche tira Rhys Michael du sommeil. Au pied du lit, Cathan préparait une chemise propre pour son maître, ainsi que son armure et ses hauts-de-chausses.

— Le seigneur Manfred vous a fait quérir, Sire, annonça-t-il tandis que Fulk apportait de l'eau chaude, une bassine et des serviettes. Albertus sera enterré ce matin, avant notre départ.

Rhys Michael se laissa retomber sur ses oreillers et se frotta les yeux. Puis il se leva de mauvaise grâce, conscient qu'il était inutile d'espérer un répit.

— A-t-on des nouvelles de Paulin ? A-t-il passé la nuit ?

— Il vit toujours, Sire, répondit Fulk. Que ce soit souhaitable pour lui reste à voir... On va naturellement le laisser aux bons soins de ses coreligionnaires. Il n'a pas repris connaissance. D'après le père Lior, il faudrait d'ailleurs un miracle.

Rhys Michael procéda à ses ablutions sommaires. Paulin méritait-il d'être réduit à l'état de légume ? En tout cas, la mort serait pour lui une délivrance, comme elle l'avait été pour Dimitri.

Le glas continuait de sonner. Les écuyers rangèrent leurs effets et ceux du roi dans les sacoches de selle. Fulk informa Rhys Michael qu'il devait revêtir son armure sur-le-champ, le nouveau maréchal tenant à ce que l'armée reprenne sa route sitôt la messe achevée.

— *Ils* nous laisseront manger avant, j'espère, grommela Rhys Michael tandis que ses écuyers nouaient sa brigantine rouge.

— Nous nous restaurerons en route, le détrompa Cathan. Nous avons déjà plusieurs heures de retard sur les prévisions.

Le roi finit de s'armer en silence tandis que son beau-frère s'agenouillait pour lui attacher ses éperons d'or. Puis il le suivit dans la cour de l'abbaye, Fulk sur les talons. Le seigneur Joshua Delacroix et six chevaliers des *Custodes* attendaient. Leur nouveau maître avait les yeux bouffis de sommeil et l'air peu à son aise — comme à peu près tout le monde à Saint-Cassian ce matin-là.

Rhys Michael était sur les nerfs.

— Veuillez venir avec moi, Sire, s'il vous plaît, dit Joshua. J'ai ordre de vous escorter tous les trois jusqu'au seigneur Rhun.

Quelque chose dans le ton de l'individu alerta le jeune souverain. Rhun avait-il conçu quelques doutes à son sujet au cours de la nuit ? Mais la courtoisie, même élémentaire, n'avait jamais fait partie des attributs des *Custodes* ou de Rhun. Ce dernier devait vouloir exercer sa nouvelle autorité de maréchal, un point c'était tout.

Jetant à Joshua un bref regard d'assentiment, Rhys Michael lui emboîta le pas, Cathan et Fulk sur les talons.

Les hommes et les bêtes étaient rassemblés devant l'église. Les tintements de cloche lancinants n'invitaient pas aux bavardages habituels. A la vue du roi en brigantine écarlate et en armure, au milieu de la masse noire des *Custodes* qui l'escortaient, les guerriers s'écartèrent solennellement. Un écuyer aux traits pincés débarrassa Fulk de ses sacoches.

A la surprise de Rhys Michael, Joshua n'entra pas dans l'église où se pressaient déjà beaucoup de fidèles.

— Je croyais que nous allions assister à la messe.

— C'cst lc cas, Sirc, mais le seigneur Rhun désire d'abord que vous le rejoigniez à l'infirmerie.

— Pour voir le père Paulin ?

— Je suppose, Majesté.

Rhys Michael se détendit. Joshua Delacroix se montrait avare de paroles, mais il était prévisible que le roi doive rendre une visite de courtoisie au fondateur de l'ordre religieux. Ce n'était pas un devoir plaisant, mais cela restait le moins que Rhys Michael pût faire. Désormais, Paulin lui donnerait difficilement du fil à retordre...

En passant sous une arche pour gagner une autre cour, plus au centre de l'abbaye, le jeune homme sentit une fumée âcre et vit des volutes noires s'élever dans le ciel. Il se raidit, serrant le pommeau de son épée haldane. Près du mur de la cour, il vit le cadavre de Dimitri livré aux flammes sur un pilori.

Lcs *Custodcs* exerçaient une vengeance mesquine sur un ennemi désormais hors d'atteinte. Certains chevaliers attisaient les flammes avec de longs bâtons.

Maîtrisant sa nausée à la pensée qu'un tel sort était aussi réservé à des condamnés bien vivants, Rhys Michael se signa.

— Il n'y avait pas besoin de faire ça, souffla-t-il dans sa barbe.

Réalisant soudain que le roi n'était plus près de lui, Joshua s'arrêta et se tourna.

— Venez, Majesté. On vous attend.

— Pourquoi font-ils ça ?

L'homme refusa de croiser le regard de Rhys Michael.

— Sire, murmura-t-il, on dit que ce Deryni a usé de magie noire dans l'enceinte de l'abbaye cette nuit. Si on ne brûlait pas le cadavre, l'abbé redouterait une contamination.

— Quelle absurdité ! C'est pure superstition... L'homme était mort.

— Heureusement pour lui, Sire. Autrement, il aurait été brûlé vif.

— Je croyais que les espions étaient pendus, étripés et écartelés.

— Oui, Majesté, mais le bûcher est réservé aux sacrilèges. Le Deryni a tué par magie un chevalier très chrétien et attaqué un abbé.

A quoi bon en débattre avec Joshua, endoctriné de tout temps par les maîtres de Gwynedd ?

Ravalant ses répliques, le roi jeta malgré lui un dernier regard au bûcher. Le cadavre se carbonisait rapidement.

— Nous étions en route pour voir le père Paulin, rappela Rhys Michael d'une voix sourde.

Joshua pivota et repartit d'un bon pas, gagnant rapidement le cloître. Le petit groupe longea les cuisines et le réfectoire, empruntant un passage qui menait à l'infirmerie. Le roi ne prêta aucune attention aux chants qui atteignaient ses oreilles.

La scène qui l'attendait dans la chambre de Paulin était plus macabre encore que celle du bûcher.

Les chevaliers restèrent à la porte. Cathan et Fulk suivirent leur maître.

La pièce bondée paraissait plus petite qu'elle ne l'était. Deux lits en occupaient le centre. Sur l'un gisait Paulin, le teint cadavérique. A l'étonnement du roi, Albertus reposait sur l'autre, en grande tenue. Deux moines encensaient les lits. Six autres fournissaient les répons à l'antiphonaire que chantait l'abbé. Aspersoir en main, ce dernier ponctuait chaque verset en aspergeant Paulin et Albertus d'eau bénite.

— *Pax huic domui...*

— *Et omnibus habitanbibus in ea.*

— *Asperges me, Domine, hyssopo, et mundabor...*

— *Lavabis me, Deus...*

— *Secundum misericordiam tuam.*

Tandis que l'encens et les chants remplissaient la pièce, Rhys Michael remarqua que tous les témoins de l'affaire se pressaient là : les quatre *Custodes* qui avaient mené l'interrogatoire — Lior, Magan, Stevanus et Gallard —, Manfred, Rhun, le frère Polidorus agenouillé devant Paulin...

— *Adjutorium nostrum in nomine Domine...*

— *Qui fecit caelum et terram.*

— *Deus huic domui...*

— *Et omnibus habitantibus in ea.*

— *Exorcizo te, immunde spiritus...*

L'abbé se tourna pour jouer de l'aspersoir sur les autres officiants. Rhun se signa et rejoignit le roi pour l'attirer à l'écart.

— Je ne veux pas entendre votre opinion, souffla-t-il. Les pères Abbot et Lior estiment ces mesures plus prudentes.

— Exorcisent-ils Paulin et Albertus ? chuchota Rhys, incrédule.

— Gardez votre opinion pour vous ! murmura Rhun. Vous avez entendu frère Polidorus hier, quand il s'est demandé si la magie noire de Dimitri n'avait pas attiré ici des esprits malins... Dans le doute, mieux vaut prendre toutes les précautions.

— Voilà pourquoi on a brûlé le cadavre de Dimitri. Au nom de la sécurité ?

— De la leur et de la *nôtre*. Vos écuyers et vous-même vous soumettrez à un exorcisme avant la messe ! (Rhys Michael releva vivement la tête.)

Toute rébellion en ce domaine serait mal avisée, Sire. Peu importe votre dégoût ! Ce geste ne vous coûtera pratiquement rien et plaira aux *Custodes*. Vous pourriez même en retirer quelque bénéfice. Nous ignorons encore ce que le Deryni a pu vous faire, d'autant que vous affirmez ne pas vous souvenir.

Rhys Michael ravala ses protestations. Dimitri ne lui avait rien fait — sinon lui sauver la vie —, mais s'il espérait entretenir le doute afin de mieux convaincre de son innocence, il n'avait pas le choix.

Il devait se soumettre.

— Venez vous agenouiller près de Manfred et près de moi, continua Rhun dans un murmure.

Le fils de Cinhil obéit, tête baissée sur ses mains jointes. Après avoir exorcisé Manfred et Lior, l'abbé passa à Magan.

— *Exorcizo te, omnis spiritus immunde, in nomine Dei Patris omnipotentis, et in nomine Jesu Christi Filii ejus, Domini et Judicus nostri, et in virtute Spiritus Sancti, ut discedas ab hoc famulo Dei, Maganus...*

Je t'exorcise, esprit corrompu, au nom du Père Tout-Puissant, et au nom de Son Fils, Jésus-Christ, notre Seigneur et Juge, et par la vertu du Saint-Esprit, fuis ce serviteur de Dieu, Magan...

Rhys Michael n'avait jamais entendu d'exorcisme et il en avait moins encore fait l'objet. A l'instar de la plupart des laïques, qui approfondissaient rarement les rituels religieux, il s'acquittait de ses obligations liturgiques par devoir, non par dévotion. Et le respect ordinaire de la religion n'incluait pas l'exorcisme des démons.

L'attitude de Rhys Michael vis-à-vis de Dieu n'était en rien comparable à celle de son défunt père ou de ses frères.

En cela, Rhun était en droit de critiquer le scepticisme affiché par le roi.

— *Et hoc signum sanctae Crucis, quod nos fronti ejus damus, tu, maledicte diabole, numquam audeas violare...*

Rhys Michael jeta un regard à l'abbé Kimball, qui traçait le signe de croix sur le front de Magan, interdisant aux âmes damnées d'y pénétrer.

Le pauvre latin du roi ne lui permettait pas de comprendre tout ce que disait l'abbé.

Pourtant, à sa surprise, il fut gagné par l'intensité du moment.

Que de simples humains puissent tisser ainsi quelque chose d'aussi grand...

Quant à exorciser le mal, le seul qui fût présent dans la pièce, c'était la noirceur des cœurs des grands seigneurs. Aucun rituel motivé par la haine et par la peur n'aurait pu la chasser...

— *Per eundem Christem, Dominum nostrum, qui venturus est judicare vivos et mortuos et saeculum per ignem. Amen.*

Le père Kimball passa à Stevanus. Même sur les lèvres d'un abbé des *Custodes* — dont l'intolérance forcenée lui interdisait de comprendre la portée de ses actes — le rituel ne manquait pas de force, songea Rhys Michael.

Une puissance invisible envahit la pièce. Seul un Deryni aurait pu la canaliser plus efficacement.

L'abbé aurait-il obtenu des résultats si un véritable esprit démoniaque avait été en cause ? Rhys Michael en doutait fort.

En d'autres circonstances, la gravité de Kimball eût presque été cocasse.

Craignant que son expression ne trahisse ses pensées, Rhys Michael enfouit la tête entre ses mains. Remontant la file des fidèles agenouillés, Kimball répétait inlassablement les paroles liturgiques, aspergeant chacun d'eau bénite et traçant le signe de croix sur tous les fronts.

— *Exorcizo te, immunde spiritus... et decedas ab hoc famulo Dei, Rhys Michaelis...*

Tête basse, le jeune souverain réussit à capter un peu de l'énergie mystérieuse, compensant en partie son manque de sommeil et le choc émotionnel.

L'abbé conclut le rituel par une bénédiction générale.

— *...Per Dominum nostrum Jesum Christum Filium Tuum : Qui Tecum vivit et regnat in unitate Spiritus Sancti Deus, per omnia saecula saeculorum. Amen.*

La solennité de la cérémonie céda la place à un lourd silence.

Les hommes se levèrent et quittèrent la pièce, précédés par les moines. Les chevaliers des *Custodes* emportèrent la dépouille d'Albertus.

Rhys Michael se tint à l'écart, soucieux de ne gêner personne.

A l'avenir, il s'intéresserait de plus près aux rituels liturgiques. De cet exorcisme, il venait de tirer un léger bénéfice...

Pourquoi ne l'avait-il jamais remarqué auparavant ?

Quelque peu rassuré, il suivit jusqu'à l'église la procession funèbre qui emprunta un itinéraire différent, longeant le côté est du cloître.

Dans la petite cour, le bûcher fumait encore.

Entrant dans le transept sud par une porte processionnelle, Rhys Michael se dirigea vers la place réservée au roi.

Il fit tout ce qu'on attendait de lui, fournissant les répons idoines et paraissant absorbé. Son recueillement semblait authentique.

En réalité, les prières qui jaillissaient de son cœur étaient pour le salut d'un autre.

Un homme qui n'aurait ni cercueil ni enterrement et que personne ne pleurerait.

Un homme dont les cendres seraient bientôt dispersées aux quatre vents sans cérémonie ni bénédiction quand les flammes du bûcher s'éteindraient enfin.

CHAPITRE 15

Et que nous soyons délivrés de ces hommes égarés et mauvais.

Deuxième Epître aux Thessaloniens, 3, 2

Quand l'expédition quitta Saint-Cassian, il était près de midi.

Albertus reposait dans la crypte de l'église abbatiale. En l'absence de prêtre des *Custodes* de plus haut rang, le père Lior avait pris la tête du corps religieux chevauchant avec l'armée royale. Le seigneur Joshua en commandait le bras séculaire.

A l'aube, des messagers étaient partis avertir les autres domaines des *Custodes* du malheur qui frappait le vicaire général. Avant longtemps, il faudrait organiser des élections. D'autres cavaliers retournèrent à Rhemuth informer Hubert.

Rhun de Horthness assumait désormais la charge de maréchal de Gwynedd. Il caracolait à la dextre du roi, sous la bannière haldane. L'expédition fonçait à bride abattue vers le nord. Ce rythme soutenu décourageait les bavardages et les cogitations, mais il ne faisait pas oublier à Rhys Michael que son estomac criait famine. La « restauration sur le pouce » s'était révélée être un méchant quignon de pain et quelques gorgées de bière chaude... Lors de la pause suivante,

Fulk avait sorti de sa sacoche du fromage fort bienvenu.

Quand l'armée royale rencontra les éclaireurs envoyés par le château Lochalyn, Rhys Michael avait de nouveau l'estomac dans les talons.

Lorsque la destination fut atteinte, le crépuscule parait le château de reflets dorés. Des camps s'étendaient au pied du pic rocheux. Sous le regard d'hommes rustres en tenue frontalière, le roi et ses officiers firent un tour d'inspection. Le délectable fumet de la nourriture qui cuisait se mêlait aux effluves de bois de chauffe, de tourbe et de paille.

Arrivé près des portes de la forteresse, une garde d'honneur sortit pour accueillir le souverain de Gwynedd. Sighere de Marley, le frère du défunt Hrorik, la commandait. Il y avait plus de gris dans sa barbe rousse que la dernière fois que Rhys Michael l'avait vu, sept ans plus tôt, au couronnement de Javan.

Quelques mois auparavant, le jeune homme avait trouvé un cheveu gris sur sa tête et l'avait montré à sa femme s'étonnant, rongé comme il l'était par les soucis, de n'avoir pas carrément blanchi...

— Salut, souverain de Gwynedd ! lança Sighere. (Ses compagnons et lui tirèrent sur leurs rênes devant l'étendard royal.) Au nom de Sudrey des Marches de l'Est et de Stacia, sa fille, soyez le bienvenu. (Il désigna un beau jeune homme à sa droite, la barbe noire coupée court et le regard doux.) Voilà Corban Howell, l'époux de ma nièce. Nous prions pour que vous le reconnaissiez comte des Marches de l'Est. Ce jeune loustic aux grandes moustaches est mon fils, Sean Coris.

D'un mouvement orgueilleux du menton, il désigna cette fois un adolescent roux.

Rhys Michael réprima un sourire. Les moustaches du garçon étaient impressionnantes, en effet. Leur propriétaire avait déjà la stature d'un jeune chêne.

— Seigneur Corban, messire Sean... Le comte de Marley se souviendra, je pense, de Rhun, comte de Sheele. Le seigneur Albertus ayant péri, messire Rhun a désormais l'honneur d'être maréchal du royaume.

— Albertus est mort ? s'étonna Sighere. Quand ? Comment ?

Rhun fit avancer sa monture de quelques pas.

— Mieux vaudrait en parler en privé, messire. Manfred est mon porte-parole et Joshua Delacroix est temporairement à la tête des *Custodes Fidei*. Ayez la bonté de veiller à l'attribution des logements pour que nos officiers sachent tous leurs hommes casés. Nous avons quitté Saint-Cassian à midi et avons galopé d'une traite jusqu'ici. Les soldats comme les bêtes ont besoin de repos et de rafraîchissements.

En tenues frontalières comme les guerriers auxquels ils s'étaient mêlés, Jesse MacGregor et Ansel MacRorie avaient suivi le dialogue.

Ils échangèrent un regard.

— *Voilà qui confirme les nouvelles de Joram*, lança mentalement Ansel à son ami.

Corban et Sean rejoignirent Joshua et les capitaines pour une brève conférence. Les troupes commencèrent à se disperser.

Le front plissé, Jesse regarda les moines des *Custodes* suivre le roi et ses officiers.

— *Intéressant comme les structures hiérarchiques semblent mises à mal,* répondit-il. *Un vrai coup de pied dans la fourmilière des* Custodes, *c'est certain...*

S'assurant que des oreilles indiscrètes ne pourraient surprendre leur conversation, Ansel continua à voix basse :

— C'est encore loin de me satisfaire. J'ai reconnu Lior, l'inquisiteur général, et le chirurgien Stevanus, celui qui a « soigné » Rhys Michael après son « enlèvement », il y a six ans.

— Des hommes fort peu recommandables... Il nous faudra nous renseigner discrètement quand le camp s'installera pour la nuit.

— Perdre un maréchal à la veille d'une grande bataille, voilà qui doit faire jaser tout le monde... Nous verrons ce que nos partisans pourront découvrir par des moyens conventionnels.

En grand deuil, dame Sudrey reçut le roi dans le hall d'honneur du château, flanquée de sa fille Stacia et de son neveu Graham, âgé de vingt ans et duc de Claibourne. En six ans, le gaillard s'était affiné et avait embelli. Imberbe, il avait une chevelure tirant plus sur le blond que sur le roux, au contraire des autres mâles du clan. Une tresse d'or en travers du front, Stacia arborait une épaisse chevelure roux sombre retenue sous un châle de tweed fin.

Rhys Michael approcha pour présenter ses condoléances. Dame Sudrey tomba à genoux et lui embrassa les mains. Malgré sa douleur, elle restait une fort belle femme.

Dès que tous furent attablés, les capitaines de Lochalyn firent le point avec les officiers du roi. La dernière communication du prince Miklos datait du jour même. Il demandait audience au souverain de Gwynedd.

— C'est hors de question ! lança Rhun en attaquant le premier plat. Vous savez ce qui s'est produit la nuit dernière. Il est exclu que le roi s'expose à d'autres perfidies derynies.

— Si vous refusez d'entendre son émissaire, comment saurons-nous ce que le prince propose ? demanda Sighere.

— Pourquoi voudrait-il nous faire des offres ? rétorqua Manfred entre deux bouchées de sanglier. Si vos estimations sont correctes, nous pourrons le chasser aisément de Culliecairn. Le temps joue en notre faveur. Même s'il peut tenir un peu, nous finirons par le chasser.

— Nous ne voulons pas que l'ennemi reste à Culliecairn, même brièvement, seigneur ! protesta Graham. Nous souhaitons l'en débouter sur-le-champ. Si on refuse de traiter avec lui, on risque un siège qui durera des mois.

Rhun se renfrogna.

— Je croyais avoir été clair : je ne veux plus qu'on s'expose à la fourberie derynie, surtout quand le roi est concerné.

— Craignez-vous que l'émissaire ne soit deryni ? demanda Sudrey. En ce cas, spécifiez que seul un humain sera un intermédiaire acceptable. Informez Miklos que vous le soumettrez à l'épreuve du *merasha*.

— C'est courant dans les Marches de l'Est, lança un capitaine nommé Murray. Un humain à qui on en fait boire en sera quitte pour un accès de somnolence alors qu'un Deryni sera immanquablement démasqué.

— C'est le plus sûr moyen qu'on ait trouvé pour traiter avec eux, ajouta Graham. Et c'est plus efficace que de les tenir en joue dès qu'ils se présentent. Avec votre aval, nous enverrons un messager ce soir et l'entrevue aura lieu demain.

— Entendre leur proposition paraît raisonnable, concéda Rhun à contrecœur. Dites-m'en plus.

Le débat tourna sur les détails de ce genre d'opérations et sur le meilleur terrain pour l'entrevue. Corban et Sean Coris revinrent annoncer que les troupes royales étaient casées. Ensuite, tandis que Rhun et Manfred peaufinaient leurs plans avec Sighere, Graham et les autres, Sudrey s'approcha du roi, qui avait fort peu participé aux conversations.

— Je ne saurais dire à quel point votre présence me soulage, Sire, fit-elle à mi-voix. Mon époux parlait avec affection de votre frère Javan. C'était un noble suzerain au cœur droit. Sa mort nous a tous choqués.

Rhys Michael se tourna vers elle. Que savait-elle exactement des circonstances du drame ?

— J'espère me montrer digne de mon défunt vassal, dame Sudrey, murmura-t-il. Sa fin m'a aussi beaucoup attristé.

— Que mes semblables l'aient tué accentue mon chagrin, Sire. Je... Puis-je solliciter de votre bienveillance une petite faveur ? Je sais que vous êtes occupé par de graves considérations, mais pourrais-je vous prier de m'accompagner à la chapelle, afin de prier avec moi pour le salut de l'âme de mon époux ?

Rhys allait refuser, sachant que Rhun n'approuverait pas...

Elle ajouta :

— De grâce, Sire. Que mon roi vienne rendre un dernier hommage à mon cher mari soulagerait ma peine. Je vous demande quelques instants...

S'il ne sentait aucune menace, Rhys Michael avait le sentiment que la piété n'était pas seule en cause. Sudrey avait quelque chose à lui dire en privé.

Intrigué, Rhys Michael s'adressa à Fulk à voix basse.

— Avertissez discrètement Cathan que je vais quelques minutes dans la chapelle honorer la mémoire du comte. Je ne serai pas long. Nous vous attendrons près de la porte.

Fulk passa le message puis se leva et suivit le roi, qui avait offert son bras à la veuve. Emmener Fulk plutôt que Cathan devrait rassurer Rhun. Les grands seigneurs faisaient plus confiance au fils de l'un d'eux qu'au beau-frère du roi...

Et tant que Rhys Michael ne se soustrayait pas trop longtemps à la vigilance de Rhun...

Devant la chapelle, Sudrey, qui avait gardé le silence jusque-là, posa sa main libre sur un poignet de l'écuyer.

— Messire, veuillez monter la garde et vous assurer que notre recueillement ne sera pas troublé.

A la surprise de Rhys Michael, Fulk s'inclina sans sourciller et resta dehors. Puis Sudrey conduisit le roi dans la minuscule nef chichement éclairée.

— Mon Hrorik repose dans cet endroit sacré. A ma mort, j'espère l'y rejoindre. Non que je veuille présumer de ma pureté ou de ma sainteté, Sire, mais ma place est à ses côtés. C'était un homme bon.

Refoulant un sanglot, elle enfouit sa tête entre ses mains et tomba à genoux.

Rhys Michael l'imita, résolu à offrir au moins un *Pater Noster* de circonstance aux mânes de Hrorik. Mais quelque chose le turlupinait. Son regard s'attarda sur la Lampe de Présence.

Contre toute attente, Fulk avait obéi sans regimber...

— Ne réagissez pas, Sire, au cas où on nous observerait, chuchota Sudrey, mais savez-vous qu'on a altéré l'esprit de messire Fulk ?

La question dérouta Rhys Michael. La tête inclinée sur ses mains jointes, il glissa un regard vers sa compagne, prêt à recourir à une Lecture de Vérité.

— Qu'est-ce qui vous fait dire ça ? A supposer que ce soit vrai, comment vous en seriez-vous aperçue ?

Elle croisa pieusement les mains.

— Voilà une réaction que je n'attendais pas. Vous semblez surpris que je le sache, mais non que ça existe.

Il sentit soudain une sonde mentale heurter ses boucliers. Il se raidit, affolé.

— Oh ! Pardonnez-moi, Sire ! Je connais les rumeurs qui circulent sur les Haldanes mais...

Majesté, sur ma foi, je jure que je ne vous veux aucun mal. Pouvez-vous vérifier ma sincérité avec une Lecture de Vérité ?

Muet de saisissement, il la regarda. Devait-il lui faire confiance ?

— Vous avez le pouvoir des Haldanes, n'est-ce pas, Sire ? Par Dieu, voilà qui change tout... Je me prendrais presque à espérer... Majesté, malgré ma parenté avec Miklos, j'ai peu de pouvoir et moins d'entraînement encore. Il y a des années, j'ai offert mon allégeance à mon mari et à son peuple. Cela ne changera jamais. J'ai peu à offrir, mais ce que j'ai est à vous. Le temps nous manque, hélas...

Elle croisa les bras, la main gauche tendue vers Rhys Michael, mais invisible de l'entrée.

— Sondez-moi, Sire, de grâce ! Je n'offrirai aucune résistance. Si Dieu le veut, je pourrai vous aider de plus d'une façon.

Il put lire qu'elle disait vrai.

Posant la main sur la sienne, à l'abri d'éventuels regards, Rhys Michael forgea un lien psychique des plus aisés, car Sudrey disposait de faibles boucliers.

Lors du couronnement de Javan, les vieilles rivalités entre Murdoch et les seigneurs du Kheldour s'étaient ravivées. Présent lors de l'incident, Rhys Michael n'y avait pas fait aussi attention qu'il aurait dû. Dans son insouciante jeunesse, il n'avait pas imaginé un instant devoir un jour en affronter les conséquences.

Miklos avait réclamé la libération de Sudrey de Rhorau en sa qualité de lointaine parente de la Maison royale de Torenth, capturée avec son frère lors de la prise du Kheldour par le père de Hrorik, le duc Sighere, et donnée en otage à Ewan, le fils aîné de ce dernier...

Le frère de Sudrey, Kennet, avait été adoubé au service d'Ewan.

Murdoch avait finalement assassiné Kennet et son maître.

Puis Sudrey avait épousé Hrorik, le fils puîné de Sighere, renonçant par amour à sa nature derynie et à ses liens avec le prince Miklos.

Quand Hrorik s'était vengé sur Murdoch de l'assassinat de son frère Ewan, Sudrey s'était réjouie avec son époux et elle avait trinqué à la justice du roi de Gwynedd...

A présent elle était prête à offrir sa loyauté et ses pouvoirs au frère du roi défunt.

Un raclement, à la porte, ramena Rhys Michael au présent. Il s'apprêta à rompre le lien mental.

— Non, seigneur, voyez par vous-même, dit la voix de Fulk. Il prie avec dame Sudrey. Elle lui a demandé de rendre un dernier hommage à son époux. Refuser eût été une insulte. Il n'y a aucun mal à ça.

Rhys Michael retint son souffle. Quelqu'un maugréa une réponse. Puis la porte se referma. Jetant un coup d'œil par-dessus son épaule pour s'assurer que personne n'était entré, le jeune souverain étreignit la main de Sudrey et lui transmit en détail la capture et la fin de Dimitri. Il garda secrète la part qu'il avait prise aux événements, de peur de trahir l'identité de ses alliés derynis.

— Quel plan Miklos a-t-il en tête, à votre avis ? chuchota-t-il, revenant au langage normal. Dimitri avait ordre d'éliminer certains individus. Mais à Culliecairn, quel rôle aurait-il dû encore jouer ? Que conseilleriez-vous ?

Sudrey préféra repasser à la communication mentale. Puis Rhys Michael écarta doucement ses doigts des siens et se massa les tempes, les yeux tournés vers les icônes des saints et les sculptures dressées derrière l'autel. L'éclat écarlate de la Lampe de Présence jetait sur l'ensemble une patine dorée aux reflets rubiconds qui rappelaient par trop le sang.

— Dame Sudrey, vos motivations sont honorables mais vous courez de gros risques. Vous pourriez raviver de pénibles souvenirs qu'on a préféré oublier ces vingt dernières années, et vos propres sujets en viendraient peut-être à se retourner contre vous.

— Au cas où des actions autres que militaires seraient requises contre Miklos, nul ne doit savoir que vous en avez le pouvoir, Sire. Si on avait des doutes à votre égard, il faudrait persuader votre entourage que la grâce divine est seule en cause, puisque vous êtes l'Oint du Seigneur. Et si je pouvais détourner en partie les soupçons, cela en vaudrait la peine. Tant pis si je trahis ma véritable nature. Une veuve a toujours la possibilité de se retirer dans un couvent pour y embrasser une vie de pénitence et de contrition. Les *Custodes* verraient cela d'un bon œil.

Rhys Michael sourit.

— Ils auraient plutôt peur que vous ne contaminiez les autres brebis du Seigneur ! Ce matin, avant notre départ de Saint-Cassian, l'abbé a *exorcisé* tous ceux qui avaient été en contact avec Dimitri la veille. La dépouille d'Albertus n'y a pas échappé. Et ils ont brûlé les restes de Dimitri.

— Quelle tristesse de nous craindre à ce point... Enfin... Cet espion vous a dit avant de mourir qu'il vous protégerait à tout prix. Laissez-moi vous faire la même offre.

— J'espère de toutes mes forces que personne d'autre n'aura à se sacrifier pour moi. (Il lui reprit la main.) Exception faite des grands seigneurs qui auraient dû payer depuis longtemps pour leurs crimes... Mais vous avez d'ores et déjà ma gratitude, belle dame. A part Cathan, je ne pouvais me fier à personne...

Après un baisemain, il se leva et aida Sudrey à l'imiter.

— Retournons sans tarder avec les autres. Ce devait être le seigneur Rhun ou quelque autre de mes geôliers...

Sudrey croisa son regard.

— C'était donc vrai...

— Quoi donc ?

— On chuchote que le roi n'est pas libre de ses mouvements. Que les grands seigneurs gouvernent Gwynedd.

— J'entends changer tout ça. Jusqu'à maintenant, j'étais effectivement pieds et poings liés. Mais en me laissant venir ici, ils ont commis une grave erreur. Pour la première fois de ma vie, j'ai un avant-goût de liberté. Je n'y renoncerai pour rien au monde.

— Ils vous tueront. Surtout s'ils apprennent la vérité.

— En effet... Même si je leur échappe et à supposer que mes vassaux m'acceptent, je devrai encore affronter Miklos et Marek. Mais au moins, j'aurai tenté d'agir en roi. Avec un soutien comme le vôtre, je pourrais même échapper à la mort...

Sudrey posa un baiser sur la main de Rhys Michael.

Puis ils sortirent de la chapelle.

De retour au banquet, Sudrey exprima si bien sa gratitude au roi que même Rhun ne put en prendre ombrage — au moins pas devant la dame. Mais peu après, il attira Rhys Michael à l'écart dans une alcôve.

Manfred patienta près de là, leur tournant le dos et veillant à ce qu'on ne les dérange pas.

— Sire, je dois insister : il est hors de question que la petite fugue de ce soir se renouvelle, fit Rhun à voix basse, le regard brillant de colère. Qu'est-ce qui vous a pris ? C'est une Derynie ! Après les événements d'hier, j'aurais cru que vous étiez conscient des dangers inhérents à de tels contacts.

Rhys Michael affecta l'innocence blessée.

— Messire, la dame vient de devenir veuve, et cela en défendant ma cause. Aller prier avec elle pour le défunt comte semblait peu de chose.

— Un sentiment admirable mais qui n'enlevait rien au danger. Et si elle avait tenté quelque chose contre vous ?

— Pourquoi l'aurait-elle fait ?

— Elle est apparentée à Miklos.

— Rhun, Miklos l'a rendue veuve. Je ne pense pas...

— C'est moi qui vous dicte ce que vous devez penser ou pas ! Ne cherchez pas à éprouver la solidité de vos liens, sous prétexte que nous ne sommes plus à la cour ! Votre héritier est sous notre contrôle, comme vous. Dois-je vous menacer pour que vous restiez prudent ?

Rhys Michael blêmit.

Il était loin d'être libéré de ses chaînes, en effet...

— Je suis navré, mon seigneur. Je ne voulais pas vous offenser. C'est seulement que dame Sudrey...

— Je n'ai aucune objection à ce que vous vous souciez d'elle. En revanche, que vous partiez seul en sa compagnie sans demander de permission à personne, ça, je ne l'accepte pas !

— Fulk a averti Cathan pour moi. Je me rendais uniquement à la chapelle pour prier.

— Vous avez beaucoup de chance qu'il ne se soit rien passé d'autre. Mais ce qui est fait est fait. J'espère que vous comprenez votre erreur.

La mine contrite, Rhys Michael hocha la tête.

Dans le hall, sous l'œil de Fulk et de Cathan, les chevaliers s'allongeaient pour la nuit aux côtés des guerriers des Marches de l'Est.

— Fort bien, maugréa Rhun. Vous feriez mieux d'aller vous reposer. Demain, il faudra se lever tôt.

Etonné, Rhys Michael eut le loisir inespéré de se retirer dans une chambre. Si exiguë fût-elle — avec à peine un lit étroit et un coffre, sans âtre ni coin d'aisance —, c'était néanmoins la première fois depuis le départ de Rhemuth que le roi goûtait un semblant d'intimité.

Cathan l'aida à retirer son armure. Rhys Michael en profita pour prévenir son beau-frère de la réaction de Rhun et de l'offre de Sudrey.

Cathan fut stupéfait.

— Il y a des années, on disait que c'était une Derynie... Mais qui aurait cru qu'elle vous offrirait son aide après tout ce temps ? Je voudrais qu'on puisse prévenir Joram et les siens...

— Moi aussi. Tant pis. Nous devrons redoubler de prudence, voilà tout.

Cathan soupira et déroula une paillasse près du lit de son maître. Son épée posée par terre, le jeune homme tira un manteau sur lui en guise de couverture.

— Bonne nuit, Rhysem, chuchota-t-il.

Sous une tente non loin du château Lochalyn, trois Derynis tenaient conseil à voix basse, après avoir échangé des informations glanées alentour.

— J'adorerais mettre la main sur Lior ou sur les autres témoins, fit Ansel. Dimitri a quelque peu outrepassé nos directives.

Tieg hocha la tête.

— J'aurais préféré qu'il expédie plus proprement ses victimes *ad patres*. D'après ce que j'ai pu apprendre sur l'état de Paulin, il a survécu à l'attaque. Est-ce parce que le vicaire général a l'âme chevillée au corps ou parce que Dimitri n'était pas aussi bon que nous le pensions ?

— Ou parce qu'il n'a pas pu mener l'offensive à son terme ? suggéra Jesse. On a dû le démasquer peu après le meurtre d'Albertus et essayer de le prendre vivant. Dimitri aura lancé une ultime attaque dans l'espoir d'entraîner Paulin avec lui dans la mort.

— Dans l'intérêt même de Paulin, il aurait mieux valu que Dimitri réussisse..., dit Tieg. Dieu sait combien de temps il végétera entre la vie et la mort, sans espoir de rétablissement. Au moins n'a-t-il sans doute plus conscience de ce qui lui arrive.

— En tout cas, l'influence des *Custodes* va diminuer quelque temps, dit Ansel. Paulin et Albertus étant tous deux écartés du pouvoir. Pour l'heure, il y a plus important : le roi a-t-il réussi à éloigner les soupçons de sa personne ? Ce soir, il n'avait pas l'air particulièrement sur ses gardes. Avec Rhun aux commandes, attendons la suite des événements.

CHAPITRE 16

Avec flèches et arc on y pénétrera.

Isaïe, 7, 24

A l'aube, un messager royal partit pour Culliecairn, porteur d'un drapeau blanc et des exigences du roi.

L'émissaire du prince de Torenth serait soumis à l'épreuve du *merasha* avant d'être amené devant le souverain de Gwynedd.

Les alliés se réunirent, établissant leurs quartiers généraux sous la tente royale.

Deux heures plus tard, le messager fut de retour, accompagné d'un second cavalier : un homme d'âge mûr à l'air rude, portant l'écusson de Miklos et une coiffe de mailles. Il n'avait pas d'armes. Des archers le tinrent en joue jusqu'au cœur du camp de Gwynedd. Devant la tente du commandement se tenaient Rhun, Sighere, Lior, Stevanus et Gallard de Breffni.

Afin de parer à toute éventualité, le messager du roi fut emmené sous bonne garde. Il avait pu être corrompu par les Derynis... L'émissaire reçut l'ordre de ne faire aucun mouvement brusque et de se tenir tranquille.

Stevanus tenait prête une épinglette.

— Vous êtes ? demanda Gallard.

L'homme le regarda, puis reconnut la tenue caractéristique de Stevanus.

— Hombard de Tarkent, émissaire extraordinaire de Son Altesse le prince Miklos de Torenth. Et voilà le chirurgien chargé de vérifier que je ne suis pas deryni ?

— Veuillez ôter votre gant et me tendre la main, dit Stevanus, dévoilant l'épinglette.

Hombard s'exécuta. Gallard lui maintint le poignet tandis que le chirurgien enfonçait les aiguilles dans la chair.

La piqûre faite, l'émissaire se frotta le poignet.

— Je m'attendais à une boisson droguée... Voilà donc une de ces fameuses épinglettes à Derynis dont on entend si souvent parler.

— Ne les utilisez-vous pas à Torenth ? s'enquit Stevanus, surveillant Hombard.

Ce dernier eut un sourire sans joie.

— Nos Derynis ne se cachent pas, maître. Le *merasha* n'est d'aucune utilité pour nous. Quant à moi, je suis on ne peut plus humain. Pourrait-on me conduire maintenant devant le Haldane, avant que je ne sois trop assoupi pour m'acquitter de ma mission ?

— Quand nous serons satisfaits, nous vous mènerons devant le *roi*, répliqua Gallard. Un messager humain devrait respecter les règles de courtoisie élémentaires.

L'homme haussa les épaules, étouffant un bâillement.

— Puis-je voir maintenant votre seigneur?

Prenant note des pupilles dilatées de son sujet, Stevanus adressa un signe de tête à Gallard.

— Qu'on l'emmène !

Le chevalier des *Custodes* prit Hombard par un bras et rejoignit Rhun et Lior.

— Votre nom ? demanda le maréchal.

— Hombard de Tarkent, émissaire extraordinaire de Son Altesse, le prince Miklos de Torenth.

Rhun lui ordonna de le suivre sous la tente.

L'intérieur était aussi imposant que possible. Rhys Michael trônait sur un siège, son bouclier suspendu au dossier et l'épée haldane sur les genoux. Les officiers et les aides de camp formaient une haie d'honneur. Des tapis étaient disposés sur la terre battue. Comme tous, Rhys Michael était en grande tenue de combat, exception faite du heaume et des gantelets. Son surplis écarlate était frappé du lion haldane.

Manfred se tenait à la dextre du roi, Cathan et Fulk derrière lui. A sa senestre, Sighere et Graham représentaient les Marches de l'Est. Gallard et Stevanus restèrent en retrait, en compagnie de Lior.

— Sire, voici Hombard de Tarkent, annonça Rhun.

L'émissaire s'inclina légèrement. Non qu'il voulût défier Rhys Michael mais, dans son état, il ne tenait pas à perdre l'équilibre.

Le roi fit signe qu'on apporte un tabouret.

— Asseyez-vous, messire Hombard.

Réprimant un bâillement, l'homme obéit avec gratitude. Il avait bel et bien les pupilles dilatées.

— Mon seigneur, j'apporte les propositions du prince Miklos de Torenth, en accord avec vos propres demandes. Etes-vous prêt à les entendre ?

— C'est la raison de votre présence ici, s'impatienta Rhun, se campant près de Manfred. Alors ? On ne vous a pas fait venir pour jouer au plus fin !

— Certes pas, répondit l'homme. Cela n'a rien d'un jeu. Seigneur, mon maître désire que vous le sachiez : il est prêt à se montrer grand prince en ce qui concerne Culliecairn et à réviser ses prétentions. Sous condition que certaines assurances lui soient fournies, il pourrait quitter Culliecairn sans mettre de vies en danger. Que ce soit celle de vos hommes ou des siens. Cependant, il requiert que vous traitiez directement avec lui pour résoudre cette affaire.

— Le prince Miklos s'attend que j'accepte ? fit Rhys Michael avant que Rhun ait le temps de réagir.

— Le prince Miklos s'attend que vous vouliez éviter un carnage inutile, mon seigneur. Il regrette sincèrement la mort de Hrorik, qui avait pour épouse sa parente Sudrey. Il suggère que vous acceptiez de le rencontrer en terrain neutre, avec dame Sudrey, à la vue des deux armées. Une personne seulement devra accompagner chaque souverain. Si vous le souhaitez, le prince Miklos me choisira pour l'occasion, puisque vous avez la preuve que je suis humain.

Il étouffa un autre bâillement.

— Hrorik a accepté de parlementer sous le drapeau blanc, lança sèchement Sighere. Ça lui a coûté la vie et celle de ses braves. Quant à la prise de Culliecairn, rien ne justifiait votre attaque.

— Une erreur a été commise, concéda l'émissaire. Hrorik ne devait pas être blessé. Mon seigneur se propose donc de renoncer à Culliecairn.

— Quand son héraut est venu à la cour, il y a une quinzaine, il n'offrait rien de tel, souligna Rhys Michael. Il n'a pas exprimé de remords non plus pour avoir tué le comte. Toutes ses déclarations sur le baptême de son neveu, le fils du prétendant, n'étaient donc que du vent.

— Elles ont pourtant eu l'effet escompté, n'est-ce pas ?

— Lequel ?

— Obtenir l'hommage haldane par votre présence à Culliecairn en l'honneur du fils du prince Marek... (Les officiers de Gwynedd grognèrent d'indignation.) Pour l'heure, aucun autre tribut n'est requis.

— Aucun n'a été offert ni ne le sera ! fulmina Manfred. Et il m'étonnerait fort que Miklos tienne vraiment à la présence du roi de Gwynedd au baptême de l'héritier du bâtard !

Ne s'émouvant nullement de l'insulte, Hombard haussa les épaules.

— Il ne m'appartient pas de spéculer sur les intentions de mon seigneur, messire. Je devais annoncer que ses plans ont changé, voilà tout. Le bébé étant tombé malade, il a été baptisé dans l'intimité la nuit dernière. Ses parents sont déjà repartis avec lui à Torenth.

Rhys Michael pinça les lèvres. Pouvait-on ajouter foi à ce genre d'affirmation ? Hombard était sincère, mais tout messager répétait simplement ce qu'on lui affirmait...

— Pourquoi devrions-nous le croire ? lança Manfred. Le fait demeure que le prince Miklos est deryni. Il a toujours ouvertement soutenu le prétendant au trône de Gwynedd. Je doute qu'il se soumette au *merasha* pour qu'on puisse traiter avec lui sans craindre de fourberie.

— Je ne puis vous contredire sur ce point, messire, concéda Hombard. Toutefois, même le prince Miklos peut faire l'objet d'une Lecture de Vérité. Je me permets de vous le rappeler. Mon seigneur suggère que dame Sudrey s'en charge. Apparentée à la Maison royale de Torenth, elle a du sang deryni. Pas assez pour que cela puisse vous menacer. Mais elle pourra néanmoins vérifier la sincérité des dires du prince quand Gwynedd et Torenth discuteront des termes du retrait.

— Quand Gwynedd et Miklos en débattront, souligna Rhun. A moins, naturellement, que le roi Arion n'ait entériné cette vilenie...

Haussant les épaules, Hombard réprima un autre bâillement.

— Je parle au nom du prince Miklos, messire. Je ne puis rien ajouter de plus.

Après un silence tendu, Rhun fit un signe du menton à Stevanus.

— Qu'on emmène l'émissaire sous bonne garde et qu'il se repose pendant nos délibérations. Vous resterez près de lui.

Gallard sortit avec les deux hommes. Lior, Manfred et Rhun se rapprochèrent. Sighere avait l'air mal à l'aise. Graham semblait inquiet.

Rhys Michael tendit son épée à Cathan.

S'était-il trompé sur le compte de Sudrey ?

— Ça n'a pas de sens, maugréa Rhun. Pourquoi ce revirement subit ? Pour quelle raison Miklos se retirerait-il ? A moins qu'il ne connaisse déjà le sort réservé à son espion Dimitri...

Manfred lança au roi un regard discret.

— Vous pensez qu'il comptait sur lui, une fois le souverain attiré ici ?

Rhun et lui se tournèrent vers Lior, qui haussa les épaules.

— C'est possible, seigneur. Avec les Derynis, tout est possible.

Rhun tambourina des doigts sur sa cuisse.

— Sire, rencontrer Miklos dans ces conditions reste hors de question. Je ne puis l'autoriser.

— Dame Sudrey m'accompagnerait. Je ne serais pas seul.

Manfred renifla de dédain.

— Voilà qui n'est guère rassurant ! Si elle possède très peu de pouvoirs derynis, comme on l'a toujours dit, elle ne vous serait d'aucun secours contre les agressions de Miklos. Au contraire, si elle est de taille contre lui, elle serait de ce fait très dangereuse. Surtout si elle redevenait soudain loyale à sa famille...

Les yeux noirs de Sighere lancèrent des éclairs de colère.

— Si vous entendez par là sa famille torenthie... Auriez-vous déjà oublié que ceux « de son sang » sont précisément les meurtriers de son époux ? En tout cas, elle n'est pas près de l'oublier, soyez-en certains !

— Et moi, renchérit Rhys Michael, je n'oublie pas la loyauté de Hrorik, ni celle de sa famille ! Je n'ai aucune raison de douter de la fidélité de dame Sudrey. Il y a sept ans, quand Miklos s'est enquis d'elle auprès de mon frère Javan, c'est lui qui a ravivé la querelle. Avant, la Maison de Torenth ne se souciait guère de Sudrey. Elle a refusé de rester en contact et il serait fort étonnant qu'elle ait changé d'avis après ce qui vient d'arriver.

Manfred fronça les sourcils.

— Peut-être Miklos espère-t-il la ramener à de meilleurs sentiments à son égard...

— Je le répète : la loyauté de dame Sudrey ne fait aucun doute, insista Rhys Michael.

— Il pourrait encore s'agir d'un piège, s'entêta Rhun.

— En ce cas, il faudrait qu'on l'ait préparé depuis vingt ans ! Ecoutez, l'idée ne me plaît pas davantage qu'à vous. Miklos fera sans doute une tentative avant d'en venir aux armes. Nous remporterons la victoire, c'est certain. Mais à quel prix ? Et vous pouvez parier que Miklos et Marek nous fileront entre les doigts. Si on en croit le messager, Marek ne nous a pas attendus...

— Mais si nous laissons Miklos se retirer sans dommage, ce sera reculer pour mieux sauter, protesta Rhun. De toute façon, le risque demeure inacceptable. Etes-vous si pressé d'instaurer par votre trépas une nouvelle régence ?

— Bien sûr que non ! Comme n'importe qui, je tiens à la vie. Mais faut-il reculer devant une éventuelle perfidie et laisser beaucoup d'hommes mourir ?

Sighere hocha la tête.

Rhys Michael continua sur sa lancée.

— Je me demande pourquoi Miklos est disposé à parlementer et même à se retirer. Jusqu'à maintenant, il s'est conduit de façon à m'insulter mortellement, en s'emparant de ma forteresse pour la livrer à l'héritier de mon principal rival. Et il comptait clairement régler l'affaire par un bain de sang.

— A présent, il offre de restituer Culliecairn, ajouta Graham. Pourquoi ?

— Une bonne question, répondit Rhys Michael. Je peux seulement supposer que c'est la conséquence directe des événements de la nuit dernière. Le fils de Marek a pu tomber vraiment malade, mais j'en doute. Il est même probable qu'il n'ait jamais été à Culliecairn. Mais que Dimitri ait été démasqué a dû prendre le prince par surprise. La chance nous a malgré tout épargné le pire. En attendant, parler de restituer Culliecairn est le mieux qu'il puisse faire pour nous rassurer sur sa bonne foi.

— Sire, ce sont là arguments bien raisonnés, dit Lior. Mais vous est-il venu à l'idée que nous n'avons peut-être pas eu autant de chance que ça, avec Dimitri, et que c'est pour cela que Miklos tient à vous voir ?

— Que voulez-vous dire ?

— Si nous autorisions dame Sudrey à vous accompagner, ce serait en dépit de nos inquiétudes. Elle pourrait vous trahir. Mais une autre possibilité existe, plus insidieuse encore : Dimitri a pu vous corrompre à votre insu. Auquel cas, vous risqueriez de vous trahir vous-même en vous livrant à Miklos...

Des murmures consternés ponctuèrent ces propos. Au fond de lui, Rhys Michael admit que l'éventualité n'était pas si fantasque que ça.

Il lui vint une idée. Elle lui permettrait de rassurer les grands seigneurs sur son compte.

— Il y a une façon d'en avoir le cœur net, répondit le jeune souverain.

— Comment cela ? demanda Rhun.

— Pourquoi ne pas prier dame Sudrey de me sonder pour voir si Dimitri a eu le temps de me corrompre ?

— Vous suggérez que nous laissions une Derynie vous toucher ? murmura Rhun.

— Ce n'est pas seulement une Derynie... Et il serait possible de s'entendre sur les limites à ne pas dépasser. Non qu'elle abuserait de la situation, ajouta le roi avec un regard significatif pour Sighere et Graham. Elle a de bonnes raisons de rester loyale à la Maison Haldane, et de meilleures encore de honnir Miklos dont la lignée l'abandonna aux mains d'ennemis. Pourquoi devrait-elle se retourner contre moi alors que Miklos a toujours été un étranger pour elle ?

Lior hocha la tête.

— Si elle a peu de pouvoirs, comme tout le monde l'affirme, je doute qu'elle soit capable d'une sonde mentale, Sire. L'idée a toutefois du mérite. Le père Magan pourrait m'aider à superviser la procédure. Il est coutumier de ce genre d'opérations.

Rhun renifla de dédain.

— Ces dernières années, Dimitri vous a fait croire un tas de choses !

— Je me targue néanmoins d'avoir quelque expertise en ce domaine, mon seigneur, insista Lior, froissé. Si elle tentait une folie, une épinglette aurait vite fait de la remettre au pas.

— Elle ne tentera rien, assura Rhys Michael. Et ne la droguez pas, ou elle sera dans l'incapacité d'effectuer ensuite une Lecture de Vérité sur Miklos.

Après en avoir débattu, Rhun chargea Lior d'aller quérir Sudrey et Magan.

Les deux prêtres revinrent munis d'épinglettes à Derynis. Sudrey avait l'air pâle. Elle se sentait sûrement trahie.

— Je m'excuse, ma dame, si cette situation vous cause quelque inquiétude, dit Rhys Michael. Je vous crois capable de faire une Lecture de Vérité. Veuillez y recourir à l'instant et vous assurer de ma sincérité quand j'affirme ne vous vouloir aucun mal. On vous amène devant moi, mais c'est moi qui devrais vous implorer à genoux.

— Sire, je ne comprends pas...

— J'espère que tout sera bientôt très clair. Ce qui ne fut pas révélé la nuit dernière, quand nous vous avons dit avoir appréhendé l'espion du prince Miklos, c'est qu'il existe une possibilité pour que ce Deryni ait... agi... sur moi. Je n'en ai pas le souvenir, ce qui est d'autant plus suspect. Il n'a normalement pas eu le loisir de faire beaucoup de mal. Toutefois, les ajustements de Dimitri expliqueraient peut-être ma confusion.

Sudrey hocha la tête.

— Proposez-vous que je vous sonde, Sire, afin d'en avoir le cœur net ?

— Oui. Le père Lior et ses collègues le savent : en bonne fille de l'Eglise, vous avez renoncé à vos pouvoirs derynis il y a des années. Mais les circonstances exigent que nous sachions sans l'ombre d'un doute ce qu'il en est. M'aiderez-vous ?

Sudrey regarda Lior, qui ne cachait pas son épinglette à Derynis.

— La loi m'interdit d'user de ces pouvoirs, Sire, et l'Eglise les condamne. Ces bons pères semblent prêts à intervenir de façon extrêmement déplaisante pour ceux de mon espèce. J'ai peu de pouvoirs, mais soit vous désirez que je les mette à votre service, soit vous refusez. Dans le premier cas, je ne vous serai d'aucune utilité avec la menace du *merasha* suspendue sur ma tête.

— Nous sommes là pour protéger le roi, répondit Lior. Les Derynis nous ont assez prouvé leur fourberie au fil des ans. Ne vous attendez pas qu'on vous fasse une confiance aveugle. Surtout quand vous tiendrez le roi en votre pouvoir.

— Quelles assurances pourraient vous convaincre que j'agis uniquement dans son intérêt, mon père ? Je m'engage à prêter serment sur toutes les saintes reliques de votre choix et je me soumettrai à des conditions raisonnables... Mais comment ferai-je bonne œuvre avec vous dans mon dos, prêt à me droguer dès que votre nervosité prendra le dessus ? Que redoutez-vous ? Par rapport à mes semblables, je le répète, mes pouvoirs sont négligeables. Avec le consentement du roi, je peux sonder son esprit à la recherche d'influences suspectes mais des manœuvres subtiles sont exclues...

— Comment pourrions-nous le croire ? fit Magan.

Elle haussa les épaules.

— A vous de savoir si vous pouvez croire en quoi que ce soit, mon père. Certains parlent de foi. Je ne puis que vous donner ma parole la plus solennelle et la plus sacrée — sur la vie de ma fille, sur l'âme de mon bien-aimé époux, mort à cause de Miklos de Torenth, sur mes espoirs de salut éternel — que je suis la loyale vassale du roi de Gwynedd. Plutôt que de lui nuire, je suis prête à mourir.

Elle se signa.

Rhys Michael lui fit signe d'approcher.

— Ainsi soit-il, ma dame. Que dois-je faire ? Comment puis-je vous aider ?

Lior saisit Sudrey par les épaules.

— Il ne doit pas perdre connaissance ! Nous devons être en mesure de juger ce que vous faites !

— Etes-vous d'accord, Sire ? demanda Sudrey. Conscient, vous sentirez ma sonde, sûrement maladroite. Votre premier mouvement sera de me repousser. Si vous voulez mon assistance, vous devrez réprimer vos instincts.

— Je vous promets d'essayer. Quand j'étais enfant, nous avions un guérisseur. J'avais appris à accepter son toucher.

— Nous agirons au mieux, Sire. (Avec un sourire, elle se campa derrière lui.) De cette façon, les bons pères verront votre visage et s'assureront que tout va bien.

Les mains posées sur les épaules du roi, elle l'invita à s'appuyer contre elle. Ses pensées se mêlèrent à celles de Rhys Michael.

— *Qu'attendez-vous de moi, à part feindre de vous sonder ?*

Le fils de Cinhil se força au calme.

— *D'abord, je vais opposer une légère résistance. Une fois que nous les aurons convaincus que Dimitri n'a rien eu le temps de faire, j'espère qu'ils vous laisseront m'accompagner pour traiter avec Miklos.*

— C'est bien, murmura-t-elle, massant la nuque du souverain. Tâchez de vous détendre. Rivez votre regard sur ce point, là, sur le ciel de tente. Laissez vos pensées dériver. Oubliez tout... Vous flottez...

Feignant d'être gagné par l'euphorie qu'elle cherchait à créer, le roi posa les mains sur ses cuisses et soupira. Garder les yeux ouverts était difficile, mais nécessaire afin de ne pas alerter Lior et Magan.

— Très bien, chuchota Sudrey. Vous n'avez rien à craindre... Maintenant, repensez à la nuit dernière. C'était effrayant, je sais, mais vous ne risquez plus rien. Représentez-vous Dimitri. Tandis qu'on vous questionnait, il a procédé sur vous à une Lecture de Vérité... A-t-il fait autre chose ?

Le menton sur la poitrine, Rhys Michael laissa le lien mental s'épanouir. Avec ses excuses, il lança dans l'esprit de sa vassale sa propre sonde et s'assura ainsi que Sudrey avait effectivement tourné le dos à ses racines torenthies. Sa loyauté envers le souverain de Gwynedd était indubitable.

— *Pardonnez-moi, Sudrey. Miklos veut parlementer et a suggéré que je vous emmène afin de vérifier la sincérité de ses dires. Je devais être absolument certain de vous.*

En quelques secondes, il lui communiqua l'offre de Miklos et les arguments que Rhun et les autres avaient avancés.

Puis Sudrey reprit ses distances, massant le cou et les épaules tendus de Rhys Michael.

— Bien joué, Sire. Tout va à merveille... A ma connaissance, Dimitri n'a rien pu faire d'autre qu'une Lecture de Vérité.

Le roi soupira de nouveau et s'étira. Lior et Magan parlèrent à voix basse. Sighere et Graham n'affichaient aucun sentiment. A contrecœur, Rhun hochait la tête à quelque commentaire de Manfred.

— Vous êtes sûre que Dimitri n'a vraiment rien fait d'autre ? insista Lior.

Sudrey secoua la tête. Elle vint devant le roi, s'agenouilla et lui prit une main pour y poser un baiser.

— Non, mon père. Et son seigneur ne corrompra pas le mien. Sire, je vous implore, souffrez que je vous accompagne. Comparés à ceux de Miklos, mes pouvoirs sont insignifiants. Mais le prince l'ignore. Ma seule présence aura peut-être un effet dissuasif. Sinon, j'arriverai peut-être à vous sauver du piège qu'on vous aura tendu.

A la surprise de Rhys Michael, Manfred hocha la tête. Le front plissé, Lior s'abstint de protester.

— Eh bien, Dimitri n'aura pas eu le temps de s'en prendre à notre souverain, marmonna Rhun. C'est déjà ça. Je l'avoue, Sire, vous laisser traiter directement avec Miklos me déplaît. Mais si vous êtes prêt à courir le risque, c'est peut-être la meilleure solution. Dois-je renvoyer l'émissaire avec cette réponse ?

Relevant Sudrey d'un geste gracieux, Rhys Michael l'invita à lui prendre le bras.

— Faites, messire maréchal. Ma vassale et moi avons hâte d'empêchcr d'autres braves guerriers de verser inutilement leur sang. Demain midi, accompagné par cette dame courageuse, je parlementerai avec Miklos de Torenth, qui sera lui-même accompagné par un humain.

CHAPITRE 17

Béni soit Yahvé mon rocher, qui instruit mes mains au combat et mes doigts pour la bataille.

Psaumes, 144, 1

— Parlez-moi du Haldane, demanda Miklos à l'homme assis face à Marek et à lui. Je veux entendre vos impressions.

Tous trois étaient dans une salle de garde de la tour de Culliecairn.

Hombard de Tarkent étouffa un bâillement. L'effet soporifique du *merasha* s'était dissipé, mais il n'aurait pas été fâché de dormir encore.

— C'est un beau jeune homme, en pleine forme et apparemment compétent. Il exsude l'autorité, alors même qu'il dépend des grands seigneurs — le maréchal, surtout. Il y a des frictions entre les deux, m'a-t-il semblé.

— C'est très bien vu, souffla Miklos. Qui d'autre était présent ?

— Le comte Sighere, le jeune duc de Claibourne, comme il fallait s'y attendre, un autre officier qui devait être le comte de Culdi, à en juger par ses armoiries, plusieurs *Custodes* — un prêtre, un chirurgien et un chevalier — dont les noms n'ont jamais été dits, et deux aides de camp.

— Je vois, fit Miklos, songeur. Quelles furent leurs réactions ?

— Ils doutent de votre promesse de respecter une trêve pour parlementer. Surtout après le sort qu'a connu le comte Hrorik. Ils s'interrogent sur vos motivations réelles, redoutent vos pouvoirs derynis et vous en veulent de soutenir le prince Marek. Enfin, ils savent pertinemment que vous agissez sans l'aval du roi Arion, votre frère.

— Succinct et pertinent. Quoi d'autre ?

— C'est à peu près tout, mon seigneur. Le Haldane m'a traité avec civilité, voire avec égard. Quand il a constaté que le *merasha* me faisait vaciller sur mes jambes, il a ordonné qu'on m'apporte un tabouret. A propos, la drogue me fut administrée au moyen d'une épinglette à Derynis, pas d'une boisson. Les effets furent beaucoup plus rapides et efficaces. Une fois que j'eus délivré votre message, on m'emmena dans un lieu où je pus somnoler à mon aise, je le confesse volontiers.

Tandis que l'homme bâillait de nouveau à s'en décrocher la mâchoire, Miklos regarda Marek, emmitouflé dans une cape sombre et installé près de la fenêtre donnant sur la cour. Son capitaine en chef était présent : un vétéran nommé Valentin. C'était lui qui avait appris aux deux jeunes gens le maniement des armes.

Il y avait aussi le médecin personnel de Miklos : Cosim. Un homme au physique saisissant. Le regard perçant et les tempes argentées, il portait le manteau vert caractéristique des guérisseurs.

— Maintenez-vous vos intentions ? demanda Miklos.

Marek désigna Hombard d'un signe du menton.

— Nous devrions d'abord le sonder, en dépit du *merasha*.

Miklos se leva et posa une main sur le front de son émissaire, qui ferma les yeux, exhalant un long soupir. Sa tête s'inclina sur sa poitrine.

Après quelques secondes, Miklos lança un appel mental à son guérisseur, qui se campa derrière l'humain et prit le contrôle de la sonde.

— Nos ennemis ne lui ont pas permis de voir grand-chose, soupira Miklos. Il a aperçu notre chère cousine avant qu'on le renvoie. Il ne leur est même pas venu à l'esprit qu'elle fasse une Lecture de Vérité sur Hombard...

— Mais ils ont apparemment décidé que sa présence suffirait à garantir votre bonne foi ! ricana Marek. Voyons ce qu'on pourra en tirer. Cosim, est-il prêt ?

Le guérisseur releva un regard voilé par la concentration.

— Prêt, mon seigneur. Valentin, tirez un autre siège pour Son Altesse.

Tandis que le capitaine obéissait, Marek ôta son manteau et s'assit. Il était vêtu d'une tenue en cuir et d'un gambison identiques à ceux de Hombard. A l'instar des autres hommes présents dans la pièce, il portait un chignon guerrier. Souriant, il tendit sa chevalière à Miklos.

— Je vous la confie, mon cher. Avons-nous des bougies ?

— Les voilà, mon seigneur, dit Valentin. Bénies par le patriarche.

— Vous n'approuvez pas ? demanda Marek. Ce n'est pas de la magie noire, mon ami. Juste une petite duperie. Si je veux tuer le Haldane, je dois mettre toutes les chances de mon côté.

— C'est trop tôt, bougonna Valentin. Vous devriez patienter quelques années, le temps d'engendrer d'autres héritiers.

— Mais plus j'attendrai, plus le Haldane engendrera d'héritiers. Ne vous inquiétez pas, s'il y a le moindre risque, je m'abstiendrai.

— C'est ce que vous dites, maugréa le vieux capitaine dans sa barbe.

Avec un sourire indulgent, Marek lui tapota le bras. Puis, s'appuyant contre lui, il s'installa à son aise, tenant une bougie. Valentin posa les mains sur ses épaules. Le guérisseur cala une deuxième bougic dans la main de Hombard puis s'accroupit entre les deux hommes, la main gauche posée sur celle de l'émissaire. Passant la droite au-dessus de la bougie pour l'allumer par magie, il serra ensuite la main de Marek.

— Avez-vous des questions, mon seigneur ? demanda le guérisseur, qui jouait les ponts vivants entre les deux hommes.

Marek inspira à fond et riva son regard sur la bougie que tenait Hombard.

— Je suis prêt, souffla-t-il.

Miklos regarda son cousin entrer en transe sous la supervision de Cosim.

— De la main... à l'esprit..., souffla ce dernier. De l'esprit... à la flamme... Que vienne la lumière... et la gloire...

Presque aussitôt, la bougie de Marek parut flamber, jetant de vifs éclats sur la scène. Marek se transforma. Ses traits s'affaissèrent et s'épaissirent ; des mèches grises coururent dans sa chevelure, qui avait soudain perdu de sa noirceur de jais.

En quelques secondes, deux Hombard étaient présents devant Miklos et le guérisseur Cosim.

Celui-ci releva la tête vers le prince.

— Ça vous convient, mon seigneur ?

Miklos examina les « frères jumeaux » puis hocha la tête, approbateur et souriant.

— Bien joué, maître Cosim ! Relâchez-le maintenant.

Le guérisseur obéit. Marek revint à lui. Ses yeux étaient devenus bleus. Il souffla sa bougie avec un sourire énigmatique, puis celle de Hombard avant de se tourner vers Miklos.

— Satisfaisant ? demanda-t-il d'une voix beaucoup plus grave que son timbre habituel de ténor léger.

Miklos gloussa, tapotant l'épaule de son guérisseur pour le congratuler.

— Bravo, maître Cosim. Valentin et vous devriez emmener le véritable Hombard se reposer. Il l'a bien mérité. Mettez-lui le manteau de Marek sur les épaules, et tirez le capuchon sur son front. Il me déplairait que notre petite duperie s'ébruite. Nous vous rejoindrons dans la cour.

Une heure plus tard, deux cavaliers se détachèrent des troupes torenthies alignées à l'entrée du défilé Cardosa et avancèrent vers la colonne de Gwynedd, protégés par le drapeau blanc.

Campé sur une éminence qui surplombait la plaine, Rhys Michael les regardait approcher. Sudrey, Rhun et Manfred se tenaient à ses côtés. Le roi était en armure mais sans épée, selon les conditions de la trêve. Non loin s'alignaient d'autres officiers et des aides de camp. Les troupes du Kheldour et celles de Gwynedd étaient rangées en ordre impeccable.

— Je n'aime pas ça, Sire, bougonna Rhun. Pourquoi Miklos insiste-t-il pour ce face-à-face ?

Juchée sur un palefroi bai à la senestre du roi, Sudrey se tourna vers le maréchal. Elle avait troqué ses habits de veuve contre la tenue de selle qu'adoptaient volontiers les dames des hautes terres. Une coiffe noire cachait ses cheveux.

— Parce que vous avez éliminé son espion, répondit-elle. Que ce soit vrai ou pas, il en aura attribué le mérite à Son Altesse, au moins en partie. Selon des rumeurs persistantes, les Haldanes bénéficient de la faveur divine...

— Quelle faveur divine ? maugréa Rhun.

— Dieu ne les protège-t-Il pas ? N'a-t-Il pas foudroyé Imre, quand Cinhil vint conquérir son trône ? Dieu Lui-même veut que la Maison royale des Haldanes survive.

Rhun renifla de dédain.

— Frayer avec des sorciers n'a rien à voir avec une aide divine. Satan est beaucoup plus concerné.

— Croyez-vous encore que la magie derynie fut responsable de la restauration haldane ? demanda Sudrey. Camber MacRorie et les siens persuadèrent les Michaelites d'apporter leur soutien militaire... Où était la magie là-dedans ? J'étais enfant à l'époque, et loin de Valoret, mais mon oncle Termod, je m'en souviens, était convaincu que Cinhil Haldane avait fait appel à des forces bien supérieures à celles des Derynis pour vaincre Imre. Dieu protège les Haldanes, mon seigneur, et Il ne permettra pas que l'Oint soit blessé par un sorcier.

Sur ces mots, elle éperonna son cheval et avança aux côtés du souverain.

— Pourquoi leur avez-vous dit ça, Sudrey ? Voulez-vous qu'ils me tuent ?

— Ils l'oublient, Sire, mais vous êtes roi de droit divin ! Je ne prétends pas comprendre d'où vous viennent vos pouvoirs. Il importe seulement qu'ils les croient envoyés par Dieu. S'il devenait impératif de les utiliser contre nos ennemis, vous ne devrez pas hésiter.

— Vous vous attendez à des actes perfides ?

— Non. Mais mieux vaut s'y préparer.

L'air songeur, Rhys Michael regarda son adversaire approcher.

Porteur du drapeau en soie blanc, Hombard de Tarkent chevauchait près du prince Miklos de Torenth, juché sur un destrier couleur renard à la crinière et à la queue blondes.

Miklos portait un chignon de guerrier caractéristique...

Il avait à peine changé depuis la dernière fois que Rhys Michael l'avait vu, sept ans plus tôt. Au lieu des longues soies couleur fauve qu'il arborait pour le couronnement de Javan, il portait maintenant une brigantine cloutée de laiton, des canons d'avant-bras, des gantelets assortis et des bottes qui montaient à mi-cuisse.

Autant que Rhys Michael pouvait voir, il n'était pas armé.

Sudrey et le roi tirèrent sur les rênes de leurs montures. Hombard s'inclina sur sa selle.

— Salut, Haldane ! lança Miklos. A notre dernière entrevue, vous étiez à peine un gamin. Le temps vous a permis d'avoir l'air de ce que vous prétendez être.

— Je ne prétends rien. Je suis ce que je suis : le roi de Gwynedd. Ce que votre cousin, Marek de Festil, ne pourra jamais être.

— Vraiment ? Cela reste à voir, vous ne croyez pas ?

Le prince croisa les mains sur le pommeau de sa selle.

— Nous en parlerons une autre fois, peut-être... La possession de Culliecairn est à l'ordre du jour, il me semble. Votre émissaire nous a informés de votre intention de nous rendre notre bien.

— Quand l'heure viendra... En fait, je désirais d'abord m'entretenir avec ma cousine. Merci de m'avoir obligé en l'amenant ici.

Sudrey se raidit.

— Je n'ai rien à dire au meurtrier de mon époux. Si mon suzerain ne l'avait pas requis, je ne serais pas venue. Je suis là pour seconder le roi de Gwynedd.

— Voilà précisément de quoi je voulais m'entretenir avec vous. Cousine, depuis sept ans, je tentais de découvrir ce qu'il était advenu de vous. Je me refusais à croire que vous puissiez avoir trahi à ce point les liens du sang en vous mariant contre les intérêts de Torenth.

— Que m'importe Torenth, sinon qu'un de ses fils vient d'assassiner mon époux ? Où était Torenth quand on nous abandonna, mon frère et moi, après la déroute festillienne ? Avoir trouvé la bonté et l'amour auprès de ceux qui nous gardaient en otages est une grande miséricorde divine !

— Une miséricorde douteuse, si elle vous a incitée à trahir votre pays, vos semblables et votre famille. Le sang royal de Torenth coule dans vos veines, Sudrey de Rhorau. Vous souvient-il de quelle façon on châtie les félons à Torenth ?

Sans autre forme de procès, il leva le poing droit et le brandit vers elle, soufflant un mot de pouvoir. Le geste fit jaillir une boule de feu qui vola vers sa proie avec un rugissement infernal. Sudrey leva ses boucliers, l'indignation colorant son aura psychique.

Rhys Michael leva les siens.

Dans un crépitement d'étincelles semblables à des étoiles filantes, la sphère se heurta aux boucliers royaux et se dispersa, inoffensive.

Au grand étonnement de Miklos et de Hombard.

Le prince de Torenth revint à la charge : d'un index, il visa le sol derrière Rhys Michael. Des flammes en jaillirent et tracèrent un cercle.

— Non ! cria Sudrey.

Si le cercle était fermé, le roi et elle périraient. D'instinct, Rhys Michael fit un signe accompagné d'un mot de pouvoir. Des nuages se condensèrent au-dessus des flammes magiques et ne tardèrent pas à les étouffer.

Les chevaux étaient de plus en plus difficiles à maîtriser.

Rhys Michael riposta, décochant à son adversaire un éclair d'énergie que ce dernier dévia aisément.

Mais le trouble était lisible sur ses traits. L'air très inquiet, Hombard fit reculer sa monture. Sudrey était prête à fuir au premier signe du roi.

— N'essayez pas d'intervenir, Haldane ! cria Miklos. Je désire uniquement ma cousine !

— Et vous ne l'aurez pas !

Rhys Michael avait fort à faire pour calmer son destrier, qui piaffait et se cabrait.

— Ah non ?

Pour toute réponse, le roi de Gwynedd lança un autre éclair d'énergie écarlate. Le prince de Torenth para et riposta — contre Sudrey, dont le cheval s'effondra, foudroyé.

Rhys Michael se précipita pour la rattraper et la hisser en selle.

Mais Hombard percuta le destrier royal, faisant tomber les deux cavaliers.

Précipité sur le dos, Rhys Michael eut le souffle coupé. Il réussit pourtant à garder les rênes en main. Exultant, Hombard s'apprêta à fondre sur le roi pour le piétiner sous les sabots de son cheval.

Alors que le fils de Cinhil tentait de se rétablir à temps, il réussit à éviter le pire, mais eut la main droite écrasée par un sabot.

Criant de douleur, Rhys Michael lâcha les rênes. Sa concentration compromise, il dévia avec peine une autre attaque magique de Miklos avant de rouler de côté et de se relever.

Sudrey avait attrapé les rênes de son cheval et luttait pour remonter en selle. Horrifié, Rhys Michael vit l'« humain » Hombard l'envoyer au sol d'un éclair.

Le cheval piaffa et s'éloigna vers l'armée de Gwynedd.

Des cavaliers descendaient la pente à bride abattue.

Miklos joignit son attaque à celle de Hombard, un poing levé brandi vers Sudrey.

La comtesse croisa les mains sur sa poitrine. A travers sa douleur, Rhys Michael sentit aussi la sienne.

Il lança une contre-attaque.

Le premier éclair d'énergie faillit désarçonner Miklos et Hombard.

Comment pouvait-il être deryni ? On venait de le tester au *merasha* !

Secoué, Hombard tira sur les rênes de son cheval.

Miklos était furieux.

Le roi utilisa le sortilège que Dimitri lui avait appris avant de mourir — et que Miklos venait de lancer contre Sudrey. Avec sa main valide, Rhys Michael focalisa toute sa volonté pour traverser les boucliers de son adversaire et refermer sur son cœur un poing de feu invisible.

Miklos ne trouva pas la parade. Plié en deux sur sa selle, il fut désarçonné par son cheval et roula sous ses sabots. L'animal piaffa et piétina le sol.

Miklos tenta en vain de se protéger la tête avec les bras.

Hombard, qui avait réussi à reprendre les rênes du destrier affolé et à le calmer, n'avait plus du tout l'air d'être Hombard... Les yeux bleus étaient devenus noirs, les cheveux ne portaient plus aucune trace de gris. La colère déformait les traits d'un homme beaucoup plus jeune... Il sauta à terre pour prendre Miklos dans ses bras et le hisser en croupe. Puis il darda sur Rhys Michael un regard assassin.

Sudrey prit le bras gauche de son suzerain et le tendit avec le sien vers le faux Hombard.

— Aidez-moi à le repousser, Sire ! cria-t-elle. Vite, avant que vos hommes n'arrivent !

Rhys Michael envoya un flux d'énergie psychique dans la direction voulue. Une lance de feu carbonisa la terre près du cavalier ennemi. Furieux, ce dernier tourna bride et galopa vers ses troupes.

Rhun, Manfred et des archers arrivaient à toute allure.

Epuisée, Sudrey s'abandonna entre les bras du roi.

— Il nous reste peu de temps, Sire, souffla-t-elle. Affirmez cela : face à mes pouvoirs, Miklos s'est senti menacé. J'ai puisé dans vos ressources pour repousser ses attaques grâce à votre héritage haldane, puisque vous êtes l'Oint du Seigneur. Trouvez le moyen de les en convaincre. La puissance qui est en vous n'a rien à voir avec les Derynis. Elle vient de Dieu. Majesté, il ne faut pas que je meure en vain !

— Non ! Vous ne mourrez pas !

— Sire, mes pires blessures ne sont pas visibles... Mieux vaut que je périsse maintenant, ainsi que je l'ai choisi, plutôt que d'affronter le sort que me réserveraient volontiers vos grands seigneurs pour avoir eu le pouvoir de résister à un sorcier comme Miklos... Promettez-moi que vous ne les laisserez pas brûler mes restes.

— C'est promis, chuchota Rhys Michael, chassant de ses souvenirs le cadavre calciné de Dimitri. Mais ne renoncez pas ! Je peux vous protéger...

Elle ferma un instant les yeux. Le fracas de sabots se rapprochait inexorablement.

— Je n'émets aucun jugement, Sire, mais vous aurez beaucoup de chance si vous parvenez à vous protéger vous-même. Que Dieu soit avec vous. Priez pour moi.

Cette fois, quand elle baissa les paupières, ce fut pour ne plus jamais les rouvrir.

Alors que le roi pressait une oreille sur son sein, sachant par avance qu'il n'entendrait plus de battements de cœur, ses hommes le rejoignirent.

— Que diable s'est-il passé ? s'écria Rhun, mettant pied à terre.

Le détachement d'archers se disposa en éventail, entre l'armée ennemie et le roi de Gwynedd.

Rhys Michael leva un regard morne vers son maréchal.

— Ils voulaient tuer Sudrey... Miklos l'a accusée d'avoir trahi son pays et sa race... L'autre homme et lui l'ont attaquée par magie.

— Etes-vous en train de dire que Hombard était un deryni ? s'exclama Manfred, sautant de cheval à son tour. Mais c'est impossible ! Nous l'avons testé...

— Je crois que ce n'était pas vraiment lui... A la fin, les traits de son visage ont changé. Il m'a paru familier... Sudrey a tenu tête et je pense qu'elle a tué Miklos. L'autre individu... *Oh !*

Alors qu'il posait la morte sur le sol, oubliant sa main blessée, la douleur lui arracha un cri.

— Où avez-vous mal ? demanda Rhun.

Manfred examina Rhys Michael.

— Doucement ! protesta le roi. Un cheval a planté son sabot sur ma main. Il doit y avoir des os brisés.

— Essayez de bouger les doigts, dit Manfred.

Tenter d'obéir rendit le jeune souverain nauséeux. La main devant les yeux, il vit la boue et le sang séchés incrustés dans la plaie, là où le gant s'était déchiré, laissant les tendons et les os à nu.

— Bon sang !

— Borg, venez voir ça ! lança Manfred par-dessus son épaule.

Rhun remonta en selle, jetant des coups d'œil inquiets vers les lignes torenthies.

— Il n'est plus temps de s'attarder. A cheval ! Autrement, nous nous exposerons aux coups de l'ennemi ! Borg, donnez votre monture au roi puis hissez le corps de dame Sudrey sur celle de Manfred. Vite !

Manfred aida Rhys Michael à se relever et l'archer nommé Borg s'exécuta.

A Culliecairn, Marek de Festil regarda trois prêtres barbus laver le corps du prince Miklos et le préparer pour la veillée qui aurait lieu dans la chapelle du château.

Le guérisseur Cosim n'avait rien pu faire. Les blessures infligées par son destrier étaient graves, mais ce n'étaient pas elles qui avaient tué le prince de Torenth...

Marek avait refusé de baisser les bras. Secondé par Cosim, il avait fait une Lecture de Mort sur son cousin avant de l'abandonner aux prêtres.

Le guérisseur et Marek savaient maintenant que la magie avait tué Miklos.

Une magie invoquée non par la Derynie Sudrey mais par Rhys Michael Haldane.

— Mon pire cauchemar, Cosim..., souffla Marek. Après celui de tomber entre les mains du Haldane... et de voir mon enfant périr... Mais comment ce chien a-t-il pu vaincre Miklos ? Comment est-ce possible ?

— Les spéculations sur le pouvoir haldane n'ont rien de nouveau, mon seigneur. Cela dit, après six ans pendant lesquels ce Haldane-là a prouvé son impuissance face à ses ministres, je doutais que les rumeurs aient un fond de vérité...

— En tout cas, cousine Sudrey n'est pas responsable de cette tragédie, marmonna Marek. J'ignore encore comment ça a pu se produire... Lors d'un duel magique dans les règles, Miklos aurait pu l'emporter. Moi aussi ! Là, il s'agissait surtout de tâter le terrain... Sudrey était la véritable cible.

Depuis qu'il avait découvert sa défection, lors du couronnement de Javan, Miklos en était obsédé. Et je jurerais qu'à l'époque, Rhys Haldane n'avait aucun pouvoir, pas même des boucliers ! En revanche, avec son frère, il y avait anguille sous roche...

— Cet étrange pouvoir haldane est peut-être activé à l'occasion du couronnement, avança Cosim. Voilà pourquoi, à l'époque, vous aviez capté quelque chose chez Javan, pas chez son frère.

Marek haussa les épaules.

— J'étais jeune et nous n'avons jamais pu avoir un contact physique avec l'un ou l'autre des deux frères. Mais comment le pouvoir haldane peut-il avoir cette puissance ? Il n'a pas sauvé Javan de la fourberie de son entourage et n'autorise toujours pas Rhys Haldane à être libre après six ans de règne...

— Il lui a pourtant permis de tuer mon prince aujourd'hui.

Marek baissa la tête.

— Cosim, je dois vous prier de garder le silence là-dessus.

— J'ignore comment vous pourrez tenir cela secret. Ou même pourquoi vous le jugez souhaitable. Les Derynis qui ont assisté à la scène, même de loin, savent bien que la magie était en cause.

— La magie, certes, mais celle de Sudrey ! Il faut qu'on le croie. Et qu'on attribue la mort de Miklos à un concours de circonstances malheureux. Même sans parler de magie, ses blessures auraient pu suffire...

— Peut-être. Mais pourquoi vouloir cacher la vérité ? Entretenir les incertitudes ?

— Parce qu'à ce stade, je ne veux pas que ses hommes cherchent à le venger et provoquent une bataille rangée qui n'était pas prévue. En pareilles circonstances, nous irions droit à la défaite.

« Cosim, j'hésite à vous le demander, mais je me vois dans l'obligation de requérir de nouveau votre coopération. Ceux de nos officiers qui le peuvent procéderont sur moi à une Lecture de Vérité.

Cosim croisa son regard.

— Me demandez-vous d'altérer votre mémoire, mon seigneur, afin que le mensonge passe pour la vérité ?

— Afin que j'énonce une demi-vérité sans risquer de me contredire... J'affirmerai que la magie n'a pas tué Miklos. Clamer qu'elle ne prit aucune part dans cette tragédie serait absurde. Mais ainsi, ses hommes se replieront en bon ordre, espérons-le.

Cosim hocha la tête.

— Je comprends, mon seigneur. De plus, je crois que le prince Miklos aurait approuvé. Laissez-moi soulager votre fatigue..., ajouta-t-il, posant une main sur le front de l'héritier.

Un quart d'heure plus tard, de nouveau en pleine forme, Marek affronta son devoir : confirmer le trépas de Miklos à ses officiers.

Les hommes s'étaient réunis dans le hall d'honneur du château. Le patriarche en personne siégeait près du trône, un regard noir rivé sur Marek.

Valentin pleurait aussi le prince qu'il avait aimé comme un fils. Il se tenait près du Festillien, qui se félicitait d'avoir renvoyé Charis et l'enfant à Tolan.

Comment annoncerait-il à sa femme la mort de son frère ?

Avertir le roi Arion serait plus éprouvant encore. Si le défunt Nimur, son père, avait offert un sanctuaire au fils d'Imre et d'Ariella de Festil, suite à la Restauration haldane, Arion avait toujours soutenu la cause de son cousin du bout des lèvres. Surtout après être monté sur le trône, dix ans plus tôt.

Sans l'amitié du prince Miklos, Marek n'aurait sans doute pas survécu.

Et moins encore monté cette expédition frappée de malheur.

La tolérance de la Maison royale de Torenth à son égard allait en devenir plus précaire encore.

Si la bâtardise ou l'inceste n'étaient nullement la faute de Marek, la souillure de ses origines ne pouvait être lavée que par une éclatante victoire : la reconquête de la couronne qu'avaient portée ses parents.

Miklos disparu, les chances d'y parvenir étaient compromises.

Et si on forçait la main à Marek en précipitant un conflit prématuré, tout serait perdu.

— Mes seigneurs, vous avez entendu bien des rumeurs concernant les circonstances de la mort du prince, commença Marek, osant à peine lever les yeux. Alors que tant de choses étaient en jeu, que mon cousin ait péri accidentellement est une ironie cruelle. La magie ne l'a pas abattu.

— Pourtant, on en a usé, souligna un des capitaines. Et vous en êtes l'instigateur.

— C'est le prince Miklos qui le fut, pas moi, en attaquant la traîtresse Sudrey de Rhorau ! La réaction de l'ennemi fut inattendue, même si on murmure depuis longtemps que les Haldanes ont un pouvoir similaire à celui des Derynis. Hélas, j'ignore quels rôles ont véritablement joués Sudrey et le Haldane. Mais peu importe, puisque ses blessures physiques ont finalement terrassé mon cousin. Cela dit, le pouvoir haldane devra faire l'objet d'investigations plus poussées.

— Pas pendant cette campagne, dit un capitaine. Elle nous a déjà coûté notre prince.

— Je le regrette du fond du cœur, assura Marek.

— Comme nous tous, mon seigneur, lança un autre officier. Pour l'heure, nous ne sommes pas prêts à vous accompagner au combat. Du vivant de notre prince, nous étions dans l'obligation de le suivre où qu'il aille. Notre loyauté revient maintenant au roi Arion, qui s'opposera sans doute à ce que des troupes torenthies soutiennent votre cause.

Marek baissa la tête.

— J'accepte la réprimande implicite, messire. Je suis en partie responsable de la mort du prince Miklos. N'oubliez pas qu'il était mon cousin et mon beau-frère. De pénibles devoirs m'attendent, car je devrai prévenir ma femme et le roi.

« Quant à la suite de ce conflit, je vous assure qu'envahir Gwynedd n'a jamais été dans les intentions de votre prince. C'eût été prématuré. Loin de moi l'idée de suggérer pareille folie !

Les capitaines grommelèrent leur assentiment.

L'instant critique était passé.

— Il reste des détails à régler, ajouta Marek quand il eut de nouveau l'attention des hommes. Avec l'assistance de l'état-major de Son Altesse, nous commencerons dès l'aube le retrait de Culliecairn, toutes bannières déployées et au son des tambours. Dans l'heure qui suit, Gwynedd recevra un message l'en informant. Entre-temps, je veillerai mon cousin toute la nuit. Ceux qui souhaitent lui rendre un dernier hommage sont invités à se joindre à moi.

CHAPITRE 18

> Car l'or est éprouvé dans le feu, et les élus dans la fournaise de l'humiliation.
>
> *L'Ecclésiastique, 2, 5*

Les commandants du Kheldour allèrent à la rencontre de l'armée royale. Corban fut chargé de ramener à Lochalyn la dépouille de la comtesse. Sighere et Graham restèrent. Ils ne blâmaient pas Rhys Michael de la mort de leur parente et constatèrent que le roi éprouvait un chagrin presque aussi vif que le leur.

— Que s'est-il passé exactement ? demanda Rhun, qui chevauchait près de Rhys Michael.

Manfred, Cathan, Fulk, Sighere et Graham entouraient aussi le roi, jetant sans cesse des regards anxieux vers les lignes ennemies.

— Miklos a violé la trêve, comme vous l'aviez prédit, mais pour des raisons différentes. Entrer dans les détails maintenant ne serait pas judicieux. Voyons plutôt si l'ennemi va lancer une attaque...

Cette stratégie offrait un répit au jeune souverain. Il aurait ainsi le temps de concocter sa version des faits.

L'escouade royale prit position sur un tumulus, gardant à l'œil l'armée de Torenth.

Aucune offensive ne semblait se préparer.

Après une heure passée à observer l'adversaire et à débattre des données tactiques, Rhun et ses officiers parvinrent à une conclusion : la nuit tombant, une attaque devenait improbable.

Laissant Joshua Delacroix à la tête des troupes, Rhun escorta le roi sous la tente de commandement, en compagnie de Manfred, de Sighere, de Graham et des écuyers.

Maître Stevanus faisait les cent pas devant la tente.

— Voyons cette main, Sire !

Le roi s'assit au bord d'un lit de camp. Stevanus s'accroupit pour examiner la blessure et demanda à Fulk de rapprocher le chandelier. Tels des vautours à l'affût, Rhun et Lior accoururent. Cathan s'accroupit à son tour pour défaire les éperons du roi. Il était déterminé à rester près de son maître.

Manfred demeura à l'entrée de la tente en compagnie de Sighere et de Graham.

— Alors ? Que diable s'est-il passé ? insista Rhun. Vous disiez que Miklos avait rompu la trêve.

Les premiers soins de Stevanus firent grimacer le roi.

— Il semblait prêt à se retirer de Culliecairn. Puis il a attaqué Sudrey par magie. En y repensant, il est clair que c'était prémédité. Il jugeait que c'était une traîtresse. Selon lui, en épousant le comte des Marches de l'Est, elle a renié sa famille et sa patrie. Quand l'offensive magique s'est portée sur moi, la comtesse s'est interposée. Elle a donné sa vie pour me sauver.

— Je ne l'aurais pas crue capable de tenir tête à un Deryni de la stature de Miklos, fit Lior. Vous sembliez aussi impliqué.

Rhys Michael tenta de se dégager quand Stevanus chercha à remettre en place ses os brisés.

— Je... ne m'en souviens pas avec précision... Elle a dû puiser de l'énergie en moi pour... contre-attaquer. Miklos était hélas trop fort pour elle... Si son cheval ne s'était pas emballé, il aurait très bien pu... *Aouch !*

— Navré, souffla Stevanus. Seigneur Rhun, je vous prierai de remettre cette conversation à plus tard. La main du roi est très gonflée. Je devrai découper le gantelet pour estimer la gravité de la plaie. Cathan, versez une double dose d'analgésique à Son Altesse, voulez-vous ? Ce ne sera pas agréable.

Rhun gagna l'entrée de la tente tandis que le chirurgien se remettait à l'œuvre. Il eut tôt fait de dégager la chair violacée souillée de boue séchée.

— Quand j'aurai nettoyé, Sire, il faudra des points de suture. J'ignore si vous pourrez encore manier l'épée.

— S'il le faut, j'apprendrai à combattre de la main gauche. Allez-y.

Fulk alla chercher des serviettes et une bassine d'eau chaude. Stevanus confectionna des attelles, puis prépara des bandages et des instruments. Cathan aida le roi à ôter sa brigantine et sa tunique. Les nerfs à vif, Rhys Michael s'adossa à des coussins. Sur sa poitrine nue, des hématomes s'étaient formés.

Il tâcha de faire abstraction de ses misères quand Stevanus entreprit de nettoyer la plaie. L'analgésique faisant effet, il commença à se détendre, revécut les événements des dernières heures et se rappela soudain où il avait vu l'homme dont les traits s'étaient superposés à ceux de Hombard...

Rhun et les autres avaient-ils remarqué le prodige ?

— Rhun, l'individu que nous pensions être Hombard, était en réalité un Deryni, dit Rhys Michael, rouvrant les yeux et se tournant vers le maréchal. Il s'agissait peut-être de Marek de Festil.

Rhun approcha.

— C'est impossible ! Nous l'avions soumis au test du *merasha* !

— Le premier individu, oui, dit Rhys Michael. L'homme qui accompagnait Miklos lui ressemblait — et au début, rien ne m'a mis la puce à l'oreille... Quand Miklos et Sudrey se sont affrontés, et qu'il a pris part au duel magique, ses traits se sont modifiés. Tout s'est déroulé vite, mais je jurerais que c'était l'homme qui assista au couronnement de Javan aux côtés du prince... Est-il possible qu'il se soit agi de Marek dans les deux cas ?

Rhun s'assit sur un tabouret ; les autres s'approchèrent aussi.

— Ce n'est pas possible... Miklos n'aurait pas eu l'audace d'amener le prétendant festillien au couronnement de son rival !

— C'est ce qu'on pourrait croire, en effet... (Stevanus retira de la bassine la main blessée du roi et la posa sur un linge sec.) Mais n'était-ce pas l'occasion rêvée de m'évaluer ? Et comment l'aurions-nous su ? Il me semble clair, à présent, que Miklos avait toutes les audaces. Quelqu'un a-t-il jamais vu Marek de Festil ?

— Un jour, j'ai vu un portrait de son père, le roi Imre, dans une des abbayes de l'ordre, répondit Lior. On peut s'attendre à un certain air de famille — surtout avec sa mère.

— Décrivez ce portrait, demanda Rhun.

Lior fouilla dans ses souvenirs.

— Mince... De taille moyenne. Une peau blanche, des cheveux noirs tombant à mi-épaule, des traits fins, un visage anguleux, un nez de patricien aux ailes élégantes, des yeux légèrement globuleux... J'ajouterai que ce visage manquait quelque peu de caractère...

Les paupières baissées, Rhys Michael s'efforça d'oublier la morsure de l'aiguille quand Stevanus passa aux points de suture. Le portrait évoqué par Lior correspondait à merveille au visage de l'inconnu.

Et à celui de l'« aide de camp » de Miklos.

Avait-il vraiment été par deux fois face à face avec Marek de Festil ?

— Vous venez de décrire l'homme qui accompagnait Miklos au couronnement de Javan, mon père, dit Rhun. Par Dieu, c'était peut-être le fils d'Imre !

— Le père Lior vient aussi de décrire l'homme que j'ai vu aujourd'hui, ajouta Rhys Michael. Face à Marek et à Miklos, la défense de dame Sudrey fut d'autant plus remarquable. Il faut remercier la divine providence que...

A cet instant, Joshua Delacroix se présenta et tendit un pli scellé à Rhun.

— Un messager vient de l'apporter, mon seigneur.

Le maréchal brisa les cachets sous l'œil attentif de Manfred, campé derrière lui, et déroula le parchemin. Il en fit lecture à voix haute.

— « *Du prince Marek de Festil, roi légitime de Gwynedd, à l'usurpateur haldane. Sachez que je vous tiens personnellement responsable de la mort de mon bien-aimé cousin et beau-frère, le prince Miklos de Torenth. Soyez certain que le roi Arion vous adressera des courriers à ce sujet.*

« *Afin de fournir une escorte à la dépouille de mon cousin, les troupes qui étaient sous son commandement commenceront leur retrait dès l'aube. Aucune interférence ne sera tolérée. Les circonstances actuelles m'empêchant de continuer cette confrontation, soyez assuré que je ne renoncerai pas à reconquérir ce qui est mien. Je connais à présent votre force et ferai le nécessaire pour vous détruire.* »

— L'insolent ! gronda Manfred. Laissez-moi voir ça !

Haussant les épaules, Rhun lui remit le pli.

— S'il renonce à Culliecairn et bat en retraite la queue entre les jambes, nous aurons au moins remporté une victoire. Bientôt, Arion s'efforcera d'envenimer les choses, mais nous n'en sommes pas encore là. La bataille n'aura apparemment pas lieu. Joshua, que des escouades patrouillent régulièrement, par prudence. Messires Claibourne et Marley auront la bonté de leur fournir des éclaireurs connaissant bien le terrain. (Sighere et Graham hochèrent la tête.) Manfred, si on faisait creuser des tranchées hérissées de pieux ?

Alors que les chevaliers se retiraient pour débattre de tactique, Stevanus s'attaqua au plus délicat : réaligner du mieux possible les petits os brisés des doigts de son patient.

Rhys Michael mordit une bande de cuir et Cathan maintint le bras immobile.

La tâche du chirurgien achevée, le souverain était épuisé et trempé de sueur. L'attelle courait du coude jusqu'à l'extrémité des doigts, immobilisant le poignet.

— J'aimerais pouvoir affirmer que vous n'aurez aucune séquelle, Sire, dit Stevanus. Hélas, la main compte beaucoup d'os et de cartilages, très fragiles pour la plupart. Qu'un cheval les piétine ne peut leur faire aucun bien... Pendant votre convalescence, ne vous étonnez pas si certains os percent la chair. J'ai fait de mon mieux, Majesté, mais je ne suis pas un guérisseur deryni.

Yeux clos, Rhys Michael réfléchit. Sa blessure le rendait d'autant plus vulnérable. A ce rythme-là, il n'était pas près de s'affranchir du joug des grands seigneurs...

Ce qu'il envisageait était risqué, mais il n'aurait sans doute pas d'autre occasion.

Mal à l'aise devant le stoïcisme du roi, les grands seigneurs venaient de quitter la tente. Seuls Cathan et Fulk étaient restés, près de Stevanus.

— Dommage qu'il n'y ait plus de guérisseurs derynis, en effet, souffla Rhys Michael. A cet instant, je serais ravi d'en avoir un.

Stevanus lui fit un sourire gêné.

— S'il était possible de se fier à des Derynis, moi aussi, Sire. Mais aujourd'hui encore, nous avons constaté quel poids avait leur parole d'honneur...

Rhys Michael appela mentalement Cathan, qui approcha pour l'aider à se redresser. Le roi l'avertit de ses intentions. Avec un signe de tête discret, Cathan couvrit ses épaules nues d'un manteau, puis revint vers Fulk pendant que Stevanus présentait une autre coupe au roi.

— Voilà qui vous fera dormir cette nuit, Majesté. Les premiers jours, votre main ne cessera pas de vous faire mal. Mais après une nuit de repos, vous vous sentirez déjà mieux. Vous avez l'air épuisé et ça n'a rien d'étonnant !

Sa main indemne n'étant pas très assurée, Rhys Michael guida celle du chirurgien vers ses lèvres. Tout en buvant, il profita du contact physique pour établir sa domination mentale sur l'humain.

Incapable de résister, celui-ci ferma les yeux.

Au même instant, Cathan imposa sa volonté à Fulk, aussitôt plongé dans un état second.

Rhys Michael ordonna au médecin de s'accroupir devant lui et murmura :

— Stevanus, écoutez attentivement : dorénavant, peu importent les ordres que vous recevrez, car les miens auront la préséance. Vous ne le révélerez jamais, mais tous vos actes tendront à me garder en vie et en bonne santé. Sous aucun prétexte vous ne devrez m'administrer de *merasha.* Si un seigneur vous l'ordonne, vous ferez semblant d'obéir et me donnerez une autre drogue aux effets similaires. Compris ?

Stevanus acquiesça.

— Bien. Combien de temps agira ce somnifère si je vide la coupe ?

— Cette nuit seulement, Sire. Mais votre sommeil sera profond.

Hochant la tête, Rhys Michael but jusqu'à la dernière goutte. Puis il lâcha le chirurgien.

— Demain matin, je devrai être en mesure de chevaucher en tête de l'armée. Il est important que les hommes me voient, en vie et à peu près valide.

Non sans peine, il se leva, s'appuyant sur Stevanus.

— Demain, il me faudra aussi rendre une visite de courtoisie à dame Stacia. Elle vient de perdre son père et sa mère au service de Gwynedd. Ma présence aux funérailles de dame Sudrey sera la moindre des choses. Puisque je suis là, je confirmerai dame Stacia et son mari dans leurs titres. Il serait stupide de les obliger à venir à Rhemuth pour cela. Surtout si cette région frontalière doit rester aussi instable.

— Vous devrez en parler au seigneur Rhun, Sire, mais vos exigences médicales semblent raisonnables. Faites attention à votre main si vous voulez éviter de raviver vos douleurs.

Rhys Michael étouffa un bâillement.

— J'en suis conscient, Stevanus. Ce n'est pas vraiment un des grands mystères de l'univers...

Le chirurgien gloussa.

— Je vous accompagne jusqu'à votre tente, Sire. Si vous tombiez en chemin, il serait regrettable que les guerriers vous croient grièvement blessé — ou ivre mort.

Dans la fraîcheur nocturne, trois individus vêtus de tweed, à la mode frontalière des Marches de l'Est, regardèrent le roi sortir de la grande tente au bras du chirurgien nommé Stevanus, ses écuyers sur les talons.

Rhys Michael avait la mine pâle et la démarche incertaine. Deux porteurs de torches entouraient le petit groupe.

Lc roi se retirait pour la nuit.

Quand Rhys Michael, Stevanus et les autres disparurent sous la tente royale, les trois hommes se consultèrent sur l'opportunité d'une intervention.

La tente était trop bien gardée. Entourée de torches, elle était protégée par des rondes incessantes de chevaliers des *Custodes*, toujours en vue les uns des autres.

Quand le chirurgien ressortit, quelques minutes plus tard, les trois hommes le virent disparaître sous la tente de l'état-major avec son escorte.

Plus tard encore, sous sa propre tente, protégés par des fidèles, le trio échangea ses impressions de la journée.

— Sa blessure peut ne pas être grave, souffla Ansel. Il ne semblait pas trop mal à son retour.

— Du point de vue du guérisseur, dit Tieg, il m'a paru être sous le choc. J'ignore ce qui est arrivé à sa main, mais Stevanus a passé beaucoup de temps à la soigner. Même pour un non-Deryni...

— J'ai questionné un archer, ajouta Jesse. Selon lui, un cheval a piétiné la main de Rhys Michael, qui avait été désarçonné. L'homme n'a pas vu la plaie saigner, mais ce n'est pas forcément rassurant.

— Exact, soupira Ansel. Si un cheval lui a vraiment marché dessus, tous les os peuvent être brisés. Et c'est la main droite...

— En tout cas, il n'a pas fini de souffrir, dit Tieg.

— Ne rêve pas d'aller le soigner en secret ! lança sévèrement Ansel. Tant que nous n'en saurons pas davantage, il est hors de question que tu mettes ta vie en danger.

Tieg se renfrogna. Mais Ansel avait raison.

— Bon, continua-t-il. Mieux vaut laisser Joram glaner les informations nécessaires. Personne n'avait prévu le tour que prendraient les événement, je suppose. Une chose est sûre : Sudrey est morte et Miklos aussi. Quelle est la responsabilité de Rhys Michael ? L'avenir nous le dira peut-être. Quelles questions Rhun a-t-il posées au roi ? En tout cas, espérons qu'il aura trouvé les réponses satisfaisantes...

Jesse hocha la tête.

— Je parie que notre cher maréchal n'en obtiendra pas d'autres avant demain. Si Stevanus a réduit les fractures, il a sûrement administré un sédatif à son patient, ainsi que des analgésiques. Voilà qui expliquerait pourquoi il devait s'appuyer sur son chirurgien pour marcher. Veux-tu avertir Joram ou préfères-tu que je m'en charge ?

— Je m'en occupe, répondit Ansel. Gardons l'œil sur sa tente cette nuit, on ne sait jamais. Nous nous relayerons pour monter la garde. A moins de sonder un témoin des événements — ce qui est exclu — nous n'apprendrons rien de plus ce soir. D'autant qu'il se fait bien tard. Plus question de rôder entre les tentes sans se faire repérer.

— C'est juste, souffla Jesse.

Il prit congé et commença son tour de veille.

Tieg s'installa à l'entrée de la tente tandis qu'Ansel s'enroulait dans sa couverture.

S'étirant, il s'apprêta à contacter mentalement Joram.

CHAPITRE 19

Qui me mènera dans une ville forte ?
Psaumes, 60, 11

Cette nuit-là, Rhys Michael ne sut rien des efforts déployés dans son intérêt. Comme l'avait promis Stevanus, il dormit d'un sommeil profond. A son réveil, il ne se souvint pas de ses mauvais rêves.

Les bruits familiers du camp et la douleur ramenèrent le roi à lui. Il avait une barre derrière les yeux, un goût pâteux dans la bouche et une soif féroce. Cathan s'était endormi sur un siège, près du lit de camp ; Fulk avait apporté de l'eau chaude pour les ablutions matinales, ainsi que de la bière.

Rhys Michael se sentit mieux après l'avoir bue, mais tout son corps se rebellait.

Ayant désormais l'usage d'une seule main, il découvrit avec horreur à quel point cela le handicapait. Il dut requérir l'assistance de ses deux écuyers pour se laver et s'habiller.

Nul n'étant venu l'informer du contraire, il décida de se passer d'armure, optant pour une tunique de lin à manches longues, des braies en cuir et des bottes.

Quand Stevanus se présenta, il aida Cathan à réajuster l'attelle et l'écharpe qui maintenait le bras en place. La main de Rhys Michael pulsait au rythme de ses battements cardiaques. Le chirurgien déconseilla la prise d'autres analgésiques avant le repas.

Cathan posa un manteau sur les épaules de son maître.

Rhys Michael gagna la tente de l'état-major où il retrouva les grands seigneurs attablés autour d'un solide petit déjeuner. De bonnes nouvelles l'attendaient. Aucun incident n'avait troublé la quiétude nocturne et l'armée torenthie avait bien quitté Culliecairn dès les premières lueurs du jour. De longues colonnes s'étiraient le long du défilé Coldoire, disparaissant peu à peu dans les steppes de Tolan.

Il n'y avait pas eu d'autre message de Torenth.

— Les éclaireurs de Sighere pensent avoir aperçu le cortège funèbre du prince Miklos ce matin à l'aube, dit Manfred. Il y avait plusieurs litières et un corps d'ecclésiastiques — sans doute les hommes du patriarche. Cet après-midi, nous devrions pouvoir entrer dans la forteresse et inspecter la ville.

En attendant, les éclaireurs de Marley et des Marches de l'Est surveillaient la retraite ennemie.

Après le repas, Rhun et Manfred partirent chevaucher avec Corban, accompagnés par le seigneur Joshua et les principaux capitaines des *Custodes*. Le roi fut confié au père Lior et à maître Stevanus. De mauvaise grâce, on l'autorisa à rendre visite à la nouvelle châtelaine. Au grand dam de Rhys Michael, Lior insista pour emmener une escorte des *Custodes* incluant le détestable Gallard de Breffni.

Torturé par une douleur aiguë à chaque secousse, Rhys Michael se creusa la cervelle à la recherche d'un prétexte pour se débarrasser de ces gens.

Il voulait un entretien privé avec Stacia et eut bientôt l'ébauche d'un plan. Mais pour le mener à bien, il lui faudrait le secours des seigneurs du Kheldour.

Fort soulagé, il vit la bannière du duc de Claibourne flotter au-dessus du corps de garde, près de celle des Marches de l'Est. Devant la chapelle du château, une dizaine de guerriers de Claibourne formaient un carré d'honneur.

La condescendance et la brusquerie de Gallard de Breffni tournèrent à son désavantage : quand il ordonna à ses *Custodes* de remplacer les frontaliers, exigeant que ces derniers s'écartent pour laisser passer le roi, Rhys Michael dut empêcher que cela ne tourne mal.

Sa requête courtoise — présenter en privé ses condoléances à la comtesse — lui garantit le soutien immédiat des hommes du duc. Ils firent comprendre à Gallard, à Lior et aux autres *Custodes* que seul le roi serait autorisé à entrer dans la chapelle.

— Il serait « diplomatique » que vous emmeniez vos chevaliers se rafraîchir dans lc hall du château, messire Gallard, dit Rhys Michael. Le vin calmera peut-être les esprits échauffés. Je détesterais voir nos hôtes s'offenser pour une affaire si ridicule.

Quand Lior prétendit rester devant la chapelle, le roi le remit aussi à sa place.

— Veuillez accompagner messire Gallard, mon père. Cela risque d'être long... Cathan et Fulk m'attendront, ainsi que maître Stevanus si vous le désirez. Hier, la mère de dame Stacia s'est sacrifiée pour moi. Le moins que je puisse faire, c'est de lui présenter mes condoléances et de prier avec elle.

Face à ces pieuses justifications, même Lior ne pouvait élever d'objection.

Sans laisser au prêtre des *Custodes* le loisir d'en chercher, Rhys Michael tourna les talons et entra.

L'odeur de l'encens et de la cire d'abeille l'accueillit quand il referma la porte derrière lui. Il descendit au centre de la modeste nef, accompagné par le faible tintement de ses éperons.

Le cercueil ouvert était posé devant l'autel, sur des étais entourés par six hauts chandeliers aux bougies couleur miel. Une silhouette en grand deuil se tenait à la tête du cercueil, droite comme un *i*. A gauche, Claibourne priait à genoux.

A l'approche du roi, il fit mine de se lever. D'un geste, Rhys Michael l'arrêta et se plaça à droite de la gisante.

Sa présence inattendue arracha un petit cri à Stacia, qui serrait son bébé dans ses bras. Les traits tirés par la fatigue et le chagrin, elle avait le teint pâle sous son voile noir, toute sa vitalité brutalement évanouie.

Dans le cercueil, sa mère avait le visage couvert par de la gaze blanche.

Rhys Michael se signa maladroitement puis s'agenouilla, tête inclinée.

Il était responsable du double deuil qui frappait Stacia. Elle venait de perdre son père et sa mère en moins d'une quinzaine, tout cela au nom du roi de Gwynedd.

Quand le fils de Cinhil avait prié ici en compagnie de Sudrey, trois jours plus tôt, il n'aurait pas imaginé la voir si vite dormir de son dernier sommeil.

Le comte Hrorik reposait plusieurs mètres sous le cercueil de sa femme, au pied de l'autel...

Sans l'aide de Sudrey, Rhys Michael n'aurait pas survécu. Il le savait.

Et sans lui, elle aurait encore été vivante... Si elle n'avait pas choisi de hâter sa fin, aurait-elle succombé à ses blessures ?

Oserait-il demander maintenant le secours de Stacia et de sa famille ?

Après avoir prié pour le salut de l'âme de Sudrey des Marches de l'Est, et avoir imploré la clémence divine pour tous les Derynis, Rhys Michael se releva et écarta la gaze blanche pour poser un dernier baiser sur le front de la défunte.

Puis il se tourna vers la fille et le neveu de feu Sudrey.

Le jeune Claibourne s'était relevé en même temps que lui. Stacia et lui ne laissaient rien paraître de leurs sentiments.

— Sudrey des Marches de l'Est était une très grande dame, dit Rhys Michael. J'aurais voulu mieux la connaître.

Claibourne regarda sa cousine avant de se tourner vers le roi.

— Si Sa Grâce visitait plus souvent ses provinces du nord, elle l'aurait pu, répondit-il. Même ainsi, Sudrey est restée loyale à votre Maison.

— Si j'avais eu le choix, je serais venu. De tous les seigneurs de Gwynedd, aucun n'a aussi bien servi ma Maison que les fils ct lcs petits-fils de Sighere de Kheldour, ou que sa belle-fille... Claibourne, les Marches de l'Est et Marley sont les plus beaux joyaux de ma couronne.

— En ce cas, demanda Stacia, pourquoi n'êtes-vous jamais venu ? N'êtes-vous pas le roi ? Qui en décidait, sinon vous ?

Rhys Michael lui jeta un regard morne. Oserait-il leur dire la vérité ? C'était l'occasion ou jamais. Graham et Stacia étaient de la même génération que leur suzerain et le père de Graham avait été victime de la fourberie des grands seigneurs. Le Kheldour était-il appelé à devenir la source de puissance militaire dont Rhys Michael aurait besoin pour reconquérir sa couronne ?

S'il ne se lançait pas, il ne le saurait jamais...

Il s'approcha des jeunes gens et incita Graham à s'agenouiller avec lui.

— Ecoutez-moi bien car j'ai très peu de temps, souffla-t-il. Si un de mes hommes entre, et que ce ne soit pas mon écuyer blond, nous prions ensemble pour le repos de l'âme de Sudrey, un point c'est tout ! Les grands seigneurs se sont donné beaucoup de mal pour le cacher, mais croyez-moi quand je vous dis que je suis leur prisonnier depuis qu'ils ont assassiné mon frère et se sont emparés de Rhemuth...

— Assassiné... ! cria Graham. Vous parlez du roi Javan ?

Rhys Michael hocha la tête.

— Mais ils ont dit que les Michaelites renégats...

— Ils n'étaient pas en cause, coupa le souverain. Ses propres ministres ont trahi Javan. Le jour de sa mort, peut-être à la même heure, l'archevêque Hubert et ses complices m'ont capturé pendant un conseil, au château de Rhemuth. Ils m'ont drogué et m'ont forcé à les regarder massacrer les rares seigneurs restés fidèles à Javan. Le choc a valu une fausse couche à ma femme. Celui qui aurait dû être notre premier fils n'a pas survécu.

— Sainte Mère de Dieu... ! souffla Stacia, serrant plus fort son bébé sur son sein. Mais *pourquoi* ?

— Pour le pouvoir, bien sûr. Javan était un trop grand roi à leurs yeux. Ils voulaient l'éliminer pour me couronner à sa place. Ces monstres avaient espéré l'enfermer au monastère, le cantonnant à une vocation religieuse inoffensive. Ils ne se sont pas aperçus que Javan s'était réfugié dans la vie monacale afin d'y atteindre en paix sa maturité et d'y gagner l'instruction nécessaire à un monarque. Devenir moine n'avait jamais été dans ses intentions. Apprendre, à la mort d'Alroy, qu'il serait couronné et pas moi ne vous a-t-il pas surpris ?

— En effet, répondit Graham. Mais vous n'en sembliez nullement mécontent, quand nous sommes venus à Rhemuth pour l'occasion.

— Bien sûr que je ne l'étais pas ! Javan devait être le successeur de notre frère aîné. Après ce qui est arrivé à votre père, Graham, vous croirez sans peine que les grands seigneurs n'ont reculé devant aucune forfaiture pour garder le pouvoir usurpé à la mort du roi Cinhil. Pendant le règne d'Alroy, et même après la fin de la régence, ils n'ont cessé de droguer mon frère pour garantir sa docilité et gouverner à sa place...

— Croyez-vous que mon père l'avait découvert et qu'on l'a tué pour l'empêcher de parler ? demanda Graham, horrifié.

— S'il ne le savait pas, il n'aurait pas tardé à le comprendre... Je suis convaincu d'une chose : vous avez eu la vie sauve parce que vos oncles eurent la présence d'esprit de faire valoir leurs droits et l'intelligence de se retirer rapidement sur leurs terres, dans les hauts plateaux du Kheldour où les régents n'osèrent pas s'aventurer. Tant qu'aucun de vous ne tentait d'intervenir à Rhemuth, ils étaicnt disposés à vous laisser en paix. Mais vous avez vu avec quelle férocité Murdoch s'en est pris à Hrorik, lors du couronnement de mon frère.

— Ils ont tous juré allégeance à Javan, devant Dieu et sur les saintes reliques..., murmura Graham. J'étais là. Je les ai entendus...

— Et avant que l'année fût écoulée, ils s'étaient parjurés. Dès le début, Javan avait mesuré le danger ; il a tenté de m'avertir. J'ai refusé d'ouvrir les yeux. Quand mon frère a gagné en puissance, ils ont commencé à miner son autorité. Et ils étaient très doués pour ça. Hubert et Manfred m'ont secrètement encouragé à prendre femme sans tarder. Alors que Javan m'avait prévenu du danger, je ne voulais pas le croire, car j'aime sincèrement Michaela. J'avais cependant accepté de me montrer moins empressé avec ma mie.

« Quand il fut évident que j'écoutais les conseils de mon frère, les grands seigneurs m'ont fait enlever en incriminant Ansel MacRorie... Puis les hommes de main de Manfred m'ont « sauvé ». En sécurité dans le château de Manfred, je me suis remis de mes blessures, tendrement soigné par Michaela... Elle ignorait qu'on la manipulait de main de maître. A l'époque, nous croyions vraiment à ce qui nous arrivait. Nous nous sommes laissé porter par les événements et avons contracté mariage. Une fois Michaela enceinte, les jours de Javan furent comptés.

Graham secoua la tête.

— Je ne puis croire qu'ils auraient osé assassiner l'Oint du Seigneur... Je ne doute pas de votre parole, Sire, mais...

— Je comprends. Au début, je me refusais à admettre pareille félonie. Mais il y a pire encore. Une fois Javan tué, ils m'ont drogué jusqu'au jour de mon couronnement, comme Alroy. Dès que Michaela fut remise de son choc, on nous a ordonné de... procréer des héritiers haldanes.

— On vous a *ordonné*..., souffla Stacia. Mais on ne peut pas forcer les gens !

Rhys Michael eut un sourire amer.

— Pour survivre, et dans l'espoir de perpétuer sa lignée, ma dame, on apprend à être beaucoup plus souple que vous ne sauriez l'imaginer. Nous avons retardé les choses autant que possible, mais si je ne fécondais pas la reine, des volontaires s'en seraient chargés avec grand plaisir... Et qui l'aurait su ? Ni Michaela ni moi n'avons de contact avec le monde extérieur. Dès qu'Alroy a rejoint ses ancêtres, les régents n'ont eu qu'un but : assurer la succession haldane puis nous éliminer, Javan et moi. C'était le seul moyen de prolonger leur régence.

« Ils ont maintenant un héritier sous leur coupe, et ils en auront un autre avant la fin de l'année, lorsque ma femme aura accouché. Mon temps est compté. Quand mes fils atteindront leur majorité, l'autorité sera si bien entre les mains des grands seigneurs que Gwynedd ne connaîtra jamais rien d'autre que leur tyrannie.

Stacia posa une main compatissante sur le bras du souverain.

— A vous entendre, Sire, vous n'espérez pas retourner vivant à Rhemuth.

Rhys haussa les épaules.

— Rhun aurait tellement aimé que je périssc hicr aux côtés de Sudrey ! Cela lui aurait singulièrement simplifié la vie, ainsi qu'aux autres grands seigneurs. Même s'il y en déjà trois de moins, grâce au ciel...

Graham serra les mâchoires.

— Des porcs comme Paulin ou Albertus ne manqueront à personne ! Ces salauds de *Custodes* ! Mais... comment pourrions-nous vous aider ?

Soulagé, Rhys Michael ferma un instant les yeux.

— Vous êtcs sincèrc ?

— Naturellement ! Les Haldanes ont toujours été nos amis. Ce n'est pas votre perfidie qui a terrassé mon père. Mon oncle Sighere m'approuverait. Comment vous assister, Sire ?

— En fait... Je ne sais pas trop. J'espérais obtenir votre soutien mais je n'ai guère eu le temps d'échafauder un plan. Mais j'aurai sans doute besoin de soutien militaire. Pour l'heure... (Frappé d'une inspiration soudaine, il haussa un sourcil.) Sighere et vous accepteriez-vous d'être les régents de mon fils si quelque chose m'arrivait avant qu'il atteigne sa majorité ?

— Ses régents ? Tout ce que vous voudrez, Sire. Mais... êtes-vous certain ?

— Oui. Plus j'y pense, plus je le suis. Aucun de vous ne négligera ses responsabilités pour rester à la cour, je le sais, mais vous pourriez vous relayer à Rhemuth... Dans mon testament, un conseil de régence est déjà nommé. Il y a des années, ces chiens m'ont fait signer tout ce qu'ils ont voulu. Paulin et Albertus maintenant éliminés, il leur faudra au moins convenir d'un codicille. Avant mon départ, je pourrai en établir un. Voulez-vous amener un prêtre pour qu'il soit mon témoin ? Je ferai en sorte que les grands seigneurs n'aient aucun moyen de vous écarter comme ils l'ont fait avec le duc Ewan ou l'évêque Alister. S'ils étaient restés régents, selon la volonté de mon père, Javan serait encore de ce monde et...

Un petit bruit l'interrompit. Cathan frappait à la porte pour signifier qu'on allait bientôt les déranger.

Rhys Michael se releva.

— Faisons vite, chuchota-t-il. Rhun sait que je ne partirai pas sans avoir assisté aux funérailles de dame Sudrey. Essayez de les repousser à ce soir, afin qu'on ne puisse pas lever le camp avant demain matin. J'aimerais revenir cette nuit dans mes appartements, au château. Je n'ai aucune intimité dans le camp et il faudra à Cathan une bonne partie de la nuit pour rédiger le document et en faire les exemplaires nécessaires. Graham, veuillez prévenir votre oncle et choisissez un bon prêtre.

« Dame Stacia, je ne vous oublie pas. Par statut, je ne peux nommer régente une femme qui n'est pas de la Maison royale, mais je confirmerai publiquement vos titres, ainsi que ceux de votre mari. Et je recevrai votre serment d'allégeance. Je m'en remettrai à vous deux pour que la paix règne ici quand Graham ou Sighere devront demeurer quelque temps dans la capitale.

— Je comprends, Sire. Vous avez notre soutien.

— Merci. Une dernière chose : Graham, il nous sera impossible de parapher le document en présence les uns des autres. Voilà pourquoi il est essentiel que nous ayons pour témoin un homme de confiance. En signe d'approbation et de votre soutien envers Stacia et Corban, il serait bon que Sighere et vous me réaffirmiez de nouveau votre allégeance.

Rhys Michael s'agenouilla de nouveau devant l'autel.

— Pour l'heure, nous ne ferons rien de plus. Prions.

Il eut le temps de presser le front contre sa main valide avant que la porte ne s'ouvre.

Le comte de Kierney — Ivcr MacInnis, le fils de Manfred — venait quérir le roi.

— Culliecairn est à nous, Sire, annonça-t-il. Les dernières troupes ennemies ont disparu dans le défilé de Coldoire il y a une heure. Si votre main blessée ne vous fait pas trop souffrir, mon père suggère que vous veniez faire une inspection. Le seigneur Corban est déjà sur place. Si vous le souhaitez, vous pourrez même dormir au château cette nuit.

Soulagé, Rhys Michael se leva.

— Le confort d'un lit digne de ce nom ne manque pas d'attraits. Mais j'ai déjà accepté la charmante invitation de dame Stacia — une marque de respect pour sa défunte mère. Demain, nous devrons sans doute tenir cour. Après les funérailles, bien sûr. J'investirai le nouveau comte et la nouvelle comtesse des Marches de l'Est et je recevrai leur serment d'allégeance.

Iver acquiesça.

— Je crois que c'étaient aussi les intentions du seigneur Rhun, Sire. Voulez-vous m'accompagner ? Nous serons de retour avec le crépuscule.

Rhys Michael hocha la tête.

— Ma main me fait mal, mais il fallait s'y attendre. Maître Stevanus et ses analgésiques seront les bienvenus. Et demain, m'a-t-il prévenu, ce sera pire...

— Je suis navré, Majesté. (Iver avait l'air sincère.) Si vous êtes prêt, partons sans tarder.

Après avoir pris congé de Stacia et de Graham, Rhys Michael retourna au camp, flanqué d'Iver, de Lior et de son escorte de *Custodes*.

Cathan et Fulk l'aidèrent à s'armer. Il réussit à prévenir en secret son beau-frère de ce qu'il mijotait. Sur le chemin des Marches de l'Est, Rhys Michael avait déjà préparé des lettres confirmant les titres de noblesse de Stacia et de son mari. Le trépas de Sudrey exigeait quelques modifications — le prétexte parfait pour que Cathan rédige discrètement le codicille nommant régents Graham et son oncle.

— Pèse bien chaque mot, Cathan, lui chuchota le roi pendant qu'il serrait les boucles de sa brigantine rouge. Il faut que les termes soient indiscutables et invalident le nouveau testament qu'on me contraindra à ratifier à mon retour. C'est le seul espoir qu'il me reste pour protéger mes fils si un malheur m'arrivait.

Avant de remonter en selle, il laissa Stevanus lui administrer des calmants.

Fulk, Iver et le roi partirent pour Culliecairn avec une petite escorte afin de cueillir les fruits de leur victoire.

A Rhemuth, la reine déambulait dans les jardins en compagnie de Rhysel. Plutôt que de rester enfermée dans le solarium en compagnie de pipelettes, Michaela avait désiré prendre l'air. Fredonnant une ritournelle en vogue, elle savourait le parfum des roses rouges, en coupant quelques-unes pour remplir le panier d'osier de Rhysel. Le soleil redonnait de belles couleurs à la reine et faisait resplendir la chevelure d'or qui cascadait glorieusement sur ses reins.

Puis elle s'assit sous un treillis, laissant Rhysel la coiffer.

— Ne trahissez aucune réaction au cas où on nous observerait, Majesté, souffla la petite-fille de Camber. Culliecairn a été repris sans coup férir, et le prince Miklos est mort. Ainsi, hélas, que Sudrey des Marches de l'Est. C'était aussi une Derynie.

Pleine d'appréhension, Michaela se força à rester impassible.

— Et Rhysem ? souffla-t-elle.

— Il va bien pour le moment. Il a été blessé à la main, mais ça ne paraît pas trop grave. Ce qui est *a priori* beaucoup plus dangereux, c'est la magie qui fut utilisée lors de la rencontre entre le roi et Miklos. Les témoins semblent croire que dame Sudrey et le prince en étaient les seuls instigateurs, puisqu'ils s'affrontèrent en duel. Pourtant, on a toujours estimé que Sudrey avait très peu de pouvoirs. N'avait-elle pas renoncé à sa nature derynie en prenant pour époux un humain, il y a vingt ans ?

— Comment... ? Que s'est-il passé ? J'aurais cru que Rhun interdirait à Rhysem de rencontrer un Deryni du calibre de Miklos !

Rhysel haussa les épaules.

— Je l'ignore. Joram tient ces informations d'Ansel, qui n'était pas vraiment en position d'interroger les témoins. Il pouvait uniquement observer et en tirer des déductions. Cette nuit, peut-être aurons-nous des précisions. L'armée sera bientôt de retour. Avec un peu de chance, d'ici une quinzaine, vous aurez de nouveau votre Rhysem...

Michaela prit une rose et inhala son parfum.

— Dieu Tout-Puissant, qu'il en soit ainsi.

A demi soulagée, la reine retourna dans ses appartements.

La dernière missive de Rhys Michael parlait d'Albertus et de l'étrange attaque des abeilles... Grâce à Rhysel, Michaela savait qu'Albertus était mort, son frère n'étant guère mieux loti. Dimitri avait aussi péri.

Elle aurait bientôt confirmation de ces nouvelles.

Voilà qui secouerait l'archevêque Hubert ! Les autres grands seigneurs seraient déconfits, car ces trépas inattendus perturbaient l'équilibre des pouvoirs entre ceux qui prétendaient gouverner Gwynedd.

Ce soir-là, Michaela serra son fils contre son sein et l'embrassa, lui ébouriffant les cheveux avant de le border dans son lit.

Si la chance continuait de sourire à son père, Owain hériterait peut-être d'un vrai royaume.

CHAPITRE 20

> Les lèvres justes gagnent la faveur du roi, il aime qui parle avec droiture.
>
> *Proverbes, 16, 13*

Quand le roi regagna Lochalyn, il ne faisait pas encore noir. Il tombait de fatigue, craignant d'avoir la fièvre. Après le souper, il pria Stevanus de le réexaminer.

— Il faudrait peut-être desserrer les bandages, Sire. C'est plus boursouflé qu'au début, mais il n'y a peut-être rien d'inquiétant.

Sur l'invitation de Stacia, tous se retirèrent dans le solarium. Les affaires du roi y avaient été transférées dans l'après-midi.

Quand Stacia entreprit de défaire les pansements, la main se révéla tuméfiée et violacée ; la peau qui entourait les points de suture était brillante et tendue.

Stevanus eut l'air soucieux.

— Votre accès de fièvre m'inquiète, Majesté. Une infection se développe sans doute. Inutile de rappeler que le sabot d'un cheval peut infliger de très mauvaises blessures.

— Mais vous l'avez nettoyée ! protesta Rhys Michael.

— Nettoyer en profondeur est difficile, rappela Stacia. Par là-dessus, une fracture n'arrange rien.

— Comment cela ? Stevanus ?

Celui-ci haussa les épaules, puis refit les bandages après avoir appliqué un baume.

— Je ne vous mentirai pas, Majesté. Avec les fractures ouvertes, il y a toujours danger. Il pourrait devenir nécessaire d'amputer. Dieu sait que ce serait une solution extrême pour empêcher le mal de progresser, car une telle opération ne va pas sans risques, mais...

— Non, chuchota Rhys Michael, effaré, serrant son bras malade sur sa poitrine. (Il se souvenait trop bien du guérisseur Tavis, devenu manchot.) Stevanus, il n'en est pas question !

— Espérons qu'on n'en viendra pas là. Il est trop tôt pour se prononcer. Un accès de fièvre, à ce stade, est normal. Avec de la chance, ça passera.

Stacia partie, Stevanus prépara une autre coupe. Rhys Michael la but, puis le chirurgien se retira. Le roi pria Cathan de lui montrer le codicille qu'il avait élaboré.

Avec les « encouragements » de Cathan, Fulk dormait à poings fermés.

— J'espère que c'est ce que vous aviez à l'esprit, dit le jeune homme. Si vous approuvez, j'en ferai cinq exemplaires cette nuit. Rhun est d'accord pour qu'on reste jusqu'à demain. Après les funérailles, Corban donnera un souper. Le vin coulant à flots, nous n'aurons pas de meilleure occasion.

Le texte nommait régents Graham MacEwan, duc de Claibourne, et Sighere de Marley, et ce quels que fussent les autres personnages élevés à la régence dans tout décret présent ou futur ou dans un testament rédigé par Rhys Michael Alister Haldane. Seul le roi serait en mesure de révoquer Claibourne et Marley — à moins que ces derniers ne démissionnent. Si Sighere décédait avant la majorité de l'héritier haldane, Sean Coris, maître de Marley, lui succéderait.

— Vous êtes certain de vouloir que ce soit irrévocable ? demanda Cathan. Rhysem, je sais que vous avez confiance en Claibourne, mais vous connaissez à peine Marley. Et encore moins son fils.

Rhys Michael ferma les yeux. Le médicament le rendait somnolent.

— Sighere et ses frères ont toujours été loyaux envers ma lignée. Leur père offrit au mien son indéfectible amitié. Ses fils sont tout aussi droits. Bon sang ne saurait mentir. Graham et Stacia tiennent Sighere en haute estime.

— Ne serait-il pas plus raisonnable de désigner Stacia, en ce cas ? Elle a un faible héritage deryni, ce qui est mieux que rien.

— Et elle m'est chère pour cette raison aussi. Mais je n'ose pas nommer une femme à la régence. La loi l'a toujours interdit, excepté quand il s'agissait d'un membre de la famille royale. De plus, ma position est assez délicate comme ça. Dieu seul sait si ce codicille parviendra à s'imposer. Graham est duc. Personne n'est de plus haut rang que lui...

Cathan soupira, exaspéré.

— Entendu. Dois-je en faire des copies ?

Rhys Michael hocha la tête.

— Je préférerais les soumettre à des juristes expérimentés, mais nous ne pouvons pas nous le permettre. Etablis cinq exemplaires. Demain, nous nous soucierons de les faire ratifier par qui de droit.

Toute la nuit, Rhys Michael eut un sommeil agité, entendant souvent le grattement de la plume, à l'autre bout de la pièce.

Peu après l'aube, Fulk le réveilla. Lui seul était en forme. Rhys Michael était presque plus fatigué que la veille. Sa fièvre avait augmenté et son bras était brûlant. Il se força à procéder à des ablutions sommaires et à se vêtir. Il devait assister aux funérailles de Sudrey.

Avant, il tint dans le hall d'honneur un conseil improvisé où il prit connaissance des derniers rapports sur la retraite ennemie. Après quelques gorgées de bière et bouchées de pain, il accepta de Stevanus un autre calmant.

Le requiem lui parut interminable. Fiévreux, Rhys Michael se pelotonna dans son manteau écarlate, oscillant entre les frissons et l'envie folle de se dénuder.

Le duc Graham avait averti le roi : Derfel, un prêtre loyal, avait accepté de ratifier les documents en qualité de témoin. Rhys Michael n'aurait plus qu'à procéder aux derniers arrangements.

Le prêtre en question disparut dans la modeste sacristie pendant que la chapelle se vidait. Rhun et Manfred accompagnaient la famille de la défunte. Rhys Michael retint Cathan, Fulk et Stevanus. Le cercueil fermé de Sudrey était devant l'autel. Quatre hommes attendaient de le faire descendre dans la crypte.

Pendant la messe, Rhys Michael avait effectué une Lecture de Vérité sur Derfel. L'homme était vraiment digne de confiance.

— Veuillez m'attendre, dit le roi à ses compagnons. Je voudrais remercier le bon père. La cour patientera.

On commençait à ouvrir la crypte.

Dans la sacristie, le prêtre roux en aube et en étole se retourna en entendant le roi entrer.

— J'espère que je ne vous dérange pas, mon père. Je crois que Sa Grâce de Claibourne vous a parlé ce matin. Ou peut-être la nuit dernière.

— En effet, Sire. Si ce qu'il m'a dit est vrai, vous prenez de gros risques.

Rhys Michael eut un sourire fugace.

— Très juste, surtout si les grands seigneurs découvrent l'affaire de mon vivant. Pour cette raison, je vous saurai gré de la garder sous le sceau du confessionnal. Jusqu'à mon retour à Rhemuth au moins. Ensuite, il faudra donner à ce document la plus grande notoriété possible.

— Vous avez ma parole, Sire.

La main droite posée sur son étole, Derfel s'inclina.

— Merci.

Rhys Michael sortit une feuille pliée qu'il tendit au prêtre.

— Voilà le texte. Cinq exemplaires en ont été faits. Il faudra qu'ils soient tous paraphés et cachetés avant que je signe. Puis-je m'asseoir le temps que vous en preniez connaissance ? La tête me tourne un peu. J'ai peur que ma blessure ne se soit infectée.

Le prêtre se hâta de tirer un tabouret pour son visiteur puis de lire le document. Il pâlit, ses taches de rousseur ressortant d'autant plus.

— Sire, vous vouez une grande confiance aux seigneurs de Claibourne et de Marley. Les connaissant, je sais que votre estime est bien placée. Mais avez-vous conscience d'un point crucial ? Selon les termes de ce document, aucune décision de justice ne pourra les révoquer s'ils étaient nommés régents ?

Rhys Michael soupira.

— Mon père, vous me conseillez la prudence... Mais sachez que je n'aurai jamais d'autre occasion. J'espère avoir jugé ces hommes sans m'être trompé. Quand je serai de retour à Rhemuth, prisonnier des grands seigneurs, je n'aurai plus les moyens de décider de quoi que ce soit. Je ne peux pas refuser de regagner la capitale; car ma femme enceinte et notre fils sont à la merci de mes ennemis.

« Quant à savoir si ce document aura force de loi, ce sera aux autres d'en décider, l'heure venue. Tant que je vivrai, je devrai agir au mieux et tenter d'imposer de meilleurs régents que ceux dont mes frères et moi avons été victimes. Naturellement, j'aurais aimé voir mes petits-enfants grandir, mais je ne me fais guère d'illusions... Une fois que la reine aura accouché, mes jours seront comptés.

Bouche bée, le père Derfel tomba aux genoux du jeune roi.

— Je suis votre homme, Sire. Le comte Hrorik, Dieu ait son âme, disait toujours que votre lignée était brave et honorable. Je vois qu'il ne se trompait pas. Mais si vous êtes sous surveillance, comment vous proposez-vous d'agir ?

Frissonnant de fièvre, Rhys Michael tenta de rassembler ses idées.

— Après la cour, messire Cathan vous apportera les exemplaires du document. Il y en a cinq : un pour Claibourne, un pour Marley, un pour dame Stacia, un pour vous-même et un pour moi. Ce soir, à l'endroit désigné par dame Stacia, ils viendront signer en votre présence. A un moment, je tâcherai de vous rejoindre et de signer à mon tour du mieux que je pourrai... (Il leva son bras pansé.) Je vous laisserai ma chevalière pour cacheter les documents tandis que je retournerai près de Cathan au plus vite. Demain, avant mon départ, je devrai être en possession d'un exemplaire.

— Je comprends. Mais, Sire... vous semblez fébrile. Y arriverez-vous ?

— Il le faut, mon père ! Les premiers jours, selon maître Stevanus, un accès de fièvre est parfaitement normal. A propos, vous a-t-on raconté ce qui s'est passé ? Un maudit cheval m'a piétiné la main !

Le prêtre lui tâta le front et grimaça, le trouvant brûlant.

— Ne plaisantez pas, Sire. Vous a-t-on administré quelque chose contre la fièvre ?

— Pas à ma connaissance. Pour être juste, elle est montée depuis peu. Mais je dois bientôt tenir cour. Je n'ai pas le choix.

— Avec l'aide de Dieu, vous y parviendrez, Majesté. Puis-je en toucher un mot à dame Stacia ? Sa mère lui a beaucoup appris sur l'herboristerie, un art peu connu de nos jours.

— La nuit dernière, elle a aidé Stevanus à changer mes pansements. Elle a dû faire tout ce qu'elle pouvait. Mais parlez-lui-en, si vous pensez que ça m'aidera. (On frappa à la porte.) Je ferais mieux de partir. Cathan m'avertit qu'on me cherche...

— Bien, Sire. Puis-je vous offrir à boire ? Il faut beaucoup de liquide quand on a une température élevée.

— Volontiers.

Prenant une aiguière d'argent, le prêtre la posa près des instruments de la communion et ôta le voile du calice.

— Au fait, Majesté, vous n'êtes pas venu communier. Y avait-il une raison ?

— Les grands seigneurs n'accepteraient jamais que je me confesse à un prêtre n'appartenant pas aux *Custodes*. De plus, j'ai mangé ce matin. Maître Stevanus refusait de me donner un médicament avant que j'aie avalé quelques bouchées. (Derfel lui tendit le calice.) Je croyais que les récipients sacrés étaient réservés aux actes liturgiques ?

— Qu'y a-t-il de plus sacré que de soulager un enfant de Dieu ? Surtout quand il s'agit de l'Oint du Seigneur... Voudriez-vous recevoir malgré tout la communion, Sire ?

Le calice à mi-chemin de ses lèvres, Rhys Michael s'aperçut qu'il le désirait en effet. Cet humble prêtre de campagne signifiait tellement plus à ses yeux que tous les ecclésiastiques de haut rang qu'il côtoyait !

— Oui, mon père. Si cela ne viole aucune règle...

— J'observe les règles de Notre Seigneur, répondit Derfel, désignant la Lampe de Présence, au-dessus du tabernacle. Et voir Ses enfants venir à Lui dans l'amour et le recueillement ne peut que Lui plaire. Je doute que les arguties liturgiques imposées par les hommes qui gouvernent Son église Lui plaisent... Surtout quand ces prélats refusent le secours de l'Eglise aux brebis égarées ! Dans votre cas, ce que vous avez mangé tenait lieu de médicament. Ce calice aura la même fonction. Buvez, Sire, puis je vous présenterai le Corps de Notre Seigneur.

Plein d'une énergie nouvelle, Rhys Michael vida le calice d'un trait, heureux de sentir le vin frais adoucir sa gorge, puis il tomba à genoux. Se plaçant devant le tabernacle, le père Derfel ouvrit la porte d'or, écarta un voile de soie verte et prit un ciboire en or martelé. Il tendit une hostie au-dessus du calice.

— *Ecce Agnus Dei : ecce qui tollit peccata mundi.*

Voici l'Agneau de Dieu : voici celui qui rachète les péchés du monde.

— *Domine, non sum dignus, ut intres sub tectum meum : sed tantum dic verbo et sanabitur anima mea*, murmura le roi.

Seigneur, je ne suis pas digne de Ta présence sous mon toit : Tu n'as qu'un mot à dire et mon âme sera guérie...

Pour la première fois depuis des jours, Rhys Michael connut la paix de l'esprit.

Le père Derfel lui tendit l'Hostie.

— *Corpus Domini Nostri Jesu Christi custodiat animam tuam in vitam aeternam.*

Puisse le Corps de Notre Seigneur Jésus-Christ préserver ton âme dans la vie éternelle.

— Amen, souffla Rhys Michael, les yeux clos tandis que Derfel posait l'hostie sur sa langue.

Si le goût n'était pas différent de celui des hosties habituelles, celle-là signifiait beaucoup plus pour le jeune roi.

Derfel rangea le ciboire. Jamais Rhys Michael n'avait éprouvé une telle ferveur religieuse — même lors de son couronnement. Malgré la fièvre qui continuait à monter, il se sentait en paix.

Il rendit le calice au prêtre. Quand celui-ci voulut l'aider à se relever, Rhys Michael lui prit la main — pour y poser un baiser.

Derfel lui caressa les cheveux et le bénit.

— Sire, murmura-t-il, vous ne devriez pas faire ça.

— Vous avez toute ma gratitude, mon père. Vous venez de me rendre mon équilibre et de me redonner du courage. Après des années à faire semblant devant des prêtres dont les péchés noircissent le cœur et les lèvres, et dont les mains sont couvertes de sang innocent... Merci de m'avoir rappelé qu'il existait autre chose...

— Mon cher, cher enfant..., souffla Derfel.

On frappa à la porte de façon plus insistante. Rhys Michael se releva.

— Partez, Sire. Je veillerai à ce que tout se déroule comme prévu. Dieu soit avec vous, mon fils.

Le roi se recomposa une mine. Puis il sortit.

Stevanus ne fit aucun commentaire, mais Rhys Michael jugea préférable de justifier sa longue absence.

— Je voulais remercier le père Derfel, comme je vous l'ai dit, maître Stevanus, lança-t-il dès qu'ils furent sortis de la chapelle. Il avait remarqué que je n'avais pas communié avec les autres fidèles. Je lui ai expliqué que j'avais dû rompre mon jeûne ce matin pour prendre des médicaments. Il a estimé que ça ne comptait pas. Aussi ai-je pu communier. J'espère que ce petit retard ne vous aura pas trop coûté.

— C'était gentil de sa part, Sire. Même Rhun n'y trouverait rien à redire. Mais pressons-nous. (Il tâta le front de son patient.) Cette fièvre ne veut pas tomber... Pourrez-vous tenir cour, Majesté ? Messire Rhun vous représenterait volontiers.

— Non, j'y tiens. Après avoir fait si longue route et avoir provoqué le trépas du comte et de la comtesse, c'est le moins que je puisse faire pour les Marches de l'Est. J'ai aussi très faim, alors ne m'envoyez pas me coucher avant que j'aie pu goûter les mets qu'on mijote depuis deux jours !

Il n'avait pas faim du tout, mais il devait se montrer résolu. La tête lui tournait de plus en plus.

En approchant du hall d'honneur, Rhys Michael eut la nausée à cause des fumets qui lui chatouillaient les narines.

Stacia et son époux patientaient au pied des marches avec quelques fidèles vassaux. Une adolescente en robe de tweed tenait Kennet, le nouveau-né ; deux fillettes portaient des serre-tête en argent repoussé posés sur des coussins. Le comte Sighere tenait l'étendard frappé aux armoiries des Marches de l'Est. Une épée battait le flanc de Sean, son fils.

Sighere lui confia l'étendard et vint à la rencontre du roi.

— Je suis heureux de vous revoir, Sire, souffla-t-il. Vous n'aviez pas l'air bien durant la messe.

Rhys Michael esquissa un sourire.

— J'ai de la fièvre. Tant pis, je tiendrai le coup ! Je me suis attardé pour remercier le père Derfel de son office. Si j'avais des prêtres comme lui à mon service...

Sighere hocha la tête.

— Derfel est un homme de Dieu remarquable. Il fait honneur à l'Eglise.

— C'est bien mon avis.

— On vous attend, Majesté. Merci d'être venu. Le Kheldour vous sera toujours loyal.

Il s'inclina et reprit l'étendard. Stevanus ne soupçonnait apparemment rien.

— Vous ne semblez pas très bien, en effet, Sire. Etes-vous certain que ça ira ?

— Oui.

Ils entrèrent dans le hall déjà bondé.

Comme à l'accoutumée, des tables étaient disposées sur l'estrade. Au centre du *U* ainsi formé, un siège à haut dossier faisait office de trône. A droite, le duc Graham écoutait les instructions de Rhun et de Manfred sous le regard attentif de Joshua et de Lior.

A l'approche du roi, le petit groupe s'égailla. Rhun attira Manfred à l'écart pour lui parler en privé ; Graham entreprit d'attribuer les places d'honneur et veilla à ce que le centre de l'estrade reste dégagé. Derfel apporta une Bible à la reliure argentée.

Le prêtre portait une chape blanche sur son aube et son étole. Manifestement, il comptait participer à la cérémonie, au grand dam du père Lior.

— Votre offre d'assistance est fort généreuse, mais tout est sous notre contrôle, affirma celui-ci.

— Je n'en doute pas un instant, mon père, répondit Derfel. Cependant, je suis le confesseur de dame Stacia et du seigneur Corban. Ils m'ont prié d'apporter les Saintes Ecritures grâce auxquelles, chaque jour, ils entendent la parole de Dieu. Qui, mieux que leur confesseur, pouvait leur rappeler leurs serments en l'absence de Hrorik ?

Même Lior n'aurait pu trouver à y redire. Eût-il essayé que Rhys Michael serait intervenu.

Rhun fit signe à Fulk d'apporter la couronne et l'épée royale.

— Nous devrions commencer, Sire.

Cathan prit la couronne et la plaça sur le front de son suzerain.

— *Vous êtes brûlant de fièvre !* lança-t-il mentalement.

Haussant les épaules, Rhys Michael s'assit. Fulk posa l'épée haldane sur ses genoux.

Tandis que tous s'installaient, le roi rassembla son courage, déterminé à tenir le coup. Son état empirait.

Un roulement de tambours amena un silence attentif dans l'assistance. En des temps plus heureux, des cornemuses auraient salué le comte et la comtesse tandis qu'ils avançaient vers leur suzerain.

Stacia était restée en grand deuil. Sighere avait replié l'étendard des Marches de l'Est, le posant sur les marches de l'estrade. Graham, campé près du roi, était en possession des lettres de confirmation des titres de noblesse.

— Gentes dames, mes seigneurs, braves vassaux des Marches de l'Est, dit le roi, de simples mots ne sauraient exprimer la fierté que j'éprouve à être parmi vous, mes si loyaux féaux. Ensemble, nous avons tenu tête à l'ennemi. Il vous en a coûté votre comte et votre comtesse. J'aurais tant aimé que le prix de la victoire ne fût pas si élevé... Je les ai peu connus, mais ils ont prouvé leur bravoure et leur honorabilité. Puisse notre Seigneur, au plus haut des cieux, récompenser ceux qui ont si bien et si fidèlement servi leur maître terrestre.

Un murmure d'approbation salua cette déclaration. Rhun se renfrognait de plus en plus.

— Aujourd'hui, nous reconnaissons comme leurs héritiers légitimes leur fille et son époux, le seigneur Corban, qui se présentent à nous.

Ces derniers s'agenouillèrent devant Rhys Michael. Stacia joignit les mains. Le roi dégagea son bras de l'écharpe pour serrer les doigts de la jeune femme entre les siens. Le père Derfel tendit la Bible.

— Comtesse des Marches de l'Est, je suis prêt à entendre votre serment d'allégeance.

Son regard noir plongé dans les pupilles grises du roi, la jeune femme déclara :

— Moi, Stacia, comtesse des Marches de l'Est, je deviens votre vassale et vous rends hommage pour les terres précédemment détenues par mon père Hrorik et mon grand-père Sighere, seigneur du Kheldour et premier duc de Claibourne. Je vous engage ma foi et ma sincérité, dans la vie comme dans la mort, contre tous vos ennemis. Dieu m'en soit témoin.

Rhys Michael s'avisa qu'il recevait l'hommage et l'investiture féales de sa propre autorité. C'était la première fois ! L'euphorie lui donna des couleurs sans rapport avec son état de santé.

— À mon tour, Stacia des Marches de l'Est, j'engage Gwynedd et mon peuple à vous protéger, à rendre la loyauté pour la loyauté et la justice pour l'honneur. Ainsi parle Rhys Michael Alister Haldane, roi de Gwynedd, seigneur de Meara, de Mooryn, des Marches Pourpres et haut seigneur des Marches de l'Est. Dieu m'en soit témoin.

Le suzerain et sa vassale posèrent les mains sur la Bible et embrassèrent sa reliure d'argent.

Corban Howell, qui n'avait pas à répéter le serment, imita le roi et la comtesse. Grâce à une Lecture de Vérité, Rhys Michael fut rassuré. Ce fils cadet d'une famille appauvrie de gentilshommes était maintenant comte des Marches de l'Est. Atteindre de tels sommets par le mariage était une façon honorable de fonder sa propre lignée. Le jeune Corban pouvait se féliciter.

L'investiture pouvait désormais avoir lieu. Rhys Michael couronna ses vassaux de serre-tête en argent. Puis il tendit à Stacia la bannière que Sighere lui avait remise. Ainsi, la comtesse aurait l'autorité du roi pour gouverner ses terres. Le fils de Sighere, Sean, remit l'épée de Hrorik à Rhys Michael, qui tendit à Stacia ce symbole de son nouveau statut de protectrice du peuple. Embrassant la relique sacrée enchâssée dans la garde, la comtesse présenta l'arme à Corban. Le duc Graham aida le jeune homme à s'en ceindre la taille. Puis Corban tira l'arme du fourreau pour saluer son suzerain.

Rhys Michael présenta à sa féale un chaudron, symbole de sa charge de mère nourricière du peuple.

La cérémonie achevée, le roi pria la comtesse de se relever. Corban rejoignit sa femme.

— Peuple des Marches de l'Est, voici tes nouveaux seigneurs. Sois-leur aussi loyal et sincère qu'ils le seront avec toi.

Le son d'une cornemuse résonna tandis que les hommes éclataient en vivats, épées brandies, puis hissaient Stacia et Corban sur leurs épaules pour traverser le hall. La fierté et l'euphorie étaient communicatives. D'abord inquiets, Rhun et Manfred furent rassurés. Il n'y avait aucun danger.

Rhys Michael s'efforça de rester impassible. Ce qui allait suivre serait primordial.

La parade achevée, Graham leva les mains pour qu'on fasse silence. Puis il s'inclina devant le roi.

Sighere se rapprocha.

— Sire, avant qu'on passe aux rafraîchissements, j'aimerais obtenir de votre Gracieuse Majesté une faveur.

— Parlez, duc.

— Lors de votre couronnement, je vous ai rendu hommage. A l'époque, nous étions de tout jeunes gens et vous vous remettiez à peine de la mort de votre frère. Depuis, les circonstances ne m'ont pas ramené à Rhemuth, ni Votre Altesse au Kheldour. Mais nous avons eu les preuves que le roi à qui j'avais prêté serment était digne de toutes les allégeances. S'il plaît à Votre Majesté, je vous prie d'accepter de nouveau mon serment de loyauté.

Rhys Michael avait beau s'y attendre, il fut enivré d'orgueil et d'excitation. Il invita le jeune duc à approcher avant que Rhun ou Manfred puissent élever des objections.

C'était une manifestation de soutien trop publique à leur goût... Mais il leur serait difficile de s'y opposer si loin de la capitale. Seuls ceux qui combattaient ouvertement le roi de Gwynedd auraient pu protester.

Rhys Michael prit entre ses mains celles de son vassal agenouillé devant lui. Tandis que Graham faisait vœu d'allégeance, le Haldane se glissa dans son esprit. Puis le duc, tête baissée, effleura du bout des lèvres les doigts de son suzerain, lui communiquant sa dévotion. A son tour, le roi lui promit aide et protection.

Graham se signa et se releva.

Sighere prit sa place.

— Sire, entendez aussi mon serment d'allégeance. Je suis votre serviteur... Beaucoup d'hommes désirent aussi vous le jurer.

Il embrassa la paume du roi et baissa le front sur leurs mains jointes.

— Amen, chuchota Rhys Michael.

Sighere se redressa. Des dizaines d'autres vassaux avançaient, emplissant le roi de gratitude.

Consternés, Rhun et Manfred chuchotèrent entre eux.

Rhys Michael aurait des comptes à rendre. Il s'en fichait, ravi par le soutien qu'on lui témoignait. Grâce à une Lecture de Vérité qu'aucun de ces rudes montagnards ne pouvait détecter, le souverain sut combien chacun était sincère en soufflant : « *Je suis votre serviteur.* »

Combien Rhys eût aimé puiser dans de tels trésors de loyauté pour libérer la couronne de Gwynedd !

La cérémonie achevée, Rhys Michael souffrait plus que jamais. Mais pour rien au monde il n'eût voulu dédaigner tant de ferveur en se retirant prématurément.

Tous se dispersèrent pour festoyer.

Rhun et Manfred tirèrent le roi dans l'embrasure d'une fenêtre.

CHAPITRE 21

Voilà pourquoi Dieu leur envoie une influence qui les égare, qui les pousse à croire le mensonge.

Deuxième Epître aux Thessaloniens, 2, 11

— Que diable signifie tout ça ? s'exclama Rhun. Tous ces hommes vous embrassaient les mains !

— J'imagine que c'est une coutume locale, souffla le roi. Les frontaliers sont un peuple passionné. Vous les avez vus à l'œuvre.

— Oui, et je sais ce que ça signifie quand ils scellent un serment de cette façon ! s'indigna Rhun. Ils en font une affaire personnelle. C'est à l'homme qu'ils engagent ainsi leur foi, pas à la couronne.

— Vraiment ?

— Cessez de jouer au plus fin ! grogna Rhun. Saviez-vous que Claibourne agirait ainsi ?

— Bien sûr que non ! Ou je vous en aurais parlé... Quand les choses ont pris cette tournure, qu'étais-je censé faire ? Oter mes mains des leurs et les insulter ? Dédaigner la loyauté d'un quart de mon royaume ? Cela a pu vous échapper, Rhun, mais sans les seigneurs du Kheldour, et notamment sans la comtesse que nous venons d'enterrer, nous n'aurions pas cette conversation. Et je ne serais sans doute pas le seul à avoir péri.

Rhun soupira. Il se contenait difficilement.

— Peu importe maintenant ! C'est fait. Mais inutile d'avoir des illusions.

— Quelles illusions ? répliqua Rhys Michael, plus abattu par six ans de soumission que par ses douleurs. Que diable pourrais-je tenter selon vous ?

— Je l'ignore ! Cessez de me provoquer, Sire. Comme vous l'aurez compris, cette affaire me met mal à l'aise. Les morts en chemin, la résolution avec Miklos et maintenant la démonstration de Claibourne et de Marley... Albertus et Paulin écartés du pouvoir, l'équilibre des forces à Rhemuth est compromis. Si vous deveniez trop gênant... Nul besoin de vous mettre les points sur les *i*, n'est-ce pas ?

Rhys Michael secoua la tête.

— Bien, continua Rhun à voix basse. Si vous vous retirez tôt ce soir, personne n'y verra d'inconvénient. L'état de votre main est préoccupant. Vous ne paraissez pas en bonne forme.

Rhys Michael serra son bras blessé sur sa poitrine.

— Ça ira. Que vous importe, de toute façon ? Si je devais en mourir, vous seriez débarrassé, pas vrai ?

— Pas vraiment, répliqua Rhun. Je préférerais définir l'heure et le lieu à ma convenance. N'en parlons plus pour ce soir, Sire. Dois-je ordonner à Stevanus de vous raccompagner dans vos appartements ?

Rhys Michael se redressa de toute sa taille sans cesser pour autant de paraître soumis. S'il n'avait tenu qu'à lui, il serait volontiers allé se coucher. Mais il lui restait à accomplir une tâche de la première importance...

— Pas encore, si vous le permettez. Je vais mieux que ce qu'il semble. Ne pas paraître au banquet serait insultant pour nos hôtes. De plus, je dois manger. Si vous préférez, je ne traînerai pas. Il me tarde de regagner mon lit, je l'avoue volontiers.

— Très bien, concéda Rhun. Si vous êtes sûr.

Sous le regard du maréchal, Rhys Michael retourna dans le hall. Cathan, Fulk et Stevanus auraient pour instruction de le tenir à l'œil. Tant que ces trois-là le surveilleraient, tout se passerait bien. Il fallait s'en convaincre, car l'avenir de la couronne haldane en dépendait.

Rhys Michael s'attabla, Stacia assise à sa dextre, la place d'honneur. Ensuite venaient son époux, Graham et Sighere. A la senestre du roi, on trouvait Lior, Joshua Delacroix, Rhun, Manfred et leurs séides.

Cathan et Fulk servirent leur suzerain. Au cours du banquet, Cathan put discrètement informer son beau-frère que Derfel patientait dans une salle adjacente avec les documents.

Entre deux plats, les invités écoutèrent des chants mélancoliques accompagnés à la harpe. Certains étaient dans un dialecte que Rhys Michael ne comprenait pas.

Graham et Stacia s'absentèrent brièvement. Sous couvert de surveiller le service des vins, Sighere allait et venait à sa guise.

Quand Cathan resservit à boire à son beau-frère, il murmura :

— Tout le monde a signé. Il ne manque plus que votre paraphe et votre sceau. Surveillé comme vous l'êtes, ça va être très difficile... Vous n'aurez pas de seconde chance.

Rhun avait disparu quelques instants pour aller se soulager. C'était le moment ou jamais. Stevanus parlait avec un chevalier convalescent, Lior était en pleine conversation avec Joshua.... S'excusant auprès de Stacia et de Corban, Rhys Michael se leva, soutenu par son beau-frère, et quitta le hall, suivi par Fulk. Ils croisèrent Sighere, la démarche mal assurée, un gobelet en main. En réalité, il était parfaitement sobre.

Cathan se campa devant le cabinet d'aisances ; Rhys Michael se faufila dans la petite pièce qui le jouxtait. Fulk arriva quelques secondes après.

— Tout va bien ?

— Oui, assura Cathan. Dites-moi, avez-vous remarqué l'accorte demoiselle assise en bout de table ? Elle ne vous quittait pas des yeux.

— Ah bon ? Laquelle était-ce ?

Derfel attendait derrière un chandelier. Dès qu'il avisa son visiteur, il lui tendit une plume. Rhys Michael confia sa chevalière au prêtre et signa les cinq documents d'une main malhabile. Derfel entreprit d'y apposer le sceau royal.

— Dès que vous pourrez, chuchota Rhys Michael, rapportez ma chevalière à Cathan. On me surveille de très près. Si on s'apercevait de son absence, les questions fuseraient.

— Accordez-moi une demi-minute, Sire, et je vous la rends sur-le-champ.

Il en était au troisième document.

Hochant la tête, Rhys Michael entrebâilla la porte. Horrifié, il vit Rhun interroger les écuyers. Le jeune roi s'écarta puis risqua un autre coup d'œil. Le maréchal n'avait pas l'air soupçonneux ou contrarié. Néanmoins, il était bien là...

— *Cathan ?* lança le fils de Cinhil.

Il réalisa que son beau-frère pouvait à peine lui communiquer de vagues impressions. Cathan n'avait pas le pouvoir de contacter autrui par la pensée à distance.

— *Cathan, ne gaspille pas d'énergie à tenter de me répondre. Fais ce que je te dis. Arrange-toi pour que Rhun me tourne le dos et plonge-le en transe cinq secondes à peu près, le temps que je me faufile dans le lieu d'aisances...*

Cathan transmit son accord. Il allait passer à l'action quand Sighere apparut, se tenant au mur et renversant du vin par terre.

— Si ce n'est pas Rhun l'Impitoyable ! lança-t-il d'une voix pâteuse. Je me souviens de vous, messire... Que faites-vous à Marley ?

Il dévisagea le maréchal, lui soufflant son haleine avinée à la figure. Dégoûté, Rhun s'écarta. Rhys Michael espéra que Sighere tentait de faire diversion, pas de déclencher une rixe. Une chose était certaine : Rhun n'avait pas bu. Et Sighere n'était pas soûl non plus. Si la rencontre tournait mal, du sang coulerait.

Et si Sighere devait mourir, tous les plans de Rhys Michael tomberaient à l'eau.

— Allez donc cuver votre vinasse ailleurs ! fit Rhun, écœuré.

Sighere prit l'attitude de l'offensé.

— Voilà qui n'est guère courtois ! Entre fidèles vassaux, nous devrions lever ensemble la coupe de l'amitié !

Mal assuré sur ses jambes, Sighere tendit son gobelet à Rhun, tandis que Cathan et Fulk se rapprochaient, faisant commodément écran entre le maréchal et le roi...

Rhys Michael put ainsi se précipiter dans le lieu d'aisances... et en ressortir presque aussitôt, le plus innocemment du monde.

— Que se passe-t-il donc ?

— Ah, vous voilà, Sire. (Rhun tira sur sa tunique, tandis que les écuyers ramenaient Sighere dans le hall.) Je me demandais où vous étiez. Navré, mais votre précieux Marley n'est qu'un ivrogne. L'imbécile m'a pris à partie.

— Quoi, ici même ? ricana Rhys Michael. J'ose imaginer que ce n'était pas sérieux.

Rhun se raidit.

— Que voulez-vous dire ?

— Peu importe. Si vous êtes disposé à vous offenser pour un rien, après tout ce que ces montagnards ont fait pour nous... Que fabriquiez-vous là, d'ailleurs ? Vous savez pertinemment que Sighere ne vous porte pas dans son cœur.

— Je vous cherchais...

— Ah oui ?

— Oui.

— Pourquoi ? Ne puis-je donc aller me soulager sans que vous me pourchassiez ? Que Fulk et Cathan me suivent comme leur ombre ne vous suffit pas ?

Rhun eut la grâce de paraître embarrassé.

— Vous tardiez un peu.

— Alors vous m'imaginiez déjà en train de tenir des conciliabules secrets ?

Rhys Michael réalisa que son adversaire de toujours était sur la défensive. Il pouvait s'offrir le luxe d'évoquer la vérité en lui donnant les couleurs de l'extravagance...

Résolu à continuer dans cette veine, il désigna son bras blessé, sarcastique.

— Ne vous est-il pas venu à l'esprit que j'étais embarrassé ? Ou pensiez-vous que je complotais avec quelque partisan pendant qu'il m'aidait à pisser ? Votre nature méfiante vous joue des tours, Rhun. Voulez-vous vous assurer qu'il n'y avait personne avec moi dans le cabinet d'aisances ?

Piqué au vif, Rhun tourna les talons et partit à grandes enjambées.

Rhys Michael réprima un éclat de rire. Cathan et Fulk, revenus sur leurs pas, eurent aussi du mal à contenir leur hilarité.

Puis la douleur força le roi à revenir à ses tracasseries présentes.

— Bien joué ! Fulk, veuillez transmettre mes regrets à dame Stacia et prier maître Stevanus de me rejoindre dans mes appartements.

Quand le fils de Cinhil s'allongea enfin, il grelottait de fièvre. Le chirurgien apparut, flanqué de la comtesse et d'une vieille femme qui portait un panier d'osier.

— Sire, voilà mère Angelica, dit Stacia tandis que Stevanus, l'air sombre, tâtait le front du roi. C'est la sage-femme du village. Sa mère aidait le guérisseur que nous avions à l'époque. Elle connaît un remède qui combat les poussées de fièvre des enfants. Il pourrait vous soulager aussi, Altesse.

Rhys Michael eut un regain d'espoir. Cette vieille femme était-elle en réalité une guérisseuse ?

Dès qu'elle posa une main sur lui, les espoirs du roi s'envolèrent. Elle n'avait rien d'une Derynie.

Elle palpa le cou de Rhys Michael, puis défit en partie les pansements pour examiner la plaie d'un œil critique. La châtelaine de Lochalyn la nettoya et appliqua d'autres onguents.

— La blessure est infectée, Sire, mais le mal ne semble pas gagner votre coude, annonça la vieille femme. Voilà qui devrait faire baisser votre fièvre.

Elle prit une fiole en céramique et l'ouvrit.

— Maître Stevanus, il faut en dissoudre une petite quantité dans de l'eau ou du vin et le faire boire quatre fois par jour au patient.

— Qu'est-ce donc ?

— Ma mère l'appelait du tacil. Il n'en reste plus. Le guérisseur qui en fabriquait est mort.

— Une drogue derynie ? fit le chirurgien, les sourcils froncés.

— Une drogue qui lutte contre la fièvre, intervint Stacia. Voulez-vous soigner notre suzerain ou pas ?

— Le roi le veut ! décréta Rhys Michael. Et s'il restait un guérisseur au monde, j'accueillerais avec joie ses soins !

Stacia prépara la mixture avec l'aide de Cathan.

— Buvez, Sire.

Avant que Stevanus se décide à intervenir, Rhys Michael vida la coupe.

— Pourrais-je avoir un somnifère, maître Stevanus ? J'ai besoin de dormir, s'il faut remonter à cheval demain.

— Le maréchal veut rentrer à Rhemuth au plus vite. On fera sans doute souvent halte, Sire, afin que vous vous reposiez le plus possible.

— Entendu. Dame Stacia, votre hospitalité m'est chère, mais je dois retrouver ma famille sans tarder car la reine est enceinte. Quand elle saura que je suis blessé, elle s'inquiétera.

Cathan raccompagna Stacia et mère Angelica. Stevanus partit à son tour, convaincu que le roi avait bu son somnifère. Dès que le chirurgien eut le dos tourné, Rhys appela son beau-frère.

— Il serait plus prudent d'envoyer par avance un exemplaire du codicille à Mika.

— Pourquoi ? demanda Cathan.

— Voyons... Il nous faudra une bonne semaine pour regagner la capitale, et beaucoup de choses peuvent se passer en sept ou huit jours. On ne meurt pas quand un cheval vous écrase la main, mais... Je me sentirais mieux si elle détenait un exemplaire.

— Entendu. Avez-vous un messager particulier en tête ou préféreriez-vous que je m'en charge ?

— Pas toi, Cathan. Tu serais le meilleur choix possible, mais tu me manquerais trop. J'ignore si je tiendrais le coup sans toi. Il importe que les exemplaires du document soient remis très vite à qui de droit. Rhun semble perdre patience. J'entends révéler bientôt l'existence du codicille. Si mes adversaires ne veulent pas que Graham et Sighere viennent leur mettre des bâtons dans les roues, ils devront me garder en vie. Mais tant que les documents ne seront pas en lieu sûr, je ne peux pas passer aux actes.

— Bien raisonné. Alors qui envoyer ?

— Quel choix avons-nous ? Même si j'établis des blocages mentaux chez le messager, mieux vaut que ce soit quelqu'un de loyal.

— Le fils de Sighere, par exemple ? Ce garçon me semble avoir la tête sur les épaules.

— Non, il faut que mon agent voie la reine. Un frontalier ne sera pas admis en sa présence. Ce doit être obligatoirement un des nôtres.

— Les *Custodes* ou les séides de Rhun et dc Manfred sont exclus. Restent les serviteurs de seigneurs de moindre stature. Ah... Je tiens notre homme : Robert, le fils d'Ainslie. Je l'ai aperçu plus tôt, en soirée. Vous souvenez-vous de lui ?

— Bien sûr. Un choix parfait.

— Je vais tâcher de le trouver. Vous voudrez qu'il parte cette nuit même ?

— Absolument. Envoie-moi Fulk. Je veux dicter une autre lettre. Tu l'apporteras à Graham demain matin, avant notre départ.

— Rhysem, que me cachez-vous ? Vous n'allez tout de même pas mourir !

— Je compte bien vivre, Cathan, mais mieux vaut parer à tout. Revenons au codicille. Avons-nous un exemplaire ou Derfel les détient-il encore ?

— Il les a. Je vais en chercher un avant de ramener le jeune Ainslie. Je ferai vite.

Quelques instants plus tard, Fulk se présenta et s'installa à une écritoire. Rhys Michael lui imposa sa volonté en un clin d'œil avant de commencer à dicter.

Fulk ne se souviendrait de rien.

— Ecrivez. « *A Graham, duc de Claibourne et à Sighere, comte de Marley : au cas où, à ma mort, vous seriez en mesure de faire valoir vos droits à la régence, je vous ordonne et vous autorise de confirmer la nomination de messire Cathan Cinhil Drum-*

mond comme régent. Cela pourra être le premier acte légal qui suivra votre prise de fonction... »

La lettre achevée, Rhys Michael la signa de son mieux.

Cathan revint seul.

— Ne l'as-tu pas trouvé ?

Secouant la tête, Cathan posa une main sur l'épaule de Fulk.

— Allez vous reposer. Je prendrai le premier tour de garde.

Fulk parti, le jeune homme s'accroupit au chevet du roi.

— Robert Ainslie boit avec les autres chevaliers. J'ai un exemplaire du codicille, mais il sera impossible de vous amener le garçon sans que ça se remarque. Si vous voulez qu'il parte cette nuit même, vous devrez me laisser faire.

Rhys Michael réprima un frisson et ferma les yeux.

— Si nous remettions cela à demain ? proposa Cathan.

— Trop hasardeux ! Une fois en route pour Rhemuth, j'aurai moins de liberté que jamais. De plus, mon état pourrait empirer... Fais au mieux, Cathan. Je te confie ma chevalière. Mika aura ainsi la garantie que tout vient de moi.

Il implanta ses instructions dans l'esprit de son beau-frère et lui remit le document destiné à Graham MacEwan.

Puis il but le somnifère et dormit jusqu'à ce que sonnent les cloches de Matines.

CHAPITRE 22

On s'attaque à la vie du juste, et le sang innocent, on le condamne.

Psaumes, 94, 21

La fièvre était tombée, mais Rhys Michael avait presque aussi mal à la tête qu'au bras. Cathan prépara une dose de tacil puis aida son roi à se laver et à s'habiller.

Fulk empaqueta leurs affaires, les descendit dans la cour et se rendit dans la chapelle.

— Notre ami est-il parti cette nuit même, Cathan ? murmura Rhys Michael.

— Pourquoi ne pas recourir à une lecture sur moi ? répondit Cathan dans un souffle. Ce serait plus prudent de ne pas parler.

Yeux clos, le roi sonda la mémoire de son beau-frère... Un jeune homme mince aux cheveux châtains, les yeux bleus à demi voilés, en transe... Robert Ainslie avait accepté la mission du roi par l'intermédiaire de Cathan. Et il n'avait opposé aucune résistance aux blocages mentaux que lui avait implantés ce dernier.

— Il est parti avant minuit, ajouta Cathan à voix basse. Il devrait être à Rhemuth dans quatre jours.

Au milieu de la matinée, après avoir suivi la messe avec Stacia, sa famille et les officiers, et après avoir déjeuné et pris les analgésiques de maître Stevanus, le roi quitta Lochalyn.

Les premières lieues, Graham, Sighere et Corban escortèrent leur souverain.

Les contingents levés par Caerrorie, Sheele et Valoret resteraient une autre semaine au Kheldour, sous le commandement de Joshua Delacroix et d'Iver MacInnis au cas où le retrait des Torenthis ne serait qu'une feinte.

Puis les seigneurs du Kheldour rebroussèrent chemin. Encadré par Rhun et par Manfred, Rhys Michael dut se contenter d'adieux formels avec ses fidèles vassaux.

Comme il aurait voulu leur dire ce que leur loyauté signifiait à ses yeux ! Comme il aurait voulu rester !...

Ses regrets cédèrent rapidement devant un impératif : lutter contre le sommeil qui l'envahissait et rester en selle.

A l'ombre d'un chêne, Ansel, Tieg et Jesse avaient assisté au départ du roi.

Un roi amaigri aux traits tirés, un bras en bandoulière.

— J'aurais tant voulu examiner cette blessure, murmura Tieg. Il semble beaucoup souffrir.

— Allons rendre visite à dame Stacia, proposa Jesse. Nous n'aurons peut-être pas de meilleure occasion.

Un quart d'heure plus tard, une servante introduisit les jeunes gens dans le solarium du château, où une femme-enfant énergique à la crinière rousse fouillait dans des coffres. D'autres femmes changeaient la literie, aéraient les fourrures et vaquaient à mille et une tâches domestiques. Dans un berceau sculpté, un bébé gazouillait. Deux chiens-loups le veillaient.

Voilà pourquoi les étrangers étaient si aisément admis en présence de la châtelaine...

— Vous avez de la visite, dame Stacia, annonça la servante.

La jeune femme se retourna sans cesser de plier une tunique verte.

— Oui ?

Jesse s'inclina. Il lança une légère sonde mentale et se heurta aussitôt à des boucliers.

— Nous sommes des amis du roi, ma dame. Nous sollicitons de votre mansuétude un entretien privé.

Elle les étudia.

— Notre souverain est parti il y a une heure.

— En effet, dit Jesse.

— Venez par ici.

Elle les entraîna à l'écart. Un chien-loup vint s'allonger à ses pieds.

Malgré votre accoutrement, vous n'êtes pas d'ici... Je vous reçois au nom de mon suzerain. Que vouliez-vous me dire ?

Pour toute réponse, Jesse tendit une main et invoqua une flamme de poing. Sous le soleil, son éclat argenté se distinguait à peine. Mais Stacia la vit. Ses yeux s'écarquillèrent.

— Nous espérions aider le roi, chuchota Jesse en faisant disparaître la flamme magique. Hélas, nous n'avons jamais pu l'approcher. Mon compagnon est un guérisseur. Pourriez-vous nous parler de sa blessure ? Peut-être aurons-nous une occasion de contacter Rhys Michael plus tard.

— Il n'a pas précisé qu'il avait des alliés derynis...

— Les grands seigneurs ne doivent rien soupçonner, dit Jesse. Ses alliés derynis ont déjà coûté la vie à un monarque haldane.

— C'était donc vrai, souffla Stacia. Il a dit qu'ils avaient assassiné son frère Javan... Et qu'on l'avait épargné uniquement pour qu'il assure la continuité de sa lignée...

— S'il vous en parlé, c'est qu'il a foi en vous, dit Tieg. A votre tour, nous accorderez-vous votre confiance ? Nous devons en savoir plus.

Stacia se mordilla les lèvres.

— Rhys Michael a eu une main écrasée par le sabot d'un cheval. Mais c'est loin d'être son seul souci. Il a fait établir un document nommant mon oncle Sighere et mon cousin Graham régents de Gwynedd.

— Un document ? répéta Jesse, échangeant un regard avec Tieg.

Le guérisseur s'approcha de la châtelaine, ses pupilles noisette rivées sur elle.

— Ma dame, nous avons beaucoup de questions et peu de temps. Vous savez comme nous dans quelle situation désespérée est le roi. Votre mère était derynie. Nous autorisez-vous une Lecture de Vérité ? Sur ma foi de guérisseur, nous nous cantonnerons à ce qui a trait à notre suzerain.

Stacia eut un petit sourire.

— Malgré votre voix grave, vous êtes bien jeune pour avoir prononcé votre serment de guérisseur...

Tieg sourit à son tour.

— A en croire mes tuteurs, je suis un prodige. Mon père était Rhys Thuryn. Peut-être son nom ne vous est-il pas inconnu ?

— En effet. Thuryn et les siens ont toujours soutenu la lignée haldane. Qu'attendez-vous de moi ?

— Asseyez-vous dos au parapet ; Jesse montera la garde... Et que votre ami à quatre pattes sache que je ne vous veux aucun mal.

— Conn ? C'est un gros bébé !

Fort à propos, le chien-loup posa le museau sur les cuisses de sa maîtresse.

— Faisons vite, souffla Jesse.

— Compte sur moi, assura Tieg, déjà en transe.

Dès qu'il fut en contact avec les pensées de Stacia, leurs boucliers respectifs semblèrent s'évaporer. En quelques secondes, il assimila tout ce qu'elle savait depuis l'arrivée du roi à Culliecairn.

A supposer qu'il fût couronné de succès, le plan de Rhys Michael était brillant.

C'était aussi un pari dangereux...

Quant au « tacil » apporté par la sage-femme, et qui devait être du tacilil, il soulagerait effectivement Rhys Michael. Tieg aurait fait le même choix dans la pharmacopée. Hélas, il en restait fort peu...

Le jouvenceau rompit le contact et sortit Stacia de sa transe.

— Ma mère était beaucoup plus douée que moi, murmura-t-elle. Comment pourrais-je aider notre suzerain ?

— Vous serez ses yeux et ses oreilles, répondit Jesse. Si Graham et Sighere deviennent régents, au cas où un malheur frapperait notre roi, il restera une chance de briser le joug des grands seigneurs. Albertus et Paulin éliminés, les choses sont peut-être déjà sur le point de changer...

Stacia pointa le menton avec détermination.

— Si le roi meurt, Graham et Sighere viendront à Rhemuth faire valoir leurs droits ! Nous ne faillirons pas à notre devoir. Dites-le au roi si vous arrivez à l'approcher. Et à ses autres amis derynis.

— Nous n'y manquerons pas, ma dame, assura Tieg.

Depuis l'arrivée du roi à Lochalyn, Joram avait ordonné une veille permanente dans la salle du Conseil Cambérien, pour attendre les communications télépathiques d'Ansel et des autres.

Tieg contacta Queron Kinevan.

Une demi-heure plus tard, tous les rebelles disponibles se réunirent autour de la table octogonale et apprirent les nouvelles.

— L'idée du codicille est brillante, approuva Joram. Mais pourrait-on l'annuler si ça tournait mal ?

Queron haussa les épaules.

— La loyauté de Stacia et de son entourage ne faisant pas l'ombre d'un doute, nous n'avons pas à redouter qu'ils précipitent la fin de Rhys Michael...

— Exact, renchérit Niallan. L'existence de ce codicille devrait tenir Rhun et Manfred en échec, puisque la mort de Rhys Michael ne sera plus dans leur intérêt... Quand ils le sauront, ils feront tout pour le garder en vie. Dommage qu'il n'ait pas pu rédiger un deuxième document pour dénoncer les grands seigneurs et appeler ses vassaux du Kheldour à le libérer de leur tyrannie. S'il était resté, les frontaliers l'auraient secouru. Il retourne à Rhemuth à cause de Michaela et de leur fils...

— A supposer, rappela Dom Rickart, que le roi survive à sa blessure... Nous tenons ces informations de seconde main, c'est vrai, mais la fièvre est un signe alarmant. Le talicil — bénie soit cette sage-femme — ne suffira sans doute pas.

— Le roi pourrait mourir ? demanda Joram.

Rickart haussa les épaules.

— Impossible à dire sans examen. Il a une température élevée, il souffre beaucoup... Et je doute qu'un chirurgien des *Custodes* comme Stevanus ait pu réduire correctement les fractures. Même si la main guérit ainsi et qu'il n'y ait pas de complications, Rhys Michael n'en aura plus le plein usage. Et comme Queron vous le dira — ou Camlin, dont les poignets ne redeviendront jamais normaux —, il n'est pas toujours possible de rectifier ce genre d'erreurs.

Camlin hocha la tête.

— Ne pourrions-nous envoyer au roi un guérisseur déguisé ? proposa-t-il.

— Ce serait vouer l'un de nous à une mort certaine, dit Joram. Et condamner notre suzerain par la même occasion.

— Je croyais établi que le codicille le protégerait, rappela Niallan.

— Si nos ennemis pensent que les exemplaires sont aux mains de qui de droit et hors de leur portée, cela marchera *peut-être*, souligna Joram. Mais ça ne protégerait en rien notre guérisseur.

— Ce n'est pas sans danger, admit Queron. Mais un guérisseur devrait l'examiner.

Niallan haussa un sourcil.

— Vous ne comptez tout de même pas risquer la vie de Tieg ?

— Non, je pensais à moi... Une minute, laissez-moi parler ! J'examinais la carte en vous attendant. Ce soir, l'expédition s'arrêtera à Saint-Cassian. Elle suit l'itinéraire de l'aller, en direction d'Ebor, de Sheele et de Valoret. Je suis le premier à admettre qu'utiliser nos Portails est dangereux, mais il en existe un à Caerrorie, non loin de là. Je me déguiserai en moine itinérant et me débrouillerai pour croiser « par hasard » le chemin de l'armée du roi.

— Et ensuite ? ironisa Joram. Vous irez voir Rhun et lui demanderez un entretien privé avec Rhys Michael ?

— Bien sûr que non ! Mais j'en saurai plus sur la santé du roi. S'il m'est impossible de le voir sans prendre de trop grands risques, je serai peut-être en mesure d'influencer un de ses proches au cas où toutes les ressources de la médecine traditionnelle ne seraient pas exploitées.

— Un risque acceptable, approuva Rickart. Au fond, Tieg pourrait essayer de faire la même chose jusqu'à ce que Queron arrive et prenne les choses en main.

Niallan se racla la gorge, mal à l'aise.

— Nous perdons de vue un fait : Tieg n'a pas quatorze ans. Avec sa haute taille, il paraît plus vieux, mais je doute fort qu'il soit rompu à ce genre d'infiltration en terrain ennemi. Corrigez-moi si je me trompe, mais jusqu'à présent, sa formation s'est centrée sur l'art de la guérison, sa vocation.

— Tout à fait, répondit Queron, et je ne suis pas prêt à lui faire risquer sa vie en quelque circonstance que ce soit. Ansel et Jesse, eux, ont les talents nécessaires pour glaner des faits. Quand je les rejoindrai, ils détiendront sûrement les informations nécessaires à notre intervention. C'est à mon avis la seule approche raisonnable. Le codicille rend la situation plus stable par certains côtés... et moins par d'autres. Nous devrons modifier nos plans en conséquence, et voir vers où le vent tournera.

Ils continuèrent de débattre une bonne heure. Tous convinrent d'une chose : si Rhysel devait être averti de ce qui se tramait, il fallait le cacher à la reine.

— Si le roi meurt, j'ai peur pour cette pauvre enfant, dit Queron à Joram, quand les autres furent partis. Elle n'est pas près d'accoucher. Si elle perdait son époux et cet enfant-là, comme le premier, je doute qu'on puisse sauver la lignée haldane. On ne fonde pas de dynastie puissante sur un enfant de quatre ans...

— Queron, je ne veux même pas y penser ! Et encore moins envisager la mort du roi... Depuis que nous avons appris la nouvelle grossesse de la reine, nous préparons un coup d'Etat en faveur de Rhys Michael. Mais ne perdons pas de vue notre œuvre de ces six dernières années...

Souriant, Queron tapota la main du fils de Camber.

— Pour un homme qui ne voulait pas être mêlé à la béatification de son père, vous ne cessez de manifester une foi remarquable. Néanmoins, je ne voudrais pas agir sur un coup de tête. Que nos efforts soient couronnés de succès ou se soldent par un nouvel échec, les Derynis ne reviendront pas facilement sur le devant de la scène. Rétablir le culte de saint Camber redonnera peut-être la foi aux nôtres.

— Un peu d'aide de sa part serait fort appréciée, soupira Joram. Hélas, lui seul décide de ses apparitions... Père a toujours eu ses idées...

— Comme vous, dit Queron. Et comme votre défunte sœur. Espérons que son fils Tieg n'aura pas trop hérité de cette obstination lorsque je lui donnerai ses instructions. Peut-être ferais-je mieux de contacter Jesse et Ansel et pourrais-je les inciter à le tenir à l'œil.

Joram sourit.

— Fort bien. Quand vous aurez fini, Camlin viendra vous relayer.

A des lieues de là, au sud, l'archevêque Hubert MacInnis prenait à peine connaissance de ce que Joram savait depuis longtemps.

Au crépuscule, un moine des *Custodes* nommé Fabius était arrivé à Rhemuth, porteur de nouvelles si tragiques qu'Hubert en croyait à peine ses oreilles.

Secorim, l'abbé des *Custodes* de la cathédrale, rendait visite à l'archevêque Oriss quand le moine messager se présenta.

— Dimitri a tué Albertus ? répéta Hubert, incrédule. Et Paulin ne survivra pas ?

Il parcourut la lettre signée de la main de Rhun et de Lior qui confirmait les nouvelles.

— Je dois réunir le conseil. Secorim, souhaitez-vous y assister ? Si Paulin ne se rétablit pas, vous pourriez le remplacer. En attendant, vous le représenterez.

— Je viens. Frère Fabius, accompagnez-nous. Le conseil voudra vous questionner.

Une demi-heure plus tard, ils siégeaient dans la salle du conseil, rejoints par Tammaron, Richard Murdoch et le jeune comte de Tarleton — Bonner Sinclair, le fils d'Albertus.

Secorim donna lecture de la missive.

— J'ai recruté Dimitri, murmura Hubert. Je me sens responsable de ces tragédies. Après tant d'années... Par le ciel, les ai-je envoyés dans un traquenard ? Dimitri était-il à la solde de Torenth depuis le début ?

— En ce cas, dit Richard, la stratégie ennemie laisse à désirer. Même si le roi périt, il nous reste son héritier et un enfant à naître. Marek de Festil est-il vraiment en mesure d'attaquer notre capitale ? Les atouts maîtres sont entre nos mains.

— Vous avez raison, dit Tammaron. Néanmoins, prudence étant mère de sûreté, mieux vaut appeler des troupes supplémentaires à Rhemuth. Au cas où nous sous-estimerions Marek... Richard, vos terres sont les plus proches. Combien de soldats pourriez-vous nous fournir ?

— Combien en faudrait-il ? Une centaine ? Davantage ? Secorim, des contingents de *Custodes* seraient aussi souhaitables.

Secorim hocha la tête.

— En une nuit, je peux réunir une centaine de chevaliers...

— Deux cents guerriers devraient suffire pour l'instant, approuva Richard. Si un messager part sur-le-champ, mes hommes seront là avant deux jours. Ensuite, nous aviserons.

— Je suis d'accord, dit Hubert, qui avait retrouvé son aplomb. Avant de céder à la panique, il faudra réunir plus d'informations. Richard a raison : nous avons la haute main grâce au jeune prince Owain. Il faudra cacher tout cela à la reine. Et confisquer les prochaines missives qui lui seront adressées.

— Avez-vous peur d'une fausse couche si le roi venait à mourir ? demanda Richard.

— Oui. Il peut devenir nécessaire de garder la reine alitée jusqu'à sa délivrance. Tammaron, vous aviserez les médecins. Pour l'instant, il n'y a pas péril en la demeure. De simples rumeurs ne sauraient se comparer au choc qui provoqua sa première fausse couche. Mais mieux vaut se préparer à tout. Et il va sans dire que la sécurité du prince Owain est plus importante que jamais.

— Grâce à quelques précautions élémentaires, conclut Tammaron, les choses devraient rester normales une semaine ou deux. D'ici là, les mesures appropriées seront prises.

CHAPITRE 23

> Tiens-toi éloigné de l'homme qui a le pouvoir de tuer... il pourrait t'ôter la vie.
>
> *L'Ecclésiastique, 9, 13*

Quand l'expédition royale atteignit Saint-Cassian, ce fut pour apprendre que Paulin était mort la veille. Il venait d'être inhumé près de son frère, dans la crypte de l'abbaye.

Les *Custodes* se répandirent en pieuses lamentations et l'entourage du roi en condoléances appropriées. Lior et l'abbé invitèrent Rhys Michael et son état-major à se réunir à l'église pour prier sur la tombe de Paulin. Le roi tenta de se soustraire à cette ultime hypocrisie en mentionnant sa fatigue. Rhun lui signifia qu'il devait au moins feindre le chagrin.

Résigné, le roi s'agenouilla avec les autres et prononça des prières creuses, s'efforçant d'oublier sa douleur et la fièvre qui le tenaillait.

Le soir, on glosa beaucoup sur la responsabilité des Derynis dans la mort de Paulin.

A table, les conversations roulaient inévitablement sur le sujet.

— C'était folie que d'espérer un autre dénouement, répondit l'abbé à une question de Manfred. Quelle chance avait Paulin d'échapper à la sorcellerie derynie ?

— Vous avez continué les exorcismes et les purifications ? demanda Lior.

— Appuyés par les prières de notre communauté, confirma l'abbé. Mais la souillure demeure, mon père. Il faudra une longue période de jeûne, de prière et de mortification pour la chasser...

Rhun ravala une remarque caustique.

— Je ne suis pas un homme d'Eglise, dit Manfred, mal à l'aisc, mais il me semble que tout ce qui pouvait être entrepris pour assurer le bien-être spirituel de Paulin l'a été. Dommage que rien n'ait pu le rétablir physiquement.

Polidorus haussa un sourcil.

— Comme l'a dit notre abbé, nous avons tout essayé. Paulin ne pouvait plus s'alimenter ni contrôler ses fonctions corporelles. Son cœur et sa respiration restaient satisfaisants, mais il n'avait plus de réactions. Sauf lors des saignées... Il n'a jamais repris conscience. Dieu lui accorde la paix éternelle...

Il se signa.

Rhys Michael étouffa un bâillement. Les saignées avaient-elles précipité Paulin dans la tombe ? Les *Custodes* aimaient en user et en abuser. On les utilisait même parfois comme des coups de grâce déguisés quand le patient était au-delà de toute rémission. Le reste du temps, c'était un moyen d'intimidation au sein de l'ordre. Si Paulin avait succombé à ce genre de « soins » après l'avoir tant infligé à ses semblables, ce n'était que justice.

Rhys Michael se retira en compagnie de Cathan et de Fulk. Dévêtu, il se glissa sous les fourrures, épuisé et grelottant. Cathan lui apporta une coupe de tacil.

Stevanus survint peu après, flanqué de Polidorus et d'un jeune moine. Cathan se hâta de pousser le reste de la drogue au bout de la table de chevet, dans l'ombre.

— Après cette journée à cheval, Sire, je veux défaire vos pansements et examiner votre plaie, annonça le chirurgien. Frère Polidorus aussi. Frère Deiniol, voudriez-vous aller chercher une bassine et de l'eau chaude ?

Le jeune moine s'éclipsa ; Rhys Michael sortit à contrecœur son bras blessé de sous les fourrures et laissa faire Stevanus, tandis que Polidorus lui tâtait le front, claquant la langue de désapprobation.

— Bonté divine... Ce type de fractures est toujours préoccupant. L'avant-bras paraît en bon état. Je ne vois pas de marques rouges.

— Peut-être pas, dit Stevanus. Mais il a de la fièvre.

— Je le vois bien.

— Et les plaies sont trop inflammées à mon goût. De plus, les chairs sont trop gonflées et marbrées pour qu'on puisse déterminer si les os se sont remis en place.

Tandis que les médecins palpaient la main malade, arrachant des cris de douleur à leur patient, frère Deiniol revint.

— Il faudrait enlever ces points de suture, dit Polidorus. La chair est boursouflée, la peau tendue et luisante. Cautériser la plaie chassera les impuretés. L'a-t-on saigné ?

— Je ne voulais pas affaiblir le roi, répondit Stevanus.

— Je refuse qu'on me saigne ! protesta Rhys Michael. Et je ne veux pas de cautérisation. Laissez-moi du temps pour guérir, c'est tout.

— Si vous voulez garder votre main, dit Polidorus, vous devez nous permettre d'agir. (Il fit un signe de tête à son assistant, qui se tourna vers l'âtre.) Maître Stevanus, préparez un autre analgésique pour le roi et qu'on remplisse la bassine d'eau chaude. Il faut y faire tremper cette main. Les points de suture seront plus faciles à enlever ensuite.

— J'ai dit non ! s'emporta Rhys Michael. Laissez-les ! Je ne veux ni cautérisation ni saignée !

— Ne soyez pas stupide. Vous n'êtes pas en position de savoir ce qui est le mieux pour vous.

De sa main valide, Rhys Michael agrippa Cathan.

— Courez avertir Rhun ! *Ajoute*, continua-t il mentalement, *que si je meurs ici, ils auront une régence bien différente de celle qu'ils escomptaient. Révèle-lui l'existence du codicille. Mais prétends que je t'ai ordonné de ne pas dévoiler qui en avait un exemplaire*. Hâtez-vous !

Stevanus secoua la tête tandis que Cathan sortait.

— Sire, Rhun n'interviendra pas. Buvez ce calmant. Inutile de rendre les choses plus pénibles encore.

— Je refuse d'être cautérisé ! Vous pouvez donner un bain chaud à ma main, mais rien de plus. Si vous versez mon sang, je serai trop faible pour reprendre la route demain. Il est hors de question que je m'attarde ici. La reine m'attend.

— Sire, dit Polidorus, avez-vous une formation de chirurgien ?

— Bien sûr que non.

— Alors ayez la bonté de ne pas m'apprendre mon métier. Buvez ! Avec ou sans votre coopération, on fera ce qu'il faut. Ne me forcez pas à vous contraindre.

Fulk posa la bassine d'eau fumante à la droite du lit. Poussant la table de chevet, Polidorus avisa la fiole de tacil. Il ramassa la coupe vide et la renifla.

— Qu'est-ce donc ?

— Une potion contre la fièvre, répondit Rhys Michael. La châtelaine de Lochalyn me l'a donnée.

— Un remède de bonne femme ? Comment appelle-t-on ça ?

— La vieille sage-femme qui accompagnait la châtelaine a parlé de tacil. Dame Stacia a précisé que sa mère tenait ce remède de l'ancien guérisseur du village.

— Une drogue derynie ! cria Polidorus. Il est hors de question qu'on utilise ces potions sous notre toit !

— Non ! protesta Rhys Michael. Ça fait tomber ma fièvre !

Il voulut rattraper le précieux flacon de son bras valide et cogna sa main blessée contre la bassine.

Il en pleura de douleur.

— Pas d'impertinence, Sire, maugréa Polidorus tandis que le roi se recroquevillait sur le lit. Frère Deiniol, débarrassez-nous de cette chose.

— Mais c'est efficace..., protesta Stevanus.

— Absurde ! Tout ce qui est deryni ne peut faire aucun bien, dit Polidorus. Donnez-moi cette main, Sire, qu'on la trempe dans l'eau chaude avant qu'elle refroidisse. Stevanus, persuadez-le de vider cette coupe ou appelez des gardes.

Deiniol alla jeter le flacon dans le cabinet d'aisances, où Rhys Michael l'entendit le briser.

Abattu, il n'opposa plus de résistance.

Polidorus examina les instruments préparés par son assistant.

Si Rhys avait été convaincu de l'utilité d'une cautérisation ou d'une saignée, il s'y serait soumis avec un stoïcisme de bon aloi. Mais dans ces conditions...

Il fallait que Rhun arrive au plus vite avant que les bouchers des *Custodes* ne commencent à le charcuter...

Pendant son « enlèvement » et après le meurtre de Javan, on l'avait régulièrement soumis à des saignées, histoire de le garder affaibli.

La pâleur et la léthargie n'étaient-elles pas les symptômes d'une longue maladie ?

Il y avait de bonnes raisons médicales à la pratique de la saignée. Sans compter la « petite discipline » monacale, visant à calmer les ardeurs de la chair. On l'appelait aussi *minution*, du latin *minuere*, affaiblir ou diminuer.

Les *Custodes* l'utilisaient avec d'autres intentions en tête...

Polidorus revint avec un second pichet d'eau chaude. A la surprise de Rhys Michael, le bain lui faisait du bien.

Il se força à boire la moitié de la coupe.

— Vous devriez la vider, Sire, dit le chirurgien. Ça ne suffit pas.

— Je veux être lucide quand Rhun arrivera.

— Ça ne changera rien. Au moins rallongez-vous.

— Sire, dit Fulk, mal à l'aise, si j'allais voir ce qui retient Cathan ?

Rhys Michael secoua la tête, heureux de l'initiative de l'écuyer.

— Je suis sûr qu'il sera bientôt là, souffla Rhys Michael. Restez près de moi.

— Du calme ! lança sèchement Polidorus en examinant la plaie de son patient.

Stevanus entreprit d'ôter les points de suture, enfouis sous les chairs gonflées. Tenaillé par la douleur et accablé par les menaces de Polidorus d'appeler du renfort s'il ne se tenait pas tranquille, le jeune souverain tourna la tête pour ne plus voir son sang rougir la bassine.

— Que diable se passe-t-il ici ? rugit une voix familière. Stevanus, que faites-vous ?

— La blessure de Son Altesse doit être cautérisée pour éliminer les impuretés, répondit Polidorus. Il faudrait aussi saigner le roi. Pour l'instant, l'eau chaude apaise l'inflammation.

Rhun approcha à grandes enjambées, jeta un coup d'œil à la bassine et à Rhys Michael, dont les pupilles grises étaient dilatées par les drogues.

— Tout le monde dehors ! Je veux parler à Sa Majesté en privé. Cathan, vous pouvez rester.

Stevanus se lava les mains en hâte avant de saluer nerveusement Rhun et de s'éclipser avec Fulk. Polidorus murmura quelque chose à Cathan avant d'en faire autant. L'écuyer ferma la porte et revint vers son suzerain pour ôter sa main de la bassine et la poser sur un linge propre. Il vida l'eau sale sous l'œil de Rhun et remplit de nouveau la bassine avec de l'eau fraîche pour y replonger la main du roi, qui soupira.

— Merci d'être venu, Rhun, souffla-t-il.

— Je n'avais guère le choix. Quelle est cette histoire ridicule à propos d'un codicille que vous auriez ajouté à votre testament ?

— Ce n'est pas une histoire et ce n'est pas ridicule. Si je meurs avant la majorité de mon fils, le duc de Claibourne et le comte de Marley deviendront irrévocablement régents de Gwynedd. Avant que vous tentiez de les éliminer, sachez qu'ils ont d'ores et déjà choisi leurs successeurs. Le Kheldour aura son mot à dire, quoi qu'il advienne.

— Le Kheldour montera bientôt sur le trône, à ce train-là !

— J'en doute. Et quand bien même, les frontaliers ne feront pas pire que vous. Vous n'avez pas laissé à Alroy la plus petite chance d'être roi. Et vous avez tué Javan au moment où il déployait ses ailes. Ç'aurait été un grand monarque. Vous m'avez gardé en vie uniquement pour que je joue les géniteurs royaux. Et que mon enfant se coule dans votre moule. Si aucun Haldane libre n'est appelé à régner, Rhun, je préfère encore que le Kheldour nous succède. Le duc de Claibourne ferait un excellent souverain. A moins que le Kheldour ne puisse offrir à mes fils une véritable couronne.

— Je n'en crois pas un mot. Vous bluffez !

Rhys Michael regarda le plafond.

— Montrez-lui le texte, Cathan... Rhun, inutile d'espérer détruire tous les exemplaires existants. Sachez qu'ils ne sont déjà plus en ma possession.

Le maréchal arracha le parchemin des mains de Cathan et le parcourut à la lueur de l'âtre.

— Que voulez-vous ? demanda-t-il au roi.

— D'abord, revoir ma famille. Je ne veux ni cautérisation, ni saignée, ni amputation. Si vos complices n'avaient pas abattu Oriel il y a six ans, mon état n'aurait pas empiré à ce point. Sans guérisseur pour me tirer d'affaire, je ne peux que m'en remettre à la bonne fortune. Sinon, vous pourrez féliciter vos précieux *Custodes* de m'avoir précipité dans la tombe. Polidorus vient de détruire le médicament deryni que dame Stacia m'avait donné pour faire tomber la fièvre. Il me soulageait, mais du moment qu'un guérisseur l'avait préparé, c'était forcément diabolique !

— Je m'attendais à des sympathies derynies..., grogna Rhun.

— Il ne s'agit nullement de ça ! Les guérisseurs étaient une bonne chose et je donnerais cher pour en avoir un maintenant. En massacrant les Derynis comme vous l'avez fait, vous nous avez tous privés de leurs soins.

— Inutile d'en discuter davantage. Vous m'avez signifié tout ce que vous refusiez. A Rhemuth, que se passera-t-il ?

— Vous voudriez bien le savoir, n'est-ce pas ? Pour l'heure, à votre place, je me soucierais davantage de garder le roi en vie. Ainsi que Cathan ! S'il lui arrivait malheur, vous en seriez tenu pour responsable. Et la mort du beau-frère de la reine vous vaudrait la pendaison. J'ai pris toutes les précautions nécessaires.

Le regard luisant de colère, Rhun hocha la tête.

— Voilà à quoi rimait cette singerie devant le lieu d'aisances du château, n'est-ce pas ? Vous m'avez mis au défi de regarder dedans, sachant pertinemment que je n'en ferais rien !

Rhys Michael gloussa.

— Je n'y ai signé aucun document, Rhun... Cela s'est passé dans une petite pièce, juste à côté. Sighere a fait diversion.

— Fulk était aussi du complot, pas vrai ? Cathan, je comprends, mais lui...

— Non, Fulk ne se doutait de rien. Sinon, il serait allé tout raconter à son père.

— Tammaron le tuera de toute façon.

— J'espère que non. C'est un jeune homme de qualité qui sera aussi horrifié que vous d'apprendre qu'on l'a manipulé.

Rhun plaqua les poings sur ses hanches.

— Très bien. Je suis de nature pratique, Sire. Alors, passons aux choses sérieuses. Que faire avec votre main malade ? Si vous deviez en mourir à cause de votre refus obstiné de vous laisser soigner, je n'en serais pas responsable.

— Alors priez pour que je ne succombe pas ! C'est tout. Vous qui avez une expérience militaire enviable, jetez donc un coup d'œil. Qu'en pensez-vous ?

Comme il l'avait espéré, Rhun approcha pour inspecter sa main d'un œil clinique, et lui prit naturellement le poignet pour le tourner. Dès qu'il regarda Rhys Michael dans les yeux, il fut perdu...

Le fils de Cinhil l'hypnotisa. Rhun ne se rendit compte de rien.

— On dirait que Stevanus avait commencé à enlever les fils, dit-il.

Le roi acquiesça.

— Je ne pouvais pas l'arrêter. Si c'était votre main, Rhun, le laisseriez-vous vous cautériser ? Honnêtement ?

Rhun le regarda, tombant plus encore sous le charme.

— Je l'ignore... Il y a de la fièvre, une infection localisée, mais pas de signe d'empoisonnement du bras. Enfin, si vous voulez vraiment voyager dans cet état...

— Il le faut. Je dois rentrer, fût-ce en litière. Quoi qu'il advienne, je veux revoir ma femme et mon fils.

Il posa sa main saine sur le poignet de Rhun, approfondissant son emprise mentale. Quand le maréchal vacilla, Cathan vint le soutenir.

Rhys Michael n'aurait pas de meilleure occasion. Passant outre la noirceur, la culpabilité et la haine qui pourrissaient l'esprit de son ennemi, le roi y implanta des ordres irrésistibles. Certains lui vaudraient sans doute des regrets, le jour du Jugement dernier... Mais ils assureraient l'avenir des Haldanes.

Sa tâche achevée, Rhys Michael effaça tout souvenir de ce qu'il venait de faire et lâcha Rhun. Cathan s'écarta.

— Je suis très las, dit le roi. Priez maître Stevanus de revenir me bander la main. Nous nous sommes bien compris, n'est-ce pas ? Il n'y aura ni saignée ni cautérisation.

Rhun retrouva sa colère.

— Vous êtes obstiné, Sire ! Comme toujours. Si vous vous êtes mis en tête de continuer demain...

Le roi bâilla à s'en décrocher la mâchoire.

— Cette conversation m'ennuie, Rhun. Et je tombe de sommeil. Ayez la bonté d'appeler maître Stevanus.

— J'y vais, Sire, dit Cathan.

A l'arrivée du chirurgien et de Fulk, Rhun se retira.

Polidorus ne fut pas autorisé à entrer.

— Maître Stevanus, dit Rhys Michael, contentez-vous de sécher ma main et de la rebander. Je veux partir demain à l'aube.

Quand le chirurgien eut achevé sa tâche, le roi s'était enfin assoupi.

Rhys Michael aurait été heureux d'apprendre que le guérisseur Queron était en route pour le contacter.

CHAPITRE 24

Délateurs effrontés, aveuglés par l'orgueil, plus amis de la volupté que de Dieu.

Deuxième Epître à Timothée, 3, 4

Les nouvelles atteignirent Rhemuth tôt dans la matinée, tandis que Rhys Michael sommeillait encore à Saint-Cassian. Les troupes levées à l'*Arx Fidei* et à Carthane étaient en route pour la capitale. Quand les scribes d'Hubert lurent le rapport de Rhun au conseil d'Etat, les grands seigneurs soupirèrent de soulagement : la guerre était évitée. Par la grâce de Sudrey des Marches de l'Est, le roi avait survécu à une confrontation avec l'ennemi. Il était miraculeux que Sudrey ait tenu tête au prince Miklos et très certainement à Marek de Festil !

— Qu'essayaient-ils d'accomplir, à votre avis ? demanda Secorim, se frottant les yeux.

Comme les autres, il avait été tiré de son lit dès l'arrivée du messager du roi, le chevalier Henry de Rutherford.

Dans la pénombre, Hubert leva les yeux au plafond. Avant de succéder à Paulin, Secorim aurait encore beaucoup à apprendre...

— S'ils avaient pu, répondit l'archevêque, ils auraient tué notre souverain. Mais à court terme, ils espéraient surtout abattre Sudrey des Marches de l'Est, née Rhorau, qu'ils considéraient comme une traîtresse pour avoir épousé le comte des Marches de l'Est. Moi, j'aurais plutôt dit le contraire : c'est Hrorik qui a trahi son lignage et sa race en prenant une Derynie pour femme ! (Il soupira.) A présent, tout ça n'importe plus. D'autant que nous l'avons appris quinze ans après les faits. Au moins, cette chienne est morte.

Tammaron haussa un sourcil.

Plus rusé et plus implacable encore que son défunt père, Richard eut un sourire carnassier.

— Voilà Miklos mort et Marek parti lécher ses plaies et répondre de ses actes devant le roi Arion. Rhys Michael reviendra, tout compte fait.

— Jusqu'à la délivrance de la reine, il faut l'espérer ! gronda Tammaron. Pour ma part, je respirerai mieux quand il sera là.

Richard affecta la plus parfaite indifférence.

— Mes seigneurs, continuez tant qu'il vous plaira. Je retourne me coucher. Jusqu'au retour du roi, j'ai une capitale à protéger.

Les autres partis, Hubert relut attentivement la missive. Rhun n'était pas homme à choisir ses termes à la légère. Miklos de Torenth avait chèrement payé sa fourberie. Mais jusqu'où était allée la perfidie de Dimitri ?

Que Marek ait réussi à attirer le roi dans un piège était fort inquiétant. La seule résistance de Sudrey avait-elle vraiment suffi à éliminer le sorcier ?

Hubert ne se soucia pas un instant de la blessure du fils de Cinhil.

Marek était sur le point d'affronter la colère de son beau-frère, le souverain de Torenth. Il venait déjà d'essuyer l'ire larmoyante de sa femme, à Tolan.

Cosim avait conseillé au prince de prévenir d'abord le roi Arion par écrit, attendu son caractère violent. Mais Marek préférait lui annoncer la mauvaise nouvelle en personne.

A l'arrivée du prince, de Cosim et de Valentin à Beldour, la mine sombre et de noir vêtus, le chambellan les avait introduits dans la plus austère des salles de réception royales.

Tous trois patientaient depuis près d'une heure, debout et la gorge sèche.

La porte s'ouvrit enfin.

Dépenaillé et hirsute, Arion arriva, pieds nus, en robe de soie noire. Il était plus blond que le défunt Miklos.

Cosim se hâta de s'agenouiller devant son suzerain, le front pressé par terre.

Le regard fuyant, le vieux Valentin se contenta d'un salut militaire dans les règles de l'art.

Conscient du danger, Marek s'agenouilla humblement et prit l'ourlet de la robe royale pour y presser les lèvres.

— Comment osez-vous vous montrer à moi ? gronda Arion. (Il recula, auréolé d'une lueur magique de mauvais augure.) Ne vous avais-je pas prévenu que le moment était mal choisi pour poursuivre votre but insensé ?

— Sire, dit Valentin, ce n'était pas entièrement la faute du prince Marek.

— *Silence !* Je serai seul juge de ce dont Marek est responsable ou pas !

Agé de cinq ans de plus que le prince, Arion paraissait beaucoup plus vieux. Sa maîtrise de la magie dépassait de beaucoup le niveau auquel Marek pourrait jamais aspirer. Miklos avait été puissant, mais trop insouciant et arrogant. Arion, lui, savait se concentrer et il bénéficiait d'une volonté de fer.

Marek avait néanmoins encore une chance de rentrer dans les bonnes grâces du souverain. Ou au moins d'être toléré.

— Sire, me voilà à votre merci, souffla-t-il. Si je suis coupable de négligence, je me soumettrai à votre châtiment, quel qu'il soit. J'aimais Miklos comme le frère que je n'ai jamais eu. Nous nous encouragions à poursuivre notre rêve. Nous avons malheureusement une part égale de responsabilité dans ce malheur. Nous voulions tester la force du Haldane et surtout abattre la traîtresse Sudrey de Rhorau. Ni le Haldane ni elle ne se sont conduits comme on l'attendait. Elle...

— Vous avez le front de prétendre que Sudrey a vaincu mon frère ? Impossible !

— Je sais, fit Marek, misérable. Pourtant, elle a joué un rôle central. Elle a paru soutenir le Haldane pendant l'affrontement. Lisez la Vérité en moi, Arion ! J'ignore ce qui s'est vraiment passé ! Vous savez que je suis incapable de vous mentir !

Les yeux du roi parurent clouer le prétendant au pilori tel l'Ange de la Vengeance.

Arion ordonna à Cosim de soutenir Marek en préparation d'une sonde approfondie.

— Je vous préviens, dit-il, si vous résistez, vous en subirez les conséquences. Ne vous attendez à aucune douceur de ma part !

Résigné, Marek se laissa faire. Les yeux fermés, il baissa les bras en signe de soumission. Le guérisseur le plongea dans une transe légère afin de faciliter les choses et de le détendre. La sonde d'Arion poignarda Marek avec une précision chirurgicale.

Cosim le plongea dans l'inconscience, car Arion n'arrêterait pas avant d'avoir appris tout ce qu'il voulait.

Quand Marek reprit connaissance, il gisait dans les bras de Valentin, la respiration saccadée. Arion avait même lu en lui les résultats de la Lecture de Mort pratiquée sur le cadavre du prince Miklos.

Marek entendit Arion sangloter, dans la pénombre de l'embrasure d'une fenêtre.

— Arion ?

Le roi tourna vers lui un regard furieux.

— Pas un mot, Marek ! l'avertit Cosim. Il sait maintenant que vous n'êtes pas entièrement à blâmer. Mais ça n'apaise en rien son chagrin.

— N'en parlons plus pour l'instant, lâcha Arion d'une voix atone. Retournez à Torenth, dans la capitale de ma sœur. Réconfortez-la. Ramenez ici la dépouille de mon frère, sans emprunter de Portail. Vous conduirez le cortège funèbre, ce qui prendra une semaine. Peut-être alors pourrai-je de nouveau vous parler avec civilité.

D'une humeur aussi noire que sa robe, le roi sortit en trombe.

— Cosim, souffla Marek, me pardonnera-t-il un jour ?

Le guérisseur inclina la tête.

— Ne comptez pas sur son soutien avant très longtemps, mon ami. Je ne l'avais jamais vu dans un tel état. Quand sa fureur se tournera vers le Haldane, il acceptera sans doute mieux ce coup du sort. Il est clair que l'usurpateur dépasse nos attentes, même s'il n'a pas directement terrassé Miklos.

— Un jour, je le lui ferai payer cher, Cosim. Mais même si je lui suis supérieur en magie, il me faudra des troupes. Et seul Arion peut lever une armée en mon nom.

— Avec du temps, vous rentrerez sûrement dans ses bonnes grâces. Pour l'heure, soyez heureux qu'il vous ait épargné. Vous devriez obéir au roi et retourner voir la princesse Charis.

— Oui. (Marek se frotta les yeux d'une main tremblante.) Maudit soit ce prétendu roi de Gwynedd !

Comme à l'aller, les cloches de Matines réveillèrent Rhys Michael. Il se traîna hors du lit et se prépara à affronter une nouvelle journée. Il lui tardait de quitter Saint-Cassian. Tout son corps lui faisait mal. Il avait les épaules et le cou crispés, le front fiévreux.

Il manqua la messe, incapable de supporter les simagrées d'un autre ecclésiastique des *Custodes* après avoir connu la grâce simple du père Derfel... Ignorant délibérément les conseils de Stevanus — après tout, simple laïque des *Custodes Fidei* —, il prit ses analgésiques avant de se rendre au réfectoire, où il réussit à avaler un peu de pain.

Dans la cour, Rhun et Manfred attendaient ses ordres. A sa mine sombre, Lior avait aussi été mis au courant de l'affaire du codicille.

Le deuxième jour de chevauchée ne différa guère du premier, sinon que Rhys Michael se sentait de plus en plus mal. A chaque halte, il tentait de manger et de boire du vin pour se fortifier. Mais sans le bénéfice du tacil, sa fièvre ne cessait de monter.

Et Gallard de Breffni caracolait en tête des *Custodes*.

La nuit, autour de la tente royale, la surveillance se renforça encore. Rhys Michael se contenta d'un souper frugal en compagnie de ses écuyers. Puis il dicta à Cathan une missive destinée à la reine. Stevanus se présenta pour refaire le pansement, flanqué de Polidorus, de Lior, de Rhun et de Manfred. Personne ne desserra les lèvres.

Ensuite, le camp sombra dans l'habituelle quiétude nocturne. Quand Cathan lui apporta de quoi signer, Rhys Michael avait imaginé une nouvelle mesure au bénéfice de sa famille. Son état — ou l'inimitié croissante de Rhun et de Manfred — l'empêcherait sans doute de rentrer sain et sauf à Rhemuth comme il l'avait tant espéré.

— Avant de donner ce pli à Rhun, Cathan, apporte-moi la broche haldane puis attends mon signal. Tu sauras tout ensuite.

— Bien, Sire.

Cathan sorti, Rhys Michael s'allongea, la broche sous sa main valide. Le lion haldane flottant devant son œil mental tel un étendard, il entra en transe, chassant la douleur et la fièvre qui ne le quittaient plus.

Il n'imposerait pas à son fils le poids de l'héritage haldane, mais le potentiel devait à tout prix lui être transmis avant qu'il ne soit trop tard. Owain et son frère à naître devaient en bénéficier, d'une façon ou d'une autre.

Utilisant la broche comme focale, il lança les sorts requis puis, à un niveau plus superficiel, précisa ses instructions pour Michaela.

Tout cela exigeait beaucoup d'énergie.

Pour parachever son œuvre, il se piqua entre le pouce et l'index avec la pointe de la broche.

Quand il rouvrit les yeux, Cathan était au pied de son lit, les yeux écarquillés.

— Voilà... C'est fait. S'il m'arrive malheur, assure-toi que Michaela aura cette broche. Ainsi que l'Œil de Rom.

— Que savez-vous que j'ignore, Sire ?

— Rassure-toi, Cathan. Je n'ai aucune prémonition funeste. Je prends simplement mes précautions. Ma main m'inquiète beaucoup.

— Laissez-moi nettoyer cette petite plaie, Majesté...

Cathan lava l'entaille, puis lui épongea le front.

Il s'agenouilla, les larmes aux yeux.

— Vous n'espérez plus vous en sortir vivant, n'est-ce pas, Rhysem ? chuchota-t-il. Miséricorde divine, que deviendrons-nous ?

— Je l'ignore... Cathan, range la broche dans ta sacoche. Je serai plus tranquille. (Son beau-frère obéit.) Merci... Une dernière chose. Si je ne reviens pas vivant à Rhemuth, que Michaela sache que mes dernières pensées auront été pour elle et pour nos enfants. Si je l'écrivais, on intercepterait ma lettre. Mieux vaut que je me prépare au pire...

Non loin de l'endroit où le roi s'endormait, épuisé, Ansel, Jesse, Tieg et un pauvre contingent de « frontaliers » se retrouvaient à tour de rôle sous une tente afin de comparer leurs informations.

La fièvre du roi les inquiétait beaucoup. De plus, Rhys Michael s'était opposé à ses officiers, et les religieux des *Custodes* étaient encore moins en odeur de sainteté qu'auparavant. Personne ne semblait en connaître la cause ; d'aucuns l'attribuaient à des divergences d'opinions sur les soins appropriés. Stevanus restait le médecin attitré de Rhys Michael, mais un certain frère Polidorus, infirmier de Saint-Cassian, s'était joint à l'entourage royal. Or, même ses collègues n'avaient rien de flatteur à dire sur le personnage...

Des nouvelles qui ne laissaient pas d'inquiéter Tieg. Par bonheur, Dom Queron était en chemin...

A l'instant même, Kinevan quittait un village niché au pied du château Caerrorie, à quelques lieues de là, à l'est. Déguisé en moine de l'ordre de saint Jarlath, il avait une fois de plus sacrifié sa tresse gabriélite.

Sur une jument au caractère placide, il sortit, laissant derrière lui une pièce d'or et un parchemin cacheté aux armes du vieux Culdi.

Au matin, on l'apporterait au prêtre du village, qui lirait le message suivant : « *Un ami du père Joram a besoin de cette jument. Il la ramènera au plus vite.* »

Toute la nuit, Queron chevaucha à bride abattue.

A l'aube, il chercha une autre cachette.

Selon Ansel — dont Camlin lui avait transmis le message avant de quitter le sanctuaire —, Queron retrouverait le soir même l'expédition royale du côté d'Ebor ou de Sheele.

Une longue route attendait le Gabriélite.

CHAPITRE 25

Comme des brigands en embuscade, une bande de prêtres assassine sur la route de Sichem.

Osée, 6, 9

Le matin suivant, l'état de Rhys Michael ne s'était pas amélioré. Comme il n'avait pas empiré, le roi insista pour continuer coûte que coûte.

Vers midi, alors que la colonne dépassait un couvent perché sur une colline, le mal s'aggrava considérablement.

Depuis des heures, Rhys Michael chevauchait dans un état proche de la stupeur. Ses frissons se changèrent en convulsions. Il manqua tomber.

— Rhysem ! cria Cathan en lui prenant les rênes des mains.

Fulk se rapprocha par l'autre flanc. Puis Stevanus le remplaça tandis que Rhun et Manfred arrêtaient l'expédition et tournaient bride pour venir aux nouvelles.

— Jésus ! bougonna Stevanus. Il est dévoré par la fièvre !

— Que se passe-t-il ? demanda Rhun. Sire, vous m'entendez ?

Rhys Michael l'entendait, mais il n'avait plus la force de parler. Ses spasmes s'apaisèrent. Sa vue se brouillait et ses tympans bourdonnaient. Rester en selle tenait du miracle.

— Il faut l'aliter et faire tomber cette fièvre à tout prix ! dit Stevanus. Y a-t-il un abri à proximité ?

— Nous sommes à une heure d'Ebor, dit Manfred. Peut-il tenir jusque-là ?

— J'en doute, répondit Stevanus. N'était-ce pas un couvent que nous venons de dépasser ? (Il fouilla dans sa trousse médicale.) Cathan, montez en selle derrière lui et maintenez-le contre vous. Fulk, apportez à boire, n'importe quoi, afin que j'y mélange un sédatif.

— F... froid..., articula Rhys Michael en claquant des dents. Je... brûle...

Personne ne l'entendit.

Fulk revint en courant avec une fiole de vin. Deux chevaliers des *Custodes* maintenaient en place la monturc du roi. Lior, Magan et Polidorus remontèrent à leur tour la colonne.

— Cathan, ordonna Stevanus, aidez le roi à boire ce sédatif. Il apaisera les spasmes.

Rhys Michael réussit à prendre la coupe qu'on lui tendait, mais une nouvelle convulsion le prit avec tant de force qu'il brisa le récipient tandis que sa tête partait en arrière.

Dans une confusion croissante, on fit descendre le roi de selle. Deux piqûres au cou lui valurent des nausées et des perturbations psychiques qui ajoutèrent à ses misères.

— Par le sang du Christ, Lior, je ne voulais pas qu'on lui administre de *merasha* ! s'emporta Stevanus. J'ignore comment il réagira avec les drogues qui courent déjà dans ses veines !

Rhys Michael sombra dans l'inconscience.

Combien de temps resta-t-il sans connaissance ? Il n'aurait su le dire. Il se réveilla dans une pièce fraîche et sombre, entouré par des femmes aux mains et au visage doux. Deux d'entre elles épongeaient son corps nu tandis qu'une troisième, plus jeune, lui appliquait des compresses sur le front. De larges bandes de tissu attachaient le souverain au matelas. Il réalisa qu'il avait les poings et les chevilles entravés.

Rhys Michael coassa quelque chose d'inintelligible. Il mourait de soif.

— Vous revoilà parmi les vivants ! dit une quatrième femme vêtue de noir. Ne bougez pas. Vos médecins vous ont attaché à cause des convulsions. Sœur Regina, veuillez lui enlever la bande qui immobilise sa poitrine pour qu'il ne s'étouffe pas.

Rhys Michael réalisa que ces anges de miséricorde appartenaient à un ordre religieux.

— Où est Cathan ? chuchota-t-il. Cathan ?

— C'est un des vôtres, Sire ? Buvez, nous allons le quérir.

— Qu'est-ce donc ?

— Un thé que nous faisons avec de l'écorce de peuplier blanc. C'est très bon contre la fièvre. Croyez-moi, vous vous sentirez mieux.

— J'ai mal à la tête...

— A cause de la fièvre, Majesté. Buvez.

Il n'avait d'autre choix que d'obéir. Epuisé par l'effort, il retomba sur son oreiller.

A son réveil, il avait les idées plus claires. Mais ses douleurs le taraudaient. Quelqu'un lui tripotait l'abdomen sans douceur.

Frère Polidorus, plus renfrogné que jamais.

Stevanus était à son côté, fatigué et inquiet.

— Ça vous fait mal, Sire ? demanda-t-il.

— Ma vessie est pleine, chuchota Rhys Michael.

Le besoin naturel soulagé dans un récipient approprié, Stevanus toucha à son tour le front du roi. Cathan et Fulk arrivèrent, flanqués de Rhun et de Manfred, l'air furibond.

— Comment vous sentez-vous, Majesté ? demanda Stevanus.

— Suis-je censé me sentir mieux ?

— On espère toujours, Sire. C'est humain. Votre fièvre est un peu tombée, mais vous avez souffert de convulsions toute la nuit.

— Faut-il vraiment que je reste ligoté ?

— Vos convulsions sont spectaculaires, Votre Altesse. Vous pourriez vous briser d'autres os. J'ai peur que oui...

— Combien de temps ?

— Jusqu'à ce que le mal passe.

— Non, Stevanus, *avant* cela. Suis-je en danger de mort ?

Le chirurgien refusa de croiser son regard.

— Je... je ne crois pas, Sire. Les sœurs vous ont préparé du thé. Buvez cette coupe, j'y ai ajouté un sédatif. Cathan, soulevez-lui la tête.

A peine Rhys Michael eut-il ingurgité la décoction qu'il fut submergé par des convulsions.

Il sombra dans l'inconscience.

Quand il reprit ses esprits, tout le monde criait autour de son lit.

— Médicalement, décrétait Polidorus, c'est précisément ce qu'il faut ! Je voulais qu'on le fasse il y a des jours déjà, et voyez le résultat !

Lior posa une main conciliante sur l'épaule de Stevanus. Manfred affichait sa détermination. Rondel, son aide de camp, maîtrisait à grand-peine Rhun qui se débattait comme un possédé, tandis que Magan préparait une nouvelle dose de *merasha*. Gallard de Breffni pressait une dague sous la gorge de Cathan, le dissuadant d'intervenir. Deux autres chevaliers des *Custodes* tenaient Fulk en respect, près de la porte. Le pauvre écuyer avait l'air abattu et écœuré.

— Mais il est trop affaibli ! protesta Stevanus. Si vous le saignez, il n'y survivra pas !

A travers le voile rouge qui lui brouillait la vue et les spasmes qui le torturaient, Rhys Michael fut saisi d'épouvante. Il avait interdit à Stevanus ou à Rhun de permettre cela, mais d'évidence, Lior et Polidorus avaient pris les choses en main...

Bientôt, un calme sinistre régna dans la chambre.

Agenouillé au chevet du roi, Cathan lui caressait le front.

Une douleur aiguë fit tourner la tête à Rhys Michael. Polidorus levait une lancette ensanglantée.

— Non !

Le fils de Cinhil se débattit en vain. Des chevaliers des *Custodes* le maintenaient immobile.

Stevanus avait disparu.

En un clin d'œil, Rhys Michael fut plongé dans l'horreur, aussi impuissant qu'un nouveau-né.

La colère, la trahison, la futilité de ses combats... Tout tourbillonnait en lui.

— Rhysem, chuchota Cathan, pardonnez-moi. Je ne pouvais pas les en empêcher. (Il lui tourna la tête vers lui, pour qu'il ne voie plus sa vie s'écouler avec son sang.) Ils ne tueront pas le frère de Mika, mais ils m'auraient fait sortir si je n'avais pas cessé de me débattre. Et vous laisser souffrir seul m'était insupportable.

— Pourquoi ? coassa Rhys Michael d'une voix brisée. Est-ce ainsi qu'ils comptent m'occire ?

— Allons, Sire, susurra Polidorus, ne vous mettez pas de telles idées en tête. Vous ignorez ce qui est bon pour vous ! La saignée chassera les humeurs qui vous empoisonnent le sang. Croyez-moi, nous savons ce que nous faisons.

Incapable de réfuter pareille absurdité, Rhys Michael aperçut Rhun, prostré sur un tabouret, les bras ballants. Manfred et Lior le tenaient à l'œil.

— Rhun ! fit le roi. Si vous les laissez me tuer, vous savez ce qui arrivera ! Empêchez-les, dans votre intérêt !

— Je doute qu'il vous entende, Sire, répondit Manfred. De toute façon, je ne suis pas aussi crédule que lui. Je ne vous crois pas.

— Dois-je demander à Cathan de vous montrer aussi le document ?

— N'importe qui peut rédiger n'importe quoi dans ses rêves. Vous bluffez.

— Et si c'est la vérité ?

Manfred haussa les épaules.

— Il est regrettable qu'en dépit des meilleurs soins, les patients les plus illustres ne survivent pas à un mal aussi inquiétant que le vôtre. Les témoins affirmeront que nous avons fait tout ce qui était en notre pouvoir. Malheureusement, Votre Altesse a refusé nos soins jusqu'à ce qu'il soit trop tard...

— C'est un meurtre, souffla Rhys Michael. Et un sacrilège. Ce ne serait pas le premier, n'est-ce pas ? Au moins, Javan est mort les armes au poing, sur un champ de bataille !

Avec un sourire narquois, Manfred regarda le récipient se remplir de sang.

— Je ne suis pas vindicatif, Sire. L'heure venue, si tel est votre souhait, vous expirerez avec à la main l'épée que tenait votre frère quand il a rendu son dernier soupir... Mais pas aujourd'hui.

« Merci, frère Polidorus, ajouta-t-il alors qu'on retirait la lancette du bras du roi. On vous rappellera cette nuit, je pense. Sire, je vous renverrai maître Stevanus et le seigneur Fulk sitôt que le père Lior vous aura dit un mot.

Les membres des *Custodes* se retirèrent.

Lior approcha pendant que Magan rangeait les instruments.

— Dommage que vos amis derynis ne soient pas là, n'est-ce pas ? dit l'inquisiteur. Pour accomplir leurs rites abominables, du sang royal les comblerait d'aise. Dans nos maisons religieuses, l'usage est de fertiliser les jardins avec les produits des saignées. Dans un an ou deux, les bonnes sœurs pourront nous dire si le sang royal, de ce point de vue, est supérieur aux autres.

Rhys Michael n'était plus en état de se défendre. Cathan le fit à sa place, ses yeux bleus écarquillés par l'horreur et par l'indignation.

— Que signifie cela ? Vous mentez à propos des Derynis !

— Oh, parce que vous n'en avez pas entendu parler ? Allons, c'est de notoriété publique. Les Derynis frayent avec les démons, qui exigent le sang de leurs adorateurs. D'après mes sources, le sang royal est à peine supérieur à celui des vierges ou des enfants en bas âge. Sire, estimez-vous heureux qu'ils n'aient pas accès à votre corps et moins encore à votre âme.

Cathan blêmit. Ecœuré, Rhys Michael tourna la tête. Il avait du mal à respirer.

— A propos, continua Lior, je vous envoie un prêtre pour qu'il vous administre l'extrême-onction. Vous voudrez sûrement vous confesser. Je vous offrirais volontiers mes services, mais je doute que vous me trouviez acceptable. (Rhys Michael secoua la tête.) Bonsoir, Sire.

Magan et Lior partis, Stevanus et Fulk reparurent.

— Je suis navré, Majesté, dit le chirurgien. Messire Rhun et moi-même n'y pouvions rien.

Rhys Michael ferma les yeux.

— Je sais. Vous n'avez rien à vous reprocher. Cathan...

Son beau-frère lui prit la main.

D'autres convulsions le frappant, Rhys Michael s'agrippa à lui comme à une planche de salut.

Stevanus et Fulk tentèrent de l'immobiliser.

La crise passée, le roi sombra dans un sommeil agité.

La nuit tombait.

CHAPITRE 26

Quant à moi, je suis déjà répandu en libations et le moment de mon départ est venu.

Deuxième Epître à Timothée, 4, 6

Le matin suivant, Queron rattrapa enfin l'armée royale. En chemin, il avait troqué sa jument contre un âne plus approprié à son déguisement. Son habit monacal et son âge avancé lui garantissaient l'hospitalité dans tout établissement religieux. En échange du gîte et du couvert, un prêtre itinérant apportait des nouvelles du monde extérieur partout où il allait.

En approchant du couvent, Queron vit d'abord le campement de l'armée. Personne ne prêta attention au vieux moine qui entrait à dos d'âne. La cour était noire de guerriers et de chevaux qu'on étrillait à tour de bras.

Une jeune sœur toute de noir vêtue vint à la rencontre du visiteur, l'aidant à mettre pied à terre.

— Soyez le bienvenu à Saint-Ostrythe. En quoi puis-je vous aider ?

— Merci, ma sœur. Je demande la charité chrétienne. A manger pour moi et pour mon ami à quatre pattes... Il me reste une longue route jusqu'à Saint-Jarlath et j'ignore où je serai ce soir. Je suis le père Donatus.

— Sœur Winifred, pour vous servir. Vous trouverez l'hospitalité chez nous, mon père, n'en doutez pas. Notre chère est très frugale aujourd'hui, car nous accueillons l'armée royale en nos murs. Mais le peu qui reste vous sera offert de bon cœur. Venez.

Queron la suivit dans l'étable, les sens aux aguets.

— Dites-moi, ma sœur, que vient faire notre souverain ici ?

La nonne haussa tristement les épaules.

— Il est au plus mal, mon père... On nous l'a amené hier. Les saignées n'ont apporté aucun soulagement, paraît-il. La mère supérieure nous a demandé de prier pour lui.

Stupéfait, Queron posa une main sur l'épaule de la jeune femme et sonda ses pensées. Les dires de Winifred sur l'état du roi n'étaient certainement pas le fait de simples rumeurs. Ses sœurs et elle avaient soigné Rhys Michael à son arrivée...

Queron apprit ainsi qu'on n'avait pas traité la main malade. Les fièvres et les convulsions avaient forcé l'armée à marquer une halte prolongée.

Queron aurait prescrit des potions derynies spécifiques qui auraient fait reculer ces symptômes alarmants.

Si Winifred n'avait pas été mêlée directement à la suite des événements, elle avait entendu dire qu'on avait saigné le roi à trois ou quatre reprises. Le matin même, on avait demandé le chapelain du couvent. Etrange, puisque l'entourage du roi en comptait plusieurs...

A cette nouvelle, le cœur de Queron se serra. Le roi était en danger...

Sur son lit de mort, Alroy aussi avait refusé les services des prêtres des *Custodes*... Il avait reçu sa dernière communion des mains mêmes de Javan.

Voilà qui offrait à Queron une occasion inespérée d'approcher le roi. Non en qualité d'hospitalier itinérant mais de prêtre neutre et désintéressé.

Le Gabriélite aurait préféré d'autres conditions... Arriverait-il à temps pour que ses dons de guérisseur soient utiles ? Sinon, il aiderait son suzerain à mourir en paix, réconforté par un ami infiltré dans un essaim d'ennemis...

— Entendre que notre roi va si mal me brise le cœur, ma sœur, souffla Queron en relâchant son emprise mentale. Si loin de la capitale et de sa famille, être dans la chaleur de votre communauté doit le réconforter. Quant à son âme, il s'en remet aux bons prêtres qui l'entourent.

Winifred se mordilla les lèvres.

— Je... doute qu'il ait reçu les derniers sacrements, mon père. Ce matin, un officier demandait un prêtre. Hélas, le nôtre officie à l'extérieur en ce moment. Le père Lior a dit la messe. Il semblait fort en colère. Son ordre n'est peut-être plus dans les bonnes grâces du roi. Sinon, pourquoi demanderait-on un prêtre ?

Queron haussa un sourcil.

— Ciel... Croyez-vous que notre suzerain en aurait encore besoin ? Je serais honoré de lui offrir tout le réconfort possible. Si ce n'est pas trop impertinent de la part d'un humble prêtre de campagne...

Sœur Winifred eut un sourire plein d'espoir.

— C'est très généreux à vous. Je vous emmène voir les compagnons du roi, qui sera sans doute heureux de se confesser à un étranger. Là est peut-être le problème.

— Peut-être.

Queron suivit Winifred dans la cour centrale puis dans le cloître, jusqu'au chapitre. D'un œil distrait, les gardes à la mine sombre regardèrent passer le vieux prêtre et la jolie sœur Winifred.

Celle-ci s'arrêta devant de jeunes officiers et les aborda nerveusement.

— Mille pardons, mes seigneurs, mais ce matin, vous demandiez un prêtre. Voilà le père Donatus, qui se rend à Saint-Jarlath. Pourrait-il vous être utile ?

Un ecclésiastique aux yeux perçants apparut sur le seuil de la porte du chapitre.

Lior, réalisa Queron.

Il le salua avec déférence, tête baissée.

— Je vous demande pardon, mon père. Ma sœur s'est peut-être trompée. On m'a dit que vous cherchiez un prêtre alors qu'il y en a plusieurs parmi vous.

Derrière Lior, Manfred renifla de dédain.

Rhun de Horthness était particulièrement sombre.

— Voyez, Lior, fit Manfred, le ciel a répondu à vos prières... Je doute que ça change grand-chose, mais les hommes d'Eglise se sentent mieux quand on respecte les convenances.

L'inquisiteur croisa les mains dans son dos et fit signe à Queron de le suivre.

— Venez, père Donatus. Merci, ma sœur.

Quelques minutes plus tard, le Gabriélite découvrit une chambre close où planaient le parfum de l'encens et de la cire d'abeille, plus des relents métalliques de sang. Un personnage était agenouillé de chaque côté du lit tendu de blanc. Un chirurgien des *Custodes* posait une compresse sur le front du malade. Bien qu'il ne les eût jamais vus, Queron reconnut Cathan, Fulk et Stevanus.

Il contacta le beau-frère du roi, le seul susceptible de percer son déguisement à jour.

— *Ne dites rien. Joram m'envoie.*

— Voici le père Donatus, annonça Lior. Comment va Son Altesse ?

— Parlez plus bas, je vous prie, demanda Stevanus, sans regarder l'inquisiteur en face. La fin est proche.

Lior croisa pieusement les mains.

— Nous vivons une triste époque, mon père. J'ai oint Sa Majesté d'huiles saintes ce matin, quand son état s'est aggravé. Mais le roi refusait de me parler et de se confesser. Il n'a pas davantage accepté le viatique. Si vous pouvez l'atteindre et le persuader de faire la paix avec Dieu, je considérerais votre intervention comme une faveur personnelle.

— Offrir du réconfort à une âme en peine m'honore, mon père, murmura Queron, surpris par la sincérité de Lior.

Bien sûr, il ne risquait rien à accepter que le roi à l'agonie se confesse à un inconnu. Toutes les accusations portées contre l'inquisiteur général seraient protégées par le secret de la confession.

— Si nous pouvions avoir un peu d'intimité ? suggéra Queron.

— Naturellement.

Lior fit évacuer la chambre. Au bord des larmes, Cathan s'attarda au pied du lit.

— Mon père, pourrais-je rester ? chuchota-t-il. Il est comme un frère pour moi. La reine est ma sœur.

— Pas maintenant, mon fils. (Queron le guida vers la sortie en le poussant par les épaules. Il apprit ainsi tout ce qu'on avait fait au roi.) Si vous patientiez quelques instants avec les autres ? Je promets de vous appeler avant la fin.

Cathan ravala un sanglot et obéit. Pendant leur bref contact physique, le Gabriélite lui avait communiqué ses instructions.

Queron ferma la porte.

Sous un drap d'une blancheur immaculée, Rhys Michael respirait à peine. Après des saignées répétées, il avait les bras couverts de pansements. Ses moments de lucidité s'espaçaient de plus en plus.

Queron s'agenouilla à la senestre du roi et posa les doigts sur son front. Il sut bientôt, comme seul un guérisseur le pouvait, que Rhys Michael était au-delà de toute assistance. Sa main blessée aurait pu encore être sauvée, et Queron n'aurait pas hésité à la guérir au risque d'être découvert. Mais rien ne remplacerait le sang qu'on lui avait pris en quantité, ni n'apaiserait les fièvres qui dévoraient le peu d'énergie qui lui restait.

Le Gabriélite bloqua la douleur de son patient.

C'était tout ce qu'il lui restait à faire.

Rhys Michael frémit.

— Rhysem, je sais que vous m'entendez. C'est Dom Queron. Joram m'envoie. Je regrette de ne pouvoir vous sauver, mais que puis-je vous offrir ? Ne parlez pas. Livrez-moi vos pensées. Laissez-moi vous aider à trouver la paix.

Le frêle espoir qui avait germé dans l'esprit du mourant s'évanouit. A la troisième saignée, Manfred avait glissé l'épée haldane sous les mains de sa victime.

— *Dom Queron... Du réconfort, enfin... Entendez ma confession, mon père. Je ne voulais pas m'en remettre à Lior...*

— *Mon cher enfant...*

Leurs pensées se mêlèrent, rendant les mots inutiles. Le roi dévoila ses angoisses, ses échecs et laissa Queron le guider sur la voie de la contrition. Il lui révéla aussi son plan pour transmettre le potentiel haldane à Owain. Cathan devait remettre la broche à sa sœur, Michaela, que son Rhysem aimait tant...

C'était son ultime tentative pour sauver un royaume qu'il n'avait jamais gouverné...

Leurs esprits mêlés, leurs doigts noués, Queron prononça à voix douce l'absolution rituelle et bénit le mourant.

— *Ego te absolvo, in nomine Patris, et Filii, et Spiritus Sancti, Amen.*

— Amen, chuchota Rhys Michael.

— Rhysem, voilà les Saints Sacrements. Voulez-vous recevoir le viatique ? C'est le pain céleste, le Corps de Notre Seigneur. Il vous aidera à atteindre les cieux, à la droite du Père Eternel.

Les yeux pleins de larmes, Rhys Michael hocha la tête. Il se rappelait l'agonie d'Alroy, et comment Javan et lui l'avaient fait communier sur son lit de mort...

— Appelez Cathan, souffla-t-il. Fulk et Stevanus, s'ils veulent... Ils m'ont servi de leur mieux... Encore un peu et... j'aurais pu gagner leur loyauté...

— Peut-être y avez-vous mieux réussi que vous ne pensez, Majesté, murmura Queron. Je les appelle.

Dès que le prêtre leur fit signe, les trois hommes se faufilèrent par la porte entrouverte. Rhun et Manfred avaient rejoint Lior. D'un bras tendu, Queron les empêcha d'entrer.

— Le roi désire uniquement leur présence, mes seigneurs.

— Mais je dois être là ! protesta Lior. (Le père Donatus savait maintenant tout de sa duplicité.) J'ai offensé notre souverain. Je dois obtenir son pardon !

— Mieux vaut que vous restiez là, mon père, et que vous priiez, pour lui comme pour vous. Il vous pardonne, mais ne désire pas votre présence.

Sans attendre de réponse, Queron ferma la porte et revint au chevet du roi. Cathan avait posé la main saine du roi sur la garde de l'épée haldane. Queron fit signe à Stevanus de le rejoindre. Il tira de sous sa bure une bourse en cuir où il prit une hostie consacrée qu'il plaça sous les yeux fébriles de Rhys Michael.

— Fils bien-aimé, contemple l'Agneau de Dieu Qui lave les péchés du monde. Reçois cette nourriture pour ton voyage : le pain du Ciel qui contient toute joie, le Corps du Christ Qui te donnera la vie éternelle.

— Amen, souffla Rhys Michael, des larmes perlant à ses cils.

Queron lui posa l'hostie sur la langue et le laissa communier avec Dieu. Il prit une autre hostie qu'il partagea en quatre, pour Cathan, Fulk, Stevanus et lui-même.

— *Corpus Domini nostri Jesu Christi custodiat animam meam in vitam aeternam. Amen.*

Liant les esprits qui l'entouraient, Queron exhorta silencieusement les Pouvoirs invisibles à assister au départ de celui qui s'apprêtait à entrer dans leur royaume.

Les Gardiens, les Protecteurs et les Tuteurs.

Ceux qui se chargeaient des âmes libérées.

Joyeux malgré la tristesse de l'instant, Queron les accueillit par leur nom — qui traduisait une infime partie de leur puissance et de leur beauté.

Raphaël des vents, serein et doux, aussi éthéré que la rosée, aussi redoutable que la tempête... Ses ailes transparentes rayonnaient de soleil.

Michel des flammes, fidèle protecteur de ceux qui vivaient par l'épée. Ou par le feu de leur esprit.

Gabriel, le patron de Queron, héraut joyeux de la Sainte Vierge, puissant et compatissant, d'une subtilité vif-argent, aussi changeant que les marées et aussi profond que l'océan.

Uriel, le guide des âmes par-delà les Abysses. Ferme comme le roc, à l'instar de la terre où finissent tous les êtres d'argile. Le miroitement arc-en-ciel d'ailes invisibles faisait frémir l'air autour de Queron...

Les doigts de Rhys Michael serrèrent faiblement la garde de l'épée. Queron traça le signe de croix sur son front et posa une main sur celle de son suzerain, la tête baissée en signe d'hommage.

— *Très cher fils*, lui transmit-il en pensée, *tu es libre. Ton corps ne peut plus abriter ton âme. Tu as livré une noble bataille contre de redoutables adversaires et tu lègues un avenir à tes enfants. D'autres continueront ton combat. Sois en paix, et pars quand tu seras prêt.*

Rhys Michael s'attarda, comme suspendu au-dessus du gouffre, avant le saut final dans l'inconnu.

Enfin, il coupa les derniers liens qui le rattachaient à ce monde.

Sa respiration cessa.

Queron imagina le roi tel qu'il aurait dû être : en manteau écarlate, couronné, l'œil clair et pétillant, ses pupilles grises rivées sur un point invisible...

Il quitta son enveloppe charnelle pour rejoindre un autre jeune homme qui lui ressemblait fort, également couronné, avec le même regard et les cheveux noirs de jais.

L'apparition tendit un bras.

Queron découvrit un troisième personnage vêtu de gris, qui tendait quelque chose vers Cathan. Ayant enfoui leur tête entre leurs mains, Fulk et Stevanus ne pouvaient le voir. L'apparition baissa assez les bras pour laisser entrevoir ce qu'elle tenait.

Queron aperçut ses traits, sous la capuche.

Camber !

Il faillit crier son nom à voix haute. L'esprit disparut après avoir lancé un éclat aveuglant au-dessus de Rhys Michael.

Queron exhala un soupir incrédule...

— Puisse le Christ Qui te rappelle à Lui te recevoir maintenant, fils aimé, chuchota le Gabriélite, le cœur battant la chamade. *Requiem aeternam dona ei, Domine...*

— ... *Et lux perpetua luceat ei*, dirent les trois autres hommes d'une voix brisée.

— *Kyrie eleison.*

— *Christe eleison, kyrie eleison..*

CHAPITRE 27

J'ai vu l'impie forcené s'élever comme un cèdre du Liban.

Psaumes, 37, 35

Queron aida Cathan à se ressaisir. Le visage entre les mains, le jeune homme n'avait presque plus de pleurs à verser.

Que lui avait montré Camber ? se demanda le Gabriélite. A coup sûr, ce n'était pas sans rapport avec la broche haldane... Quoi qu'il en soit, Queron ne devait pas s'attarder.

Cathan remit l'épée sous le lit et glissa l'Œil de Rom dans la sacoche destinée à Michaela. Queron lui recommanda par télépathie d'exprimer son chagrin de la façon la plus dramatique possible. Le jeune homme éclata en sanglots.

Queron ouvrit la porte et passa la tête dans le couloir.

— Le roi est en paix, annonça-t-il à Lior et aux autres. Il s'est éteint doucement. Je vais tâcher d'adoucir la peine du damoiseau. Mon père, peut-être aimeriez-vous chanter les litanies appropriées.

Lior et ses compagnons surgirent dans la chambre, sans un regard pour Queron et Cathan. Le roi trépassé, ils avaient tous leurs priorités...

Manfred paraissait à peine croire qu'ils avaient enfin réussi. Rhun n'en était que trop conscient. Cathan avait du mal à confier son beau-frère à de tels monstres. Même s'ils ne pouvaient plus lui nuire...

Le Gabriélite et le jeune Drummond sortirent et gagnèrent l'église.

— Cathan, chuchota Queron, je suis navré mais je dois savoir ce que vous avez vu, à la fin.

— Un rappel de ce que je dois faire pour Owain... Rhysem veut qu'il ait la broche. La boucle d'oreille a aussi son importance. Je n'en sais pas plus...

— Compris...

— La broche n'est pas un bijou d'Etat. Personne ne devrait lui prêter grande attention. S'il m'arrivait malheur avant que je revoie ma sœur, on la lui remettrait quand même, n'est-ce pas ? Après avoir tué son époux, ils ne confisqueront pas les maigres souvenirs qu'elle pourrait garder de lui ! (Il déglutit avec peine.) Dieu, être veuve à vingt ans !

— Du calme, mon fils. Je veillerai à ce qu'elle soit avertie. Mais restez sur vos gardes si vous voulez survivre. Ne leur fournissez aucun prétexte de vous éliminer.

Cathan hocha la tête.

Fulk rejoignit les deux hommes.

— Mon père, on vous cherche. Mieux vaudrait que vous partiez tant que vous le pouvez encore... Vous en savez trop.

— Merci.

Queron conseilla au jeune homme de se recueillir à l'ombre d'un pilier.

— Nous avons au moins gagné sa loyauté, chuchota le Gabriélite. Cathan, s'il survit, gardez un œil sur lui et ne sous-estimez pas son utilité.

— Comment ça, s'il survit ?

— Etre le fils de Tammaron peut le sauver, mais lui aussi en sait trop. Ainsi que Stevanus. Et que vous. Soyez très prudents.

— J'y compte bien... Et vous ?

Queron eut un sourire sans joie.

— Rhysem a peut-être porté un coup mortel aux régents avec ce codicille. Mais tout aura été vain si on ne parvient pas à l'imposer. J'informerai les miens au plus vite. Puis on avertira les seigneurs du Kheldour. Il faudra tout mettre en œuvre pour empêcher que son sacrifice n'ait été vain.

— Je ferai de mon mieux, mon père. Merci d'être venu. J'ai conscience des risques que vous avez pris.

— Si seulement j'avais pu intervenir plus tôt pour guérir son corps plutôt que son âme... Cette génération de Haldanes aura vraiment été frappée par le malheur... Dieu veuille que ses héritiers aient plus de chance.

Accablé, Cathan hocha la tête. Queron lui posa une main sur les cheveux et prononça la bénédiction traditionnelle en lui communiquant d'autres informations susceptibles de lui servir.

— *Benedicat te omnipotens Deus, Pater, et Filius, et Spiritus Sanctus. Amen.*

Sur ces mots, le Gabriélite s'éclipsa.

Quand il se fut recomposé une mine, Cathan rejoignit Fulk.

— Venez. Nous avons des devoirs à remplir. Cette nuit, si on le permet, je le veillerai. Voudrez-vous vous joindre à moi ?

Hochant la tête, Fulk se leva, aussi hébété que son ami.

— Ce sera un honneur.

Ils retournèrent dans la chambre funèbre, longeant le cloître et la cour centrale.

Il régnait une activité fébrile autour des écuries. Des patrouilles partaient à bride abattue. Sans doute cherchait-on partout l'introuvable père Donatus...

Les gardes postés devant la chambre ne songèrent pas à empêcher les écuyers royaux d'entrer.

Leurs visages durs éclairés par les torches que tenaient deux chevaliers des *Custodes*, Manfred et Rhun regardaient Polidorus recoudre le bras droit manchot du défunt roi avec l'aide du père Magan. Egalement présent, maître Stevanus ne prenait pas part à la profanation de la dépouille royale. La main tranchée, tellement boursouflée et violacée qu'elle en paraissait obscène, reposait dans un récipient ensanglanté.

— Que faites-vous ? hoqueta Cathan, épouvanté.

Sur un signe de Lior, Gallard de Breffni se précipita pour l'empoigner.

— Messire Cathan, dit Lior de sa voix doucereuse, veuillez ne pas rendre les choses plus difficiles encore. Votre loyauté indéfectible au roi ne vous sera plus d'aucun secours. Vous allez apprendre de ma bouche la version officielle. Oubliez-la, et vous pourrez dire adieu à la vie. Fulk, ouvrez aussi vos oreilles. Je ne me répéterai pas.

Fulk se raidit.

Manfred lui posa une main sur l'épaule.

— Rappelle-toi qui tu es, mon garçon, murmura-t-il. Tout cela ne te concerne pas.

Le jeune homme se résigna. Toute résistance était inutile.

— Voilà qui est plus raisonnable, susurra Lior. Comme vous savez, le roi a eu droit aux meilleurs traitements médicaux. Mais son mal s'est aggravé au point de faire mentir tous les pronostics. En dépit des soins les plus zélés, la gangrène s'est déclarée et il a fallu amputer sa main droite nécrosée. Par malheur, Son Altesse n'a pas survécu au choc.

— C'est faux ! cria Cathan. Vous l'avez littéralement saigné à blanc !

— Aucunement, dit Polidorus, continuant à suturer la chair morte. S'il est vrai que le roi fut saigné plusieurs fois pour évacuer les humeurs qui provoquaient ses fièvres, de nombreux témoins l'ont vu vivant ce matin.

— Mais c'est bien ce qui l'a tué ! s'entêta Cathan.

Rhun se campa devant le jeune homme, le regard plus glacial que jamais.

— Répétez ces accusations hors de cette pièce, et vous mourrez, frère de la reine ou pas. La main blessée du roi s'est infectée et a dû être amputée. Affaibli par les fièvres, il n'a pas survécu à l'opération. Quiconque dira autre chose connaîtra un sort très peu enviable !

Cathan déglutit avec peine.

Fulk avait pâli. Stevanus vacilla sur ses jambes. Lior le soutint.

— Je pense que tout est clair maintenant, ajouta l'inquisiteur. Vous avez besoin de repos, tous les deux. Maître Stevanus, ayez la bonté de leur préparer un somnifère assez fort. Demain, nous reprendrons notre route.

Cathan se débattit.

Ce fut plus fort que lui.

Gallard le frappa...

Quand le jeune homme revint à lui, il gisait sur le sol. Stevanus lui souleva la tête et porta une coupe à ses lèvres.

— Buvez. Sinon, je devrai vous piquer au *merasha*. Je n'aurai pas le choix !

Cathan se força à avaler, des larmes d'impuissance aux yeux.

Gallard et un autre membre des *Custodes* emmenèrent les jeunes gens...

Queron avait fui Saint-Ostrythe sur son âne, brouillant habilement les souvenirs de ceux qu'il croisait.

Au premier village qu'il aborda, il se cacha dans une écurie et entra en transe pour contacter Jesse, Ansel ou Tieg.

Jesse lui répondit. Queron l'informa de ce qu'il venait d'apprendre et de voir, hormis de la confession finale de Rhys Michael.

Abattu, Jesse promit d'avertir les seigneurs du Kheldour.

— *Ils devront attendre d'être prévenus par les voies conventionnelles avant de partir*, insista Queron. *Qu'ils mettent ce délai à profit pour peaufiner leur stratégie.*

— *Faudra-t-il les envoyer à Rhemuth ?*

— *Oui, et le plus tôt sera le mieux. Cathan doit revoir sa sœur, pour des raisons que j'expliquerai à Joram. A mesure que la reine approchera de la délivrance, la situation de notre jeune ami sera de plus en plus précaire. Pour ma part, je retourne au sanctuaire.*

Le contact mental rompu, Queron chassa sa fatigue par magie.

Avant de contacter Joram, il jugeait plus prudent de mettre le plus de distance possible entre les régicides et lui.

Il sortit de sa cachette, retrouva sa jument et laissa une autre pièce d'or en compensation des habits de fermier qu'il « emprunta ».

Au crépuscule, il s'engagea sur les pistes forestières qui le conduiraient à Caerrorie en quelques jours.

En chemin, il contacterait Joram.

Il pria pour que la cause des Derynis rescapés triomphe enfin, pour le repos éternel du jeune roi, et pour la sauvegarde de son successeur de quatre ans, à Rhemuth.

Le petit prince n'avait aucune idée du fardeau qui l'attendait.

CHAPITRE 28

Messager malfaisant tombe dans le malheur, messager fidèle apporte la guérison.

Proverbes, 13, 17

Un des anges gardiens d'Owain évoluait discrètement dans le hall d'honneur du château de Rhemuth, remplissant les gobelets des fêtards.

La jeune femme cherchait un chevalier qu'elle n'avait jamais vu. Joram l'avait avertie de la venue d'un certain Robert Ainslie, qui apportait quelque chose d'inestimable pour la survie de la lignée haldane.

Que Rhys Michael ait réussi, au nez et à la barbe des grands seigneurs, à ajouter un codicille à son testament n'était pas un mince exploit.

On chuchotait qu'Albertus avait péri au cours de l'expédition et que le père Paulin, grièvement blessé, n'avait pas survécu non plus.

Ce qu'on savait moins, c'étaient les circonstances de leur trépas. Rhysel était au courant grâce à Joram. Hubert et les autres devaient croire tout savoir.

Rhysel n'avait rien dit à la reine ; elle soupçonnait maintenant que la blessure du roi était plus grave qu'on ne l'avait cru.

Elle n'avait pas non plus parlé du messager. Depuis deux ou trois soirs, elle sondait les officiers chargés de la surveillance du château. Ses amis ne lui avaient pas précisé l'apparence physique du sieur Ainslie.

Quand elle le repéra enfin, elle constata avec soulagement qu'il était d'un physique plutôt ordinaire. Ce n'était pas le genre d'homme à faire tourner toutes les têtes... Carré, de taille moyenne, il portait une tenue de selle commune. Seuls ses éperons d'or et sa ceinture blanche proclamaient son rang de chevalier. Un parmi tant d'autres...

L'air las et irrité, il marqua une pause à l'entrée du hall, qu'il balaya du regard, visiblement à la recherche de quelqu'un.

Rhysel avança dans sa direction tandis qu'il commençait à longer les fenêtres donnant sur les jardins. Quand elle le rejoignit, il s'était installé en bout de table. Avec un sourire amical, Rhysel lui servit du vin, en profitant pour lui effleurer la main et confirmer son identité.

Elle remplit les gobelets des autres hommes assis autour de lui tout en lui adressant un sourire enjôleur.

— Vous paraissez assoiffé, messire. Avez-vous fait une longue chevauchée ?

— Pas si longue que celle que je ferais volontiers cette nuit avec une fille si mignonne que toi !

Des éclats de rire grivois saluèrent la tirade. Robert attira Rhysel sur ses genoux et plaqua sur ses lèvres un baiser sonore. Opposant une résistance de principe, elle le laissa en profiter — puisqu'elle venait de lui suggérer sa conduite — et put ainsi le sonder à son insu.

La lettre était sous le bliaud du jeune homme.

Rhysel implanta dans l'esprit de Robert des instructions qui l'obligeraient à se rendre à un rendez-vous nocturne. Puis elle doucha ses ardeurs amoureuses.

Robert s'écarta de sa conquête, le feu de la passion aux joues, les prunelles ardentes. Il la laissa néanmoins se relever et reprendre son service.

— Une belle introduction, messire chevalier, mais il vous faut d'abord faire bonne chère et bon repos avant de satisfaire d'autres appétits..., dit-elle en indiquant à un damoiseau d'apporter un plateau de viandes rôties. Rhemuth peut dormir tranquille avec d'aussi fougueux défenseurs !

Il sourit, faisant mine de la reprendre dans ses bras. Elle lui échappa en minaudant.

Il lui souffla un baiser puis dévora la viande à belles dents en badinant avec ses voisins de table.

Rhysel s'éclipsa dès qu'elle put et alla attendre son « coquin » près de la chapelle royale, dans la pénombre. C'était un des rares endroits publics où de jeunes gens pouvaient être aperçus sans qu'on pense à mal.

Seuls un vieux soldat et une lavandière se recueillaient dans la chapelle.

Le chevalier se présenta une demi-heure plus tard, légèrement éméché. Dès qu'il vit Rhysel, il la rejoignit dans un petit vestibule, à l'entrée, et lui prit les mains, ses yeux bleus écarquillés.

— Vous avez quelque chose pour moi, chevalier ?

— Pour la reine. Pourquoi m'avoir abordé si ouvertement dans le hall ? On m'a recommandé la plus grande prudence.

— *Ma démarche n'avait rien de naturel*, chuchota-t-elle dans son esprit, en prenant le contrôle avant qu'il ne panique. *Je suis une Derynie au service du roi. Vous ne courez aucun danger. Donnez-moi ce que vous avez apporté.*

Incapable de résister, il brandit le document. Elle le prit et le glissa dans son corsage. Au même instant, le vieux soldat sortit. Rhysel attira son compagnon dans une étreinte fougueuse.

Le vieux guerrier passa son chemin.

Rhysel s'écarta, le cœur battant.

— Pardonnez-moi, messire, souffla-t-elle.

Déçu, Robert Ainslie sortit de son aumônière la chevalière du roi et la lui confia aussi.

— Je donnerais cher pour être l'élu de votre cœur, ma dame. Vous étiez dans mes pensées, n'est-ce pas ?

Elle haussa un sourcil puis glissa la chevalière à son index.

— Je n'ai pas peur, chuchota-t-il. Le seigneur Cathan m'a appris qu'il n'y avait rien à craindre. Avez-vous lu tout ce que vous vouliez ?

— Je n'en ai pas eu le temps. M'y autorisez-vous ?

— Ai-je le choix ?

— Je préfère avoir votre consentement. Je suis navrée d'avoir agi ainsi, mais je ferais davantage encore pour notre roi. Si cela peut flatter votre virilité, malgré ma peur, votre baiser ne m'a pas laissée de glace.

— C'est déjà ça... Vous devez bloquer ma mémoire, j'imagine. Afin de vous protéger.

— Oui. Mais je peux vous laisser le souvenir de notre plaisir...

Elle lui prit la tête et l'embrassa de nouveau, lui apportant l'oubli tout en le sondant.

C'était un jeune homme honorable, intelligent et fidèle.

Rhysel n'avait pas le droit de profiter de sa vulnérabilité pour l'impliquer activement dans le complot. Mais si on lui laissait le choix, Robert Ainslie se rallierait volontiers à leur cause.

Confiante en son instinct, Rhysel décida de lui en offrir la possibilité et leva le blocage de sa mémoire.

Par précaution, elle affermit l'interdiction de révéler ce qu'il avait appris. Ainsi, même sous la torture, il ne trahirait rien. En échange, elle lui offrit une connaissance détaillée d'elle-même et de sa mission, certaine qu'il ne pourrait rien dévoiler non plus. Puis elle rompit le contact mental — mais pas le baiser.

Quand ils s'écartèrent l'un de l'autre, éblouis, il effleura les joues et les lèvres de la belle d'une main tremblante.

— J'ai mille questions, et nous n'avons pas le temps... Quand pourrai-je vous revoir ?

— Quand vous aurez dormi, il faudra retourner près du roi. Il a besoin d'amis. Mieux vaut que les grands seigneurs n'apprennent jamais quel rôle vous venez de jouer. Plus tôt vous repartirez, moins on risquera de remarquer votre absence.

— Pour lui, je le ferai... Mais pourrai-je vous revoir, même brièvement ?

— Demain, en milieu de matinée, rendez-vous dans les jardins, près des rosiers. Je m'y promène souvent en compagnie de la reine. Si à midi je n'étais toujours pas là, vous devrez partir.

Hochant la tête, il lui fit un baisemain.

— J'y serai. Que Dieu vous garde.

— Que Dieu vous garde, chevalier.

Il lui donna un autre baiser puis s'éloigna.

Rhysel regagna la chambre qu'elle partageait avec Elspeth, dont elle approfondit le sommeil. Il était trop tard pour aller voir la reine sans éveiller les soupçons. Elle lui remettrait la chevalière au matin. En attendant, elle devait s'assurer du contenu du paquet.

Après s'être déshabillée, elle le tint entre ses mains, allongée dans le noir. Yeux clos, elle entra en transe et visualisa ce qu'on appelait *An Suil-Dia* : l'Œil de Dieu. Ainsi, elle put « *lire* » le message.

« Nous, Rhys Michael Alister Haldane, roi de Gwynedd par la grâce de Dieu, seigneur de Meara, de Mooryn, des Marches Pourpres et haut seigneur du Kheldour, sain de corps et d'esprit, déclarons que ceci est un codicille irrévocable à notre testament et renonçons par la présente à tout arrangement précédent susceptible de s'y opposer. Les décisions suivantes ne pourront pas être modifiées, excepté avec l'assentiment unanime des parties citées ci-après ou de leurs héritiers majeurs.

« Au cas où notre trépas surviendrait avant la majorité de notre héritier, le prince Owain Javan Cinhil, ou celle de notre second fils à naître, son frère aîné dût-il mourir en bas âge, nous nommons régents du royaume de Gwynedd Sa Grâce le duc de Claibourne, Graham MacEwan, et l'honorable comte de Marley, Sighere fils de Sighere, et ce, quels que soient les autres documents signés de notre main ou prétendus tels. Ces nominations resteront effectives jusqu'à la majorité de nos héritiers ou jusqu'à ce que lesdits régents soient remplacés par les leurs, suite à leur démission ou à leur décès.

« Faisant aux dits seigneurs de Claibourne et de Marley une confiance pleine et entière, nous autorisons et excusons par avance toute action militaire qu'ils jugeront nécessaire afin d'exercer leur autorité légitime.

« Fait de notre main et cacheté ce vingt-quatrième jour de juin, fête de saint Jean le Baptiste, en l'an de grâce neuf cent vingt-huit, en notre château de Lochalyn du comté des Marches de l'Est, province du Kheldour, où les signataires nous ont publiquement réitéré leur serment d'allégeance pour témoigner davantage de leur engagement envers ce décret.

« Signé Rhys Michael (son sceau)
Lu et approuvé : Claibourne (son sceau)
Lu et approuvé : Marley (son sceau)

Attesté : Stacia, comtesse des Marches de l'Est (son sceau)

Attesté : frère Derfel (+) »

Joram avait raison : c'était brillant ! Les grands seigneurs tenteraient sûrement d'éliminer Claibourne et Marley par tous les moyens, mais il devenait dans leur intérêt de garder le roi en vie le plus longtemps possible s'ils voulaient s'éviter des problèmes.

Car s'opposer aux seigneurs du Kheldour, c'était plonger le royaume dans la guerre civile. Leurs rangs diminués par la perte d'Udaut, d'Albertus et de Paulin, les grands seigneurs y réfléchiraient à deux fois. Tant que la succession des *Custodes* ne serait pas réglée, ils se montreraient prudents.

Le document que tenait Rhysel y veillerait.

Avant de revenir tout à fait à la conscience, la petite-fille de Camber décida de recontacter Joram. A sa surprise, le lien fut quasi immédiat, car son oncle l'avait imitée au même instant.

La sonde mentale de Joram la submergea avec la force d'une avalanche. La nouvelle de la tragédie faillit arracher un cri à la jeune fille.

Depuis midi, à l'insu de tous à Rhemuth, Owain succédait à son père... Qui venait de rendre l'âme dans un obscur couvent, entre Sheele et Ebor...

Les *Custodes Fidei* l'avaient littéralement vidé de son sang...

Rhun, qui connaissait l'existence du codicille, n'avait pu empêcher le régicide.

Voilà qui changeait tout. Malgré la tentative héroïque de Rhys Michael pour assurer à ses enfants un avenir décent, le royaume risquait une guerre civile. Et si le choc provoquait chez la reine une autre fausse couche, Owain pouvait devenir l'ultime roi haldane.

Le fragile bonheur que Rhysel venait de connaître dans les bras de Robert Ainslie était déjà oublié !

Quand Joram rompit le contact, Rhysel laissa couler ses larmes.

Puis, à la lueur discrète d'une flamme de poing, elle cacha le codicille et la chevalière du roi défunt sous une planche du parquet. Le sortilège avec lequel elle les protégea éloignerait les curieux.

Ensuite, la jeune femme chercha longtemps le sommeil.

CHAPITRE 29

Elle est, de fait, initiée à la science de Dieu, c'est elle qui décide de ce qu'il fait.

Sagesse de Salomon, 8, 4

Au matin, Rhysel alla chez la reine à contrecœur. La comédie qu'elle devrait jouer ne l'enchantait pas. Les cloches de la capitale l'avaient réveillée de bonne heure. Même si Rhemuth ne pouvait avoir appris si tôt le trépas du roi, Rhysel avait l'estomac noué par l'appréhension.

Le défunt pour lequel on sonnait le glas était l'archevêque Oriss, mort des suites de sa maladie aux petites heures de l'aube. C'était l'unique membre modéré du conseil royal. Le seul aussi à ne pas s'être impliqué dans le régicide perpétré six ans plus tôt.

En théorie, un vote de l'évêché désignerait son successeur.

En réalité, Hubert en déciderait.

Pour l'heure, faisant partie de l'entourage de la reine, Rhysel devait affecter une tristesse de bon aloi.

Et taire les nouvelles beaucoup plus graves qu'elle venait d'apprendre.

Elle retrouva Michaela dans son boudoir, pensive tandis qu'Eithne, une dame d'atours, l'habillait d'un surcot pourpre assorti à sa robe. Dame Estellan avait fait ce choix en hommage à l'archevêque Oriss. Michaela aurait aussi un voile noir et un serre-tête très sobre. Comme de coutume, Rhysel coiffa la reine. Elle refusa de la rassurer mentalement sur la santé de son époux. Lui offrir de faux espoirs eût été cruel. Pour alléger l'atmosphère et préparer le terrain à de meilleures nouvelles, Rhysel orienta leurs causeries habituelles sur son badinage de la veille. Les dames se piquèrent d'intérêt pour la romance de la « petite Liesel ».

Rhysel confirma à Michaela que le chevalier lui avait confié le codicille.

Le protocole exigeait la présence de la Maison royale à la messe de requiem. En route pour la chapelle, Rhysel glissa la chevalière entre les mains de Michaela. Elle se mordit les lèvres devant la joie muette de la reine.

Dans la chapelle, Michaela pria avec ferveur pour le retour de son époux, la chevalière dissimulée entre ses mains jointes.

Agenouillée près d'elle, Rhysel priait pour le repos éternel de Rhys Michael...

Puis elle implanta de nouveaux contrôles dans l'esprit de la reine, afin d'atténuer le choc quand elle apprendrait la tragédie.

Michaela de retour au solarium pour les inévitables travaux de broderie, Rhysel sortit dans les jardins emplir son panier de boutons de roses.

Robert la rejoignit et lui entoura la taille de ses bras.

Elle se raidit et chuchota :

— De grâce, vous ne devez pas. J'ai de mauvaises nouvelles. Le roi est mort.

Il se raidit à son tour, puis la serra contre lui, le visage enfoui dans son cou.

— Sa main ?

— Ses médecins. Ou, devrais-je dire, les *Custodes*. Ils l'ont saigné quatre fois en moins d'un jour... Affaibli comme il l'était, une seule saignée était déjà dangereuse. Un des nôtres, un guérisseur, a réussi à l'approcher sur son lit de mort... Il était déjà trop tard. Rhys a succombé hier après-midi.

Elle sentait le cœur du jeune homme battre contre le sien... Réunissant son courage, elle établit sur Robert de légers contrôles.

— Vous devez repartir au plus vite. Pour l'instant, le petit roi est à l'abri du danger. Cathan doit être protégé. Lui seul pourra réconforter sa sœur. Il en a conscience, mais la colère et le chagrin risquent de lui faire prendre des risques inconsidérés. Rejoignez-le et raisonnez-le. J'implante dans votre esprit un message pour Cathan dont vous n'aurez pas conscience jusqu'à ce qu'il le lise. Aurez-vous le courage de... ?

— ... de l'inviter à utiliser ses pouvoirs sur moi ? Il l'a déjà fait. Vous aussi. Il est un peu tard pour que je m'en effraie, pas vrai ?

Rhysel eut un sourire triste.

— Mon preux chevalier... Comme j'aurais voulu que les circonstances de notre rencontre soient différentes... Il me déplaît de vous imposer ainsi ma volonté.

— Belle dame, je suis votre serviteur. Ordonnez et j'obéirai. Tout ce que j'ai, je vous l'offre de gaieté de cœur. Si c'est humainement possible, je ramènerai Cathan sain et sauf. La reine ignore encore la vérité, n'est-ce pas ?

— Oui, et elle ne doit rien soupçonner avant l'annonce officielle, sinon je risquerais d'être percée à jour... J'ai commencé à la préparer à son insu. Il faut sauvegarder l'enfant qu'elle porte.

— A Dieu ne plaise qu'elle fasse une autre fausse couche...

— Cathan lira mon message dans votre esprit, Robert. Quelqu'un vous aidera... Quand Cathan aura mes instructions, obéissez-lui. La reine et moi attendrons votre retour.

Elle l'embrassa, goûtant pleinement le plaisir de leur étreinte. Tremblant de passion, Robert s'écarta le premier et reprit son souffle.

— A mon retour, Rhysel, je demanderai votre main. Vous me donnerez alors votre réponse. Pas maintenant, ne dites rien ! Que vous soyez derynie ou pas, c'est sans importance. Je vous aime, Dieu m'en soit témoin. Qu'Il vous ait en Sa sainte garde.

Il lui embrassa les mains puis prit une rose dans le panier avant de s'éloigner sans un regard en arrière.

Rhysel tomba à genoux et laissa couler ses larmes.

Leur combat serait-il un jour couronné de succès ?

Les seigneurs du Kheldour parviendraient-ils à faire valoir leurs droits ?

A Rhemuth, le codicille était déjà d'un grand intérêt pour certains...

Après la messe de requiem, une procession ecclésiastique sous escorte de chevaliers des *Custodes* retournait au château. La dépouille d'Oriss reposait sous le transept de la cathédrale en attendant les funérailles d'Etat, dans deux jours. L'archevêque Hubert avait officié avec l'évêque auxiliaire de Rhemuth, Alfred de Woodbourne. Hubert voyageait en chaise à porteurs tendue d'écarlate. C'était son mode de transport depuis des années, aucun cheval ne pouvant plus supporter sa corpulence.

Six seigneurs musclés portaient le prélat enveloppé d'une chape noire. Sa crosse dans la main gauche, il était coiffé d'une mitre d'or enchâssée de joyaux. Deux prêtres agitant des encensoirs l'entouraient. Les seigneurs Tammaron et Richard Murdoch avançaient à ses côtés.

Au pied des marches du château, Tammaron reçut une lettre des mains d'un messager harassé et la parcourut en hâte.

— C'est de Rhun, annonça-t-il à Hubert. Le roi semble avoir pris le mors aux dents, comme nous le craignions, mais de façon inattendue. Oh ! et Paulin est mort.

Une fois dans l'étude privée de Tammaron, Hubert lut la lettre trois fois, les yeux brillants de colère.

— C'est du bluff ! Comment aurait-il pu rédiger un codicille ? D'ailleurs, ça ne tiendrait pas devant une cour de justice. Devant aucune des *nôtres*, en tout cas !

— Rhun a vu le texte, rappela Tammaron. Ce n'est pas du bluff. Si suffisamment d'exemplaires ont été attestés par assez de témoins, même une de nos cours sera dans l'obligation d'en délibérer. Et les seigncurs du Kheldour feront tout pour obtenir gain de cause. J'ai toujours dit qu'éliminer le duc Ewan de la précédente régence était une grave erreur. Nous voilà forcés de composer avec ses conséquences. Désolé, Richard, mais votre père était décidément trop zélé.

Ignorant la remarque, ce dernier relut la lettre.

— Forçons-le à rédiger un nouveau testament quand il sera là, et voilà tout ! Nous veillerons à ce que ses termes annulent tout ce qu'il aura précédemment décidé.

Tammaron eut un geste impatient.

— Entendu ! Ça n'empêchera pas Claibourne et Marley de tenter de faire valoir leurs droits par tous les moyens.

Hubert prit un parchemin vierge et commença à écrire.

— Je vais faire appeler le père Secorim. La perte d'Oriss laisse au conseil un autre vide que j'entends combler au plus vite. Avant le retour du roi ! Si je nomme Secorim archevêque, aucun d'entre vous n'y verra d'inconvénient ? L'évêché devra ratifier mon choix, mais comme il se plie à mes instructions, ce ne sera pas un problème.

Tammaron haussa un sourcil.

— Ne l'envisagiez-vous pas en remplacement de Paulin ?

— Oui, mais s'il était simplement le vicaire général des *Custodes,* il pourrait être évincé. L'archevêque de Rhemuth ne l'est jamais ! Je trouverai un autre vicaire général. Lior peut-être, ou Hallex, de l'*Arx Fidei.* Entre-temps, cela nous fera une autre voix au conseil contre le roi. Richard, veuillez remettre ce pli au messager.

Le jeune homme parti, Tammaron jeta un regard gêné au prélat.

— Notre souverain a joué très finement. Et brillamment. Ainsi, il s'assure que nous le garderons en vie le plus longtemps possible. Voilà qui rend caduques nos menaces, et ce, jusqu'à la majorité d'Owain.

Hubert plissa ses lèvres roses, indigné.

— C'est un défi intelligent, je le concède. Mais Rhys Michael est loin du compte, croyez-moi ! Tant qu'il vivra, ce codicille lui sera inutile. Et tant qu'il vivra, on pourra le manipuler. Pour un souverain, il est des sorts bien pis que la mort.

Hubert se trompait lourdement, pas le roi, déjà mort et au-delà de toute atteinte...

L'armée royale quitta le couvent Saint-Ostrythe avec toute la solennité d'un cortège funèbre. Seuls le craquement du cuir, le tintement des harnais et le frottement des sabots troublaient le silence. Des moines des *Custodes* montés sur des chevaux noirs ouvraient la marche, escortés par une vingtaine de chevaliers. Sur le cercueil royal tendu de noir, on avait attaché l'épée et le serre-tête d'or des Haldanes.

Le maréchal et le vice-maréchal chevauchaient à ses côtés.

Le regard vide, très pâle, le beau-frère du défunt chevauchait à l'arrière du cortège. On l'avait saigné durant la nuit afin de l'affaiblir — sans mettre ses jours en danger.

Pas encore.

Mais la menace était éloquente.

Fulk avait sans doute connu le même sort.

Au matin, Stevanus était venu réveiller Cathan. Un moine lui avait fait boire une coupe à l'arrière-goût amer...

Sitôt le moine parti, Cathan interrogea le chirurgien.

— Qu'était-ce donc ? Et où est Fulk ?

— Habillez-vous pendant que je vous explique...

A l'aube, deux chevaliers des *Custodes* avaient réveillé Fulk pour l'emmener à Cassan, le temps qu'on soit certain de sa discrétion.

— Quant à ce moine, continua Stevanus, c'était votre nouveau médecin, le frère Embert. Il vous a fait boire une dose de tranquillisant plus forte que celle qu'on administrait régulièrement à Alroy pour s'assurer de sa docilité. Attendez-vous au même traitement chaque matin. Embert vous a saigné cette nuit, sur ordre de Manfred. Si vous voulez l'éviter, tenez-vous tranquille. Dois-je vous rappeler que Rhun veut vous voir mort depuis longtemps ? Mais si vous mouriez maintenant, Manfred et lui devraient rendre des comptes à Hubert. C'est tout ce qui les retient pour l'instant. Si l'archevêque avait été de l'expédition, les choses auraient sans doute été différentes. C'est un homme pragmatique.

— Un meurtrier comme les autres ! souffla Cathan en mettant ses bottes.

Stevanus poussa un soupir désolé.

— J'ai ouvert les yeux trop tard. L'ordre des *Custodes* est au service du mal. Au début, je me refusais à le croire. J'imaginais que tout cela partait d'une vocation authentique, et que l'ordre avait une œuvre importante à accomplir. Je pensais même être dans le droit chemin en participant à la mise en scène de l' « enlèvement » du prince Rhys Michael... J'étais fier de mon efficacité.

« Mensonges... Tout n'était que mensonges ! L'*Ordo Custodes Fidei* a toujours été une couverture pour les ambitions séculaires des grands seigneurs. Je le reproche avant tout à Paulin et à Albertus, même si leurs successeurs ne seront pas meilleurs.

— Va-t-on vous éloigner, comme Fulk ?

— Je voudrais que ce fût aussi simple. Personne n'osera occire le fils du comte Tammaron... Demain, j'ai ordre de me cloîtrer à l'abbaye de Ramos, où nous nous arrêterons, afin de « faire retraite » selon les termes du père Lior. Je ne peux rien refuser à mon supérieur. L'abbaye de Ramos est la plus dure maison des *Custodes*. J'en sortirai sans doute les pieds devant, comme notre pauvre roi... Pouvez-vous me pardonner, Cathan, pour tout ce qu'on m'a obligé à lui faire ?

— Vous n'étiez pas comme eux, le rassura le jeune homme, mal à l'aise. A la fin, vous avez tenté de le secourir.

— C'était trop peu. Et trop tard.

— Pour lui, mais pas pour la lignée haldane, si Dieu le veut.

— Je prierai notre Seigneur...

Cathan se leva et noua sa ceinture, surpris qu'on lui ait laissé son épée. Nauséeux, il dut se rattraper au chirurgien.

— La tête me tourne. Est-ce le tranquillisant ou la saignée ?

— Un peu des deux, j'imagine. Feignez d'en être plus affecté qu'en réalité. Après un jour ou deux, ils réduiront peut-être les doses. Pourrez-vous tenir en selle ?

— Bah ! On aura l'œil sur moi, ne vous en faites pas.

Un des chiens de garde assignés au beau-frère du roi se révéla être Gallard de Breffni.

Jusqu'au milieu de la journée, Cathan n'eut pas à jouer la comédie. Il se sentait vraiment cotonneux et tenait à peine à cheval. En fin d'après-midi, ses idées s'éclaircirent un peu. Mais il était trop las pour faire autre chose que se coucher dès l'heure venue.

Les jours suivants, ses observations n'eurent rien de rassurant. Si la surveillance dont il faisait l'objet se relâcha, la présence constante de Gallard de Breffni lui rappelait sans cesse la part que le chevalier félon avait prise dans le « rapt » de Rhys Michael, peu avant l'exécution de Javan...

Si Cathan s'oubliait, on aurait tôt fait de lui administrer du *merasha*...

Un matin, quand il vit Stevanus et une dizaine de chevaliers des *Custodes* partir en direction de Ramos, Cathan faillit fondre en larmes.

A chaque heure qui passait, le jeune homme haïssait un peu plus les *Custodes Fidei.* La peur le taraudait. Il priait pour que le codicille soit en sécurité, entre les mains de Mika.

Et les autres exemplaires ? Leurs destinataires savaient-ils que le document était déjà effectif ? Dom Queron avait promis d'avertir les alliés du Kheldour au plus vite.

Claibourne et Marley sauraient-ils réagir avec la rapidité de la foudre ?

Ansel, Tieg et quatre hommes en armes se présentèrent au château Lochalyn, demandant à être reçus sur-le-champ par les plus hautes autorités des lieux.

Stacia vint à leur rencontre, un chien-loup sur les talons. En reconnaissant le jeune Tieg, elle pâlit. Dès qu'elle apprit les nouvelles, elle fit appeler le père Derfel.

L'après-midi, tous se réunirent dans le solarium, avec Graham, Sighere et Corban, rappelés précipitamment de leurs patrouilles.

— Qu'ils soient tous maudits ! cracha Sighere, abattant un poing sur la table. Pauvre garçon... Si nous ne réagissons pas très vite, ces monstres nous couperont l'herbe sous le pied !

— Les frontières sont-elles assez calmes pour que vous leviez une armée et marchiez sur la capitale ? demanda Ansel.

— Oui, répondit Graham. Cette semaine a été d'une quiétude exemplaire. Pas le moindre signe de Torenth ni de Marek. De plus, pas besoin d'armée. Une vingtaine de nos preux les plus aguerris suffira, si nous voulons couvrir rapidement la distance.

— Très juste, dit Corban. Mais dissimuler l'absence de Sighere et de Graham ne sera pas aisé. Il ne faudrait pas que les *Custodes* aient la puce à l'oreille et vous traquent jusqu'à Rhemuth.

— A Dieu ne plaise ! s'exclama Tieg. Pourriez-vous faire diversion ?

— On peut s'arranger, dit Sighere. Nous enverrons les *Custodes* au nord, avec Delacroix, pour surveiller le col d'Arranal. Les troupes de Caerrorie et de Sheele s'y déploieront au besoin.

Corban approuva d'un hochement de tête.

— Auriez-vous un moyen de jeter aux fers le chef des troupes de Caerrorie ? C'est le fils de Manfred MacInnis. Je ne serais pas tranquille si on partait en laissant un de ces mécréants aux commandes.

— Soyez tranquille, assura Ansel. On arrangera quelque chose... Par ailleurs, ne soufflez mot à quiconque de la mort du roi avant que nous ayons quitté le château... Comment sont les officiers de MacInnis ? L'un d'eux est-il digne de confiance ?

Sighere haussa les épaules.

— Je l'ignore. MacInnis leur impose une discipline de fer. Mieux vaut prétendre qu'il nous accompagne. Nous maquillerons ensuite les ordres pour couvrir son absence.

Tieg ricana.

— Inutile, mon seigneur. Je puis vous assurer qu'Iver MacInnis donnera tous les ordres que nous voudrons. Jouer avec la volonté d'autrui me déplaît... en général. Cette fois, je serai ravi de faire une exception.

— Voyons..., dit Ansel. Nous enverrons en mission de reconnaissance Iver MacInnis et le commandant des *Custodes* — après qu'ils auront rédigé des ordres visant à couvrir leurs manœuvres. Ça nous donnera du même coup quelques jours de répit avant qu'ils n'apprennent la mort du roi. Si nous devons triompher à Rhemuth, ce sera tout de suite ou jamais.

— A propos de Rhemuth, intervint Graham, êtes-vous certains que nous y réussirons avec vingt hommes seulement ?

Ansel sourit.

— Quand nous arriverons dans la capitale, nous serons beaucoup plus que cela.

Il exposa son plan. Sighere éclata d'un rire ravi. Sa crinière et sa barbe rousses lui donnaient des airs de renard.

Stacia souriait.

Le soir venu, après des heures d'activité effrénée, les seigneurs Iver MacInnis et Joshua Delacroix quittèrent Lochalyn à la tête de la moitié des troupes royales.

L'autre était confiée à Corban Howell...

Peu après, une petite troupe partit dans la direction opposée. Emmenée par le duc de Claibourne et le comte de Marley, elle incluait deux nouveaux frontaliers et un prêtre d'âge mûr.

La comtesse se retira dans la chapelle et pria pour le succès de la mission.

Elle pria aussi pour le petit roi de Rhemuth.

CHAPITRE 30

Par cupidité, au moyen de paroles trompeuses, ils trafiqueront de vous.

Deuxième Epître de saint Pierre, 2, 3

Le lendemain matin — quatrième jour après la mort du roi —, Cathan Drummond retrouva un peu d'espoir.

La veille, l'armée avait campé non loin de Ramos, près des berges de l'Eirian.

Cathan aperçut Robert Ainslie, qui menait par la bride le cheval de son père.

Le jeune Ainslie avait-il trahi le roi ? N'était-il jamais parti pour Rhemuth ? Cathan espérait ne pas s'être trompé à ce point en le choisissant comme messager... Mais si Robert avait remis le codicille à Rhun et aux autres, Cathan n'aurait déjà plus été de ce monde...

Comment trouver le moyen de parler à Robert ? Gallard et un nommé Cloyce de Clarendon ne relâchaient pas leur surveillance. Si le jeune homme avait rempli sa mission, il rapportait sûrement un message de Rhysel.

Robert n'étant qu'un humain, et Cathan un Deryni très médiocre, la tâche s'annonçait ardue. Un contact physique était impératif. Comment tromper la vigilance des chiens de garde ?

Cathan devrait forcer la chance. Tout l'après-midi, il guetta une occasion, feignant une grande fatigue et dodelinant régulièrement du chef... Robert et un autre chevalier revenaient souvent poser des questions à un officier, non loin de lui.

La colonne traversa un cours d'eau peu profond. Un bain ne faisait jamais de mal..., décida le frère de Michaela. A l'instant où Robert et son compagnon revenaient, il se laissa tomber de cheval. Cloyce de Clarendon ne parvint pas à le rattraper à temps. Cathan s'étala dans l'eau et pataugea pathétiquement. Soulagé, il vit Robert mettre pied à terre pour l'aider à s'asseoir avant que les autres cavaliers ne le piétinent.

Cathan toussa, affectant l'étourdissement et la confusion. Le message de Robert explosa dans son esprit avec une clarté saisissante. Il l'examinerait en détail plus tard.

Gallard de Breffni écartait déjà Robert sans ménagement...

Cathan murmura des excuses embarrassées tandis que Gallard et Robert l'aidaient à remonter en selle. Le frère de la reine en profita pour communiquer au chevalier tout ce qu'on lui avait fait.

Robert lui transmit sa compassion et sa détermination avant de se détourner et d'enfourcher son destrier.

Le choc et le bain forcé firent frissonner Cathan. Il accepta avec gratitude le manteau que lui tendait Cloyce.

Que le codicille fût en lieu sûr était rassurant. Et que les seigneurs du Kheldour fussent en route avait aussi de quoi réjouir.

Sans compter la présence d'un nouvel allié dans l'armée royale...

Dans la soirée, libéré de ses tâches, Robert Ainslie se dirigea vers la tente des frontaliers. Leur chef l'avait contacté au matin pour lui donner de nouvelles instructions.

— Je vous attendais, dit Jesse MacGregor, l'invitant à enjamber les corps de plusieurs guerriers assoupis pour le rejoindre. Vous avez réussi ?

— Oui.

— Très bien. Prenez place et laissez-moi faire. Les autres ne se réveilleront pas.

Jesse posa les doigts sur les tempes de l'humain, pour qui le temps parut s'arrêter.

Quand Robert revint à lui, le Deryni soupira. Le jeune Ainslie se sentait revigoré.

— Vous avez très bien fait, approuva Jesse dans un murmure. Et lui aussi, malgré son état. Enfin, l'important est qu'il soit en vie. Encore quelques jours, et si Dieu le veut, nous serons à Rhemuth. Les seigneurs du Kheldour nous y rejoindront peu après. Ensuite, tout se passera très vite. Pour le pire ou pour le meilleur. Avez-vous peur ?

— Je serais fou de ne pas trembler. Mais ça ne m'empêchera pas d'accomplir mon devoir.

Jesse sourit.

— Vous êtes un homme courageux qui nous a plus aidés qu'il ne le croit. Pour l'heure, guettez la première occasion de vous rapprocher de Cathan. Ensuite, nous aviserons. Allez vous reposer.

Le jeune Ainslie parti, Jesse fit un rapport mental à Joram. Il surprit le fils de Camber en plein conseil de guerre michaelite, au cœur de la forteresse souterraine qui abritait les derniers Derynis depuis près de dix ans.

— *Tu ne peux pas approcher de Cathan ?* demanda Joram.

— *Je ne vois pas comment. En tout cas, il parviendra vivant à Rhemuth... Et les seigneurs du Kheldour ?*

— *Ils sont en route. Ils arriveront deux ou trois jours après vous.*

A la même heure, à Rhemuth, l'archevêque Hubert avait fini de souper avec Tammaron, Richard et Secorim. Oriss avait été inhumé dans la journée. Il reposait dans la crypte épiscopale aux côtés de ses prédécesseurs, sous le maître-autel de la cathédrale.

Un garde introduisit un messager harassé : Rondel, le bras droit du seigneur Manfred.

Il s'agenouilla devant le prélat pour embrasser son anneau et garda la tête basse. Ses mains tremblaient.

— Mon frère est-il mort ? demanda Hubert.

Relevant les yeux, Rondel secoua la tête.

— Non, Votre Grâce. Le seigneur Manfred va bien. J'ai le regret de vous annoncer que le roi est mort.

— Quoi ?

— Quand ? Où ?

— Laissez-le parler ! cria Hubert. Alors ? Comment est-ce arrivé ?

— Au... couvent Saint-Ostrythe, près d'Ebor, il y a trois jours... La fièvre le dévorait. Sa main blessée s'est infectée. Il a fallu l'amputer. Par malheur, il n'a pas survécu.

Pâle, Hubert se signa, imité par les autres.

— Vous avez des détails ?

— Oui, Votre Grâce. Puis-je suggérer que nous nous retirions d'abord dans la salle du conseil ? Le seigneur Manfred m'a recommandé la plus grande discrétion afin de vous informer de ce qui suit.

Les grands seigneurs suivirent immédiatement la suggestion. Secorim plaça des hommes des *Custodes* aux portes et tous s'installèrent à leur place habituelle.

Tous, cela voulait dire Hubert et Secorim d'un côté, Tammaron et Richard de l'autre. Le conseil royal de Gwynedd s'était considérablement réduit !

Le prélat tendit la main ; Rondel lui remit un paquet scellé qu'il décacheta. Il parcourut la lettre, signée par Manfred et Rhun, avant de la passer à Tammaron qui en donna lecture à voix haute :

— « *Manfred MacInnis à son frère et père devant Dieu, Hubert, archevêque de Valoret et primat de Gwynedd, ainsi qu'au comte Tammaron Fitz-Arthur, chancelier, et qu'à Richard Murdoch, connétable.*

« *Je suis au regret de vous annoncer le trépas de notre souverain, Rhys Michael Alister Haldane, qui succomba à ses blessures après avoir vaillamment combattu l'ennemi. Sa Majesté a reçu les derniers sacrements et s'est éteinte paisiblement, son corps affaibli n'ayant pas supporté une opération devenue inéluctable.*

« *Nous prévoyons d'être de retour à Rhemuth le 3 juillet. Attendu la chaleur, je recommande une veillée écourtée, et des funérailles le 5.*

« *Fait au couvent Saint-Ostrythe, le vingt-huitième jour de juin, en l'an de grâce neuf cent vingt huit, écrit de nos mains et signé : Manfred, vice-maréchal et régent, Rhun, maréchal et régent.* »

Tammaron se tourna vers Rondel.

— J'espérais plus de précisions ! Messire, si vous nous expliquiez ce qui s'est passé ?

— On m'a prié d'être d'une franchise brutale, mes seigneurs. Vous êtes au courant du codicille qu'on aurait ajouté au testament du roi ?

Tammaron et Richard acquiescèrent.

— Le roi prétend avoir modifié ses dernières volontés pendant son séjour dans les Marches de l'Est, expliqua Hubert à Secorim, afin de nommer régents le duc de Claibourne et le comte de Marley. Il existerait plusieurs exemplaires dûment ratifiés et attestés. Messire Rondel, faut-il croire que ce codicille serait pure invention ?

— Pour ma part, Votre Grâce, j'en suis convaincu. Mon seigneur Manfred en est persuadé aussi.

— Ce n'est pas l'avis de Rhun, rappela Tammaron.

— Possible, dit Rondel, mal à l'aise. Vous devez savoir, mes seigneurs, que le choix du traitement médical du roi fut l'objet de nombreuses polémiques. Avant de quitter Lochalyn, Rhys Michael avait une forte fièvre. Maître Stevanus, son chirurgien attitré, avait permis l'usage d'une drogue derynie, remise par la châtelaine de Lochalyn. L'infirmier de Saint-Cassian a éliminé cette drogue et recommandé une cautérisation et des saignées afin d'évacuer les humeurs malignes. Le roi y était opposé. Pour faire pression sur Rhun, il l'a alors informé de l'existence du codicille.

— Suggérez-vous qu'il aurait tout inventé afin d'échapper à un traitement déplaisant mais nécessaire ? demanda Hubert.

— C'est ce qu'a cru votre frère, Votre Grâce. Il était furieux que le roi ose se rebeller ainsi. Quand son état s'est détérioré, le seigneur Manfred a décidé d'autoriser les saignées préconisées par le frère Polidorus. La version officielle, c'est que le roi n'a pas survécu à son amputation.

— Et l'officieuse ? chuchota Tammaron, qui avait pâli.

Le malaise de Rondel augmenta.

— Si vous citez mes propos, messire, je nierai tout ! La fièvre du roi avait empiré au point que ses convulsions nous ont forcés à faire halte. C'est alors qu'il a été saigné.

— Avait-il autorisé ce genre de traitement ? demanda sèchement Hubert.

— C'était pour son bien...

— L'avait-il autorisé ? A-t-on employé la force ?

Rondel baissa les yeux.

— C'était nécessaire la première fois. Les *Custodes* l'ont immobilisé, c'est vrai.

— Je vois.

Secorim avait la mine cendreuse.

— Le père Secorim, reprit Hubert, appartient à l'*Ordo Custodes Fidei*, messire Rondel. Connaissez-vous une chose appelée la « petite discipline » ?

— Oui, Votre Grâce.

— Alors vous savez que c'est une forme de saignée dont les bénéfices sont physiques et spirituels. Dans des cas exceptionnels, elle tient lieu de *coup de grâce*. N'est-ce pas, Richard ? (Ce dernier hocha la tête.) Messire Rondel, combien de fois l'a-t-on saigné ?

— J'étais seulement présent lors de la première, Votre Grâce.

— Combien de fois ?

— Quatre... Je crois...

— En combien de temps ?

— Moins d'un jour.

— Et après qu'il eut succombé à ce traitement, sa main fut tranchée pour fabriquer une thèse médicale plus crédible.

— Il était déjà terriblement faible ! protesta Rondel. Même sans ces saignées, il aurait très bien pu ne pas survivre. Quelle importance, maintenant ?

— Une très grande, si l'histoire du codicille est vraie ! rugit Hubert. Et mon cher frère a osé prendre un tel risque ! Par Dieu, Manfred a toujours été une tête brûlée !

— Votre Grâce, l'attitude du roi ne pouvait être tolérée ! Qu'importe si la saignée fatale s'est produite avant l'amputation ? Il y aura de toute façon une nouvelle régence.

— Priez le ciel qu'elle ne soit pas plus « nouvelle » que prévu ! grogna Tammaron. Pourquoi Rhun ne s'est-il pas opposé à cela ? Il a sûrement deviné ce que Manfred projetait. D'après sa lettre, il était convaincu de la réalité du codicille.

Rondel soupira.

— Rhun et Manfred se sont opposés sur ce point, mon seigneur. Rhun avait reçu une injection de *merasha* quand Manfred a autorisé la dernière saignée. Le maréchal a ensuite admis que Manfred avait bien agi.

— Dans notre intérêt à tous, j'espère que c'est le cas, dit Hubert. J'aurais préféré une autre issue, mais ce qui est fait est fait. Combien d'hommes sont au courant ?

— Manfred, Rhun, Cathan et Fulk, répondit Rondel. Plus des *Custodes*, chevaliers ou prêtres, le frère Polidorus et maître Stevanus qui a refusé de participer à la chose. Ceux qui posaient problème ont été écartés.

— Où est mon fils ? demanda Tammaron.

— En sécurité, mon seigneur, n'ayez crainte. Le lendemain matin, on l'a emmené à Cassan sous bonne garde. Le seigneur Manfred compte sur vous pour le persuader de tenir sa langue. Stevanus et les hommes des *Custodes* qui n'ont pas notre entière confiance ont été envoyés à l'abbaye de Ramos, d'où ils ne sortiront pas vivants. Cathan est gardé sous tranquillisants, et affaibli par des saignées. Il sait quel sera son sort s'il ne coopère pas. Ces mesures ont-elles votre approbation, mes seigneurs ?

Hubert hocha la tête. Il s'adaptait déjà aux nouveaux paramètres établis par les actes fougueux de son frère.

— Si le codicille est une invention, Manfred a bien agi. Le temps seul le dira. Secorim ? Etes-vous en mesure de faire face ? Sinon, dites-le maintenant et je vous enverrai couler des jours paisibles dans une abbaye éloignée.

Un pur mensonge. Que Secorim fasse mine de s'effrayer et Hubert arrangerait son trépas au plus vite.

Bien qu'ébranlé, l'archevêque Secorim hocha gravement la tête.

— Je vous ai fait serment d'allégeance, Votre Grâce. Le sort du roi m'attriste beaucoup, mais il a eu les meilleurs soins.

Hubert eut un petit sourire.

— Mon nouvel archevêque de Rhemuth et moi nous entendrons très bien, à ce que je vois. Nous voilà régents d'un tout jeune souverain. Il faut avertir la mère sans tarder, mais en douceur. Après une nuit de sommeil, le premier choc passé, elle nous aidera à annoncer son deuil au prince héritier. La nouvelle sera proclamée demain. Sommes-nous tous d'accord ?

« Bien. Tammaron, veuillez quérir maître James, et qu'il prépare un sédatif pour Sa Majesté.

Peu après, l'archevêque Hubert se présenta devant la reine, qui s'apprêtait à se retirer.

Avant qu'il ouvre la bouche, Michaela comprit.

Rhysel, qui la coiffait, lui serra discrètement la main et atténua la douleur du mieux qu'elle put.

— Il n'a pas trop souffert, m'a-t-on assuré, Majesté, dit Hubert à voix basse, je suis navré... Maître James vous a préparé un somnifère. Je vous recommande vivement de le boire. Dans l'intérêt de l'enfant que vous portez, sinon dans le vôtre. Au matin, si vous le désirez, vous pourrez avertir le prince Owain. Il est roi de Gwynedd dorénavant...

Michaela hocha la tête, incapable de parler. Rhysel prit la coupe que tenait le médecin et aida sa reine à la vider.

Michaela se laissa allonger sans un murmure.

Un quart d'heure plus tard, elle dormait.

Ses larmes couleraient au matin.

CHAPITRE 31

Ses fils sont-ils honorés, il n'en sait rien.
Job 14, 21

Les églises sonnèrent le glas, réveillant la reine. Rhysel avait dormi près d'elle. Ouvrant à peine les yeux, en sursaut, elle prit le poignet de sa maîtresse.

— Mika, chuchota-t-elle, vous devez être forte.

— Je me sens... engourdie. Comme dans un brouillard... Je ne réalise pas encore... Est-ce vous qui... ?

Rhysel hocha la tête.

— Vous êtes enceinte, ma reine. Et Owain aura besoin de vous aujourd'hui. J'avais sept ans quand mon père est mort... Je sais ce que vous devez endurer...

Michaela ravala ses larmes.

— Aidez-moi à m'habiller. Croyez-vous qu'Owain a déjà deviné ? Avec ces cloches lugubres...

— Il est trop petit, Majesté. Et on a sonné le glas plus d'une fois ces derniers jours.

Une demi-heure plus tard, en grand deuil, Michaela siégeait dans le solarium, entourée de son aréopage habituel. En pareils jours, le protocole exigeait beaucoup de contraintes dans la mise et le maintien, toujours sous l'égide vigilante de dame Estellan.

Quand on frappa à la porte, Estellan alla ouvrir. Les deux visiteurs de la veille reparurent, ainsi que Tammaron, Richard Murdoch et le père Secorim.

— Votre Majesté, nos condoléances, de la part du conseil de régence, dit Hubert.

— Puis-je voir mon fils ?

— Si maître James estime que vous en avez la force...

La reine laissa le médecin lui prendre le pouls et lui tâter le front.

— Elle semble en assez bonne forme, dit James. Mais la journée sera pénible. Votre Altesse, j'aimerais vous recommander un tranquillisant.

— Je vous remercie, mais c'est non, maître James. Votre Grâce, j'aimerais voir mon fils !

Seule l'épouse de Tammaron, dame Nieve, fut autorisée à accompagner la reine à la nourricerie. Les régents patientèrent dans une pièce adjacente. Michaela entra dans la chambre du prince occupé à aligner ses jouets sous une fenêtre.

A la vue de la reine, la nourrice qui le surveillait s'écarta.

Owain cria de joie et se jeta dans les bras de sa mère.

— Bonjour, mon amour.

— Maman ! Viens voir mes chevaliers ! Il y en a un qui ressemble à papa ! Il va affronter le vilain prince qui veut lui prendre sa couronne !

Souriant malgré son chagrin, Michaela l'embrassa et s'assit près de lui. Il y avait parmi les soldats de bois un chevalier miniature juché sur un destrier blanc, un minuscule lion d'or peint sur son petit bouclier. L'hiver précédent, Cathan les avait sculptés pour son neveu. Un autre guerrier, au cheval gris, portait un étendard haldane.

— Et voilà oncle Cathan ! s'écria Owain, ravi. Le méchant prince n'arrête pas de tomber !

Face aux preux de Gwynedd s'alignaient de plus petits soldats aux couleurs de Torenth. L'un d'eux était couché.

Michaela prit son enfant sur les genoux et l'étreignit.

— Mon chéri, quelque chose de très grave est arrivé à papa... Il s'est blessé à la main, et ça l'a fait beaucoup souffrir. Ses médecins ont tout fait pour qu'il aille mieux, mais...

— Papa est malade ?

— Il ne l'est plus, mon cœur... Il dort avec les anges, maintenant. Sa main l'a rendu très faible... Alors, les anges l'ont emmené jusqu'à Dieu.

— Jusqu'à.... Dieu ? répéta l'enfant, perplexe.

— Ton père est mort, mon chéri. Il est allé au ciel, rejoindre Dieu.

— Non ! Papa ne peut pas être mort !

— Chéri... Si seulement c'était vrai.

Les yeux gris de l'enfant se remplirent de larmes. Et brillèrent de colère.

— Qui a blessé mon papa à la main ? Le vilain prince ?

— Je l'ignore, mon doux cœur. Nous en saurons plus quand...

Owain éclata en sanglots. Michaela pleura avec lui. Rhysel avait fait en sorte que le choc ne soit pas trop dur pour la mère et pour l'enfant qu'elle portait. Mais la profonde tristesse que Michaela ressentait maintenant l'habiterait jusqu'à son dernier souffle.

— Maman, dit Owain d'une petite voix, j'ai une question.

— Oui, chéri ?

— Le vilain prince a-t-il pris la couronne de papa ?

— Non, mon cœur. Personne ne te la prendra. C'est promis.

Owain eut l'air dubitatif.

— Mais je suis petit, maman. Et si le prince venait ici ?

— Il est mort aussi, mon amour. Tu grandiras et tu deviendras un roi très sage, très courageux et très puissant comme ton papa le voulait.

— Je serai roi comme lui ?

— Oui, mon chéri. En attendant que tu sois grand, des hommes très sages t'apprendront comment faire.

Owain soupira.

— Encore des leçons...

— J'en ai peur... Aujourd'hui, l'archevêque et les grands seigneurs attendent pour te voir. Maintenant que tu es roi, ils ont des choses à faire et des paroles à prononcer. Veux-tu être courageux et rendre ton papa fier de toi ?

— Que dois-je faire ?

— Juste être poli et répondre aux questions. Ensuite, on viendra t'embrasser les mains, comme on le faisait avec ton père.

Owain hocha gravement la tête.

— Pourrai-je prendre mes chevaliers ?

— Seulement ton papa. Et tu le tiendras de la main gauche... « Oncle Cathan » veillera sur les autres, d'accord ?

— D'accord, maman.

— Maintenant, tu es le roi, et moi ta dame. Nous devons être très dignes. Suis-moi, mon amour. Allons voir les grands seigneurs.

Hubert parut très satisfait.

Tandis que Tammaron lisait la proclamation d'accession au trône, Owain écouta sagement. Puis tous lui embrassèrent la main droite. Hubert lui glissa l'Anneau de Feu à la main gauche. Comme il était trop grand, dame Nieve le suspendit à une chaîne d'or qu'elle passa au cou de l'enfant.

Le comportement exemplaire d'Owain valut à sa mère l'autorisation de le garder toute la journée. Dès qu'elle fut dans le solarium, elle ôta son serre-tête, ses voiles de deuil et pria Rhysel de lui dénouer les cheveux. Dans sa chambre, dame Estellan avait fait préparer une collation.

Quand son fils eut mangé, Michaela l'allongea pour sa sieste de l'après-midi. Les autres dames parties, Rhysel pria la reine d'imiter son fils.

— Vous avez besoin de repos, Mika. N'essayez pas de parler, cela vous fatiguerait. Je ferai une Lecture sur vous pendant votre sommeil.

Michaela se réveilla en début de soirée. La gouvernante d'Owain et un page avaient apporté à l'enfant une tunique noire et le reste des jouets. La reine regarda son fils déployer les guerriers et improviser une embuscade contre le « vilain prince », derrière des chausses figurant une colline. Sa concentration était poignante chez un si jeune enfant.

Après souper, Michaela eut le plaisir trop rare de baigner son fils. Quand il se fut endormi, elle lui caressa longuement les cheveux et pria pour lui.

Le lendemain, Owain verrait son père dans un cercueil. D'après Hubert, l'armée arriverait en milieu de journée.

Michaela laissa Rhysel l'endormir.

La reine passa la matinée suivante à regarder son fils jouer ou à contempler les jardins par ses fenêtres.

Après déjeuner, Rhysel coiffa la jeune veuve, qui remit ses voiles noirs et la couronne d'Etat aux croix et aux feuilles mêlées.

Tammaron et Richard les escortèrent jusque dans le hall d'honneur.

Rassuré par sa mère, Owain voulut bien monter dans une litière, son cher chevalier serré dans une main. La procession funèbre s'ébranla en direction de la cathédrale. Sur son passage, une foule muette s'était massée dans les rues. Beaucoup d'hommes ôtaient leur coiffe devant le petit orphelin, et plus d'une femme pleurait d'émotion.

Sur le parvis de la cathédrale, l'archevêque Hubert patientait, flanqué de l'évêque Alfred et de Secorim. Des membres du clergé s'étaient massés derrière une grande croix processionnelle enchâssée de pierres précieuses.

La cathédrale était remplie de fidèles.

— Maman, chuchota Owain, tous ces gens sont venus rendre hommage à papa ?

— Bien sûr, mon amour...

Le seigneur Tammaron avança.

— Il est temps, Votre Majesté. Sire, voulez-vous venir avec moi ?

L'enfant releva le menton et tendit la main à sa mère, qui se mordit les lèvres.

Tandis que les choristes entonnaient des hymnes funèbres, Michaela et son fils descendirent de litière. La procession approchait, Cathan chevauchant en tête.

Le cercueil du roi était précédé par Rhun et par Manfred.

Les larmes aux yeux, Michaela regarda le soleil se refléter sur l'épée et la couronne haldane.

Son frère était blanc comme un linge. Au moins, il était vivant...

Bouffis d'orgueil, Rhun et Manfred vinrent s'incliner devant Owain et embrasser sa petite main. Cathan put approcher aussi, un sourire courageux sur les lèvres. Quand il embrassa sa sœur, elle constata que ses pupilles étaient dilatées par les drogues.

Voilà qui expliquait ses mouvements empruntés et malhabiles, lui d'ordinaire si vif et si gracieux... Michaela connaissait bien les symptômes. Elle glissa un bras réconfortant autour de sa taille, mais il ne lui donna pas accès à ses pensées.

Les prêtres encensèrent le cercueil puis le bénirent. Hubert invoqua les saints et les anges pour que le Très Haut accepte à Sa droite l'âme du défunt roi.

— *Suspiciat te Christus, qui vocavit te...*

Sois accueilli par le Christ, Qui te rappelle à Lui... Puissent les anges te mener à Abraham.

— *Ils sont venus, tu sais*, dit Cathan à sa sœur par télépathie. *Les archanges... Ceux qui étaient présents lors de son investiture. Dom Queron les a appelés. Il est en paix maintenant, Mika.*

— *Requiem aeternam dona ei, Domine*, chanta Hubert, *et lux perpetua luceat ei.*

— *Offerentes eam in conspectu, Altissimi...*

Michaela suivit le cercueil de son époux dans la cathédrale. Owain lui serrait la main gauche et Cathan la droite.

Tammaron, Manfred, Rhun, Richard, Ainslie et Rondel portaient le cercueil. L'hymne funèbre promit la rédemption et la résurrection tandis qu'on le déposait sur le catafalque.

Michaela commençait à réaliser... Selon Cathan, les archanges avaient emporté l'âme immortelle de son époux. Le cercueil en chêne contenait l'enveloppe charnelle de Rhys Michael...

Il ne la prendrait plus jamais dans ses bras !

Lui qui aurait fait un roi extraordinaire...

Michaela pleura à chaudes larmes.

Quand le cortège se reforma pour quitter la cathédrale, Tammaron approcha de la reine, maître James sur les talons. Michaela les rassura sur son état. Elle reprit place dans la litière, son fils blotti contre elle.

— Maman... Papa n'était pas vraiment dans cette boîte, n'est-ce pas ?

— Non, mon chéri. Son corps y était, mais lui n'est plus dedans. Son âme est retournée vers Dieu.

Owain regarda sa petite poitrine puis releva la tête.

— Est-ce la maison de mon âme, maman ?

— Oui.

— Quand je m'endors, elle s'échappe de sa maison ?

Michaela ferma les yeux. Comment faire comprendre la mort à un enfant de quatre ans sans l'effrayer ?

— On le dit. Mais il ne faut pas avoir peur de dormir, mon cœur. Tant que Dieu ne nous rappelle pas à Lui, nous revenons toujours dans nos maisons. Certains croient qu'une cordelette d'argent très longue relie notre âme à notre corps. Quand on vieillit, elle commence à s'effilocher. Jusqu'à ce qu'elle se défasse. Alors, nous retournons vers Notre Seigneur.

— Papa n'était pas vieux. Qu'est-il arrivé à sa cordelette ?

— Parfois, quand on est très malade ou très blessé, elle se brise. Alors, des anges viennent te chercher. Oncle Cathan les a vus emmener papa.

— Ah oui ? fit Owain, les yeux ronds. Il les a vraiment vus ?

— Ce n'était pas par méchanceté qu'ils ont pris papa. Leur mission est de nous protéger. Mais quand notre cordelette se brise, ils viennent nous chercher pour nous mener jusqu'à Dieu.

— Oh...

Apparemment rassuré, l'enfant se blottit de nouveau contre sa mère, serrant toujours son chevalier.

De retour au château, Cathan prit dans ses bras son neveu endormi.

— Je peux le porter, Mika. Il n'est pas bien lourd.

On lui accorda ce privilège, mais Manfred l'accompagna dans les appartements royaux, ainsi que Tammaron. Dès que l'enfant fut allongé, Manfred fit un signe à Cathan.

— Puis-je avoir un instant d'intimité avec ma sœur ?

— Plus tard ! On nous attend en bas.

— Quelques secondes... Je voudrais remettre des souvenirs à la reine.

— Quels souvenirs ?

Cathan sortit un mouchoir de sa bourse, le déplia et dévoila l'Œil de Rom.

— Il faudra percer l'oreille droite d'Owain, dit-il. C'est l'héritage de Gwynedd. *Fais-le au plus vite, ma sœur*, ajouta-t-il en pensée.

Elle hocha la tête.

Manfred saisit Cathan par le bras.

— Le conseil rcquiert votre présence. Ne me forcez pas à me répéter.

Cathan glissa la broche, encore enveloppée dans le mouchoir, entre les doigts de Michaela.

— Il voulait aussi que... Mon seigneur, c'est personnel ! protesta-t-il quand Manfred tendit la main. C'est la broche de son manteau. La reine avait commandé ce bijou à la naissance du prince Owain ! Ne pourrait elle garder ce souvenir de leur amour ?

— Manfred, soupira Tammaron, laissez cela ! Votre Majesté, veuillez excuser ses manières. L'expédition l'a mis sur les nerfs. Manfred, Cathan, le conseil vous attend. Dois-je appeler un garde ?

— Ne me poussez pas à bout ! grogna Manfred. Drummond, venez ou vous le regretterez !

Cathan obéit.

— Si on m'y autorise, j'essaierai de revenir souper avec toi, Mika. Dieu te garde, douce sœur.

— Dieu te garde aussi, mon cher frère.

La porte se referma sur les trois hommes.

CHAPITRE 32

Alors le tribun s'approcha, se saisit de lui et ordonna de le lier de deux chaînes.

Actes des Apôtres, 21, 33

Ce qui attendait Cathan fut à la fois pire et meilleur que ce qu'il redoutait. A l'entrée, Richard lui prit son épée.

A sa place coutumière, près du trône, Hubert avait Lior à sa dextre et Rhun à sa senestre. On indiqua à Cathan de s'asseoir en bout de table, là où aurait normalement siégé la reine. Tammaron et Richard s'installèrent face au primat de Gwynedd. Secorim et Manfred encadraient Cathan.

— Manfred, dit Hubert, nous reparlerons en privé de certains aspects de vos actes. Pour l'heure, le rapport envoyé par Rhun il y a quelques jours est plus urgent. Le roi aurait nommé avant sa mort des régents nullement approuvés par ce conseil. Le père Lior estime que ce document est le premier jet du codicille. Le roi l'aurait montré à Rhun pour lui prouver ses assertions. Messire Cathan, c'est votre écriture si je ne m'abuse. Auriez-vous la bonté de nous éclairer ?

Le jeune homme baissa la tête. Chaque mot qu'il prononcerait risquait de signer son arrêt de mort.

Lior avait dû trouver le parchemin dans les sacoches du défunt monarque.

Nier était inutile. Cathan avait rédigé les textes, comme les grands seigneurs le découvriraient bientôt quand le Kheldour viendrait revendiquer ses droits.

S'il était d'ores et déjà un homme mort...

Eh bien, qu'il en soit ainsi !

— Le codicille existe. Il a été fait au château de Lochalyn, devant des témoins honorables. Avec sa main blessée, le roi était incapable de le rédiger lui-même. J'ai écrit sous sa dictée, comme mon allégeance envers lui l'exigeait.

— Et qu'en est-il de votre devoir envers ce conseil ? demanda Hubert. Selon les termes de votre nomination au sein de la Maison royale, votre loyauté allait d'abord à vos supérieurs : nous ! Vous l'avez juré sur les reliques sacrées.

— Et j'ai prêté un serment plus sacré encore à mon roi ! s'indigna Cathan. Mes mains étaient entre les siennes, consacrées par la grâce divine ! Devant tous, je lui ai juré fidélité et sincérité. Je ne suis donc pas parjure, et aucunement navré !

— Voilà qui est clair, dit Manfred. Combien d'exemplaires ont été faits ?

— Suffisamment !

N'usez pas de ce ton-là avec moi ! Combien ?

— Un pour chacun des seigneurs nommés, un pour dame Stacia, un pour le prêtre et un pour le roi.

Lior se racla la gorge.

— Votre Grâce, à part ce premier jet, nous n'avons rien trouvé d'autre dans les sacoches royales.

— Où est l'exemplaire du roi, Cathan ? demanda Tammaron.

Cathan le regarda dans les yeux. Parmi ceux qui siégeaient à cette table, c'était l'homme le plus honnête.

Il restait néanmoins complice des autres...

— Le roi l'a envoyé à Rhemuth. J'ignore à qui.

Cathan espéra qu'on ne le soumettrait pas à la torture.

— C'est impossible, grogna Rhun. Vous le savez forcément. *Nous* l'aurions su !

— Sauf votre respect, mon seigneur, le château de Lochalyn n'est pas le vôtre. Le roi ayant offert la régence au duc de Claibourne et au comte de Marley, ne croyez-vous pas qu'il aurait sollicité leur aide pour envoyer le document en secret ?

Rhun et Manfred en restèrent bouche bée.

Hubert les foudroya du regard.

— Cathan, nous n'avons pas de temps à perdre avec vous ! lança-t-il du ton d'un père exaspéré par les caprices de son fils. Bientôt, votre sœur mettra au monde le prochain héritier. Pour l'heure, il n'est donc pas question de vous occire comme vous le méritez. Une chose est sûre : pendant les derniers mois qu'il vous reste à vivre, vous souffrirez mille morts ! (Cathan garda la tête baissée.) La surveillance sera renforcée. Le jour où votre second neveu viendra au monde sera le dernier de votre vie.

« Si la reine accouchait d'un enfant mort-né, vous n'imaginez pas les tortures que peut endurer un corps humain avant que la mort le délivre. Vous étiez trop jeune quand on a supplicié Declan Carmody, coupable de trahison comme vous. Autrement, vous auriez une petite idée de la question... Alors, cher Cathan, pour les funérailles de votre beau-frère, montrez-vous très docile ! Dans quelques mois, vous ferez une autre apparition publique pour le couronnement. Père Lior, si je le confie aux tendres soins des *Custodes*, suis-je assuré qu'il se comportera comme nous le souhaitons ?

Lior inclina la tête.

— Vous avez ma parole, Votre Grâce. Sur la foi que je vous ai engagée.

— Alors qu'on le fasse sortir. Je ne veux plus le voir.

On ligota Cathan avant de l'emmener.

Les seigneurs du Kheldour arriveraient-ils à temps pour le libérer des griffes d'Hubert ?

Sinon... C'en était fait de lui.

Et après quelques jours de « tendres soins », plus rien n'aurait d'importance...

L'heure du souper étant passée sans que son frère reparaisse, Michaela sentit l'angoisse monter en elle. Après ses multiples questions aux gardes, un capitaine compatissant vint l'informer que Cathan était indisposé. La reine insistant, on l'assura que son frère avait besoin de sommeil.

Quand elle descendit aux cuisines chercher un bol de lait chaud pour Owain, Rhysel ne glana pas plus d'informations.

Le petit héritier couché, ses chevaliers miniatures alignés près de lui pour veiller sur son repos, Michaela et Rhysel s'installèrent devant une fenêtre. En chemise de nuit, leurs cheveux blonds nattés, elles ressemblaient plus à des sœurs ou à des demoiselles faisant l'école buissonnière qu'à une reine et à sa dame.

— Qu'avez-vous découvert, Rhysel ?

— Le conseil est encore en séance. Avec cette histoire d'« indisposition », on vous empêchera sans doute de revoir Cathan avant plusieurs jours.

— Peut-être dort-il vraiment... Il avait l'air épuisé.

— Je ne crois pas qu'on lui fera de mal avant les funérailles... Ensuite, avec l'arrivée des seigneurs du Kheldour, j'espère que tout ira bien.

— Sinon ?

— N'y pensons même pas ! dit Rhysel. Pour l'heure, les seigneurs redoutent par-dessus tout que vous perdiez l'enfant. Ils croient votre santé très précaire. N'en faites pas trop, afin de ne pas avoir maître James dans les jambes, ou qu'on vous ordonne de garder le lit. Mais exigez de voir Cathan. Après tout, vous venez de perdre votre époux. Si on vous prive aussi de votre frère...

Michaela baissa tristement la tête. Puis elle se souvint de la broche que Cathan lui avait remise. Elle se leva et la prit sur la table de chevet où elle l'avait laissée, à côté de l'Œil de Rom.

— Pourquoi tenait-il tant à ce que je l'aie ? demanda-t-elle.

— Puis-je la voir ?

Michaela lui tendit la broche. Les yeux clos, la Derynie pressa la partie émaillée contre son front. Puis elle sourit.

— Votre frère est très courageux, Mika. Et Rhysem était plus sage que je n'aurais cru. Alors qu'il apprenait tout juste à contrôler son potentiel haldane, il a caché un message dans ce bijou qui représentait tant pour vous deux... Je ne serais pas surprise qu'il vous ait ainsi légué la clé de l'héritage haldane.

— Pour Owain ? souffla Michaela. Il est beaucoup trop petit !

— Trop pour utiliser ses dons, mais pas pour qu'on les active. Il grandira en apprenant à s'en servir — guidé par des hommes sages qui seront heureux de l'aider au mieux de leurs capacités si Owain devait être sacré roi. Voilà pourquoi Cathan vous a aussi remis l'Œil de Rom. Vous savez que c'est bien davantage qu'un simple objet. Qu'a-t-il dit en vous le remettant ?

— Que je devrais percer l'oreille droite d'Owain au plus vite... Rhysel, j'ignore comment faire. Je me rappelle à peine le rituel...

Souriante, Rhysel lui reprit l'Œil de Rom pour la remplacer par la broche.

— Voyez ce que Rhysem vous lègue, Mika. Détendez-vous, imaginez votre mari : allongé dans le noir, cette broche entre ses mains... Pressez l'émail contre votre front, comme je viens de le faire... Et ouvrez-vous à son ultime message d'amour...

Michaela laissa la magie de Rhysel la plonger en transe et suivit ses instructions.

La connaissance s'imposa à elle avec une clarté aveuglante. Rhys Michael avait simplifié et amélioré ce qu'il avait appris. C'était dans la nature du pouvoir haldane : chaque légataire savait d'instinct comment transmettre l'héritage à ses enfants.

Grâce à ce pari audacieux, il restait une chance que la couronne se libère.

Michaela sourit à travers ses larmes et tendit la main à Rhysel pour tout partager avec elle.

— Agissons tant que nous en avons l'occasion, Mika, dit Rhysel. La situation peut encore empirer, et votre surveillance se renforcer. Voilà un défi intéressant... Pas de drogue, pas de guérisseur, pas de prêtre... !

Michaela eut le courage de sourire.

— Et personne qui s'inquiète de ce que fait Rhysel... A nous deux, nous devrions y arriver !

Il leur fallut une heure pour tout préparer... en laissant la part belle à l'improvisation. Après la relève de la garde, Rhysel se faufila dans le solarium, où dormaient Nieve et Lirin, pour alourdir leur sommeil. Seul un fracas du diable les réveillerait. Rhysel ne pouvait pas neutraliser les soldats. Mais à cette heure tardive, toute intrusion de leur part était improbable.

Un panier d'osier sur les genoux, Michaela s'était assise en tailleur sur le grand lit où dormait son fils. Le fil d'une pelote de soie déroulée dessinait un cercle. Un petit plan de travail où étaient disposés une serviette, un récipient et une bougie se trouvait dans le cercle. Michaela avait laissé un passage ouvert au nord-est.

Rhysel entra dans le cercle et le ferma.

— J'avoue que je n'ai jamais officié dans des conditions aussi rudimentaires. Ma mère aurait adoré ça : un rituel expérimental ! Mon père aurait été horrifié. Les guérisseurs ont la fibre conservatrice... Regardez mon frère : on croirait qu'il a trente ans, pas treize ! Cela dit, il faut voir le bon côté des choses : si on nous surprenait, il n'y a rien de compromettant ici. Etes-vous prête ?

— Oui.

Les deux jeunes femmes se prirent les mains ; leurs bras tendus formèrent un cercle autour de l'enfant endormi.

— Tu m'aspergeras d'hysope, ô mon Dieu, et je serai pur, murmura Rhysel. Lave-moi et je serai plus blanc que neige. Le Seigneur est mon berger et je ne manquerai de rien. Il me fait m'allonger dans les verts pâturages.

— Il me conduit jusqu'aux eaux dormantes. Il restaure mon âme, continua Michaela.

Elle se signa, se plaçant sous la protection de la Sainte Trinité, et répéta le geste sacré sur le front de son fils.

Rhysel se campa face à l'est. Sa tête touchait presque le ciel de lit en soie jaune du Forcinn mêlée de fils d'or. Après s'être recueillie, la jeune femme tendit les bras, les écarta puis les ramena sur sa poitrine, tête inclinée. Puis elle pointa l'index et le majeur droits vers le fil de soie. Michaela crut voir la volonté de Rhysel dévorer la soie pour l'embraser d'un feu invisible.

Rhysel pivota sur la droite, ses doigts pointés suivant le tracé du cercle. Une lumière invisible imitait ses mouvements.

Quand la jeune femme fut revenue à son point de départ, elle avait créé un dôme chamarré.

Elle chuchota l'invocation familière :

— O Seigneur, Tu es la source de toute sainteté. Au nom de la Lumière, nous invoquons l'archange Raphaël, médecin céleste et gardien de l'Air, afin qu'il soit témoin de ce rituel et apporte la guérison de l'esprit, de l'âme et du corps.

Mains jointes, elle se tourna vers le sud.

— O Seigneur, Tu es la source de toute sainteté. Au nom de la Lumière, nous invoquons l'archange Michel, protecteur, détenteur de l'épée de Feu, afin qu'il soit témoin de ce rite et nous protège en ces temps de troubles.

Elle pivota de nouveau, dans la même attitude.

— O Seigneur, Tu es la source de toute sainteté. Au nom de la Lumière, nous invoquons l'archange Gabriel, le héraut des cieux et seigneur de l'Eau, afin qu'il soit témoin de ce rituel et transmette nos suppliques à la Très Sainte Vierge.

Et finalement, vers le nord :

— O Seigneur, Tu es la source de toute sainteté. Au nom de la Lumière, nous invoquons l'archange Uriel, le seigneur de la Terre et le convoyeur des Âmes, afin qu'il soit témoin de ce rituel et nous délivre de la peur. Tout cela, si telle est Ta volonté, ô mon Dieu !

De retour vers l'est, Rhysel écarta les bras, la tête inclinée en arrière.

— Nous sommes hors du temps et hors de ce monde. Comme nos aïeux, nous nous unissons et ne formons plus qu'un. Amen. Selah. Qu'il en soit ainsi.

— Qu'il en soit ainsi, répéta Michaela en se signant.

Elle prit dans le panier une aiguille, un fil de soie écarlate passé dans le chas, et pria Rhysel d'approcher la bougie.

Puis elle passa la pointe de l'aiguille sur la flamme.

— Votre père avait un avantage certain quand il initia Rhysem et ses frères, dit Michaela. Des potions derynies pour nettoyer les plaies et le pouvoir deryni pour les guérir !

Rhysel sourit.

— Nul besoin de « pouvoir deryni » pour savoir que faire bouillir les choses aide à les purifier. Plaçons la broche, l'Œil de Rom et l'aiguille dans ce récipient. Et laissez-moi faire. En revanche, il faut des pouvoirs derynis pour provoquer une ébullition de cette façon !

Les yeux ronds, Michaela regarda sa compagne se concentrer, une main tendue au-dessus du récipient.

L'eau frémit bientôt, puis de la vapeur en monta.

— Mon père m'a appris ce tour peu avant sa mort... Donnez-moi la serviette, que je nettoie le lobe de l'oreille du petit prince.

Quand ce fut fait, gardant Owain endormi et hors d'atteinte de la douleur, Rhysel lui perça l'oreille avec l'aiguille stérilisée. Michaela y plaça l'Œil de Rom. Rhysel laissa l'enfant se réveiller.

— Maman..., demanda Owain d'une voix endormie. Est-ce déjà le matin ?

— Pas encore, chéri. Papa nous a priés de faire quelque chose, mais tu dois rester très sage et ne pas faire de bruit, même si tu as un peu peur. Tu seras courageux ?

— Pour papa ? souffla l'enfant en se frottant les yeux. D'accord !

Sa mère l'étreignit et l'assit contre elle, lui embrassant les cheveux.

Il gloussa de ravissement.

— Que faut-il faire pour papa ?

— Oncle Cathan a apporté des objets pour toi. C'est un cadeau très particulier.

Elle sortit la broche de l'eau.

— Le lion de papa ! s'extasia Owain.

— C'est ça, mon cœur. (Elle posa le bijou dans sa main.) Tu ne vois plus le lion maintenant, n'est-ce pas ?

— Non.

— Eh bien, il contient une magie que tu ne peux pas voir non plus. Elle t'aidera à devenir un grand roi. Je ne peux pas tout t'expliquer maintenant... Tu comprendras quand tu seras grand. Mais je te jure que c'est ce que papa voulait. Seras-tu courageux pour lui ? Tu n'auras pas mal, c'est promis.

Sourcils froncés, Owain se tordit le cou et planta ses pupilles grises dans celles de sa mère.

— Courageux pour papa ?

Avant que le cœur lui manque, Michaela enfonça l'aiguille dorée de la broche entre le pouce et l'index de son fils.

Grâce à Rhysel, Owain ne souffrit pas. L'aiguille traversa sa petite main pour atteindre celle de sa mère, qui sentit le pouvoir magique couler en elle.

Une énergie invisible tourbillonna dans le dôme de lumière. Les pouvoirs haldanes investirent l'enfant sans qu'il en ait conscience.

L'énergie coula aussi dans la jeune reine et dans l'enfant qu'elle portait, activant son potentiel.

Emerveillée, Michaela osa lever les yeux vers la lumière qui baignait la scène, pensant voir les silhouettes éthérées d'archanges aux mains translucides levées en signe de bénédiction.

Des larmes de joie montèrent aux yeux de la reine. Les mains de la mère et celles de l'enfant étaient unies par l'or de l'aiguille comme par l'amour. Quand elle pensa que son cœur ne pourrait pas se gonfler davantage de ravissement, Michaela crut apercevoir une lueur écarlate parmi les créatures célestes.

Son Rhysem, à coup sûr ! Revenu un instant pour elle, radieux de santé retrouvée et de beauté éternelle, le visage rayonnant sous une couronne d'or tandis qu'il posait les doigts sur les lèvres de la jeune femme...

Derrière lui papillonnait une autre présence, aux yeux et aux cheveux couleur vif-argent. L'être respirait la sagesse et la bienveillance.

Quand Michaela revint à elle, une heure plus tard, elle se demanda si elle n'avait pas rêvé. La bougie se consumait encore près d'Owain, qui s'était rendormi, son chevalier dans une main. Michaela lui prit le jouet pour le placer à côté du « chevalier Cathan » : les gardiens du sommeil de son fils. Elle effleura le petit tortillon d'or inséré dans le lobe de l'enfant pour que l'orifice ne se referme pas.

— Tout va bien, chuchota Rhysel, une main posée sur l'épaule de la reine. J'ai rangé l'Œil de Rom et l'Anneau de Feu dans votre coffre à bijoux, puis j'ai tout remis en ordre. Il est heureux que j'aie pu vous assister, Mika.

— Avez-vous... *vu* quelque chose ?

Rhysel fit oui de la tête.

— J'ai aussi ressenti beaucoup de choses... C'était intense. Je n'ai jamais rencontré Cinhil et Javan, mais Rhysem était sans doute le meilleur Haldane lorsqu'il s'est agi de comprendre votre héritage magique. Si ses enfants se montrent aussi doués, ils sortiront vite du commun.

— Avez-vous vu Rhysem ?

— Oui. Et mon grand-père aussi, je crois. Oncle Joram affirme que c'était vraiment un saint. Une chose est sûre : il n'est pas réellement mort... (Michaela ne put réprimer un bâillement.) Reposez-vous, ma reine. Votre pouvoir s'est amplifié, mais des jours difficiles nous attendent.

La reine laissa la Derynie la plonger dans un sommeil réparateur.

Rhysem n'était pas encore enterré, et voilà qu'il faisait des miracles !

CHAPITRE 33

Je dis mon œuvre pour un roi.

Psaumes, 45, 1

Quand Rhysel fit son rapport à Joram, celui-ci put à peine contenir sa joie. La jeune femme crut même l'entendre rire, lui qui ne souriait pratiquement plus depuis des années !

— *Le nouveau roi a confirmé son potentiel et celui de Michaela est amplifié ? Quelles bonnes nouvelles, pour une fois ! Je commence à croire que nous triompherons ! J'ignorais que de tels effets secondaires fussent possibles, mais qui connaît vraiment le potentiel haldane ? Ansel, Queron et les autres seront ravis !*

« Dans les prochains jours, assure-toi que la reine suivra sa routine habituelle sans rien changer. As-tu idée de ce qu'est devenu Cathan ?

— *Officiellement, il est « indisposé ». Demain, je tâcherai d'en savoir plus.*

— *Entendu. Entre-temps, efforce-toi d'entraîner Michaela à utiliser ses nouveaux pouvoirs.*

— *Je ferai de mon mieux. Les seigneurs n'ont pas fini de débattre...*

Cathan n'était pas encore mort, mais il le regrettait presque. Que Polidorus soit venu le saigner ne l'avait pas surpris. Malgré l'inutilité de toute résistance, Cathan s'était débattu. Des gardes l'avaient rudoyé.

Lior avait ordonné qu'on arrête un peu avant que l'hémorragie atteigne un seuil critique. Il s'agissait avant tout d'intimider le frère de la reine, car des drogues auraient suffi à assurer sa docilité...

Plongé dans la torpeur, Cathan fit cauchemar sur cauchemar.

A minuit, en tunique de corps et en braies, il était toujours allongé les yeux grands ouverts dans sa cellule, priant pour sa délivrance.

Un anneau de fer passé à une de ses chevilles le retenait prisonnier.

A minuit, les torches et les bougies illuminaient encore la salle du conseil de la nouvelle régence.

Les grands seigneurs examinaient les différentes stratégies susceptibles de leur permettre de conserver ce qu'ils avaient usurpé.

— Qu'une force conséquente des Marches de l'Est parvienne devant nos murs avant deux ou trois jours paraît peu probable, dit Tammaron. Jusqu'aux funérailles, nous devrions être en paix. Ensuite, il faudra que nos troupes se tiennent prêtes. A quelle vitesse un messager aurait-il pu gagner le Kheldour ?

— Il y a deux bonnes journées de cheval jusqu'au château Lochalyn, dit Manfred. Nos hommes n'ont appris la mort du roi que le lendemain matin. Les bonnes sœurs savaient, mais le couvent est resté fermé cette nuit-là. Personne n'en est parti.

— A part le prêtre qui entendit le roi en confession, murmura Rhun. Qui aurait cru qu'un vieil homme disparaîtrait si vite ?

— Quel prêtre ? demanda Hubert, avec un regard courroucé pour son nouvel archevêque.

— Un itinérant qui était arrivé au couvent ce soir-là, répondit Lior, mal à l'aise. Le père Donatus, de Saint-Jarlath. Le roi refusait obstinément que je l'entende en confession et que je le fasse communier. Il n'était pas très bien disposé envers les *Custodes*.

Hubert en concevait d'autant plus de ressentiment qu'Alroy, à l'article de la mort, avait aussi refusé son assistance...

— J'essayais de trouver un prêtre neutre, ajouta Lior. Je ne pouvais laisser mourir le roi sans qu'il ait reçu les derniers sacrements.

— Un baume pour votre conscience, après lui avoir ôté la vie, souffla Rhun.

Un regard de Manfred le fit taire.

— Le prêtre du couvent était en déplacement, continua Lior. Peu après midi, une bonne sœur m'a présenté Donatus, un homme assez âgé qui ne portait pas notre tenue. Je l'ai aussitôt conduit au chevet du roi, qui l'a accepté. Le prêtre était avec lui quand il a expiré. Donatus a ensuite consolé Cathan.

— Et il a disparu avant qu'on puisse l'interroger, conclut Hubert. Venant d'apprendre la vérité de la bouche du mourant, il aura jugé plus prudent de ne pas s'attarder...

Les sourcils froncés, Secorim osa prendre la défense de Lior.

— Avec tout le respect qui vous est dû, Votre Grâce, ce prêtre est tenu par le secret de la confession...

— Vous estimez que l'ordre de saint Jarlath est plus scrupuleux que le vôtre, Secorim ? coupa froidement Hubert. Combien de fois, Paulin, vous ou moi avons-nous violé le secret de la confession quand ça nous arrangeait ? Donatus... Ce nom signifie « don », n'est-ce pas ? Lior, à quoi ressemblait cet homme ?

— A un prêtre de campagne vieillissant, Votre Grâce. Assez noueux et maigre, les yeux noirs, les cheveux blancs et une tonsure impeccable.

— Secorim, contactez l'abbé de Saint-Jarlath et demandez-lui si un de ses prêtres correspond à cette description. Ça prendra du temps, je sais, mais je veux en avoir le cœur net. Entre-temps, voyons ce que Cathan peut nous apprendre à son propos.

Un quart d'heure plus tard, le jeune homme fut ramené devant le conseil et ligoté sur une chaise, au bout de la table. Il avait du mal à garder la tête haute et à écouter les exigences de ses interrogateurs.

— Comme je vous l'ai dit, je n'avais jamais vu cet homme. (C'était la vérité.) Vous ne voudriez pas que je connaisse tous les prêtres de Gwynedd ? De plus, je n'étais pas en état de remarquer les détails. Le roi acceptait enfin l'assistance d'un prêtre. C'était tout ce qui importait.

— Et quand il vous a fait sortir de la chambre, que vous a-t-il dit ? Où est-il allé ?

— Je ne m'en souviens pas avec précision. Il voulait me réconforter, alors que j'avais trop de chagrin pour l'écouter.

— Où êtes-vous allé ? insista Hubert.

— Dans la chapelle... On a prié ensemble. Puis il est parti. Fulk et moi sommes retournés près du roi.

— L'avez-vous vu partir ? A-t-il pris un cheval ?

— Je ne m'en souviens pas. (C'était encore la vérité.) Je voulais juste retourner près de Rhysem et le servir une dernière fois. C'est alors que nous les avons vus lui trancher la main droite...

L'horreur lui coupa le souffle. Les drogues qui couraient dans ses veines amplifiaient son épouvante.

Estimant qu'ils n'en tireraient rien de plus, les régents firent signe aux gardes de ramener le prisonnier.

Le jour suivant, Cathan ne vit que ses geôliers. A midi, il avala son déjeuner, drogué lui aussi. Mais mourir de faim ne résoudrait pas ses problèmes. Sa seule consolation était la certitude de revoir sa sœur le lendemain, aux funérailles.

Michaela aussi sommeilla la plus grande partie de la journée.

Owain était en pleine forme, babillant et jouant comme à son habitude. Le rituel ne l'avait apparemment pas affecté.

Rhysel rassura sa mère : l'enfant ne s'en souvenait même pas.

En coiffant Michaela, elle ajouta :

— Owain n'aura pas accès à son héritage magique avant la puberté. C'est mieux ainsi, surtout quand la discrétion est de rigueur. Après tout, lui aussi devra survivre parmi des humains terrifiés par les Derynis.

— Autrement dit, il faudrait une régence résolue à le protéger pendant son adolescence, souffla Michaela. Rhysel, crois-tu que les hommes du Kheldour arriveront à temps ?

— Si Dieu le veut... Et Dieu sait qu'ils feront tout pour réussir !

Les seigneurs du Kheldour galopaient à bride abattue en direction du sud, évitant les routes trop fréquentées. Le raccourci était accidenté, mais il restait leur seule chance d'atteindre Rhemuth avant les funérailles du roi. Les grands seigneurs ne les attendraient pas si tôt, certains que le Kheldour n'avait pas pu être prévenu si vite.

Ailin MacGregor, l'évêque auxiliaire de Valoret, était une des clés du « complot ».

A la mort de l'archevêque Jaffray, son protecteur, Ailin avait soutenu contre Hubert la candidature d'Alister Cullen au rang de primat de Gwynedd. De plus, après l'éviction d'Alister, il avait osé s'abstenir de voter pour Hubert.

Ne pouvant révoquer Ailin, Hubert lui avait néanmoins signifié qu'il n'aurait jamais d'évêché... Relégué depuis des années au rang de fonctionnaire attaché à la machine épiscopale, Ailin était surveillé par les espions d'Hubert. Consciencieux et fils dévoué de la Sainte Eglise, il s'était résigné à son sort.

Jusqu'à ce que l'évêque exilé Bermot le contacte — et à travers lui, Joram et l'évêque deryni Niallan. Depuis des années, ces derniers comptaient sur le ressentiment d'Ailin contre l'homme qui avait détruit sa carrière par dépit, et qui utilisait sa fonction de primat pour étendre ses pouvoirs séculiers. Remplacer Hubert et ses âmes damnées par des régents choisis par le roi devait plaire à Ailin. Il avait étudié le codicille présenté par le duc de Claibourne et le comte de Marley. Sourire aux lèvres, il avait archivé un exemplaire dans la cathédrale de Valoret.

Il était prêt à fournir des hommes et des chevaux, et à participer aux opérations !

Ce jour-là, Ailin chevauchait avec Ansel et Dom Queron, tonsure couverte par une coiffe en cuir. Rien ne trahissait son statut d'ecclésiastique. Sinon qu'il avait du mal à tenir des heures en selle...

A sa demande, Ansel ordonna une autre halte, dans une prairie semée de petits lacs.

— Un quart d'heure pour faire souffler les bêtes, dit-il.

Dom Queron, proche de la soixantaine, avait dix ans de plus qu'Ailin. La semaine précédente l'avait réaccoutumé aux rigueurs des longues chevauchées.

— Votre Grâce, dit-il à Ailin, je compatis à vos peines. Vous devez avoir les jambes en compote. Je peux vous administrer de quoi calmer vos douleurs... ou agir de façon plus directe. A vous de décider.

Ailin grimaça, se massant les cuisses.

— Cela me fait peur, je l'avoue. Mais après vous avoir confié ma vie, mon rang, voire mon âme, pourquoi ne pas vous livrer aussi mon corps et ses vicissitudes ?

Dom Queron s'accroupit devant son patient, assis sur un tronc vermoulu.

— Mes vœux de guérisseur sont aussi sacrés que ceux de la religion. Votre Grâce peut avoir toute confiance en moi.

Dom Queron soulagea rapidement les crampes d'Ailin, puis chassa sa fatigue.

L'évêque humain remonterait en selle en bien meilleure forme.

La troupe se délassait. Graham, Sighere et leurs alliés derynis bavardaient avec l'évêque et les soldats de Valoret — une trentaine d'hommes. Sous l'œil attentif du jeune Graham, Tieg parlait avec l'un d'eux tout en soulageant ses maux.

Ailin se releva, émerveillé d'être si ragaillardi.

— C'est miraculeux... Comment peut-on y voir le Mal ?

Queron haussa les épaules.

— Je n'en ai pas la moindre idée. Ce sera un bon sujet de méditation pendant le voyage.

Quelques instants plus tard, la troupe repartit.

Alors que le crépuscule tombait sur la capitale, les régents autoproclamés tinrent de nouveau conseil.

— Il suffira d'interdire l'entrée de la ville à Claibourne et à Marley, dit Tammaron. Ce n'est pas comme si personne ne les connaissait...

— C'est vrai, admit Manfred. Mais cela dépendra des forces qu'ils auront réunies. Nous fermerons les portes mais il faudra tôt ou tard leur répondre. Et quand la teneur du codicille sera connue, il deviendra difficile de leur interdire l'accès à notre capitale.

— Richard a réuni des troupes prêtes à les intercepter au nord, dit Rhun. Voulez-vous que ces hommes partent dès cette nuit ?

— Combien ? demanda Hubert.

— Deux cents environ, répondit Rhun. Des lanciers de Carthane et des chevaliers des *Custodes*. Cela devrait suffire contre la racaille des frontières que Claibourne et Marley auront pu rameuter ! Richard les fera battre en retraite jusqu'au fleuve !

— Manfred ? demanda Hubert. Es-tu d'accord ?

— On peut faire confiance à Richard !

— Qu'il parte donc avec ses hommes. Et pour l'est de la capitale ? L'ennemi peut-il arriver par là ?

— C'est peu probable, dit Manfred. La route est moins longue, mais des troupes ne peuvent pas s'y déplacer très vite. Si les seigneurs du Kheldour veulent se hâter, ils devront traverser le fleuve... Et Richard les attendra de pied ferme. En tout cas, il ne se passera rien demain.

— Très bien, conclut Hubert. Allons dormir.

CHAPITRE 34

> Leurs corps ont été ensevelis dans la paix, et leur nom est vivant pour des générations.
>
> *L'Ecclésiastique, 44, 14*

Le matin des funérailles du roi, la cathédrale sonna longuement le glas.

Gallard de Breffni et ses *Custodes* vinrent chercher Cathan. Une heure plus tard, lavé, rasé et tout de noir vêtu, le jeune homme reçut la visite inattendue de Manfred MacInnis, flanqué du frère Embert.

— Un beau jour pour des funérailles, lâcha froidement Manfred tandis que Gallard, les mains posées sur ses épaules, empêchait Cathan de se lever. Vous vous tiendrez tranquille si vous ne voulez pas bouleverser votre sœur...

Cathan hocha la tête, conscient de ce qu'il y avait dans la coupe que tenait Embert.

— Bien. Je vois avec plaisir que nous nous comprenons parfaitement. Buvez.

Les yeux brillants de haine, Cathan s'exécuta.

— Vous ne pensiez pas que je refuserais, privant ainsi ma sœur du réconfort que je pourrais lui apporter ? demanda-t-il d'une voix grinçante. Gallard, ôtez vos sales mains ! Je ne suis pas en position de menacer quelqu'un. Après avoir bu cette potion, j'aurai de la chance de tenir sur mes deux jambes.

— Vous aurez de la chance de rester en vie si vous continuez ainsi, maugréa Manfred. Voilà votre épée et votre ceinture.

Cathan s'équipa. On avait noué un fil de fer autour des quillons de l'épée et des anneaux du fourreau pour l'empêcher de dégainer l'arme. Ces gens ne prenaient aucun risque...

Le jeune homme posa sur ses cheveux blonds la coiffe noire qu'on lui tendait.

— Je suis à vos ordres, seigneur Manfred.

— Vous l'êtes et le resterez après cette journée ! Souvenez-vous-en !

En descendant dans le hall d'honneur, bien encadré comme toujours, Cathan sentit les premiers effets de la drogue : l'engourdissement familier des sens, de légers vertiges...

Dans la cour, il enfourcha un destrier blanc au harnais rouge et attendit, accablé par la chaleur d'un beau soleil.

L'enfant roi chevaucherait avec son oncle jusqu'à la cathédrale.

Le cortège royal était prêt. Les dames de compagnie s'agitaient comme autant de corbeaux. Michaela et Rhysel finissaient d'habiller Owain. L'Œil de Rom à l'oreille, l'enfant eut droit à un ultime coup de peigne. La reine portait la broche haldane sous son cou, avec la couronne d'Etat et son anneau nuptial, c'était l'unique ornement de sa tenue de deuil.

Michaela tendit un miroir à son fils, qui en resta bouche bée d'admiration. Ses fins sourcils froncés, il admira sa petite tunique de velours noir brodée aux armes haldane. Au bout d'une chaîne en or, l'Anneau de Feu se balançait sur sa poitrine.

— Maman, que c'est beau !

— Oui, mon chéri. Je savais que tu aimerais...

Elle prit la coiffe d'hermine où on avait cousu un serre-tête à la taille d'un enfant.

Owain sourit.

— Maman, je ressemble presque à papa ! Etait-il comme ça enfant ?

Michaela se souvint. Rhys Michael était vêtu ainsi lors des funérailles de Javan.

Refoulant ses larmes, elle tomba à genoux devant son fils pour l'étreindre.

— Mon chéri, tu lui ressembles beaucoup, c'est vrai. Il serait si fier...

— Ne pleure pas, maman, chuchota Owain. Tu as dit qu'on devait être courageux.

— Oui, mon cœur, je sais.

— Maman, il faut que tu le sois.

— Chéri, maman sera courageuse...

Lui embrassant les doigts, elle se releva avec peine.

— Aide-moi, Rhysel. J'ignore si j'arriverai à...

— Votre Altesse doit être forte, dit la nièce de Joram, à l'intention des autres dames, qui s'étaient rapprochées, impatientes de partir. Je vais arranger votre voile.

Elle en profita pour apaiser Michaela, calmant son chagrin et l'invitant à l'espoir.

Quand la reine passa dans le solarium, elle s'était recomposé une mine. Tammaron l'attendait pour l'escorter. Les dames se donnaient beaucoup d'importance, fières de leur position privilégiée.

Owain avait insisté pour emporter son « papa chevalier ». Grâce à l'intervention de Rhysel, il avait accepté que sa mère garde le jouet dans la litière. Lui chevaucherait avec son oncle.

Au pied des marches, des fantassins et vingt chevaliers des *Custodes* formaient une haie d'honneur. Les chevaliers, en armures et en capes noires, baissèrent leurs lances sur le passage de la reine, accrochée au bras de Tammaron.

Tête haute, Owain regarda sa mère monter dans la litière. Rhysel rejoignit les autres dames. Tammaron conduisit l'enfant vers son oncle, flanqué de Manfred et de Gallard de Breffni.

— Oncle Cathan ! cria Owain, ravi, se précipitant pour s'accrocher à son étrier.

Sans mouvements brusques, pour ne pas défaillir, Cathan se pencha et embrassa la main de son neveu.

— Bonjour, mon prince.

Tammaron hissa l'enfant en selle.

— Faites attention, Drummond, souffla-t-il.

Cathan serra son neveu contre lui et prit les rênes qu'un écuyer lui tendait. Il constata avec plaisir qu'Owain portait l'Œil de Rom. Michaela avait-elle suivi ses instructions ?

Comme il aurait voulu avoir les idées plus claires ! De l'aide viendrait-elle enfin aujourd'hui ?

— Je suis content de te revoir, Owain, murmura-t-il. Tu es resplendissant, mon garçon. Ton papa serait fier de toi.

— Maman dit qu'il faut être courageux pour lui. Toi aussi, oncle Cathan ?

— Nous le serons tous, mon prince. Avec l'aide de Dieu.

La procession s'engagea dans les rues de Rhemuth. Ce n'était pas un cortège funèbre à proprement parler, puisque la dépouille royale avait été directement conduite dans la cathédrale. La foule s'était néanmoins amassée, avide d'apercevoir son nouveau roi. Beaucoup de gens s'inclinèrent sur le passage de l'enfant, qui se tenait si droit.

Et beaucoup pleurèrent...

L'archevêque Hubert attendait sur le parvis de la cathédrale. Certains prêtres étaient restés dans la fraîcheur du narthex.

Quand Cathan confia Owain à Tammaron, la tête lui tournait de plus en plus.

— Reprenez-vous ! chuchota sèchement le régent.

Cathan répliqua sur le même ton.

— Si je pique du nez dans la poussière, vous pourrez vous en prendre à votre archevêque ! Ce ne sera pas ma faute.

Il mit pied à terre pour conduire son neveu vers la litière de Michaela. Owain voulut reprendre son jouet. Manfred s'y opposa aussitôt.

— Papa... ! gémit l'enfant en tendant un bras.

— Il est hors de question de l'emporter dans la cathédrale ! déclara Manfred. Ce n'est pas séant.

— Pour l'amour du ciel, mon seigneur, laissez-le-lui ! protesta Michaela. Ça le réconforte. Ce n'est qu'un enfant.

— C'est le roi !

— Il a quatre ans, rappela Cathan.

— Vous allez trop loin, Drummond ! siffla Manfred entre ses dents.

— Rendez son jouet à l'enfant ! insista Cathan.

Reniflant de dédain, Manfred jeta le chevalier miniature à Owain et tourna les talons. Cathan vit Rhun lui décocher un regard noir. S'en moquant, il réconforta son neveu et lui rappela sa promesse d'être courageux.

— Merci, chuchota Michaela quand son frère se redressa et lui enlaça la taille en vacillant. Ça ne va pas ?

— Ce n'est rien. La tête me tourne un peu. *Je t'expliquerai plus tard*, ajouta-t-il mentalement

Quand la procession se fut engagée dans la nef de la cathédrale, Cathan osa continuer.

— *Te rappelles-tu ce qu'ils ont fait à Rhysem, à la mort de Javan ? Six ans après, ils n'ont pas oublié comment rendre les gens dociles... Depuis la mort de Rhysem, ils m'ont saigné à deux reprises et me gar-*

dent sous l'empire de la drogue. Je suis faible... Mais ça pourrait être pire, petite sœur. Rassure-toi. Quoi qu'il en soit, si les hommes du Kheldour n'arrivent pas très vite, il ne me restera guère d'espoir.

— Pourraient-ils atteindre Rhemuth aujourd'hui ?

— C'est possible. J'implore la bonté divine qu'il en soit ainsi.

Les seigneurs du Kheldour approchaient de la capitale. Pendant leur dernière halte, ils s'étaient déguisés. L'évêque Ailin conduisait la colonne, une chape écarlate sur les épaules, sa croix pectorale placée au-dessus de sa brigantine en cuir noir. Son capuchon de mailles couvert d'un bonnet de cuir écarlate proclamait son rang épiscopal.

Portant des bliauds bleu et or frappés aux armes de l'évêché, les chevaliers partis de Valoret chevauchaient à sa suite.

Déguisé en écuyer, Tieg tenait l'étendard d'Ailin. Queron avait repris sa tenue marron de Saint-Jarlath, jouant les chapelains. Leurs vêtements de tweed cachés dans leurs sacoches, Graham, Sighere et une vingtaine de frontaliers suivaient la marche, accompagnés du père Derfel, d'Ansel et d'une poignée d'anciens Michaelites.

En tout, une cinquantaine d'hommes... C'était bien peu, même si on tenait compte de l'autorité d'un évêque et du pouvoir deryni.

Devant les portes est de Rhemuth, le prélat appela le sergent de garde.

— Je suis Ailin MacGregor, évêque auxiliaire de Valoret. Pourquoi les portes sont-elles fermées ? J'ai été convoqué pour participer au conclave qui élira le nouvel archevêque de Rhemuth, et nous avons appris en chemin que le roi était mort.

— C'est hélas vrai, Votre Grâce. On l'enterre en ce moment même. (Le sergent fit signe à ses hommes d'ouvrir.) Mais vous ignorez peut-être qu'il y a des troubles au Kheldour, où a péri notre suzerain. Il semble que les seigneurs du Kheldour portent une part de responsabilité dans ce malheur...

— Mon Dieu ! s'écria Ailin.

— Et ils foncent maintenant vers la capitale, paraît-il. Mais n'ayez crainte : le comte de Carthane interceptera ces mécréants d'ici quelques jours. S'ils osent menacer Rhemuth...

— On dirait que nous arrivons à point nommé, dit Ailin. Merci, sergent. *Dominus vobiscum*.

Il éperonna son cheval.

La colonne remonta les rues de la capitale, pratiquement désertes, puisque le peuple s'était massé autour de la cathédrale. Ansel et Ailin chevauchaient en tête, prêts à en découdre avec quiconque prétendrait les arrêter. Graham et Sighere restaient avec Queron et le père Derfel, la tête dans les épaules.

Soucieux de passer inaperçu, Sighere avait dissimulé ses cheveux roux sous un capuchon de mailles et sacrifié sa barbe et sa moustache.

La place de la cathédrale était noire de monde. Les cloches annonçaient la fin de la messe.

A la vue de la bannière de Tieg, des chevaliers des *Custodes* se tournèrent avec intérêt vers les nouveaux venus. Ailin rappela son capitaine pour lui transmettre ses instructions puis jeta un regard oblique à Tieg.

— Mon fils, cet officier, là-bas, se prépare à nous interroger. Il faudra y aller au culot. Restez près de moi et ne vous étonnez de rien.

— Bien.

Tieg transmit mentalement l'avertissement à Queron pendant que l'officier approchait. Il avait déjà repéré Jesse parmi les hommes d'Ainslie...

— MacGregor de Valoret, capitaine, annonça Ailin. Nous prenons votre relève. Un messager que nous venons de croiser nous a chargés de vous avertir : vous êtes requis sur la route du nord. Vous prendrez d'autres soldats à l'*Arx Fidei*. Les seigneurs du Kheldour se dirigent vers notre capitale.

— Vous arrivez de Valoret ? s'étonna l'officier. Mais comment... ?

— Nous sommes venus par l'est, mon brave, répondit Ailin. On m'a convoqué pour le conclave qui élira le nouvel archevêque. Nous avons chevauché d'une traite jusqu'ici. Il nous a fallu trois jours. Vous connaissez le terrain... Je ne peux pas demander à ces hommes de repartir au nord. Nous vous remplacerons séance tenante afin que vous y alliez sans tarder. J'expliquerai tout aux grands seigneurs.

A contrecœur, le capitaine acquiesça. Il n'était pas homme à contester les ordres de ses supérieurs.

— En ce cas, à vous le commandement, Votre Grâce. Nous vous cédons le terrain. La cérémonie devrait s'achever dans un quart d'heure. On doit descendre le cercueil dans la crypte en ce moment même...

Ailin salua avec sa cravache.

— Merci, capitaine.

Tandis que les *Custodes* s'éloignaient, Ailin et ses chevaliers prirent place face au parvis. Ainslie parut et rejoignit les hommes qui mettaient pied à terre, avisant Sighere et Graham.

— Est-ce vrai ? demanda-t-il au comte de but en blanc.

Pour toute réponse, ce dernier sortit son exemplaire du codicille. Ainslie le parcourut et le lui rendit, tout sourire.

— Vos autres guerriers sont déjà en position, seigneur. Dieu, que ce sera bon d'avoir d'honnêtes régents dans ce royaume ! Hubert et les siens viennent de descendre dans la crypte. Il nous reste une dizaine de minutes pour cerner la place.

— Entendu. Allons-y ! souffla Sighere. Au fait, voici l'évêque Ailin MacGregor. Sans son aide, tout cela n'aurait pas été possible. Obéissez-lui autant qu'à moi. Il sait ce qu'il fait.

Hochant distraitement la tête, Ainslie avança avec Sighere, Graham, Queron et le père Derfel, tandis qu'Ailin mettait ses chevaliers en position.

— Qui est dans la crypte ? demanda Sighere.

— Il y a la reine et son fils, bien sûr, répondit Ainslie. Hubert, Rhun, Manfred, Tammaron, l'abbé Secorim, nommé archevêque de Rhemuth, à propos. Il y a aussi Cathan et son « ange gardien ». On a fait des choses terribles au frère de la reine, Sighere... Et n'oublions pas les moines des *Custodes* qui ont descendu le cercueil. Ceux-là ne vous donneront pas trop de fil à retordre, je pense.

— Les autres non plus, à mon avis, souffla Sighere, faisant jouer son épée dans son fourreau. Organisons le comité d'accueil...

Dans la fraîcheur de la crypte, à la lueur des torches et des chandelles, le rituel touchait à sa fin. Les moines placèrent le cercueil dans son sarcophage. Hubert l'avait aspergé d'eau bénite et Secorim s'était chargé de l'encenser.

L'odeur de l'encens ne masquait pas les relents de charnier qui flottaient sur toute la longueur souterraine de la cathédrale.

— *Ego sum resurrectio et vita*, psalmodia Hubert. *Je suis la résurrection et la vie. Celui qui croit en moi, même s'il meurt, vivra. Celui qui vit et qui croit en moi jamais ne mourra...*

Tandis que l'archevêque égrenait le cantique de Zacharie, Michaela laissa vagabonder son esprit.

Tout, plutôt que de penser au socle de marbre que Rhun, Manfred, Tammaron et les moines faisaient coulisser pour sceller le sarcophage.

Tout, plutôt que de penser à l'homme qu'on inhumait pour l'éternité, et dont elle n'avait pas vu la dépouille.

Michaela voulait garder intacts les souvenirs de leur bonheur conjugal.

Imaginer le corps sans vie de Rhys Michael, emmailloté dans un linceul, était plus qu'elle n'en pouvait supporter.

Et cette main qu'on lui avait tranchée, qui aurait dû être libre de gouverner son royaume. Cette main qui lui avait prodigué tant de caresses...

Michaela écrasa ses larmes sous son voile. Debout contre elle, son chevalier serré sur la poitrine, Owain pleurait aussi. Près de lui, Cathan tenait à peine sur ses jambes, Gallard de Breffni à son côté.

Au-delà du sarcophage de Rhysem s'alignaient ceux des autres souverains haldanes : Cinhil, à présent uni à ses trois fils, frappés par le destin comme lui. Les gisants représentaient les défunts dans toute leur gloire. Même le souffreteux Alroy paraissait sous les traits d'un beau jouvenceau fauché dans la fleur de l'âge.

Comment les artistes verraient-ils Rhysem ?

— Mes chers frères et sœurs, continua Hubert, gardons le souvenir aimant et fidèle de notre frère Rhys Michael Alister, que Dieu a rappelé à Lui, loin des tourments de ce monde...

Tous s'agenouillèrent pour les dernières prières. Cathan posa le front sur la pierre froide du sarcophage.

Le destin qui avait foudroyé Rhysem était d'une injustice criante. Avec un tel courage, il aurait dû parvenir à survivre. Rien ne briserait-il donc la tyrannie des vieux régents ?

Comment Cinhil avait-il pu se tromper à ce point en les choisissant ? Cathan ne se l'expliquait pas... Si les trois jeunes frères avaient connu un sort funeste,

Cinhil en était largement responsable. A sa mort, la chance des Haldanes avait tourné...

Cathan avait prié pour que Rhysem réussisse à restaurer leur gloire.

Maintenant, dans le meilleur des cas, de nombreuses années s'écouleraient avant qu'Owain puisse tenter de réaliser les rêves de son père.

— *Kyrie eleison... kyrie eleison... Christe eleison... Pater noster...*

Cathan avait la poitrine prise dans un étau.

L'affaiblissement, les drogues, le chagrin... C'était beaucoup pour un seul homme.

Il réussit à ravaler ses sanglots, se concentrant sur les prières familières, presque hébété.

Tout n'était pas perdu ! Des amis arrivaient.

A temps pour changer le cours de l'histoire ? Cela restait à prouver.

— *A porti inferi*

— *Erue, Domine, animam eius.*

Des portes de l'enfer

Délivre cette âme, ô Seigneur.

Qu'il repose en paix... Amen.

— *Domine, exaudi orationem meam...*, psalmodia Hubert.

Cathan, dans le secret de ses pensées, lui fit écho.

— *Ô Seigneur, entends ma prière. Laisse-moi tourner mes pleurs vers Toi. Venge-le, Seigneur ! Ses ennemis l'ont sacrifié sur l'autel de leurs ambitions, exécutant leurs ignobles desseins en Ton nom. Foudroie-les, Seigneur ! Donne la force à ceux qui voudraient respecter sa volonté et libérer son royaume. Fais de moi Ton instrument. Que mes mains redressent les torts. De grâce...*

— Ô Seigneur, continua Hubert, nous T'implorons : accueille à Ta droite Ton serviteur Rhys Michael Alister, que Tu as rappelé à Toi. Que celui qui a respecté Ta volonté ne soit pas châtié pour ses actes, mais reçu dans la paix et la lumière des anges, au plus haut des cieux. Par le Christ, Notre Seigneur. Amen.

— Amen, répéta Secorim.

— Toi, juge omnipotent des vivants et des morts, devant Qui nous paraissons tous après cette courte vie, pour rendre compte de notre œuvre, fais que nos cœurs soient émus par cette mort, que nous prenions conscience de notre fragilité et respections toujours Tes commandements dans la crainte de Ton courroux. Afin qu'en quittant ce monde, nous soyons bien jugés et connaissions la félicité éternelle. Amen.

— Accorde-lui le repos éternel, ô Seigneur, renchérit Secorim.

— Que la lumière éternelle soit sur lui.

— Qu'il repose en paix.

— Amen.

— Que son âme et celle de tous les fidèles rappelés à Dieu soient en paix.

— Amen.

Hubert se signa et se remit debout, prenant appui sur le sarcophage. Secorim y posa un candélabre à trois branches.

L'archevêque pria les parents du défunt d'approcher.

— Chacun de vous peut allumer une bougie et ajouter ses prières aux nôtres, dit-il.

S'armant de courage, Michaela releva son voile, prit son fils dans ses bras et l'aida à allumer la bougie centrale.

— Dieu bénisse papa, lui souffla-t-elle à l'oreille. Et que les anges le gardent. Amen.

— Dieu bénisse papa, répéta l'enfant. Maman, il y a des anges autour de nous... Ils ramènent papa ?

L'innocente question manqua faire s'étrangler Cathan. Blêmissant, Michaela secoua la tête. Elle sentit le contact d'ailes invisibles et remercia en silence les créatures célestes de leur présence.

Cathan se hâta de marmonner une prière pour faire diversion, puis il alluma la troisième bougie d'une main tremblante.

— Je ne crois pas, mon chéri, répondit la reine. Quand nous sommes très tristes, les anges viennent parfois nous réconforter. Et quand tu as besoin de lui, ton ange gardien est près de toi. Celui de papa est peut-être venu nous dire au revoir.

Les sourcils froncés, l'enfant avait compris l'avertissement muet de sa mère : il ne devait plus poser de questions.

Michaela le reposa par terre.

— Remontons, dit Hubert.

— Maman, attends ! cria Owain. Pourquoi papa n'a-t-il pas de roi posé dessus ?

— Quoi ?

Il désigna les autres sarcophages.

— Grand-père Cinhil a un roi sur lui, et oncle Javan et...

— Il veut parler des gisants, souffla Hubert, d'humeur pateline. Votre Altesse, les sculpteurs en feront un. Ils n'ont pas encore eu le temps...

Owain fit la moue.

— Papa devrait avoir un roi.

— Il l'aura, c'est promis.

— Tout de suite !

— Votre Altesse, ce n'est pas possible...

— Maman !

— Attendez, dit Cathan, prenant son neveu par les bras. Owain, mon brave petit homme, ne pleure pas. Ecoute-moi...

Il lui chuchota quelque chose à l'oreille. L'enfant hocha gravement la tête.

— Alors ? conclut son oncle. Qu'en dis-tu ?

— Oui. Papa aimerait.

— Très bien. Veux-tu que je t'aide ?

Owain acquiesça. Cathan le hissa au niveau du sarcophage pour qu'il pose son jouet près du candélabre.

Hubert eut l'air perplexe.

— Mon papa chevalier est un roi, expliqua Owain. Tu vois sa couronne ? Il restera là jusqu'à ce que papa ait un vrai roi de pierre.

— Mon chéri, ton « papa chevalier » ne va-t-il pas te manquer ? demanda Michaela. Si tu le laisses, il restera peut-être ici des mois... Et si tu le réclames au milieu de la nuit, je ne pourrai pas venir le chercher.

— J'aurai encore le chevalier Cathan, dit l'enfant. Oncle Cathan s'occupera de moi.

— « Oncle Cathan » aura d'autres choses à faire, intervint Manfred. Allons-y, Drummond ! Ça n'a que trop duré. Gallard, emmenez-le !

Cathan reposa son neveu. Désormais, ses jours étaient comptés. Il posa sur sa sœur un regard morne puis suivit Gallard.

Une garde d'honneur était alignée dans l'escalier. Curieux... Cathan ne se souvenait pas qu'Hubert y ait affecté autant de chevaliers de sa garnison de Valoret...

A la dernière marche, il fut brutalement tiré par les épaules et bâillonné par une main puissante.

Parmi les guerriers, il reconnut ceux qu'il avait appelés de tous ses vœux !

Tout se jouerait dans l'heure à venir.

La Maison haldane serait anéantie ou délivrée.

CHAPITRE 35

> Mais si vous vous mordez et vous dévorez les uns les autres, prenez garde que vous allez vous entre-détruire.
>
> *Epître aux Galates, 5, 15*

Manfred réussit à donner l'alarme tandis que Cathan et Gallard se faisaient attaquer. Un juron aux lèvres, il recula, épée tirée, et manqua faire trébucher Rhun et Lior, qui montaient derrière lui. Manfred força la reine et son fils à redescendre dans la crypte, puis il appela Tammaron à grands cris.

Dans l'escalier, Manfred et Tammaron ne pouvaient guère brandir leur arme. Dès qu'ils furent revenus dans la crypte, ils se préparèrent à affronter les intrus. Lior aida Hubert et Secorim à entraîner Michaela et Owain derrière les moines désarmés.

Lior prit l'enfant effrayé dans ses bras. Les chevaliers de Valoret investirent la crypte. Les *Custodes* et leurs otages royaux reculèrent vers l'alvéole suivante, leurs trois « protecteurs » tenant les envahisseurs en respect.

— Jetez vos armes ! cria un des chevaliers de Valoret.

Derrière eux apparut un homme grisonnant en tenue d'évêque. Il était accompagné par le seigneur Ainslie.

— MacGregor ! cria Hubert, ulcéré. Que diable faites-vous ? Ordonnez à ces hommes de rengainer leurs épées sur-le-champ !

— Impossible, Votre Grâce, répliqua Ailin, tandis que ses hommes se déployaient entre les tombes. (Sighere, Graham et deux prêtres se campèrent derrière lui.) J'agis sur les ordres des régents légitimes de Gwynedd.

— Je suis le régent légitime de Gwynedd ! cracha Hubert. Qui plus est, je reste votre supérieur. Vous m'avez juré fidélité et obéissance.

— J'ai aussi fait serment de défendre le roi et ses lois, ce qui inclut ses décrets.

De la main droite, où brillait l'anneau épiscopal, il brandit un parchemin signé et cacheté.

— Le seigneur Rhun a vu le premier exemplaire. Et jc pcux produire les témoins qui l'ont paraphé. Un autre exemplaire est archivé dans la cathédrale de Valoret. Graham de Claibourne et Sighere de Marley sont désormais les régents du royaume. Ils ont des questions à poser à leurs prédécesseurs, responsables de la mort de Rhys Michael.

— Mensonge ! éructa Manfred. Qui ose dire cela ?

— Moi, seigneur, déclara Queron, se plaçant devant Ailin. Le roi vous a accusé sur son lit de mort. Il a été saigné quatre fois en moins d'un jour par un moine des *Custodes* appelé Polidorus, sur les ordres de Manfred MacInnis. Rhun de Horthness a aussi donné son aval.

— C'est faux ! cria Rhun. Polidorus et Lior ont tout manigancé. Ils m'ont drogué pour m'empêcher d'intervenir ! Demandez aux autres témoins. Ils vous le confirmeront ! S'il était là, le roi en personne en attesterait.

— C'est précisément parce qu'il n'est plus là que nous en parlons, seigneur ! rappela Ailin. Ce sont des accusations de la dernière gravité...

— Des mensonges ! répéta Lior, alors qu'Owain se débattait dans ses bras. Le roi a été saigné, selon les pratiques médicales en vigueur. Sa main était infectée et les fièvres le dévoraient. Les saignées ne suffisant plus, il a fallu l'amputer. Le malheur a voulu qu'il n'y survive pas.

— Le roi avait ses deux mains quand il a expiré, dit Queron. Voulez-vous que je pose une des miennes sur sa tombe pour en jurer ?

— Qui est cet homme ? demanda Secorim à Lior.

— Dites-le-lui, mon père, intervint Ailin. Expliquez-lui comment le « père Donatus » est arrivé à point nommé pour entendre les dernières confessions de notre suzerain. Vous vous étiez fait détester au point que le roi préférait mourir en état de péché plutôt que de recevoir l'extrême-onction d'un prêtre des *Custodes* !

— Et celui-là serait meilleur que les autres ? lança Manfred, épée pointée vers le Gabriélite. En quoi son témoignage est-il digne de confiance ? Quelle valeur a la parole d'un prêtre capable de violer le secret de la confession ?

— Quelle valeur, en effet ? répéta Ailin. Sinon que le roi avait permis au père Donatus de tout révéler à sa mort, afin que ses meurtriers soient traduits en justice. Aucune loi sacrée n'a été violée.

— Ce n'est pas à vous d'en décider ! rugit Hubert, poussant la reine contre Secorim pour avancer à son tour. Vous n'avez aucune autorité en ces lieux, ni ailleurs ! Ailin MacGregor, je vous révoque séance tenante et vous somme, sous peine d'excommunication, de vous retirer de ces lieux sanctifiés. Vous vous soumettrez ensuite à la discipline de l'Eglise ! Comment osez-vous porter un jugement sur ces hommes ?

— C'est moi qui le prétends, intervint le duc Graham, en avançant, imité par Sighere. Etant régent et duc de ce royaume, j'ai toute autorité pour entendre les témoignages et statuer. Manfred MacInnis, comte de Culdi, Rhun de Horthness, comte de Sheele, je vous accuse de haute trahison et de régicide...

— Je ne reconnais pas votre autorité ! lança Manfred, plein de morgue.

— Je vous déclare coupables. Jetez vos armes. Vous ne pouvez plus vous échapper. Et je refuse de profaner ce lieu saint en le souillant de votre sang. Même s'il serait juste de vous égorger devant la tombe du roi dont vous avez versé le sang !

— La tombe *des rois,* rectifia Sighere. Javan aussi a été exécuté par ces traîtres.

Plus personne n'osa remuer un cil.

Dans le silence qui suivit, on n'entendait plus que la respiration rauque des vieux régents, les gémissements d'Owain et les sanglots étouffés de sa mère.

A la surprise générale, Rhun jeta son arme. Puis il prit la dague passée à sa ceinture.

— Que faites-vous ? demanda Manfred, les yeux ronds.

Le comte de Sheele le poignarda.

Michaela cria d'horreur.

Rhun bouscula les moines des *Custodes* et arracha Owain des bras de Lior, l'égorgeant au passage. Puis il s'élança dans l'obscurité des cryptes.

Tammaron saisit la reine et se fit un bouclier de son corps, l'épée sous la gorge de sa victime.

Dès qu'il avait reconnu Robert Ainslie et d'autres visages familiers, Cathan avait perdu toute envie de se battre. Son cher cousin tenait Gallard de Breffni à sa merci !

— Achève-le ! souffla Cathan.

— Es-tu sûr ? demanda Ansel le plus calmement du monde.

— Il a aidé à tenir Rhysem pendant qu'on le vidait de son sang ! Il s'apprêtait à me tuer aussi. Vas-y !

Gallard se débattit.

Sa fin fut rapide.

Vif et efficace, Ansel lui brisa le cou. Lâchant le cadavre comme un sac de grains, il se tourna vers l'escalier. Tieg rejoignit Cathan et aida Robert à l'adosser à un pilier.

— On m'a averti que tu serais en piteux état. Voyons cela...

Les sens plus brouillés que jamais, Cathan ferma les yeux. On lui souleva le menton pour lui faire boire quelque chose de frais et de mentholé.

— Voilà..., dit Tieg. Ça devrait te rendre les idées plus claires et te redonner de l'énergie d'ici une minute ou deux. Tes pertes de sang ne sont pas trop préoccupantes. Ta fatigue l'est ! Je peux temporairement la chasser. Détends-toi.

Cathan eut à peine conscience du contact mental du guérisseur avant que la léthargie ne le submerge.

Quand il rouvrit les yeux, il aurait pu croire que ces derniers jours n'étaient qu'un mauvais rêve.

Robert l'aida à se redresser tandis que Tieg gardait une main sur son poignet.

Des hommes en brigantines aidaient ceux du seigneur Ainslie à prendre possession de la cathédrale. Des chevaliers des *Custodes* gisaient morts çà et là.

La plupart des gens étaient trop heureux de quitter au plus vite la cathédrale transformée en champ de bataille.

Cathan rejoignit Ansel sur des jambes encore flageolantes.

La cloche cessa soudain de sonner.

— Bien, souffla Ansel. Nous tenons le haut... Qui reste-t-il en bas avec Mika et l'enfant ?

Cathan jeta un coup d'œil dans l'escalier. Il aperçut le dos de Graham, de Sighere, du père Derfel...

— Manfred, Rhun et Tammaron sont armés, dit-il. Et les moines pourraient aussi avoir des dagues sous leurs bures. Il y a aussi Hubert, Secorim et Lior. Que font-ils ?

— Ils parlementent, répondit Ansel. (Il fit signe à un capitaine d'Ainslie.) Existe-t-il une autre sortie ?

— Oui, mon seigneur, répondit l'officier. A gauche du maître-autel.

— Et à part les grandes portes ?

— Une porte latérale, dans le transept sud, mène vers le chapitre et la résidence de l'archevêque. Dans la sacristie, une autre porte ouvre sur...

De la crypte montèrent des bruits métalliques et des hurlements.

— Rhun tient le roi ! cria quelqu'un. Il a fui au fond de la crypte ! Ne le laissez pas s'échapper !

Cathan courut le long de la nef, espérant arriver à temps.

Rhun n'avait plus rien à perdre. Et il n'hésiterait pas une seconde à tuer un Haldane — fût-ce un enfant de quatre ans.

Dans la crypte, Michaela tenta de voir où Rhun entraînait son fils. Tammaron la tenait toujours, l'épée sur sa gorge. Manfred gisait dans son sang, l'étonnement inscrit dans ses yeux grands ouverts. Deux moines tentaient en vain d'enrayer l'hémorragie de Lior. Des chevaliers de Valoret avaient voulu s'élancer aux trousses du ravisseur, mais Sighere les avait retenus quand Tammaron s'était emparé de la reine.

Graham avait cédé les commandes à son oncle, plus expérimenté. Ailin avait aussi retenu ses hommes, de peur que Tammaron n'exécute Michaela.

Queron s'était accroupi entre deux tombes, espérant qu'on l'oublierait dans la confusion.

Le regard fou, Tammaron recula avec son otage vers l'arche où avait disparu Rhun.

— Ecartez-vous !

— Tammaron, êtes-vous devenu fou ? s'étrangla Hubert, recroquevillé contre un sarcophage. Elle porte le prochain héritier dans son ventre !

— Elle porte le *dernier* roi haldane ! cria Tammaron. Je l'exécuterai avec son enfant avant de subir le sort des traîtres !

— Tammaron, vous n'y pensez pas ! souffla Sighere. (Il fit un pas en avant.) Tuer une femme enceinte n'est pas dans votre nature. Et quel intérêt y trouveriez-vous ? Nous reprendrons Owain à Rhun. Vous ne pouvez fuir. Tout est perdu.

— Pour vous, c'est certain ! J'ai tout compris, maintenant. L'enfant n'est pas un vrai prince et il ne sera jamais roi. A moins qu'une dynastie MacInnis ne supplante les Haldanes ! Hubert, votre frère ne vous en a-t-il jamais parlé ?

L'archevêque en resta bouche bée.

— Parlé de quoi ? demanda Graham.

— Demandez à la reine, susurra Tammaron. De quoi avons-nous menacé Rhys Michael après son couronnement, Votre Altesse, afin que vous commenciez à engendrer des héritiers ?

— Doux Jésus, *non* ! souffla la jeune femme.

— Seuls nous cinq savions, continua Tammaron. Si le roi refusait de remplir ses devoirs conjugaux, il ne manquerait pas de volontaires pour féconder la reine !

— *Non* ! sanglota Michaela.

— Le roi était obstiné. Manfred a perdu patience et a honoré la reine de ses assauts, une nuit où elle était droguée. Dois-je continuer ou laisser le reste à votre imagination ?

De sa cachette, Queron fit une Lecture de Vérité...

... Et sut que Tammaron mentait.

— C'est faux ! protesta Michaela.

— Nul ne peut la blâmer, elle ne s'est doutée de rien. Et nous n'avons rien soupçonné non plus jusqu'à ce que Manfred revienne avec la dépouille du roi. Pour quelle raison l'aurait-il laissé mourir, lui qui connaissait l'existence du codicille ? Ce trépas allait placer *son* bâtard sur le trône ! C'est Owain *MacInnis* que Rhun vient d'enlever !

— *Mensonges, Mika,* transmit mentalement Queron. *C'est Owain Haldane et vous le savez. Le bâtard de Manfred aurait-il pu recevoir le potentiel haldane ? Chaque mot que prononce ce félon est une élucubration de dément. Vous seule pouvez l'arrêter et réfuter ces ignominies.*

— *Comment ?*

En cachette, Queron se rapprocha de l'évêque Ailin, et lui imposa à distance sa volonté.

Tout en dialoguant avec Michaela, il vit la scène à travers les yeux d'Ailin.

— *Tuez-le, Mika. Vous seule en êtes capable, avant qu'il ne vous détruise... et ne détruise aussi votre second fils en semant le doute.*

— *J'ignore comment. Queron, ne pouvez-vous... ?*

— *Je ne peux pas l'atteindre, car je ne l'ai jamais touché. Vous êtes pressée contre lui, ses bras autour de votre cou... Il vous suffit d'étendre vos perceptions comme je le fais...*

— *Je...*

— *Je vais souffler sa conduite à l'évêque Ailin. Nul n'y verra de la magie. Ecoutez bien ce qu'il va dire.*

— Tammaron, déclara l'évêque, vous êtes un menteur. Ce sont les accusations les plus ridicules que j'aie jamais entendues... Il suffit de regarder l'enfant pour être convaincu de son ascendance haldane.

— C'est un bâtard ! Celui de Manfred ! Jamais il ne s'assiéra sur le trône. Rhun y veillera. Et je tuerai l'autre dans le ventre de sa mère si vous ne me remettez pas immédiatement un sauf-conduit !

— Et ensuite ? fit Sighere. Croyez-vous pouvoir encore exercer votre régence ? Vous tenez un futur roi à votre merci, mais ça ne suffit pas.

— Je serai régent, ou il n'y aura plus de souverain mineur pour qui assurer la régence ! Je vais tuer la reine !

— Vous ne ferez rien de tel, dit Ailin. Dieu ne le permettra pas.

— Vraiment ?

— Sa colère s'abattra sur vous, Tammaron. Les Haldanes sont Ses bien-aimés. Ses élus.

— De la propagande pieuse, l'évêque !

— Touchez un seul cheveu de la reine, qui porte en son sein un roi de droit divin, et vous mourrez.

— Vous n'en savez rien !

— Vous allez être foudroyé ! tonna Ailin, un index accusateur pointé sur le comte. En portant la main ainsi sur la reine, vous commettez un sacrilège ! Dieu va vous tuer, Tammaron !

— *Maintenant, Mika !* transmit Queron. *Concentrez-vous pour atteindre son cœur dans sa poitrine.*

La jeune femme sut soudain comment il fallait faire. Mais tuer ainsi...

— *Il le faut, Mika ! Pour Owain, pour Rhysem, pour Javan, pour l'enfant que vous portez... Il mérite dix fois la mort. C'est une exécution.*

— *Une exécution...*

Les yeux clos, comme sur le point de défaillir, Michaela entra en transe. Sa volonté s'enroula autour du cœur du comte.

— Vous allez mourir, Tammaron ! cria Ailin.

Michaela referma le poing immatériel.

Et l'humain fut foudroyé.

Cathan courait dans la nef, talonné par Ansel et ses hommes. Grâce à l'intervention providentielle de Tieg, le jeune homme avait retrouvé son énergie. Mais il savait que ce serait de courte durée. Parviendrait-il à rattraper Rhun ?

Ansel et les siens gagnèrent le transept sud à temps pour voir Rhun apparaître à l'autre bout de la crypte et foncer vers le transept nord, Owain se débattant dans ses bras.

Quand Cathan et les autres atteignirent le transept nord, le ravisseur avait disparu.

— Mort Dieu ! Où est-il allé ? cria Ansel.

Ses guerriers se déployèrent pour fouiller les autels secondaires et regarder derrière chaque pilier...

Au fond de la nef, Robert apparut à son tour et rejoignit Cathan.

— Il a tué Manfred et blessé Lior. Tammaron a pris la reine en otage !

— Rhun a capturé Owain, souffla Cathan. Mais où est-il ?

— Il n'est pas par là ! assura un guerrier.

Les autres annonçaient à tour de rôle qu'ils ne trouvaient rien. L'un d'eux avisa une porte entrebâillée, au nord-ouest. Cathan s'y dirigea, Robert sur les talons, fouillant du regard les colonnades du *triforium*, la galerie située au-dessus des bas-côtés de la nef. Son pourtour aux arcades ouvertes sur l'intérieur semblait couvrir toute la longueur des transepts.

— Là-haut ? souffla Robert, suivant son regard.

Cathan lui tendit son épée inutilisable et lui prit sa dague.

— Il est à moi !

Il s'engagea dans l'escalier en spirale à peine éclairé qui menait au *triforium*. Quelque part au-dessus de lui, il entendait des raclements de bottes et des gémissements d'enfant.

Il prit pied dans le *triforium*, le souffle court.

Personne.

Puis il aperçut des ombres mouvantes et courut de plus belle. Au tournant nord-ouest, il vit Owain en équilibre précaire sur une sculpture de la colonnade, les jambes pendant dans le vide. Rhun le tenait contre lui, dague sur sa gorge.

Le cœur de Cathan lui manqua. Si le mécréant lâchait Owain... Une chute fatale d'une quinzaine de mètres !

Son neveu s'écraserait sur les mosaïques de marbre.

L'ancien régent semblait plus indigné qu'effrayé.

— Quel fichu trouble-fête vous êtes, Drummond ! J'aurais dû vous tuer il y a des années, quand j'en avais l'occasion.

— En effet, répondit le jeune homme, qui cherchait désespérément une solution.

Quelque chose clochait. Mais quoi ? Les réactions inattendues de Rhun dans la crypte, peut-être...

Manfred et lui avaient toujours été proches, même si, vers la fin, Rhun avait cherché à protéger Rhysem.

Rhysem n'était sans doute pas étranger à ce curieux revirement. Il avait dû implanter chez Rhun de légers contrôles mentaux — veillant à ne pas trop le manipuler pour éviter de mettre la puce à l'oreille aux autres.

Mais aujourd'hui... Ses réactions dans la crypte avaient surpris tout le monde. L'ancien Rhun n'aurait eu aucun scrupule à voir Rhys Michael mourir exsangue.

Il avait pourtant tenté de l'empêcher.

Cathan comprit soudain.

Tout devait remonter à la nuit où Rhysem avait dévoilé à Rhun l'existence du codicille dans l'espoir d'éviter les saignées. Il avait dû imposer sa volonté au seigneur.

Mais aucun de ses ordres secrets n'aurait dû permettre la mise à mort d'Owain...

— Rhun, vous ne pouvez pas occire cet enfant, chuchota Cathan, certain d'être sur la bonne voie. Ça vous est impossible. Le roi vous avait interdit de lui nuire. Cet ordre incluait son fils, comme vous le savez.

L'homme baissa les yeux sur son otage.

— Ramenez-le en sécurité et libérez-le. Le roi vous a-t-il ordonné de tuer les autres dès que vous en auriez l'occasion ?

Rhun releva les yeux, l'air égaré.

— J'ai... exécuté Manfred. Je ne le voulais pas mais... je l'ai fait.

— Ne méritait-il pas la mort ? Quand les *Custodes* ont assassiné notre suzerain, Manfred vous a empêché d'intervenir.

— J'ai... essayé...

Rhun déglutit avec peine.

— Je sais. J'étais là. Réduit à l'impuissance comme vous.

Le maréchal agita nerveusement sa dague. Owain ne broncha pas.

L'enfant comprenait-il ce qu'il entendait ?

En contrebas, une foule s'était formée, petit océan de visages blêmes tournés vers le drame.

Ansel, Robert, Ainslie, Sighere, Graham...

Tendus, ils retenaient leur souffle, prêts à tenter d'amortir la chute de l'enfant si le pire se produisait.

— Vous pouvez agir maintenant, Rhun. Owain ne doit pas mourir. Si vous l'épargnez, Dieu n'oubliera pas.

— Je suis déjà damné, chuchota Rhun, se détournant, les doigts serrés sur la garde de son arme.

Cathan devina quelle était l'ultime instruction de Rhys Michael.

— Rhun, le roi vous a-t-il commandé de vous suicider une fois que vous auriez éliminé autant de régents que vous le pourriez ?

Le comte enfouit la tête dans les cheveux de sa victime, la dague s'éloignant de sa gorge.

— Mon propre fils a dix ans..., chuchota-t-il. J'aurais tué pour le voir grandir.

Rhysem aussi, *pour voir le sien*, songea Cathan.

— Pour un enfant privé de père, vivre est difficile. J'espère réussir à être comme un père pour Owain. Si vous vous rendez à la raison...

Rhun releva la tête. Son regard retrouva un peu de la ruse d'antan.

— Ce n'est pas impossible... Mais cela aurait un prix.

— Je vous écoute.

Rhun reposa l'enfant par terre.

— Vous prétendez servir la justice du roi, n'est-ce pas ?

Cathan hocha la tête. Oserait-il risquer le tout pour le tout et bondir sur son adversaire pour lui arracher Owain ?

— Cette justice exige ma mort, même si je vous ai épargné la peine d'exécuter Manfred et Lior ?

Cathan acquiesça.

— Je refuse de tendre le cou au bourreau. Si je libère l'enfant, battons-nous en duel. Voilà ce que j'exige.

Cathan prit une grande inspiration. Il bénéficiait encore de l'intervention de Tieg et Rhun avait deux fois son âge. Mais il était aguerri par des années d'expérience. Et sa carrure était de loin supérieure à celle de Cathan. Une masse de muscles !

— Laissez partir l'enfant.

Avec un sourire fourbe, Rhun poussa Owain derrière lui.

— Va-t'en, fiston. Oncle Cathan et oncle Rhun vont se battre.

Sitôt que le duel s'engagea, Cathan comprit que Rhun était de loin le meilleur.

Mais le jeune homme refusait de mourir sans tout tenter. Il guettait le premier faux pas de son adversaire.

Qui n'en faisait aucun.

Evitant un coup sournois, Cathan percuta si violemment une partie fragile des dentelles de pierre que des morceaux s'en détachèrent et s'écrasèrent en contrebas. Il faillit tomber ; Rhun le tira par une manche pour lui porter un autre coup de dague.

Que Cathan esquiva encore de justesse.

Une contre-attaque immédiate lui valut une entaille plus grave que les précédentes. Cathan tomba à la renverse. Rhun se précipita pour l'égorger.

Le jeune homme tenta désespérément de dévier le coup fatal.

Soudain, le maréchal lâcha le poignet de Cathan pour lui saisir les cheveux, tirer sa tête en arrière et découvrir sa gorge pour un coup fatal. De façon incroyable, cela libéra le poignard de Cathan, qui en profita pour l'enfoncer jusqu'à la garde sous le bras de son adversaire.

Rhun ne poussa aucun gémissement. Un sourire sur les lèvres, il lâcha son arme et mourut.

Cathan était coincé sous son cadavre, osant à peine respirer.

Quand il trouva la force de se dégager, Rhun roula dans le vide et s'écrasa quinze mètres plus bas.

Cathan vit les témoins de la scène se rassembler autour du cadavre. Puis Owain se jeta au cou de son oncle avec un cri de soulagement.

Au mépris du sang dont l'adulte était couvert, l'enfant enfouit la tête dans son cou.

CHAPITRE 36

> Les autres, en l'apprenant, seront saisis de crainte, et cesseront de commettre un tel mal au milieu de toi.
>
> *Le Deutéronome, 19, 20*

Parmi les régents qui avaient transformé les souverains légitimes de Gwynedd en rois fantoches, seul Hubert avait survécu.

Les successeurs choisis par Rhys Michael au prix de sa vie furent prompts à consolider leur pouvoir, soucieux de guider le jeune souverain sur la voie de la maturité et de la sagesse.

Ils choisirent d'ignorer toute intervention magique susceptible d'avoir entraîné la mort de Tammaron.

Le mystérieux Donatus disparut de nouveau.

L'évêque Ailin exhorta les fidèles à élever jusqu'à Dieu des homélies et des actions de grâces. Naturellement, il ne manqua pas de s'assurer une place de choix dans l'avenir désormais radieux de Gwynedd.

Respectant les instructions de Rhys Michael, Graham de Claibourne et Sighere de Marley convoquèrent Cathan Drummond dans la crypte et reçurent son serment de régent sur la tombe de son beau-frère.

Michaela en fut témoin, ainsi qu'Owain et son chevalier miniature.

L'enfant insista pour que le jouet veille sur le repos de son père.

L'archevêque Hubert MacInnis fut emmené sous bonne garde et finalement jugé par l'évêché qui le révoqua, nommant Ailin MacGregor à sa place.

Archevêque et primat de Gwynedd, Ailin put siéger au nouveau conseil de régence à la grande satisfaction de ses collègues.

Un de ses premiers actes fut de renommer Dermot O'Beirne évêque auxiliaire de Valoret. Ailin n'osa pas rétablir le Deryni Niallan dans ses fonctions. Mais pendant les années qui suivirent, les Derynis rescapés purent dormir sur leurs deux oreilles.

Au procès d'Hubert, la sentence ne contenta personne. Si la plupart des évêques furent rapidement convaincus de la culpabilité de l'inculpé, ils étaient réticents à livrer un des leurs à la justice séculière.

Même si certains étaient d'avis que l'exécution — à laquelle Hubert n'échapperait pas dans ce cas — serait un sort encore trop doux au regard de ses crimes.

Pour finir, il fut condamné à la réclusion dans un lointain monastère dont le nom ne fut jamais rendu public. Jusqu'à la fin de ses jours, il y serait soumis à des actes de contrition tels que le jeûne ou la mortification, sans possibilité de s'y soustraire. Et il n'aurait d'autres contacts qu'avec son confesseur et des directeurs de conscience triés sur le volet.

L'année même, Hubert mourut dans son sommeil, paisiblement.

On racontait qu'il avait maigri de moitié et ne manifestait aucun repentir.

Parmi les membres des *Custodes* impliqués par Cathan dans le meurtre du roi, deux seulement furent traînés en justice.

Après avoir été entendus par l'évêché, le frère Polidorus et le père Magan furent livrés à un tribunal séculier, jugés, condamnés et pendus.

Lior échappa à ce sort en succombant à la blessure infligée par Rhun.

Maître Stevanus aurait été gracié s'il n'avait aussi expiré dans la Maison mère de Ramos, victime des privations et des méthodes disciplinaires d'ecclésiastiques trop zélés.

A en croire l'abbé, Stevanus s'y était spontanément soumis...

Les quatre chevaliers des *Custodes* qui avaient accompagné le chirurgien du roi dans sa retraite périrent aussi dans de curieuses circonstances.

L'abbé refusa de s'étendre sur la question, se réfugiant derrière le secret du confessionnal.

L'abbaye de Ramos fut dissoute. Son abbé fut confié à l'*Ordo Verbi Dei* pour être « réhabilité » et ses moines furent dispersés dans les autres établissements de l'ordre.

L'abbaye des *Custodes* de Rhemuth connut un sort similaire. Secorim, qui avait convoité l'archevêché, s'estima heureux, en ces circonstances, de recevoir un poste d'évêque. Il fit aussitôt allégeance à Alfred de Woodbourne qui avait toujours été le successeur choisi du défunt archevêque.

Epargner Secorim n'était guère du goût de Cathan, mais à part ses mauvaises fréquentations, on ne pouvait rien prouver contre lui. Et il se défendit avec éloquence devant ses pairs : on ne pouvait pas lui reprocher d'avoir été choisi par ses supérieurs !

Quoique la disparition totale de l'*Ordo Custodes Fidei* ne fût pas exigée, le corps de chevalerie fut dissous avec interdiction de se reformer.

Pour remplacer Paulin, l'évêché élut le père Marcus Concannon, chargé de revenir à la raison d'être de son ordre : être le « Gardien de la Foi ».

A cette fin, l'ordre fut autorisé à conserver ses écoles, dont l'*Arx Fidei* et plusieurs séminaires.

La hiérarchie épiscopale restait convaincue que les Derynis ne devaient pas avoir accès à l'Eglise. Les années qui suivirent, si une partie des statuts de Ramos furent révoqués ou révisés, ceux qui interdisaient aux Derynis de porter la soutane restèrent en vigueur.

La nouvelle régence entreprit aussi de balayer devant sa porte. Le seigneur Ainslie et son fils Robert furent nommés au conseil à la fin de l'été. Ce dernier épousa sa « Liesel », assurant ainsi une discrète présence derynie à la cour.

Rappelé de la cour de son frère, à Cassan, Fulk Fitz-Arthur témoigna au procès des régicides et fut confirmé dans son rang d'écuyer à temps pour assister au couronnement du jeune roi, en septembre.

Aucun autre héritier des anciens régents ne fut retenu dans l'entourage royal. Mais ils ne subirent pas de mesures punitives telle que la confiscation des biens et des titres dont leurs pères avaient tant profité...

Des représailles plus fermes eussent sans doute été prudentes...

Le jeune Owain Haldane fut couronné à la Saint-Michel, le jour où son père, s'il avait vécu, aurait fêté son vingt-deuxième anniversaire.

Depuis le couronnement d'Alroy, dix ans plus tôt, on n'avait plus vu pareille liesse à Rhemuth.

Torenth et Tolan n'envoyèrent pas d'ambassade.

Le duc de Cassan, âgé de dix ans, vint avec ses parents faire allégeance au nouveau souverain.

Il se lia d'amitié avec lui.

Une amitié appelée à devenir aussi célèbre que tragique...

Richard Murdoch déclina l'invitation, prétextant une maladie. Les autres héritiers des anciens régents se présentèrent, histoire d'afficher une allégeance de bon aloi.

Plusieurs héritiers de saint Camber assistèrent au couronnement d'Owain. Incognito, car les statuts de Ramos restaient en vigueur.

Deux siècles passeraient avant qu'autant de Derynis ne remettent les pieds dans la cathédrale de Rhemuth. Trois mois après le couronnement, par un matin enneigé — le septième anniversaire de mariage du couple royal —, la reine s'y rendit, emmitouflée de pied en cap dans une capeline noire. Elle était presque au terme de sa grossesse. Sur son voile de veuve reposait le serre-tête d'argent que son époux avait placé sur sa tête le jour de leur union. Elle tenait une couronne de houx et de lierre, comme jadis.

Son frère, Owain et l'archevêque Ailin accompagnèrent la jeune femme dans la crypte où son mari reposait depuis six mois.

— Maman ! cria l'enfant. Regarde, il y a un roi posé sur papa !

Michaela sourit, regardant Owain courir vers le sarcophage. Le gisant grandeur nature sculpté dans l'albâtre était peint d'or, d'écarlate et de sable, selon les canons héraldiques. Owain se hissa sur la pointe des pieds pour mieux voir la sculpture. Cathan le prit dans ses bras. L'enfant gloussa de plaisir en apercevant son jouet, qui montait fidèlement la garde sur la tombe, puis il le serra avec satisfaction contre lui.

Enfin, il dévisagea la sculpture d'albâtre, promenant son regard d'enfant sur la couronne et la cape écarlate de pierre au lion haldane peint sur le torse.

Le gisant tenait une longue épée sans fourreau.

— Ça ressemble à papa, chuchota Owain. Papa a son roi maintenant, comme grand-père Cinhil, oncle Javan et oncle Alroy. Sont-ils aussi beaux ? Fais-moi voir, oncle Cathan !

Le jeune homme se campa devant la tombe de Cinhil, incitant son neveu à baisser la tête et à prier, tandis que Michaela se recueillait seule devant le sarcophage de Rhys Michael.

De son vivant, il n'avait jamais eu les traits si sévères, mais les cheveux noirs encadraient un visage de pierre indubitablement haldane. A son oreille droite brillait un soupçon de rouge et d'or. Le sculpteur avait aussi représenté la broche haldane, sous la gorge de son sujet.

Rhysem... C'est un gisant digne de toi. Comme j'aurais voulu qu'on te laisse régner... Comme j'aurais voulu...

A quoi bon ? Tous les soupirs du monde ne rappelleraient pas son mari à l'existence. Rhys Michael Alister Haldane n'était plus. Mais ses rêves et ses espoirs survivraient à travers l'enfant qui se penchait pour tapoter la main de pierre d'un autre souverain haldane martyrisé.

Javan !

Peut-être survivraient-ils aussi chez l'autre fils à qui la reine donnerait bientôt le jour.

Une main sur son ventre rond, Michaela plaça sa couronne autour des doigts croisés du gisant.

Puis elle caressa ses lèvres glacées.

Dors en paix, mon chéri. Tu m'as donné ton amour et des princes appelés à régner. Grâce à Dieu, la couronne haldane pour laquelle tu t'es sacrifié restera libre entre les mains de ta lignée tant que Gwynedd existera.

Dieu Te garde, mon amour.

Elle sourit et tendit les bras à Owain, qui revenait vers elle en courant.

Elle sourit aussi à Cathan et à l'archevêque qui lui tendirent les mains à leur tour pour l'emmener loin de cet endroit sinistre.

Vers un avenir moins noir.

APPENDICE I

INDEX DES PERSONNAGES

AGATHA	Servante au château de Rhemuth
AGNÈS MURDOCH	Fille de Murdoch de Carthane. Mariée au régent Rhun de Horthness, comte de Sheele.
AILIN MACGREGOR	Evêque auxiliaire d'Hubert à Valoret.
AINSLIE, SEIGNEUR	Officier royal.
AINSLIE, ROBERT	Fils du seigneur Ainslie.
ALBERTUS	Grand Maître de l'*Equites Custodes Fidei* ; nom en religion de Pierre Sinclair, ancien comte de Tarleton. Frère de Paulin de Ramos et père de Bonner Sinclair, le comte actuel. Maréchal de Gwynedd.
ALFRED DE WOODBOURNE	Evêque auxiliaire de Rhemuth ; ancien confesseur du roi Cinhil.
ALISTER CULLEN	Deryni ; ancien vicaire général de l'Ordre de saint Michel ; évêque de Grecotha et chancelier de Gwynedd sous le règne de Cinhil ;

	archevêque de Valoret et primat de Gwynedd. Alter ego de Camber MacRorie.
ALROY BEARAND	
BRION HALDANE	Roi de Gwynedd. A régné de 917 à 922. Frère jumeau du roi Javan.
ANGELICA	Sage-femme à Lochalyn.
ANSEL IRIAL MACRORIE	Petit-fils de Camber et résistant de premier ordre contre les anciens régents.
ARIELLA DE FESTIL	Princesse, sœur aînée du défunt roi Imre, et mère de son fils, Mark ou Marek. Tuée en 905.
ARION DE TORENTH	Roi deryni de Torenth et frère aîné du prince Miklos et de la princesse Charis.
ASCELIN	Prêtre des *Custodes*.
BONNER SINCLAIR	Comte de Tarleton ; fils du seigneur Albertus et neveu de l'évêque Paulin.
BORG	Archer au service de Manfred.
CAMBER KYRIELL MACRORIE	Ancien comte de Culdi ; père de Joram et d'Evaine, grand-père de Rhysel et de Tieg. Canonisé en 906 ; décret cassé par le Concile de Ramos en 917.
CAMLIN (CAMBER ALLIN) MACLEAN	Apparenté à Camber, il a survécu au supplice de la crucifixion, à Trurill. Travaille avec Joram.
CASHEL MURDOCH	Fils cadet de Murdoch de Carthane.
CATHAN, DRUMMOND	Frère de Michaela et demi-frère d'Ansel. Ecuyer junior de Rhys Michael.
CHARIS, princesse	Epouse de Marek de Festil et mère de son héritier.
CHARLAN, KAI MORGAI	Ancien écuyer et premier assistant du roi Javan, tué avec lui en 922.

CINHIL DONAL IFOR HALDANE	Défunt roi de Gwynedd (régna de 904 à 917). Père d'Alroy, de Javan et de Rhys Michael.
CLOYCE DE CLARENDON	Chevalier des *Custodes*.
COLUMCILLE	Prêtre de Lochalyn.
CONCANNON, père MARCUS	Chancelier général des *Custodes* en charge des séminaires.
CORBAN, HOWELL	Mari de Stacia des Marches de l'Est.
CORIS, SEAN	Cf *Sean Coris*.
COSIM	Médecin-guérisseur attitré de Miklos.
CULLEN, ÉVÊQUE ALISTER	Cf *Alister Cullen*
CUSTODES FIDEI	Les « Gardiens de la Foi ». Ordre religieux fondé par Paulin de Ramos pour remplacer les Michaelites et réformer l'enseignement ecclésiastique de Gwynedd – à l'exclusion des Derynis. Mandat étendu par la suite pour débusquer et éliminer les Derynis par tous les moyens.
DAITHI	Prêtre des *Custodes* à Rhemuth. Chapelain officiel du roi à la suite du père Faelan.
DECLAN CARMODY	Un Deryni au sort funeste.
DE COURCY	Cf *Etienne* et *Guiscard de Courcy*.
DEINIOL	Assistant du frère Polidorus.
DERFEL	Chapelain au château de Lochalyn.
DERYNI	Race douée de pouvoirs et de talents paranormaux/surnaturels. Beaucoup d'humains redoutent les Derynis.
DIMITRI	Agent deryni au service de Paulin.
DONAL	Scribe au château de Rhemuth.
DONATUS	Pseudonyme de Dom Queron Kinevan.
DROGO DE PALANCE	Chambellan de Rhun à Sheele.

DRUMMOND	Cf *Cathan, Elinor, James et Michaela Drummond.*
EDOUARD, DOM	Auteur deryni du *Haut Arcanum.*
EDOUARD MACINNIS D'ARNHAM, évêque	Fils du comte Manfred, et neveu de l'archevêque Hubert. Jeune évêque de Grecotha.
EITHNE	Servante au château de Rhemuth.
ELGIN	Capitaine des Marches de l'Est.
ELINOR MACRORIE DRUMMOND	Veuve de Cathan MacRorie et mère de ses enfants, Ansel et Davin. Epouse en secondes noces Jamie Drummond, dont elle a Michaela et Cathan.
ELSPETH	Servante au château de Rhemuth.
EMBERT	Moine-médecin des *Custodes.*
EQUITES CUSTODES FIDEI	Chevaliers des Gardiens de la Foi. Branche militaire des *Custodes Fidei* destinée à remplacer les Michaelites.
ESTELLAN MACINNIS	Comtesse de Culdi et épouse de Manfred.
ETIENNE DE COURCY	Baron du Sud, Deryni envoyé par Joram pour infiltrer la cour haldane et préparer l'accession de Javan.
EUGEN VON ROSLOV	Héraut du prince Miklos de Torenth.
EVAINE MACRORIE	Fille derynie de Camber ; sœur de Joram ; veuve de Rhys Thuryn ; mère de Rhysel et de Tieg.
EWAN	Second duc de Claibourne traîtreusement évincé de la régence du roi Alroy puis massacré. Frère de Sighere et de Hrorik, père de Graham.
FABIUS	Moine des *Custodes* de Saint-Cassian.
FAELAN	Ancien confesseur assassiné du roi Javan.

FANE FITZ-ARTHUR	Fils aîné du comte Tammaron et époux de Richeldis, l'héritière de Kierney.
FITZ-ARTHUR	Cf *Fane, Fulk, Nieve, Quiric et Tammaron*
FULK FITZ-ARTHUR	Assistant senior de Rhys Michael, fils du comte Tammaron.
FURSTAN	Nom dynastique de la Maison régnante de Torenth.
GABRIÉLITES	Prêtres et guérisseurs de l'Ordre de saint Gabriel, ordre deryni ésotérique fondé en 745 et basé à Saint-Neot jusqu'en 917, date à laquelle l'ordre fut supprimé et la plupart de ses émules massacrés. Surtout remarquable pour sa formation des guérisseurs.
GALLARD DE BREFFNI	Chevalier des *Custodes*.
GIESELE MACLEAN	Cohéritière de Kierney, sœur de Richeldis. Etouffée à l'âge de douze ans.
GRAHAM MACEWAN	Fils d'Ewan et neveu des comtes Hrorik et Sighere, troisième duc de Claibourne.
GUISCARD DE COURCY	Fils deryni du baron Etienne envoyé par Joram pour infiltrer la cour haldane et préparer l'accession de Javan. Assistant du roi Javan, tué à ses côtés en 922.
HALDANE	Nom dynastique de la lignée royale de Gwynedd.
HALEX	Abbé de l'*Arx Fidei*, maison des *Custodes*.
HENRY DE RUTHERFORD	Chevalier au service de Rhun.
HOMBARD DE TARKENT	Ambassadeur torenthi du prince Miklos.
HRORIK	Fils puîné du duc Sighere, oncle du duc Graham, époux de Sudrey et père de Stacia. Comte des Marches de l'Est.

HUBERT MACINNIS, Archevêque	Primat de Gwynedd, archevêque de Valoret et un des cinq régents du jeune roi Alroy. Frère cadet du comte Manfred et oncle de l'évêque Edouard.
IMRE DE FESTIL	Cinquième et dernier roi festillien de Gwynedd ; régna de 900 à 904 ; père de Mark de Festil.
IMRE DE FESTIL	Rejeton de Marek et de la princesse Charis de Torenth.
IOSIF	Garde du château de Rhemuth.
IVER MACINNIS	Fils de Manfred ; épouse dame Richeldis MacLean et devient comte.
JAMES	Médecin de la cour.
JAMES DRUMMOND	Petit-neveu de Camber et second époux d'Elinor. Père de Michaela et de Cathan.
JAVAN JASHAN URIEN HALDANE	Frère jumeau du roi Alroy né avec un pied bot. Il régna de 921 à 922. Tué par traîtrise sur le champ de bataille. Son frère cadet, le prince Rhys Michael, lui succéda.
JERVIS	Intendant au château de Lochalyn.
JESSE MACGREGOR	Maître deryni d'Ebor. Fils aîné et héritier du comte Grégoire. Rejoint le Conseil Cambérien.
JORAM MACRORIE	Fils cadet de Camber ; frère d'Evaine ; prêtre et chevalier de l'Ordre de saint Michel. Coordonne maintenant la résistance face aux anciens régents et ourdit de restaurer l'indépendance de la couronne haldane.
JOSHUA DELACROIX	Capitaine des *Custodes* à Ramos.
KENNETH DE RHORAU	Neveu de Termod de Rhorau et frère de Sudrey. Tué avec le duc Ewan en 918.

KIMBALL	Abbé des *Custodes* de Saint-Cassian.
KINEVAN, DOM QUERON	Cf *Queron Kinevan, Dom.*
KYLA	Poétesse.
LIESEL	Pseudonyme de Rhysel Thuryn.
LIOR	Inquisiteur général des *Custodes Fidei.*
LIRIN UDAUT	Fille du Connétable de Gwynedd et épouse de Richard Murdoch, comte de Carthane.
LORENZO, FRÈRE	Relieur.
MACGREGOR, ÉVÊQUE AILIN	Cf *Ailin MacGregor.*
MACINNIS	Cf *Edouard, Hubert, Iver et Manfred MacInnis.*
MACLEAN	Cf *Camlin, Giesele, et Richeldis.*
MACRORIE	Patronyme de la famille de Camber. Cf *Ansel, Camber, Evaine et Joram MacRorie.*
MAGAN	Jeune prêtre des *Custodes*. Assistant de Lior.
MANFRED MACINNIS	Comte de Culdi, ancien régent. Frère aîné de l'archevêque Hubert et père d'Iver et de l'évêque Edouard.
MARCUS CONCANNON, père	Chancelier général de l'*Ordo Custodes Fidei*, à la tête de l'ensemble des séminaires et des institutions scolaires du royaume.
MAREK DE FESTIL	Fils posthume deryni d'Imre et de sa sœur Ariella, héritier du lignage festillien de Torenth à la mort de ses parents.
MICHAELA DRUMMOND	Fille d'Elinor et de James, sœur de Cathan. Epouse de Rhys Michael Haldane et reine de Gwynedd. Mère du prince Owain Haldane.
MICHAELITES	Prêtres et chevaliers de l'Ordre de saint Michel, ordre militant et catéchisant, à prédominance dery-

	nie, fondé sous le règne du roi Bearand Haldane pour repousser les invasions maures, le long du littoral. Supprimé sous la régence du roi Alroy.
MIKLOS VON FURSTAN	Frère cadet deryni du roi Arion de Torenth, allié de Marek de Festil.
MURDOCH DE CARTHANE	Père assassiné de Richard Murdoch, comte de Carthane. Ancien régent du roi Alroy.
MURRAY	Capitaine des Marches de l'Est.
NIALLAN TREY	Evêque deryni de Dhassa déclaré hors-la-loi. Confident du père Joram MacRorie.
NICHOLAS	Serviteur au château de Lochalyn.
NIEVE FITZ-ARTHUR	Femme de Tammaron et mère de ses quatre fils. Veuve du défunt comte de Tarleton, dont elle eut Pierre (le seigneur Albertus) et Paulin de Ramos.
O'NEILL, TAVIS	Cf *Tavis O'Neill.*
ORDO CUSTODES FIDEI	Cf *Custodes Fidei.*
ORDO VERBI DEI	Ordre de la Parole de Dieu.
ORIEL	Guérisseur deryni contraint à servir les régents. Abattu lors du coup d'Etat de 922.
ORISS, ROBERT	Archevêque de Rhemuth et membre du conseil royal.
OWAIN JAVAN CINHIL HALDANE	Prince héritier de Gwynedd âgé de quatre ans. Fils de Rhys Michael et de Michaela.
PAULIN SINCLAIR DE RAMOS	Fils cadet du comte de Tarleton et beau-fils du comte Tammaron. Premier évêque du nouvel évêché de Stavenham ; il démissionna de ses fonctions pour fonder les *Custodes Fidei*. Frère d'Albertus (Pierre Sinclair), premier grand maître de l'Ordre.

POLIDORUS	Infirmier des *Custodes* de l'abbaye de Saint-Cassian.
QUERON KINEVAN, DOM	Ancien prêtre et guérisseur deryni ; fondateur des Serviteurs de saint Camber. Confident de Joram.
QUIRIC FITZ-ARTHUR	Ecuyer à la cour. Fils de Tammaron.
REGINA	Nonne de Saint-Ostrythe.
REVAN	Prêcheur humain charismatique travaillant avec une faction derynie à sauver les Derynis de l'extinction grâce à un blocage psychique via une sorte de « baptême ». Fut mis en charpie en 922 par ses anciens disciples.
RHUN DE HORTHNESS	Surnommé l'Implacable. Comte de Sheele et ancien régent du roi Alroy. Mari d'Agnès Murdoch. Vice-maréchal de Gwynedd.
RHYS MICHAEL ALISTER HALDANE	Fils cadet du défunt roi Cinhil. Succéda à son frère Javan à la tête du royaume de 922 à 928. Mari de Michaela Drummond et père du prince Owain.
RHYSEL THURYN	Fille de Rhys Thuryn et d'Evaine MacRorie. « Liesel » est chargée d'infiltrer la cour comme demoiselle d'atours de la reine.
RICHARD MURDOCH	Comte de Carthane, fils aîné de Murdoch.
RICHELDIS MACLEAN	Comtesse de Kierney, femme d'Iver MacInnis.
RICKART DOM	Guérisseur de l'évêque Niallan, rattaché à l'équipe de Joram.
RONDEL	Chevalier au service de Manfred.
SECORIM, PÈRE	Abbé du chapitre de Valoret, rattaché aux *Custodes Fidei*.
SEAN CORIS	Fils de Sighere, comte de Marley.

SIGHERE	Comte de Marley, frère de Hrorik et oncle du duc Graham MacEwan. Père de Sean Coris.
SINCLAIR	Patronyme des comtes de Tarleton.
STACIA	Fille de Hrorik et de Sudrey. Héritière des Marches de l'Est. Femme de Corban et mère de Kennet.
STEVANUS	Chirurgien des *Custodes*.
SUDREY DE RHORAU	Veuve de Hrorik des Marches de l'Est. Nièce de Termod de Rhorau et lointaine cousine de Marek de Festil. Mère de Stacia.
TAMBERT FITZ-ARTHUR-QUINNELL	Premier duc de Cassan, âgé de dix ans. Fils de Fane Fitz-Arthur et de la princesse Anne Quinnell.
TAMMARON FITZ-ARTHUR	Chancelier de Gwynedd, ancien régent du roi Alroy. Père de Fane, de Fulk, de Quiric et grand-père du duc Tambert.
TAVIS O'NEILL	Ancien guérisseur attitré du prince Javan. A le don rare de bloquer les pouvoirs derynis.
TIEG THURYN	Fils cadet de Rhys Thuryn et d'Evaine MacRorie. Guérisseur.
TOMAIS D'EDERGOLL	Ancien assistant du prince Rhys Michael, assassiné lors du coup d'Etat de 922.
UDAUT	Connétable de Gwynedd. Père de Lirin.
VALENTIN	Capitaine senior de Marek.
WINIFRED	Nonne du couvent Saint- Ostrythe.

APPENDICE II

INDEX DES NOMS DE LIEU

BELDOUR	Capitale de Torenth.
CAERRORIE	Principale résidence de Camber, comte de Culdi, à quelques heures de chevauchée au nord-est de Valoret. Fief actuel de Manfred MacInnis, nouveau tenant du titre.
CARTHANE	Comté de Richard Murdoch au sud de Rhemuth, dont la capitale est Nyford.
CASHIEN	Evêché épiscopal précédemment à l'ouest dc Rhcmuth.
CASSAN	Ancienne principauté gouvernée par le prince Ambert Quinnell. Duché de Gwynedd avec pour premier duc Tambert Fitz-Arthur-Quinnell.
CLAIBOURNE	Capitale du vieux Kheldour et premier duché de Gwynedd. Fief de Graham, troisième duc de Claibourne.
CONNAIT	Royaume barbare à l'ouest, renommé pour ses mercenaires.
COR CULDI	Fief ancestral héréditaire des comtes de Culdi, près de la cité de Culdi, à la frontière Gwynedd-Meara.

CULLIECAIRN	Fief haldane — château, ville et garnison — défendant le défilé Coldoire entre les Marches de l'Est et Tolan.
DESSE	Ville portuaire au sud de Rhemuth.
DHASSA	Cité sainte libre des Monts Lendour ; siège de l'évêque de Dhassa, à la neutralité politique traditionnelle.
EBOR	Comté au nord de Valoret, ancien fief de Grégoire, père de Jesse.
GRECOTHA	Ville universitaire, siège de l'Institut varnarite et de l'évêque de Grecotha.
GWYNEDD	Centre des Onze Royaumes et noyau du pouvoir Haldane depuis 645, date de l'unification du royaume sous la houlette du premier souverain haldane. Siège de la dynastie festillienne de 822 à 904. Restauration des Haldanes en 904 avec le couronnement de Cinhil Haldane.
HORTHNESS	Baronnie de Rhun l'Implacable.
HOWICCE	Royaume au sud-ouest de Gwynedd ; vague alliance avec Llannedd.
PRINCIPAUTÉ DE KHELDISH	Vice-royauté prise au Kheldour après son annexion par le duc Sighere et le roi Cinhil en 906.
KELDHOUR	Petit royaume au nord de Gwynedd, auquel sont maintenant rattachés le duché de Claibourne et les comtés de Marley et des Marches de l'Est.
KIERNEY	Comté au nord de Culdi.
LLANNEDD	Royaume situé au sud-ouest de Gwynedd. Vague alliance avec Howicce.

MARBURY	Siège épiscopal du comté de Marley.
MARCHES DE L'EST	Comté détenu par Hrorik, fils puîné du duc Sighere de Kheldour.
MARLEY	Vicomté pris aux Marches de l'Est et donné à Sighere, benjamin du duc Sighere.
MARLOR	Baronnie de Manfred MacInnis.
MEARA	Royaume-Principauté au nord-ouest de Gwynedd ; nominalement Etat vassal de Gwynedd.
MOORYN	Province à l'extrême sud de Gwynedd, comprenant Carthmoor et Corwyn.
NOTRE-DAME-DE-TOUS-LES-SAINTS	Siège de l'archevêque de Valoret, primat de Gwynedd.
NYFORD	Cité portuaire au sud de Rhemuth, siège des comtes de Carthane. Siège épiscopal de Carthane.
RAMOS	Ville abbatiale au sud-ouest de Valoret. Le Concile de Ramos s'y réunit durant l'hiver 917-918.
RHEMUTH	Ancienne capitale de Gwynedd sous le règne des Haldanes, abandonnée durant l'interrègne festillien ; restaurée sous le règne de Cinhil et d'Alroy. Second archevêché de Gwynedd après celui de Valoret.
RHENDALL	Région de lacs au nord de Gwynedd ; titre de propriété cédé à l'héritier du duc de Claibourne.
SAINT-CASSIAN	Abbaye des *Custodes* sise dans la plaine d'Iomaire.
SAINT-JARLATH	Maison mère de l'Ordre de saint Jarlath, située à la pointe sud-ouest de la plaine d'Iomaire.
SAINT-MARK	Monastère près de Valoret.

SAINT-NEOT	Siège de l'Ordre de l'Archange Gabriel, ordre ésotérique deryni, situé dans les monts Lendour spécialisé dans la formation des guérisseurs. Détruit par les troupes du régent Rhun à Noël 917.
SAINT-OSTRYTHE	Modeste couvent situé entre Ebor et Sheele.
SHEELE	Siège du comté de Sheele au nord de Valoret.
STAVENHAM	Siège épiscopal à l'extrême nord du Kheldour.
TOLAN	Dot de la princesse Charis de Torenth. Duché.
TORENTH	Royaume à l'est de Gwynedd ; berceau de la lignée festillienne qui régna sur Gwynedd de 822 à 904. Gouverné par le roi Arion.
VALORET	Capitale festillienne de Gwynedd, 822-904. Berceau de la primauté de son archevêché.

APPENDICE III

GÉNÉALOGIE PARTIELLE DES HALDANES

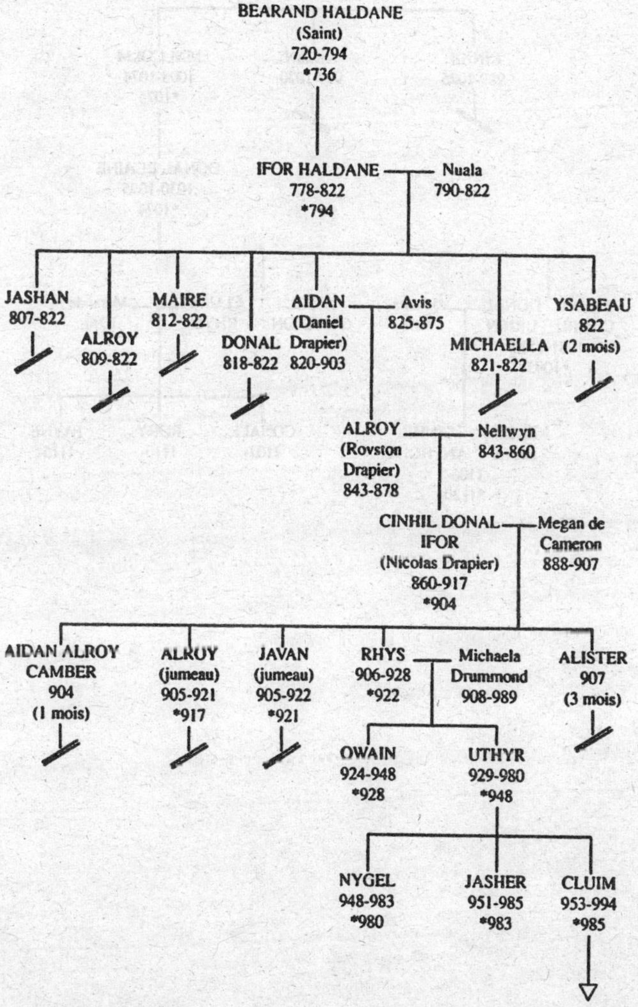

*Les dates précédées d'un astérisque indiquent le début de chaque règne.

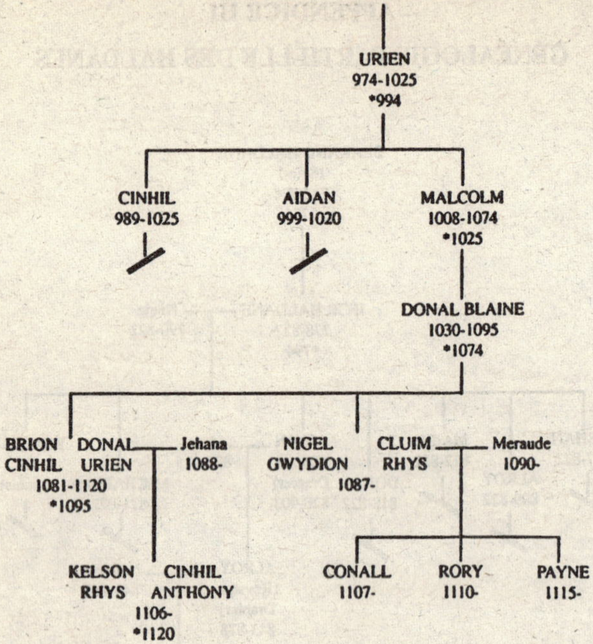
URIEN
974-1025
*994
CINHIL
989-1025
AIDAN
999-1020
MALCOLM
1008-1074
*1025
DONAL BLAINE
1030-1095
*1074
BRION CINHIL
1081-1120
*1095
DONAL URIEN
Jehana
1088-
NIGEL GWYDION
CLUIM RHYS
1087-
Meraude
1090-
KELSON RHYS
CINHIL ANTHONY
1106-
*1120
CONALL
1107-
RORY
1110-
PAYNE
1115-

Achevé d'imprimer en mars 2000
sur les presses de l'Imprimerie Bussière
à Saint-Amand (Cher)

POCKET - 12, avenue d'Italie - 75627 Paris Cedex 13
Tél. : 01-44-16-05-00

— N° d'imp. 755. —
Dépôt légal : avril 2000.

Imprimé en France

Les Galaxies de la Science-fiction

HERBERT
La maison des mères

Les Planètes de la Science-Fantasy

McCAFFREY
Le dragon blanc

Les Univers de la Fantasy

MOORCOCK
La quête de Tanelorn

Les Abîmes de la Dark Fantasy

LOVECRAFT
La trace de Cthulhu